Ander werk van K. Schippers

P.C. Hooftprijs 1996

De waarheid als De koe (gedichten, 1963)
Een klok en profil (gedichten, 1965) Poëzieprijs van de gemeente Amsterdam 1966
Verplaatste tafels (gedichten, 1969)
Een avond in Amsterdam (roman, 1971)
Sonatines door het open raam (gedichten, 1972)
Holland Dada (documentaire, 1974)
Een vis zwemt uit zijn taalgebied (gedichten, 1976)
Bewijsmateriaal (roman, 1978)
Eerste indrukken. De memoires van een driejarige (roman, 1979)
Een leeuwerik boven een weiland, (een keuze uit de gedichten, 1980, 1996)
Beweegredenen (roman, 1982) Multatuliprijs 1983
Een liefde in 1947 (roman, 1985)
De berg en de steenfabriek (verhalen en beschouwingen, 1986)
Het witte schoolbord (novelle, 1989)
Museo Sentimental (verhalen en beschouwingen, 1989) J. Greshoffprijs 1990
Eb (verhalen en beschouwingen, 1992)
Vluchtig eigendom (roman, 1993)
's Nachts op dak (kinderboek, 1994) Zilveren Griffel 1995
De vermiste kindertekening (verhalen en beschouwingen, 1995)
Sok of sprei (kinderboek, 1998) Zilveren Griffel 1999
Sprenkelingen (verhalen en beschouwingen, 1998)

K. Schippers

Poeder en wind

Amsterdam
Em. Querido's Uitgeverij BV
2002

De illustraties in dit boek zijn voor zover mogelijk opgenomen in overleg met de rechthebbenden; zo niet dan wordt de rechthebbende verzocht contact op te nemen met de uitgeverij om alsnog in een regeling te voorzien. Van werken van beeldende kunstenaars aangesloten bij een CISAC-organisatie zijn de publicatierechten geregeld met Beeldrecht te Amstelveen (1996 c/o Beeldrecht).

Eerste druk, 1996; tweede druk, 1997; derde druk 2002

Omslag Brigitte Slangen
Omslagfoto Carla van de Puttelaar
Foto auteur Roeland Fossen

ISBN 90 214 8005 0 / NUR 301
www.boekboek.nl

erica tetralix

Inhoud

Pilaren 9
De vrouw met de hoed 18
Gezichten 26
Post 34
Taxeren 43
Vingerhoed 55
Hoge hakken 64
Kom nou 75
Bankpapier 84
Koorts 94
Confetti 102
Tintin 115
Australië 124
Gevonden voorwerpen 134
Papaver 145
Slaaphoudingen 155
Klokken 166
Palladium 175
Popeye 185
Naar zee 195
Ton doux sourire 205
Nijinska/Nijinski 216
Spreekbeurt 227
Toevalsaanrakingen 237
Film noir 248
Wisselgeld 259
Overbelicht 269
Kansberekening 281
Buiten catalogus 292
In 't echt 303

Pilaren

'Achtduizend, niemand meer dan achtduizend?'

De hamer met de verkleuring op de rand beschrijft een paar vragende lussen boven de tafel. Het ding doet al zo lang dienst dat het zelf wel een paar honderd gulden waard moet zijn. Of misschien wel meer, zo sierlijk wordt hij vastgehouden door een magnifieke hand. De vingers zijn lang en de nagels zo licht gelakt dat de pilaren van een oude zaal zich erin weerspiegelen als beide handen de bieders verleiden.

'Achtduizend vijfhonderd.'

Gesluierd geld. Iemand moet hebben geknikt, de punt van een potlood omhoog hebben gestoken of met een hand vlak langs z'n haar zijn gegaan. Telefonisch is er niet geboden. Haar collega, naast haar achter het toestel, blijft stil. Geluidloos is een Louis-Quinzekast van notenhout uit het midden van de achttiende eeuw in prijs gestegen.

'Niemand meer dan achtduizend vijfhonderd, niemand?'

Haar stem is in alle hoeken van de zaal te horen. Nooit klinkt ze dwingend en toch wordt elk meubel of schilderij begeerlijker als zij het in geld uitdrukt.

Op de tweede rij gaat een pink omhoog.

'Negenduizend.'

Ze is lang. Haar bruine, naar zwart zwemende ogen kijken of ze de pink nauwelijks heeft gezien. Nu de kast naast haar voor een groot publiek optreedt is hij op z'n mooist. In de gewelfde rand zijn bladeren en bloemkelken gesneden. Hij heeft twee deuren en drie laden en rust op vier leeuwenpoten.

Negenduizend vijfhonderd, tienduizend, drie overgebleven bieders gaan het eindbedrag bepalen, maar het is of de vrouw hen naar een prijs leidt die ze lang van tevoren heeft vastgesteld. Niemand weet welk slot zij in gedachten heeft. In elk geval meer dan de catalogus, die een hoogste bod van achtduizend gulden voorspelt.

Volgende maand wordt zij zeventig jaar. Vier jaar geleden verzocht de directie van het veilinghuis haar te blijven. De filialen in Londen en New York vragen haar een paar keer per jaar voor hun belangrijkste veilingen. Ze wordt daar 'the mistress of money' genoemd. Bij haar krijgt de prijs van de meeste stukken koorts en loopt op tot z'n hoogst mogelijke stand.

Er zijn nog twee bieders overgebleven en nu opent een veilingknecht op haar teken de deuren. De kast mag met een paar eigen bewegingen zelf ook nog iets aan zijn waarde bijdragen. Elfduizend, illusies zijn het, ze weet het, twaalfduizend, toch kent ze geen mooier vak. Ze laat de hamer sneller bewegen, iets lager ook, hij is al op weg naar zijn tik. Het donkere haar dat een beetje opspringt bij het voorhoofd valt over een wang, ze slaat het weg, de veilingknecht hoort dat ze iets sneller ademhaalt.

Dertienduizend, vanuit de zaal is het of het leeftijdloze zich aan haar heeft gehecht, veertienduizend, de jeugd die zich van een enkel gezicht nooit helemaal laat verwijderen.

'Niemand meer dan vijftienduizend, nie-mand?'

Ze splitst het woord in lettergrepen. Misschien dat in die leegte het schilderij of het kamerscherm, de stoel of de verrekijker, de klok of dit keer de kast zich naar z'n laatste hoogte stuwt. Ja, zestienduizend, en nu niet meer verlengen. Het geld is uit de zo gunstige wind.

'Zestienduizend, niemand – en verkocht.'

Ze slaat niet met de hamer op tafel, maar op een kistje, 'en', zo onbetoond mogelijk laat ze het klinken, 't geeft aan elke verkoop iets achteloos. De prijs valt hoe dan ook mee, dat drukt het uit en het maakt nieuwsgierig naar wat er zal volgen.

Het is half een. Marian Bimba (haar Italiaanse meisjesnaam) gaat zitten en kijkt de zaal in. Een hand strijkt beschermend over het sjaaltje, dat als je haar van dichtbij ziet de rimpels en de gedoofde sproeten in de hals niet helemaal kan bedekken. Ook Karel Lood bij de telefoon loopt nog niet weg.

Een krant heeft haar optreden in de stemmige veilingzaal met een mis vergeleken en de te veilen voorwerpen met offers aan de god van de vergetelheid. Een andere veilingmeester mag om de spanning te breken bij de verkoop nog wel eens een grapje maken. Bij haar heerst een hoogmoedige ernst. De tafel of het podium is het altaar, waarop elk stuk door een veilingknecht van alle kanten wordt belicht. Zo krijgt het, los van wat het voorstelt, een aura van onbekende levensgeschiedenissen en verloren verhalen. De krant schreef dat bij haar het geld is gedrenkt in het onstilbare verlangen naar een onhaalbare tijd, zoals op deze aan de achttiende en negentiende eeuw gewijde ochtend, die begon met het aanbod van geweren, modelschepen, speeldozen en van die ovale miniaturen waarin een portretje is geschilderd.

En met enkele meubels eindigde. Dat slot is de opmaat van de middag. Die zal aan de verkoop van tafels en stoelen worden gewijd, aan lampen en banken, bureaus en fauteuils, en, alvast iets nauwkeuriger, aan de kaptafel met een boogspiegel die kan wentelen tussen aan gouden pilaartjes vastgemaakte zilveren scharnieren. Het marmeren blad heeft twee dunne laden. De hoeken zijn met koperen boeketten afgezet.

Pas als Bimba en Lood opstaan begint het geroezemoes van de handelaren en de nieuwsgierigen, die misschien voor het eerst van hun leven iets op een veiling hebben gekocht. Ze praten over enkele successen of over een ding dat hun net is ontgaan. Sommige kopers hebben het buiten nog over Bimba's ochtend, die met ruim driehonderdduizend gulden, tegen de voorspelde recessie in, de som van de richtprijzen met vijftigduizend gulden heeft overtroffen. Ze spoeden zich naar de cafés in de buurt van het oude veilinghuis om de kansen op de tweehonderd nummers van de komende middag te bespreken.

Bimba en Lood lopen naar de opslagruimte achter de zaal.

Daar staan alle meubels. Meer dan zestig zijn het er wel. Het is voor haar niet eens een belangrijke verkoping. Op de alfabetische veilingschaal klasseert ze de hele verzameling onder de F. Toch gaat zij er niet uit voor de lunch. Het is haar gewoonte aan elk stuk, hoe gering ook, voor ze het straks aanbiedt de laatste kenmerken te ontfutselen. Misschien is er iets onopgemerkt gebleven, een detail dat de curve van de prijs verstrekkend kan beïnvloeden.

Het rode velours van een mahoniehouten ligbank is aan de randen versleten. Dat wordt goedgemaakt door de gekromde leuning met de fijnst gesneden bladeren, aan weerszijden van het hoofdeinde.

Er is een poot afgebroken van de roofvogel die de rug van een eikenhouten Engelse stoel bekroont. Het maakt niet veel uit. Op de glimmend gepoetste, wijd gespreide vleugels is geen krasje te bekennen.

Veel mag worden verwacht van een weerhuisje, het eerste in z'n soort misschien. Jan Klaassen komt bij zonneschijn naar buiten, Katrijn als het regent of stormt. Het valt Marian nu pas op dat de wenkbrauwen van de poppenkastvrouw in de vorm van langgerekte donkere wolken zijn gepenseeld.

Aan elk stuk hangt een label met een nummer, dat de opkomst bepaalt. Het lijkt of de hele verzameling volkomen willekeurig is.

Een ovale spiegel met een lijst van rozenhout weerkaatst een opgezette papegaai, een lessenaar op een gebeeldhouwde poot staat tussen twee slaapkamerkastjes met gebogen buiklaatjes, een Engelse lamp in de vorm van een luchtballon is op een Duitse vitrine voor sieraden neergedaald.

Bimba en Lood lopen door en laten af en toe een hand over een leuning of een lijst glijden. Wat hier is te zien kan het best met een open graf worden vergeleken, hoe zeldzaam de meeste stukken ook mogen zijn.

Er zijn wel een paar los ingebrachte meubels bij, maar het meeste komt uit de nalatenschap van een nooit getrouwde zangeres en twee weduwnaars die kort geleden zijn gestorven, een hoogleraar Engels en een bankdirecteur. Marian is niet meegegaan toen Karel Lood de nabestaanden bezocht. Het leek hem na een eerste kennismaking niet nodig. Daarvoor was hun verzameling niet belangrijk genoeg. Maar ze heeft de inbreng de afgelopen week wel een paar keer bekeken.

Ze blijft staan en telt een aantal 'Trafalgar' Dining Chairs, zoals ze in de catalogus iets te chic worden genoemd.

'Dat horen er toch twaalf te zijn?' vraagt ze.

'De dochter van de bankdirecteur wilde er een zelf houden,' antwoordt Lood. 'Op die ene stoel had ze als kind nog gezeten of zoiets.'

'Dat maakt de prijs er niet hoger op.'

'Ja, een liefhebber wil een dozijn.'

In de spaarzaam verlichte ruimte lopen ze langs de van hun bezitter en zijn huis vervreemde dingen die meer dan vierhonderdduizend gulden moeten opbrengen. Hoe komen die toch altijd weer aan hun feeërieke magie? De mensen die ze beminden en gebruikten zijn dood en de dingen zijn er nog steeds, dat moet het wel zijn. Vanmiddag zullen ze aan hun zoveelste leven beginnen.

Marian weet hoe Karel te werk is gegaan. Het eerste verkennende gesprek waarin de beëdigde taxateur om het vertrouwen te winnen nog niet eens over verkoop rept. Hij praat zacht, zegt zelf niet veel, vraagt af en toe naar het leven van de gestorvene om bij de erfgenaam en toekomstige klant een indruk van begrip en medeleven achter te laten. De tweede keer begint hij langzaam en achteloos over een eventuele verkoping. Het hoeft natuurlijk niet meteen... zal ik anders over een paar weken nog eens bellen?

De toon van de zakelijke vriendschap dient nauwkeurig op het gehalte van de transactie te worden afgestemd. Als het toegezegde bezit volledig uit het huis wordt weggehaald zal de taxateur iets feitelijker spreken. Nu moet hij vlug van hen af zien te komen. Het is immers zeker dat hij de nabestaanden nooit meer zal zien. Mocht er een groot deel van de collectie in het huis achterblijven dan klinkt in zijn stem het beleefde vervolg van het elkaar zeker nog eens zien om verder te praten over het karakter van de man of de vrouw die in een heel leven al die dingen zo zorgvuldig op elkaar heeft afgestemd.

Marian wijst naar een rank theetafeltje met druppels en vlekken van paarlemoer in het hout, net of de zangeres een paar seconden geleden onzorgvuldig heeft geschonken.

'Heeft ze nog meer?'

De zangeres mag dan dood zijn, in het veilinghuis zal voor het laatst over haar worden gesproken of ze nog bestaat.

'Schilderijen van Suze Robertson,' antwoordt Karel.

'Willen ze niet van af zeker.'

De achternaam van de nabestaanden wordt nooit genoemd. Dat zou het gesprek alleen maar ingewikkeld maken. Ze heten vaak anders dan de verzamelaar.

'Later misschien, maak je geen zorgen.'

Karel weet nog iets anders, maar hij houdt het voor zich.

'Warm houden, ze laten nooit alles tegelijk zien. Die theetafel belooft meer. Zeldzaam. Doet me aan de keramiek van Hannong denken,' zegt ze.

'Een plat de trompe.'

'Zo'n bord met een slablad van steen erop,' gaat Marian door.

'Een soepterrine in de vorm van een varkenskop.'

'Die doorgesneden stukjes ei – dat wit, dat geel van steen weer op een bord van steen.'

'Hannong heb je nog nooit geveild,' zegt Karel.

'Niemand heeft het, maar eens zal het komen.'

Ze hebben driekwart van de uitstalling bekeken. Als een ding lang genoeg in je buurt is gaat het vanzelf naar je ruiken. Dit keer zeggen ze er niets over, al merken ze het alle twee. In de opslagruimte hangt een geur die ontstaat als verschillende verzamelingen bij elkaar zijn gezet. De adelaar van de professor, de theedruppels van de zangeres, het weerhuisje van de bankdirecteur geven aan elkaar de geur van oude pepermunt, van thee en van een vleugje verspilde nootmuskaat, heel licht, maar het is er en zo zal de opslagruimte ook na de veiling nog een paar dagen naar die gemengde levens ruiken.

'Wat is dat in vredesnaam?'

Op die geërgerde vraag heeft Lood gewacht en hij wist ook wanneer die zou worden gesteld: als ze bij een groot cilinderbureau met zes van de allerdunste laatjes aankomen.

'Van die operazangeres en nu van haar neef. Ik zei het je toch: maak je geen zorgen.'

'Het staat niet in de catalogus. Wanneer is het binnengekomen?'

'Gisteren.'

'Had het me dan eerder gezegd.'

'Je was er niet.'

Ze haat het als een ding zo laat wordt ingebracht dat zij zich er niet op kan voorbereiden. Om het binnenste van het bureau te leren kennen trekt ze een laatje open.

'Kunnen we beter tot de volgende veiling bewaren.'

Lood weet waarom ze dat zegt. Nu het niet in de catalogus is beschreven en het maar op één kijkdag te zien was zal ze het met een heel verhaal bij het publiek moeten inleiden. Ze vindt dat alles op de veiling zo veel mogelijk voor zichzelf moet spreken.

'Als we dit vanmiddag niet verkopen wordt de kans op de rest ook minder. De neef van die zangeres wil het nu kwijt,' zegt Karel.

'Ik begrijp je wel.'

Ze kan er niets tegen inbrengen en begint het bureau nu pas goed te bekijken. Het is lichtbruin, maar het heeft ook iets van de lente, zo rank staat het op z'n poten. Ze trekt het cilinderscherm ratelend omhoog. Ook het schrijfblad stamt uit de late achttiende eeuw. De schots en scheve achterstevoren woorden, elke letter als een buitenmodel dennenboom met vage takjes in het papier gevloeid, ze zien eruit of ze regelrecht uit die tijd komen, of niemand na achttienhonderd nog iets aan dit bureau spiegelschriftig heeft droog gedrukt.

Er zit ook een portret van een vrouw in, daar in het midden, tussen de twee zijkastjes. Het is een groot paneel dat je boven uit de lijst kan trekken, net of het bureau los werd gekocht en de eigenaar er een beeld naar eigen gading in kon doen.

Dat zegt ze tegen Karel Lood. Die denkt er anders over. Het schilderij van die jonge vrouw hoorde meteen al bij het bureau. Hij vindt het niets bijzonders, echt iets wat de meubelmaker op het allerlaatst bij een vriend bestelde en die heeft het op een avond heel vlug geschilderd. Er moest nu eenmaal iets in.

'Heeft alleen Meubels het bekeken?'

'Het is toch een meubel.'

'Niemand van Schilderijen Achttiende eeuw heeft het gezien?'

'Annerie Millenaar, in het voorbijgaan. Mooi prentbureautje zei ze en liep door.'

'Hoeveel?'

'Zesduizend-negenduizend.'

Marian buigt zich voorover om het schilderij van heel dichtbij te bekijken. Het is niet gesigneerd. Er is geen echte reden waarom ze haar collega's niet zou geloven. Het paneel lijkt bij het bureau te horen. De jonge vrouw heeft ook iets ranks. Het haar eindigt in vage blonde krullen langs de wangen. De blauwe ogen worden licht beschaduwd door een gepluimde hoed met brede rand. Het is iemand van stand met die parelketting net onder het halskuiltje, boven het kant van een blauwfluwelen japon. Die valt zo aardig, of ze die net heeft aangetrokken, met van die scheve plooien opzij.

En tegelijkertijd ontkent die jeugd van een jaar of zevenentwintig, achtentwintig de te chique sieraden en kleding, laat de anonieme schilder aan de spot in haar helblauwe ogen zien dat ze meedoet aan het een of andere leven dat ze niet zelf heeft gekozen.

De vrouw met de hoed

’s Middags is het zo druk dat ook de stoelen achter de pilaren zijn bezet. Een nieuweling bij het bedrijf vraagt wel eens of ze niet beter naar een andere zaal kunnen vertrekken of waarom laten ze die pilaren anders niet wegbreken? Hij heeft er niets van begrepen. Juist dat gebrek aan uitzicht heeft de zaal karakteristiek gemaakt. Sommige handelaren beweren dat het veilinghuis niet alleen door het gevoel voor drama van Marian, maar ook door die weeffout in de ruimte een voorsprong op de concurrentie heeft gekregen. Waar het decor nauwelijks telt moet alle aandacht wel op het aanbod vallen.

Als Bimba en Lood binnenkomen is het meteen stil. Een aparte lessenaar heeft ze nooit gewild. Ze gaat achter de tafel staan en zal de hamer straks met een harde tik op een bruin kistje laten neerkomen dat ze daar aan het begin van de dag heeft neergezet. Er wordt wel eens gegist naar wat erin zit, maar het is op slot. Een talisman, een beeldje, een paar brieven misschien?

Marian kijkt de zaal in, niet om iemand te herkennen, maar om het heuvellandschap van al die hoofden en schouders in zich op te nemen. Ze moet het kleinste verschil in een oogwenk kunnen zien. Zeker driehonderd mensen, halfgedachte dat de zangeres en de bankdirecteur en die professor in ’t Engels hier nu uiteen gaan vallen, even zo’n vaag spinsel waar niemand iets aan heeft, die laatste geur van thee, pepermunt en nootmuskaat.

Het bureau heeft ze links naast de tafel laten zetten, een beetje scheef, met de rug naar het publiek toe. Onopvallend, er staat hier wel vaker een ding verdwaald in de ruimte. Zo kan ze het op het ogenblik dat haar uitkomt aan bod laten komen. En tegelijkertijd kan ze het portret in de luwte tussen twee nummers nog beter bekijken zonder dat het publiek het merkt.

Ze heeft het te kort gezien. Het heeft zich niet met haar kunnen vermengen. De blik die de jeugd in pacht lijkt te hebben, zo kijkt ze ongeveer, boven die vlug-vlug aangetrokken jurk. Er zit iets in de spottende oogopslag van de vrouw, op haar wangen en zelfs op de glimplekken van de parelketting wat niemand heeft opgemerkt, net of die zesduizend-negenduizend haar onderschatten, geen recht doen.

Die middag wordt de richtprijs vaak overschreden. De Engelse lamp met luchtballon haalt drieduizend gulden meer, de roofvogel met gespreide vleugels trekt de stoel mee naar het dubbele van z'n prijs in de catalogus, het weerhuisje met de poppenkastfiguren is zo zeldzaam dat twee buitenlandse meteorologen erom strijden in een adembenemend gevecht.

Bij al die stijgingen is de waarde van Marian niet te schatten. Het is of haar eigenschappen in de meubels en de andere nummers overgaan, haar afstandelijke schoonheid, de nauwkeurige choreografie van haar handen en armen en het avontuurlijke van haar altijd naar het volgende zwemende stem. Er blijft wel eens iets onverkocht, een Hollands spinnewiel, een met fruit beschilderd kamerscherm, de ligbank met de versleten plekken. Dat is de achterkant van de fraaiste geldelijke grafiek, uitzonderingen zijn het die de vele uitschieters alleen maar benadrukken.

Haar ogen beschrijven tientallen baantjes over de zaal en in die wirwar kost het haar geen moeite ook nog het bureau te bekijken. Steeds schampt haar blik erlangs en bij die steelse omzwervingen begint ze steeds meer te geloven dat de blonde vrouw helemaal niet bij het bureau hoort. Dat mag dan aan het eind van de achttiende eeuw zijn gemaakt, zij is minstens honderd jaar ouder, veel eerder geschilderd. Door wie dan, door wie?

Vierduizend – de Engelse stoelen zelfs zonder die twaalfde;

zestienduizend – de Duitse vitrine; zevenendertighonderd – een Zwitserse speeldoos met populaire deuntjes die ze wel tien keer heeft beluisterd om ineens het volkslied te ontdekken dat de prijs zo opdrijft.

Het schilderij neemt haar nu zo in beslag dat ze iets aarzelender spreekt. De eerste lettergreep van een getal klinkt soms minder gewiekst dan anders, dviehonderd, vijsduizend, doorschijnend bijna, de hoger gewenste waarde wordt al in de prijs van het moment verklapt.

Karel Lood kijkt naar haar op, maar hij doet dat alleen als een klant telefonisch meebiedt. Hij maskeert zijn onrust. Zesduizend, de spiegel in die lijst van rozenhout vliegt omhoog, acht-, negenduizend, ze weet nog steeds niet wanneer ze het bureau zal inzetten en helemaal niet met welk bedrag ze moet beginnen. Zou het een schilderij van een meester kunnen zijn?

‘Negenduizend, niemand meer dan negenduizend, niemand?’

En heeft iemand dat op die ene kijkdag soms ook ontdekt?

‘Tienduizend, niemand – en verkocht.’

Nu gebeurt er iets wat een veilingmeester nooit mag overkomen. Marian voelt dat ze de jonge vrouw mooi begint te vinden, ze heeft iets van een vriendin van haar dochter. De spot in die ogen, de blonde krullen langs die net niet te rode wang... En ze dient om de prijs te sturen nu juist boven elk handelsvoorwerp te staan, iemand die psychologie studeert moet niet elke beschrijving van de ziel op zichzelf betrekken.

Een lamp, een tikje tegen de neus, een dekenkist, een korte knik, een leunstoel, het omhooggestoken potlood – moet ze de verkoop van het bureau soms ophouden? Daar is in het openbaar geen enkele reden voor te geven. Het zou ook nog lijnrecht ingaan tegen het oordeel van een stel collega’s.

Die theetafel met druppels en vlekken van paarlemoer, net zo echt als Hannongs krop sla van steen, tik tak, tik tak, schiet vrijwel meteen door naar elfduizend – en verkocht. Dan moet het meteen daarna maar, kome wat ervan komt, dat denkt ze, misschien vergis ik me, dat ook, en die onzekerheid is voor iedere veilingmeester het slechtste uitgangspunt.

Op haar teken draait de knecht het bureau om. Ze kan het schilderij nog net zien. Het baart niet veel opzien, anders zou dat wel aan het lichte geschuifel van voeten zijn te horen. Bij een heel bijzonder nummer met een niet te voorspellen prijs is het soms of de lucht zich verdikt.

'Dit is buiten catalogus,' zegt ze, 'eind achttiende eeuw, een cilinderbureau met een uitschuifbaar portret.'

Weer kijkt Lood naar haar op en er wordt niet eens door de telefoon geboden. Is dat alles wat ze erover heeft te zeggen?

De knecht laat het scherm omhoog en omlaag rollen, trekt het schilderij uit de lijst en schuift het er weer in.

'Zesduizend gulden.'

Ze hoort zelf dat ze zachter spreekt dan bij de andere nummers.

Een dikke handelaar knikt. Hij heeft ook al op de theetafel, de adelaar en een groot aantal andere stukken geboden.

'Zesduizend vijfhonderd, niemand meer dan zesduizend vijfhonderd?'

Vanachter een pilaar komt een lange man tevoorschijn. Hij leunt tegen de zuil en strijkt met een hand door z'n sluike zwarte haar. Op dat ogenblik weet ze het. Hij komt anders nooit voor meubels, alleen bij schilderijen is hij te zien.

'Zevenduizend.'

De dikke handelaar knikt.

'Zevenduizend vijfhonderd.'

De man bij de pilaar strijkt door z'n haar. Het verhaal gaat dat hij eens een bekende schilder op een feestje de weg vroeg en hem een plattegrond liet tekenen, met z'n naam eronder, aan alles hield hij een gesigneerd blad over.

'Achtduizend.'

Zo gaan de twee handelaren door tot dertienduizend, wat voor dit bureau al een hoog bedrag is.

Dan stopt de dikke handelaar.

'Dertienduizend, niemand meer dan dertienduizend – niemand?'

Zou de zangeres de waarde van het portret hebben gekend? Marian weet nu zeker dat het veilinghuis een grote fout heeft gemaakt. De schilderijenhandelaar krijgt een doek van misschien wel twee ton voor de prijs van een cilinderbureautje. Een onbekende vrouw op de vierde rij, helemaal links, buigt zich naar voren om het bureau of het portret zo goed mogelijk te zien en tikt tegen haar bril.

'Veertienduizend.'

De handelaar strijkt door zijn haar.

'Vijftienduizend.'

Ze bieden door tot dertigduizend. Dan stopt de vrouw. Ze heeft een hoogrode kleur gekregen en Marian weet waarom. Tijdens het bieden moet ze het schilderij hebben ontdekt. Ze heeft het niet eerder gezien. De handelaar bij de pilaar is op die ene kijkdag achter de waarheid gekomen. Voor hen alle twee is het bureau van geen enkel belang. Zo zag een dichter eens twee mooie jongens op het stofomslag van een boek staan. Hij moest en zou het hebben, hield het omslag en verkocht het boek.

Met die laatste gedachte probeert ze haar onrust te temperen. In de zaal heerst de stille en toch hoorbare spanning die wordt opgeroepen door iets onooglijks dat naar onbekende verten is gestuurd.

Het is Marians beurt. Ze zou het bureau nu binnen enkele seconden moeten afslaan om dan de buikige slaapkamerkastjes aan te bieden. Dat doet ze niet. Lood zou het gebaar later heel vaak beschrijven, hoe hij verwachtte dat de hamer het kistje zou raken en dat ze die ineens naar zich toe liet wijzen, een beweging die door geen bod werd gedekt, niet uit de zaal, niet schriftelijk en niet telefonisch.

'Hier vijfendertigduizend.'

Rustig klinkt het en dat kan ook best. De zaal denkt dat zij nu pas vanachter de tafel biedt omdat onder de aanwezigen alleen die man bij de pilaar nog belangstelling heeft. Zo hoort het. Maar de zaal weet nu ook dat er met dit bureau iets aan de hand is. Het is uit z'n richtprijs gegroeid. Er moeten verborgen talenten in het spel zijn. Die had Marian in het begin moeten noemen, zeker bij een nummer buiten catalogus. En ze moet er wel van op de hoogte zijn, anders wordt er vanachter de tafel namens een onbekende klant niet zo hoog meegeboden.

'Veertigduizend.'

De man bij de pilaar houdt stand.

Weer laat ze de hamer naar zichzelf wijzen.

'Hier vijfenveertigduizend.'

En tijdens dit bieden weet ze dat er geen weg terug meer is. Ze zondigt nu tegen zoveel regels dat ze nauwelijks nog uit elkaar zijn te trekken. De zaal heeft ze verkeerd voorgelicht door toen ze het bureau beschreef niet te zeggen wat ze wist. Het veilinghuis zelf wordt bedrogen omdat ze alleen namens zichzelf biedt. Is die neef van de zangeres trouwens aanwezig? Die weet niet wat hij hoort en het is niet eens zeker of hij het nog onbekende eindbedrag ook werkelijk krijgt.

Ze zijn de honderdduizend al voorbij. Ze heeft met één ding gelijk gekregen: met het bureau tot de volgende veiling wachten. Misschien wil die neef het niet eens kwijt als hij hoort welke schat erin schuilgaat.

'Honderdtwintigduizend.'

De man bij de pilaar.

'Hier honderddertigduizend.'

De vrouw achter de tafel.

'Honderdveertigduizend.'

Hand door het haar.

'Hier honderdvijftigduizend.'

De hamer wijst naar achter de tafel.

Karel Lood vermijdt elke beweging. Wat Marian doet is in de praktijk van dit huis nog niet voorgekomen. Toch kan hij de schuldvraag niet zuiver stellen. Annerie Millenaar, hijzelf en de hele afdeling Meubels hebben het bureau getaxeerd. Marian was de enige die hem waarschuwde. En bovendien stuwt ze de jonge vrouw met de hoed en de parels hoe dan ook naar de juiste waarde, al biedt ze op persoonlijke titel en weet Karel niet eens meer wat de reglementen dan zeggen.

'Tweehonderdtienduizend.'

De man naast de pilaar strijkt niet meer door z'n haar. Hij is van biedgebaar veranderd en heeft geknikt. Marian weet dat hij zich nu verraadt. Voor hem is het eind in zicht gekomen.

'Hier tweehonderdtwintigduizend,' zegt ze.

De kraag van de jurk, net iets onder de parels en het kuiltje tussen de hals en de punten van de sleutelbeenderen. Zes, zeven slordig geplaatste sproeten, bruinoranje zijn ze en misschien dat ze in kleine clusters onder de jurk doorgaan, de huid hier en daar afdekken.

'Tweehonderddertigduizend.'

De hand toch weer door het haar.

'Hier tweehonderdveertigduizend.'

Geen enkele twijfel, heldere letters in de best gekozen volgorde. De hamer brugt van de zaal naar een vage ruimte onder haar kin, sierlijker gebaart het geld zelden. In de lak van de nagels bewegen de pilaren. Langzamer gaat het nu, of de prijs een wild dier is dat na de snelste sprongen met schokkende flanken tot stilstand moet komen.

In haar ogen zit niet alleen spot, die is eerder in de iets omhooggetrokken wenkbrauwen geschilderd, net of ze zelf niet helemaal in de pose van haar gezicht gelooft. De humor wordt verzaakt door het licht dat in de door de hoed beschaduwde irissen tintelt en dat de pupillen niet raakt, of er ergens iets vrij moet blijven, van welke bemoeiing dan ook.

'Tweehonderdvijftigduizend.'

Nu weer een knik, iedere lijn is uit z'n bieden gegleden, twee scheersnedes vlak bij het linkeroor, geronnen bloed dat al los zou laten als hij hard stampte. Of misschien valt het bij het krachtigste geluid, laat het dan los, wanneer valt dat aan stukken, geronnen bloed.

'Hier tweehonderdzestigduizend.'

De hamer wijst niet meer naar een anonieme bieder achter de tafel. Terwijl ze het bedrag uitspreekt laat ze hem van richting veranderen, houdt ze hem een beetje scheef naar het verkoopnummer of ze voor de hele zaal het verband wil leggen tussen wat er nu gebeurt en de vrouw met de hoed.

De man knikt nog zwak van tweehonderdzeventigduizend.

Misschien had ze helemaal geen zin in die laatste pose. Een vriendin van de zuster van de schilder, zoiets moet het zijn geweest, die lange blonde, neem die nou mee. Ze was er toen zo vaak voor gaan zitten, eerst moest al die middagen dat gezicht. Over dat ze niet meer wilde, zo vaak hebben ze daarover gelachen, dat het niet meer uit die ogen, die wenkbrauwen kon blijven, het moest er wel in.

Dat er allemaal jurken op de bank lagen, blauw, wit satijn en zelfs karmijnrood, wat hij wel dacht, die deed ze niet aan. En dan ook nog die gekke hoed met die pluim. Dan moest het maar die blauwe worden, al stond die haar niet, niet netjes strak, maar wijd met plooien, uit elkaar.

Naar haarzelf wijst de hamer, tweehonderdtachtigduizend, nie-mand, nee, de hamer wijst niet naar de zaal—en verkocht.

Gezichten

In een kamer met twee kaptafels, vijf richtingloze stoeltjes en een paar plastic bekertjes met brandgaten praat Marian met Mischa, het donkere meisje van de make-up. Niet te veel van die pancake heeft ze net tegen haar gezegd en Mischa vindt dat ze die ook niet nodig heeft.

'Ontdekte u het nu echt zo laat?'

Ze kamt Marians wenkbrauwen.

'Wat?'

'Dat het schilderij zo duur was.'

'Ik dacht het al eerder, maar wist het niet zeker.'

Marian wil niet te veel op haar vragen ingaan. Ze zal het straks wel zeggen.

'Die man die heeft meegeboden zegt dat het van hem is.'

'Ze moeten het nog uitzoeken. Het is nu in quarantaine, zoals dat heet.'

'In wat?'

'Ze gaan nog kijken wie er het meeste recht op heeft,' zegt Marian koel.

Mischa zwijgt. Met een penseel begint ze het voorhoofd, de wangen en de kin van de gast te poederen. Af en toe raakt een zijkant van een hand heel licht een oor, naakte arm schuift langs een schouder, een borst drukt even tegen de rug, onbedoelde werkstrelingen.

Het programma waarvoor Marian is gevraagd berust op zo'n eenvoudig idee dat het in een paar jaar buitengewoon populair is geworden. Het heet *Gezichten* en de bedenker, een chef-kok die anders nooit iets met televisie te maken heeft, was zo verstandig zijn vondst niet voor een vast bedrag te verkopen, maar hield de rechten zelf. Hij is er rijk mee geworden. Het werd aan de meeste landen van Europa en zelfs aan een Amerikaans commercieel station verkocht.

'Het is een mooi schilderij,' zegt Mischa.

'Vind ik ook.'

'Het stond in kleur in de krant, maar ik heb het hier ook al even in het echt gezien.'

Marian ziet in de spiegel dat Mischa bloost en verontschuldigend glimlacht. Die dubbele gelaatstrek ontwapent de gast.

'Daarom heb ik ook meegeboden.'

'Omdat het niemand was opgevallen.'

'Zoiets.'

In *Gezichten* wordt elke dag met drie gasten gepraat. Niets bijzonders, er bestaan tientallen van die programma's. Maar er is één groot verschil: het onderwerp van elk gesprek is het gezicht van de gast zelf, van een schaker, een filmster, een minister of van een onbekende die plotseling in het nieuws is. Geen gast kan zijn gezicht verbloemen. Het is voortdurend in beeld, in een totaal of in een genadeloze close-up. De brutaal uitgedoste gespreksleider heet kortweg Dodo. Met hoogst vileine vragen weet hij aan een wenkbrauw, een litteken, de lijn van een wang of de klank van een stem de wonderlijkste verhalen te ontlokken.

Het meisje maakt de kapmantel los. Marian staat op en even kijken ze alle twee in de spiegel. Ze zien wat ze denken: het ene gezicht is niet mooier maar wel veel jonger dan het andere.

'Dat meisje ziet eruit of het gisteren is geschilderd.'

'Iemand van nu?' vraagt Marian.

'Net of je haar zomaar op straat zou kunnen tegenkomen.'

Mischa zegt het heel vurig. Het schilderij heeft haar iets gedaan, ze meent het echt.

'Ze lijkt op een vriendin van m'n jongste dochter.'

'Hoe oud is die?'

Slimme vraag, zo denkt ze meteen achter de leeftijd van de gast te komen.

'Een jaar of zevenentwintig, net als die vrouw op het schilderij denk ik.'

De productie van *Gezichten* verloopt vlekkeloos. Nu Marian geschminkt is komt er meteen een andere jonge vrouw binnen.

'Dag, ik ben Louise. Mag ik u voorgaan?'

Ze lopen een lange en wat schemerige gang in. Heeft iemand een raam opengezet? Nu hoort Marian pas de geluiden die ze al eerder had verwacht. De studio zit in een oud gebouw vlak naast de dierentuin. Het zijn vage klanken die ze niet tot een olifant of een papegaai kan opwerken, hoe goed ze ook luistert. 't Blijft onbestemd geroezemoes van snavels, bekken en slurven, niet te ontleden.

Louise is blond en bijna te lang. Als ze een hoek om moeten pakt ze even de elleboog van Marian, de algemeen aanvaarde tastvariant van 'en nu gaan we deze kant op'.

'Ik ben toch wel de eerste van de drie?'

'Zo hebben we het afgesproken. Had u dat schilderij nu echt zelf willen kopen?'

'Het is mooi.'

'In de krant stond dat een veilinghuis niet mag meebieden.'

'Er staat zoveel in de krant.'

'En wie krijgt het nou?'

'Zullen we nog wel zien.'

'Toch die handelaar?'

Ze geeft geen antwoord. Na Mischa en Louise volgen er straks vast nog meer jonge vrouwen met een simpele naam die je nooit helemaal gelooft, net of ze voor hun werk een te voor de hand liggende schuilnaam hebben gekozen. Ze komen precies op tijd tevoorschijn en verdwijnen weer in het niets als ze hun geringe werk hebben voltooid.

'Zal ik u aan de anderen voorstellen?'

'Nee, zet me maar alleen.'

Marian gaat op een hoek aan de bar zitten en Louise bestelt koffie voor haar. Het is de gewoonte dat de meisjes van de make-up en de productie al een beetje op de hoogte komen van wat de gast straks kwijt wil. Ze zijn het aderstelsel van *Gezichten* en mogen daarom de eerste ingewijden zijn in het beperkte geheim, dat straks vervalt als een heel volk het kent.

Louise geeft de gast de koffie en loopt met een kwade rug weg. Marian kijkt haar na en nu het niet meer kan zou ze willen dat ze vriendelijker was geweest, weet ze dat vooral de jeugd van Louise haar eigen antwoorden kortaf en stekelig heeft gemaakt.

Gezichten, het blijft een meesterlijk idee. Om zichzelf iets te doen te geven tikt ze met een schoenpunt ritmisch tegen de bar. Het gaat over wat mensen altijd doen, het bespreken van elkaars gezicht, wat ziet die er goed uit en die heeft een ouwe kop gekregen. Dat praten achter de rug is in dit programma openbaar geworden. En met dat schilderij erbij kan het voor Dodo helemaal niet meer misgaan. De aanleiding van Marians komst is zelf een gezicht.

Jurk plakt aan een dij, zenuwachtig? Ze is wel vaker op de televisie geweest, gestolen schilderijen, valse of plotseling opgedoken doeken. Maar ze wilde niet meedoen aan zo'n programma waarin iedere dorpeling een oude spiegel of een landschapje mag laten taxeren, te gewoon. Niet zenuwachtig over die uit de hand gelopen prijs. Het is allang ondershands geregeld. De neef van de zangeres is dolgelukkig dat ze het net op tijd heeft ontdekt en wil het schilderij op een gunstig ogenblik opnieuw laten veilen. Dan brengt het vast nog meer op dan Marians tweehonderdtachtigduizend gulden. En de directie van het veilinghuis Murphy's is meer dan tevreden omdat de naam door de deskundigheid van haar belangrijkste medewerker overal wordt genoemd. Het doek zelf kan door al die publiciteit alleen maar in prijs stijgen. Dat zal ze straks niet zeggen, in quarantaine blijft het, met alle zo tot de verbeelding sprekende vaagheden van dien.

Waarover dan zenuwachtig – haar eigen gezicht?

Tikt iets vlugger met de schoenpunt, ze heeft, zoals iedere

gast, drie foto' s van haarzelf moeten afstaan met zoveel mogelijk jaren ertussen, dat was gevraagd. Die worden beeldvullend getoond, langzaam en duidelijk met veel close-ups, vooral van de ogen en de mond. Een paar foto's moeten in dit programma een heel leven overbruggen, met daaronder het in z'n sentiment niet te overtreffen muziekje 'As time goes by'...

Ze is er niet bang voor, de foto's zijn mooi. Niet met haar drie kinderen, niet met haar vroegere man of een minnaar, helemaal alleen staat ze erop – voor een brede schooldeur, naast de neus van een tram in Wenen, bij de veiling van een Egon Schiele, links achter haar. En ook voor het ogenblik dat haar gezicht levend uit die drie zwart-witte decennia zal opdoemen is ze niet bevreesd.

Nee, het is de vrouw met de hoed die haar onzeker maakt. Ze kan haar nu niet meer met een hoogoplopende prijs bedwingen. De spot in dat gezicht, het in de iris tintelende licht, die slordig geplaatste en zo vrije sproeten, misschien heeft Marian die niet meer onder controle als ze straks samen met haar bij Dodo optreedt.

Louise is weer uit het niets tevoorschijn gekomen, net of de lucht haar baart. Ze buigt zich met de handen op haar knieën over een man en een vrouw in de hoek van de foyer die het verst van Marian af is, zo'n houding die zichzelf wegcijfert.

Ze zitten met hun rug naar haar toe. De man draagt een blauw-wit gestreept jasje dat een aantal jaren geleden in de mode was. De wijnrode jurk van de vrouw reikt tot onder de schouderbladen. Haar rug is naakt.

Waarom kijkt de man met het gestreepte jasje ineens om? Op z'n bolle gezicht breekt een lach door die voor een lange afstand is bestemd. De wenkbrauwen en mondhoeken zijn net iets te hoog opgetrokken. Ze dalen weer naar hun oorspronkelijke stand als hij over de vloer van de hele foyer naar Marian toeloopt en zij hem onvermijdelijk herkent als een vriend of was het niet meer een kennis van haar vroegere man. Nog een paar stappen, hoe mag hij in vredesnaam heten, Peter of zoiets, nee, Paul, ja, Paul, dat ze die naam van het in haar geheugen vermolmde gezicht nog kent. Omdat alles hier zo keurig is geregeld kiest hij voor de een of andere niet meer bestaande vriendschap en staat voor haar.

'Ik zocht je al.'

'Daar ben ik dan.'

'Houd je dat schilderij nou zelf?'

'Je zult het wel horen.'

'Heb je haar wel eens zien spelen?' vraagt Paul en hij wijst met een duim naar de vrouw in de rode jurk.

'Geloof het niet.'

Het kan haar niet schelen wie er vanavond nog meer in *Gezichten* optreden. Ze heeft er niet naar gevraagd en Mischa en Louise hebben er niets over gezegd. Voor haar is het werk. Het schilderij uit het bureau wordt voorgoed beroemd en dat zal de prijs nog hoger maken.

Paul is wethouder van een grote stad. Marian weet dat hij een markt van Turken en Marokkanen heeft laten verslonzen. Ze ziet al voor zich hoe Dodo z'n kogelronde gezicht onder vuur zal nemen en dan het gesprek ombuigt naar de ongelukkigen die door zijn besluiten zo diep zijn getroffen.

'Het zal wel weer over de markteconomie gaan,' zegt hij luchtig vermoeid, 'een ander weet altijd beter hoe het verder moet.'

'En over je kop misschien.'

'Hij doet maar. Of moeten we vanavond soms met een zij praten?'

Louise wenkt naar de bar. Ze lopen naar haar toe en met een kundig spreidgebaar van haar linkerarm maakt de productiemedewerkster zonder een rug aan te raken van drie mensen een groep. In de lange gang merkt Marian aan Pauls vlugge ademhaling dat hij nog iets wil zeggen, maar hij zwijgt, misschien omdat het voorgenomen gesprek toch snel zal moeten krimpen: de deur naar de studio is in zicht.

Een zij?

Daaraan had ze nog niet gedacht. Tot op een halve minuut voor het live uitgezonden programma blijft het ook voor de gasten onbekend hoe Dodo dit keer zal zijn gekleed. Zijn kostuum en make-up stemt hij af op het leven van één gast. Een boze scheidsrechter met glanzend plakhaar en een fluitje bij een voetballer, een wulpse negerin bij een politicus die de grenzen voor vluchtelingen wil sluiten, een wijze oude dame bij een gesprek over euthanasie. Zo blijft z'n eigen gezicht buiten schot. Zijn vereenzelvigingen worden in boekvorm uitgegeven en z'n grimeur is ervoor bekroond.

Marian weet dat het decor een beetje op de hoes van *Sgt. Pepper's Lonely Hearts Club Band* lijkt, maar het is veel groter dan ze dacht. Het moet wel een meter of vijftien hoog en een meter of tien breed zijn, een licht gekromde rechthoek met alleen maar gezichten, boven, naast en onder elkaar. Van Einstein tot Garbo, van Bette Davis tot generaal de Gaulle, van Sigmund Freud tot Andy Warhol, het zijn er tientallen, met tussen hen in nog veel open plekken, waarin aan het eind van het gesprek de laatste gast wordt geschoven, wie het ook is. Dodo kan over een gezicht vragen wat hij wil, geen kandidaat zegt nee, straks hangt hij hoe dan ook in de Hall of Fame. Het staat er in een woordkroon van lampjes. Boven al die roem flikkeren ze aan en uit.

Louise pakt de elleboog van Marian en laat haar stilstaan. Ze loopt met Paul en de actrice, met wie Marian geen woord heeft gewisseld, halverwege naar vier lege stoelen op de hoek van de eerste rij. Ze wijst, ja daar, verder kunnen ze het zelf wel vinden.

Nu pakt ze de elleboog weer, loopt met Marian naar een ronde tafel met twee stoelen.

'Maakt u zich geen zorgen, u ziet er prachtig uit.'

Komt het toch nog goed. Ze lijkt het echt te menen.

'Dank je.'

'Dodo houdt van u. Loopt u na afloop naar de eerste rij?'

'Goed.'

Louise gaat daar nu al zitten en Marian kijkt tegen het licht de zaal in. Een amfitheater, er zitten zeker driehonderd mensen, een bewegend stemveld met zachte en harde plekken. Paul praat en gebaart tegen de actrice, die roerloos luistert. Marian kijkt weer naar het decor, naar het witte scherm boven de kroon. Dan naar de drie camera's, een voor een. Dodo houdt van u, wat bedoelt ze daarmee? Ze kijkt naar de monitor schuin achter de tafel waarop ze het gesprek in de werkelijke uitsnede zal kunnen zien, naar de zaal en dan weer naar het decor, de rode pruik van Harpo Marx en de lange kin van Edith Sitwell springen eruit.

En naar... ja, naar wat, waar is het schilderij, nergens te bekennen. Niemand heeft een teken gegeven en toch wordt het ineens stiller in de zaal tot de laatste geluidsslierten naar binnen zijn getrokken. Nog niemand, geen Dodo, geen schilderij, wel drie cameramannen en toch gebeurt er niets.

Je ziet niet eens waar hij vandaan komt, hij is er ineens, articulatie van het niets, als Louise in de foyer. Hij of zij, hoe moet ze met haar breed gerande hoed en die blauwe jurk met rimpels worden genoemd. Als de vrouw op het schilderij is Dodo gekleed, allemaal sproeten, blond haar. Zelfs die licht spottende lach zit op haar gezicht. Ze staat nog, knipt met haar vingers en nu brengen twee veilingknechten een schildersezel en het schilderij.

Iedereen in de zaal kan de vrouw met de hoed zien. Reusachtig wordt ze vergroot op het scherm boven de Hall of Fame.

Post

Terwijl op het scherm in de lucht haar gezicht bij de schooldeur overgaat in haar gezicht bij de Weense tram en haar gezicht bij de tram in haar gezicht bij de verkoop van Schiele geeft Dodo haar een knipoog. Op de monitor ziet ze dat dit tot geen kijker doordringt. De gespreksleidster en z'n gast zijn nog niet te zien. De cameramannen volgen haar eens in zwart-wit gefotografeerde gezicht en mengen er nu ook close-ups van de vrouw met de hoed doorheen. As time goes by... Dat dit kan, dat in een voor miljoenen bestemd programma zo'n knipoog toch nog tussen twee mensen kan blijven. Maar wie flirt er nu met haar, de man die verscholen gaat achter z'n vrouwenkleren en make-up of de vrouw met de hoed zelf?

Close-ups van haar ogen, ze ziet nu pas echt hoe groot en donker ze zijn, van het springerige bruine haar op het voorhoofd. Het grijze haar is zorgvuldig geverfd. Close-ups van haar nog rimpelloze wangen, van het beigebruine sjaaltje dat de huid van de hals verbloemt, van haar oren met de kleine saffieren. De schelp gaat half schuil onder het haar.

En daartussendoor close-ups van de zeventiende eeuw, van de spottende ogen en het blonde haar onder de hoed en die onder haar jurk door dartelende sproeten. Steeds meer begint ze op die ene vriendin van Marians jongste dochter te lijken. Ze kijken vast alle twee, bij elkaar natuurlijk.

Haar zwarte jurk plakt aan twee dijen. Heeft ze nog tijd om iets te denken? Iemand zei eens dat hoe vaker je op tv komt, hoe vager je gezicht wordt. Paul steunt z'n zware hoofd op twee handen. Hij zit tussen Louise en de actrice in. Moet ze een antwoord voorbereiden, maar waarop dan, waarop in vredesnaam? Iets over alle gezichten die ze al heeft verkocht?

Nooit wil Dodo een gast van tevoren spreken en dat begrijpt ze nu. Wie iemand vlak voor de explosie ziet wordt door geen charme van de ander geremd, gedachte zonder zin, wat heeft ze eraan.

'Vindt u het niet een beetje gek die prijzen zo op te drijven?'

Praat met z'n gewone stem, bootst geen vrouw na, levensecht, of een vrouw werkelijk zo'n stem kan hebben. Daar zit geen karikatuur. Tot in de fijnste puntjes lijkt ze op het portret.

'Dat doe ik niet. Het schilderij of het voorwerp—dat bepaalt de prijs. En de mensen in de zaal kunnen bieden wat ze willen.'

'De dingen worden mooier als u ze verkoopt.'

Grote close-up op de monitor, ze ziet het uit een ooghoek, haar gezicht, haar hals. Tijd winnen.

'Wie zegt dat?'

'Iedereen.'

Nog grotere close-up, ogen, neus, mond.

'Niemand ziet me van zo dichtbij.'

'Ik heb zelf wel eens naast zo'n pilaar in de zaal gestaan. Toen kon ik uw gezicht op het podium heel goed zien. Hoe kijkt u als u de spanning om een schilderij een beetje wilt verhogen?'

Ze ziet dat ze verbaasd kijkt en die blik wordt ook door het grote scherm onmiddellijk overgenomen. Iemand in de zaal lacht. Het zakelijke spel van haar gezicht gaat vanzelf, nog nooit heeft ze erover nagedacht, nu moet ze wel.

'Misschien probeer je je in te leven in het ding dat je verkoopt.'

'Hoe dan?'

'Altijd probeer ik het te zien in de tijd toen het werd gemaakt of geschilderd. Zonder dat er eeuwen overheen zijn gegaan.'

'Zonder dat er nog van waarde sprake was?'

'Toen niemand er nog naar omkeek.'

‘Maar dat is toch volkomen in tegenspraak met uw werk – u hándelt toch in die dingen?’

‘Ik denk dat iemand iets wil kopen om de illusie van het eerste. Alles is verdwenen, de maker, de mensen die ervan hebben gehouden, allemaal dood. Maar dat beeld zelf of die tafel of dat stuk speelgoed van eeuwen geleden, dat is er nog. Het gaat niet alleen om de schoonheid. Het is of je de tijd te slim af bent. Of je driehonderd jaar cadeau krijgt als je een doek uit 1690 koopt en die driehonderd jaar klap je via dat ding ook weer naar voren, of je nog driehonderd jaar te goed hebt, of je nooit zult sterven.’

Dit heeft ze nog nooit eerder gezegd of gedacht, maar als ze die woorden in haar hoofd hoort suizen gelooft ze het, echt.

Dodo wijst met een pinknagel naar de vrouw met de hoed die op dat teken meteen spottend het beeld vult.

‘Als op dat schilderij?’

‘Als op dat schilderij.’

‘Hoe oud bent u zelf?’

‘Negenenzestig.’

‘Dit jaar wordt u zeventig.’

Ze wacht de vraag niet af en zegt dat het is als een schroef die losser wordt gedraaid. Of een fles waarvan het etiket al een beetje loslaat. Bij de jeugd drukken er tientallen jaren tegen elk voorval, tegen zonlicht, de smaak van een aardbei, een streling, zo vaak zal het nog gebeuren dat het nooit wordt uitgeput. Altijd blijft het een belofte.

Dodo vraagt hoe het dan nu is. Of je elk ogenblik ten volle moet benutten zegt ze, er is geen overschot meer, of je wat er gebeurt netjes op een bordje geserveerd krijgt en er niet op blote voeten doorheen kan banjeren zonder je af te vragen of je het wel hebben wilt, of je het op de rug ziet.

‘Maar zo erg is dat ook weer niet, ik zat nu ook liever in de zaal om u op de rug te zien.’

Als ze dat zegt lacht het hele publiek.

Dodo laat het gelach rustig weg golven. De tactiek van het

gesprek legt hij nooit van tevoren vast. Die wordt bepaald door het karakter van de gast, door z'n verlegenheid of brutaliteit, die twee vooral. Te aanvallend begint Dodo nooit. Eerst moet de gast de indruk krijgen dat hij kwijt kan wat hij wil. Ook Marian woelt haar eigen aarde om en pas dan is ze kwetsbaarder dan ooit.

'En daarom bood u mee.'

'Hoe bedoelt u?'

'U bood mee op de jeugd, om zelf die jeugd van dat schilderij terug te krijgen.'

Sequence van de bedwongen woedende Marian, van de spottende vrouw met de hoed en de nu vrolijke Dodo zelf, rappe afwisseling, gezichten, heel dichtbij, allemaal gezichten.

'Ik bood mee omdat een kostbaar schilderij veel te goedkoop dreigde weg te gaan.'

'Tegen alle regels in.'

'Het is nu in quarantaine en het zal...'

'...en het zal vast wel weer een koper vinden en ongetwijfeld voor een nog veel hogere prijs na al die publiciteit. Maar bent u toen u zelf bood, buiten al dat geld om, niet een beetje erg in vervoering geraakt en wat vindt u nu echt van haar, van dat jeugdige gezicht?'

Het hogere vakwerk. Twee vragen ineen, als een gek gevormd voorwerp, even weet je niet hoe je het vast moet pakken.

'Het deed me een beetje aan dat verhaal van Ilf en Petrov denken met dat...'

'...met dat geld in die stoel en die stoel raakt weg en dat schitterende schilderij zat in een goedkoop bureautje, net zoiets,' vult Dodo haar verveeld aan. Veel sneller praat ze nu, als een linkerhand die de rechter opzweept. De ouverture is afgelopen. Nu komt pas de muziek.

'U zegt zelf dat u zich altijd het ogenblik waarop iets werd gemaakt probeert voor te stellen. Bood u nu echt alleen voor de goede zaak of dacht u ook niet een beetje nu krijg ik er misschien zelf nog driehonderd jaar bij?'

Marian zwijgt, maar Dodo, het publiek in de zaal en de vele miljoenen kijkers zien aan haar gezicht dat de gespreksleidster met deze vraag door de laatste reserves van haar gast heen is gebroken.

Ze draait zich half om, zo'n achteloze beweging om het schilderij beter te kunnen zien. Het is ook of ze zich van de camera afwendt, twee in een.

Er is altijd een andere camera.

Close van Marians bewegende oogleden, van haar heen en weer schietende ogen, heel dichtbij, het craquelé op de oogleden heeft ook Mischa niet kunnen wegpoederen.

'Het lijkt net of ze die jurk een beetje gauw heeft aangetrokken. Kijk maar naar die rimpels en dat ze hem niet helemaal strak wilde trekken,' zegt ze.

'Geen zin om te poseren?'

'Het was vast een vriendin van z'n zuster. Zo'n lange blonde die hij erg mooi vond en die hij alleen dichterbij kon krijgen als hij haar schilderde, zo gaat het zo vaak.'

'Lang? Dat kun je toch niet zien als ze zit?'

'Het is of je die lengte toch ziet. Dat ogenblik waarop ze ineens opstaat en dan in volle grootte verrijst, veel groter dan je dacht, dat heeft hij meegeschilderd.'

'Gaat u eens staan.'

Ze doet het.

'Had u vroeger al voordeel van uw lengte?'

'Het houdt de mensen op een afstand.'

'Het trekt ze niet aan?'

'Soms.'

Ze gaat weer zitten.

'Toen ik veertien was zag ik er al uit als achttien.'

'Helemaal?'

Ze knikt.

'Toen al make-up?'

'Lippenstift, oogschaduw, alles. En omdat ik zo groot was

stond dat ook niet gek. Het was meteen of het bij me hoorde.'

Camera toont de foto bij de schooldeur. Gaat in op de veertienjarige ogen, neus en lippen, dat gebied. 't Zwart-witte rood is heel goed te zien, zo'n hoogst bevallige zweem over de lippen. Op een paar plekjes punt het zwart enkele wimpers tot een plukje bij elkaar, slordig en sierlijk, zo close kan de camera komen.

'En meteen verliefd?'

'Ze waren meteen verliefd op mij, ik wist niet hoe ik ze van m'n lijf moest houden.'

'Wie was de eerste?'

'Een jongen van vierentwintig zou ik nu zeggen, maar toen was het een hele man.'

Die vragen gaan veel te ver, maar ze heeft het punt bereikt waarop het haar niets meer kan schelen.

'En ik ging ook al met hem naar bed als u dat soms vragen wilt. Hij studeerde rechten en werkte als avondwerker bij de post, in dat oude gebouw vlak bij het station. En toen hij een keer de laatste nachtdienst had hebben we het daar gedaan, boven op een tafel met ongesorteerde brieven.'

'Een beetje puntig, die brieven?'

Ze zwijgt en kijkt Dodo ernstig aan.

'Het was een verrukking.'

Iemand in het publiek begint te klappen. Twee, drie anderen nemen het over. Nu applaudisseert de hele zaal, lang en hard. Het is een zwakzinnig geklap, bravo voor een meisje en een jongen die elkaar lang geleden in een schemerige zaal, stikkend van het lachen, hebben bemind.

'Wat zit er nu in dat kistje waar u de hamer altijd met zo'n klap op laat neerkomen?'

'Dat zeg ik niet.'

'Zit er het een of andere geheim in?'

'Wie weet.'

Nu draait Dodo zich naar het schilderij en het is werkelijk of ze zichzelf bekijkt, of ze zich nog eens overtuigt van haar eigen pose.

‘Wat zou u van haar terug willen hebben?’

‘Die spot, vooral. Dat gezicht van het maakt mij allemaal niets uit, voor jou een ander. Kijk ’ns, hoe dat licht brutaal in die iris tintelt. De toekomst ook natuurlijk, maar daar hadden we het al over. Haar hele jeugd die de parels en die deftige jurk ontkent. Ze weet zelf zo goed dat ze naakt het mooist is. Dat zie je.’

‘En die jeugd is driehonderd jaar oud.’

‘Luister, wat blijft er over van een bepaalde tijd? Dacht u soms dit programma? Een lichtstraal van Turner, een venster van Terborch, een borst van Cranach – dát blijft er over, als al die oorlogen en koningen en politici allang vergeten zijn. En in dat soort eeuwige jeugd handel ik.’

‘En dat blijft een illusie. Die jeugd krijg je nooit echt terug.’

‘Waar kun je anders in handelen dan in illusies? Ik besta bij de gratie van wat uiteenvalt en dat is hoogst erotisch. Het lijkt wel een beetje op het ogenblik waarop alle dieren treurig zijn. Elke verzameling is een liefdesmozaïek dat eens zal worden verspreid. En al die verschillende stukken gaan weer deel uitmaken van nieuwe verzamelingen, zullen grenzen aan wat eerst ver van hen was verwijderd.’

Ze praat al lang niet meer in blessuretijd, zoals in die eerste ogenblikken toen Dodo haar tegenzin net had overwonnen. Samen met Dodo is ze op weg naar het beste programma dat zij of hij ooit heeft gemaakt. Anders blijft het bij twee gezichten, dat van de gespreksleider en dat van de gast. Nu de vrouw met de hoed als derde zwijgend maar volwaardig deelneemt aan het gesprek wordt Marians verhaal zo spannend dat de toeschouwers in de zaal en ook de miljoenen kijkers de adem inhouden. De drie gezichten draaien in een carrousel van leven en dood, van jeugd en ouderdom, van de liefde die eens buiten je bereik komt te liggen.

‘In wat voor geschiedenissen komt u terecht?’

‘Wat voor verhalen ik meemaak? Om m’n beroepsgeheim zou ik daarover moeten zwijgen. Ach, sommige zijn al zo lang geleden... Of laat ik het anders zeggen, nooit veil ik iets van vrienden. En er zijn er al heel wat gestorven. Een stoel waarin ik vaak heb gezeten, een schilderij dat ik jaren ken, dat gaat me te ver.'

'Is dat niet een beetje laf?'

'Vast. Maar denkt u dat een geneesheer een familielid of een vriend opereert? Daar mag u het gerust mee vergelijken. U vroeg naar een verhaal. Alles moet weg wordt er soms gezegd. Dan ben je gauw klaar. Maar wat zou u doen als u tegenover een werkelijk schitterend schilderij staat? Een Breitner, Amsterdam, 1904, sneeuw op de brugleuningen, een vrouw nadert zo schuin vanonderen gezien, zelfs de modderspatjes op haar schoenen zijn mooi. Een broer en een zuster hebben het geërfd. Hij wil het laten veilen, zij niet. Grote behuilde ogen. Nou, wat zou u doen?'

'Verkopen natuurlijk. Dat is dan m'n vak.'

'Zo simpel ligt dat niet. Ik heb ze toen aangeraden het voorlopig te houden met als argument dat het nog duurder zou worden. Ik gunde het die vrouw. Voor mij komt er wel weer iets anders.'

Ze zijn royaal door het hun toegemeten kwartier heen geschoten. Het gesprek duurt zeker al vijfentwintig minuten. Dodo heeft al lang besloten de brave wethouder niet meer te ondervragen. Hij zal wel woedend zijn. Nog een kwartiertje met die actrice. Boven dit gesprek komt ze nooit uit. Hij heeft nog één vraag voor de veilingmeester.

'Heeft u nog wel eens een minnaar?'

'Zeker, maar je moet er wat zuiniger mee omspringen. Ik weet niet hoe oud u bent, misschien ook wel driehonderd, net als zij. Maar ik voel me net als die vrouw op dat schilderij. Alle deuren staan wijd open, dat zie je in die blik, kom maar op, ik lust je rauw. En weet u nu wat ouder worden is? Dat een ander denkt dat de deuren bij jou op een kier staan, zo niet hermetisch zijn afgesloten.'

'Hoe houdt u ze dan open?'

'Door ergens jeugd te lenen.'

En ze knikt naar het schilderij, dat inmiddels onbetaalbaar is geworden.

Zelfs Dodo zwijgt even. Wat moet hij na dit antwoord nog vragen?

'En waar leent u die dan?' Er klinkt eerbied in z'n stem.

'Soms gebeurt het zonder dat je het weet.'

'Daar dacht u aan toen u steeds meer bood?'

'Ik zou de rest van m'n leven er graag voor overhebben als ik nog een week net zo jong was als zij.'

Dodo neemt zwierig z'n hoed af, heel langzaam, alsof hij haar laatste zinnen met een gebaar wil verlengen.

'Ik dank u voor dit gesprek.'

Terwijl de camera de spottende lach van de vrouw met de hoed in close-up neemt, klapt de zaal uitzinnig voor de gast. En even gaat Marians hand omhoog, misschien heeft ze niet eens een opdracht voor dat gebaar gegeven. Ze voelt of het sjaaltje nog om haar hals zit.

Taxeren

Het is een paar minuten over half elf, preciezer hoeft het niet te worden gezegd, als je het juiste tijdstip te pakken hebt is het toch al weer verdwenen. De zware takken met de gele bladeren van een iep zwiepen heen en weer, raken de vensters van enkele huizen aan de gracht net niet. Kinderen stellen zich 's nachts van alles voor op dak en dat zal nu ook wel weer gebeuren. Een koorddanseres pakt haar parasol, een acrobaat laat twee ballen op z'n voeten tollen, een locomotief zweeft rokend door de lucht.

Dat zien we allemaal niet, je zou er met dichte ogen en een laken tussen je benen voor in bed moeten liggen. Wij zien wat er werkelijk is. Wat een katten. Drie, vier zijn het er wel, op verschillende platte daken en ze janken niet eens tegen elkaar. De wind is hun tegenstander en aan hem hebben ze meer dan genoeg.

Kijk, daar springt er een schuin langs een gevel in de goot van het pas geopende Hotel Virginia. Als je vlug naar rechts kijkt zie je door de bomen de verlichte letters op het koepeltheater aan de rivier. De kat zou door een klein open raam best een kamer kunnen nemen, maar hij springt naar de goot vlak daarnaast, rent door, houdt z'n pas hortend in en schiet nu met gestrekt lijf door zo'n raam in de vorm van een patrijspoort een huis in.

Die vaart moet hij ook daar wel houden, want tien, twaalf seconden later zien we hem in de kamer onder de zolder z'n neus in een kier wringen. Z'n ogen knijpt hij erbij dicht, versmalt z'n lijf, de deur hoeft nauwelijks open. Hij golft naar binnen en geeft een arm die langs een bankleuning bungelt met twee kopstoten de opdracht hem aan te raken.

De arm is van een vrouw die met bijna zwarte ogen naar de televisie kijkt. Ze bijt er de nagels van haar andere hand bij af. Of misschien doet ze dat altijd wel, ook als er niets opvallends gebeurt.

Op het scherm kust een vrouw met een gepluimde hoed een grote vrouw op beide wangen en geeft haar een bos van de witste seringen, die schaars zijn in deze tijd van het jaar.

'Zoudt u mij ook kunnen veilen?' vraagt de vrouw met de hoed.

'Alles is taxatie,' zegt de ander lachend.

Het officiële gesprek is afgelopen, maar ze praten nog even door, het voorrecht van elke gast die het er meer dan goed heeft afgebracht.

'Hoe moet ik dat nu weer begrijpen?'

'Alles wat je bekijkt beoordeel je ook heel licht. Je geeft het net geen cijfer, maar het gaat de hele dag door. Zal ik op die stoel gaan zitten of op die andere, trek ik vandaag deze schoenen aan of die.'

'Op die manier.'

Een pianist begint 'Young at heart' te spelen. De gast loopt onder nieuw applaus naar de eerste rij en gaat naast een meisje met lang blond haar zitten. Die geeft haar bewonderend een hand.

Dan mag de pianist tot het volgende gesprek het hele beeld vullen.

'Alles is taxatie,' zegt de vrouw die de kat streelt, 'dat ook nog.'

Ze heet Heleen, maar ze wordt al sinds haar jeugd door iedereen Toef genoemd. Het is een rest hardnekkige kindertaal.

'Dat weet toch niemand,' zegt Tine, die met opgetrokken knieën op het andere eind van de bank zit.

'Maar ik wel. Eerst moet ik horen dat ze zich eens op een stelletje brieven heeft laten neuken en dan krijgen we dat eeuwige van alles is taxatie. Dat hoor ik m'n hele leven al.'

'Zo zijn die programma's toch. Ik vond dat ze het heel aardig deed.'

‘Aardig deed? Ik zou er m’n hele leven voor overhebben als ik nog een paar maanden zo oud kon zijn als zij.’ Toef bootst de zachte stem van Marian ironisch na.

‘Een week zei ze.’

‘Nou een week dan. Zoiets kun je misschien best denken, maar dat zég je niet in het openbaar.’

‘En waarom dan niet?’ vraagt Tine. ‘Jij gunt je moeder haar eigen leven niet. Jullie denken alleen maar aan wat ze voor jullie kan betekenen. Of wat ze zegt wel past bij wat jullie willen of van plan zijn.’

‘Hoe weet jij dat?’ vraagt Toef ijzig kalm.

‘Omdat ik het daar vaak genoeg met haar over heb gehad. En dan geeft ze dat natuurlijk niet toe, als je dat soms denkt. Nou zit ze een keer werkelijk in de problemen en ze redt zich er nog grandioos uit ook en dan zegt haar eigen dochter dat het allemaal weer niet deugt.’

‘Jij kent alleen haar beste momenten.’

‘Tellen die dan soms niet? Ik ben nog niet zo oud en toch kan ik het me heel goed voorstellen wat ze zegt over de overvloed van de jeugd en dat de smaak van een aardbei of weet ik wat altijd een belofte blijft. En dat je later genoegen moet nemen met wat je wordt aangeboden en dat je elk ogenblik ten volle moet benutten.’

Explosief zwijgen. Het kan elk moment opnieuw beginnen. Het pianomuziekje is verstorven en nu loopt de actrice naar de stoel tegenover Dodo.

‘Hoe oud bent u?’

Na Marian hoeft hij geen omtrekkende bewegingen meer te maken.

‘Tweeëndertig.’

‘Altijd zo’n blote rug?’

Camera toont rug heel close.

‘Jij neemt het gewoon voor haar op omdat ze vindt dat je op dat schilderij lijkt,’ zegt Toef.

‘En lijk ik daar soms niet op?’

'Wel.'

Heftig begint Toef te snikken, heeft haar schouders niet meer onder controle, slaat haar handen met de afgekloven nagels voor haar gezicht. Tine schiet over de bank in één ruk naar haar toe, buitelend bijna, likt Toefs natte wangen, kust haar mond, hapt in het haar dat net als bij Marian op het voorhoofd wegspringt.

Een camera zou het van heel dichtbij laten zien, die armen om dat hoofd, om al die dikke zwarte haren en die twee driekwartprofielen zo dicht bij elkaar.

'Ik ben zo bang dat ik je verlies.'

'Om dat schilderij?'

'Het is zo mooi.'

'Toefje...'

Tine drukt haar nog vaster tegen een schouder, maakt met haar vrije hand een paar knoopjes van haar overhemd los, duwt behendig een borst naar buiten en even later drinkt Toef bij haar als een kind, met van die geruwde lippen, heel gulzig of er aan haar dorst nooit meer een eind zal komen.

De kat is hem intussen gesmeerd, voelt zich misschien in de steek gelaten, al weet je het bij zo'n dier maar nooit. Het kan ook best dat hij er na een stuk of twintig voorbijgaansstrelingen van die zwaaiende hand genoeg van had. Wellicht zat er niet genoeg variatie in.

Kijk, daar is hij alweer, door de patrijspoort en hup, in de goot. Steekt zo'n kat z'n oren nou al recht omhoog voor er een geluid is te horen? Lees dit vlug, dan ziet u nog net het maanlicht en de letters van het koepeltheater door die geaderde roze schelpen schijnen, door de dunste huid en boem! daar is de knal, boem, boem, nog twee keer, boemmm, wat een lange, tot slot, voor wie het nog niet gehoord mocht hebben.

De knallen komen zo vlug dat de echo's elkaar overlappen en omdat er tijdens Dodo zo goed als niemand op straat loopt of rijdt zijn ze samen zo helder als een koffiepot die in een net leeggeruimd huis op de grond dondert en geen zijvlak van een bank of geen kelk van een vaas met twintig tulpen de toevalsklank kan dempen.

Er wordt hier in de buurt ook wel eens geschoten, maar geoefende oren hebben allang gehoord dat dit geknal iets anders aankondigt. Het is er nog wel een beetje vroeg voor, maar toch zijn dit de eerste feestgeluiden die je altijd hoort aan het eind van het jaar. Het is half oktober en het moet toch eens beginnen, of ook geluid in een punt aan de horizon verschijnt en steeds scherper wordt als het dichterbij komt.

Waar komt het vandaan? De kat heeft het al opgegeven, zo hij er ooit belangstelling voor had, en is weer op het dak van Hotel Virginia gesprongen, onderweg naar avonturen die misschien niet eens zullen plaatsvinden.

Wij horen de vage echo's van snel wegschietende voetstappen en nu moeten we wel voortmaken, vlug enkele grachten en huizenblokken met van die binnentuinen over, kijk, in een enkel achterhuis brandt licht. De klankscherven komen al dichterbij, maar we zijn er nog niet, nog een blok over, de plaats van het geluidsmisdrijf is al ver achter ons. Nu zijn er geen grachten meer en daar lopen ze. Drie jongens rennen een plein over en staan stil voor een herenhuis tegenover het grote bankgebouw.

Het is de eenvoudigste duivelse machine, te veel handen voor simpel werk. De een draait een moer van een bout. Een tweede houdt de moer vast. De derde strijkt het zwavel diep in de groeven. De moer wordt weer vastgedraaid en knalboem tegen de grond, het ding wordt opgeraapt en boem en nog eens boem, boemmm... Ze rennen al weer weg. De zwavel zal wel na een paar keer uitgewerkt zijn.

Pas nu gaat er op de eerste verdieping van het herenhuis zo'n gordijn van ongebleekt katoen open. Zat iemand heel ver van het raam of geloofde hij de knallen pas toen hij ze een paar keer had gehoord?

De man loopt de kamer in en zegt niets van wat hij heeft gezien. Veel was het ook niet, toen hij keek waren de jongens alweer verdwenen. Hij is een jaar of vijfenzestig, maar ziet er zo slank en donker uit dat je hem met gemak vijftien jaar jonger zou schatten. Op de tafel bij het raam ligt een blocnote en een pen. Hij gaat zitten en gaat door met schrijven, vlak naast de krantenfoto van de vrouw met de hoed.

'Hoe gebruikt u uw wenkbrauwen dan als u kwaad bent?' vraagt Dodo.

'Nou zo,' zegt de actrice en ze fronst ze zo sterk dat het plekje vlak boven de neus drie rimpels krijgt en het driehoekje eronder zich versmalt.

'En hoe kijkt u als u verliefd bent?'

De actrice kijkt even schuin omhoog of iemand vanuit de lucht haar de juiste gelaatsuitdrukking zal souffleren en slaat dan haar werkelijk prachtige amandeloogleden met de door Mischa fraai gescheiden wimpers langzaam neer.

'Je ziet dat ze geen tekst heeft,' zegt Laura die op haar buik met de handen onder haar kin ligt te kijken.

'Ogen zonder regie,' zegt Marie en tikt Laura op een schouder.

'En zonder muziek,' zegt Laura. Ze kijkt even achterom. Marie zit op een linnen krukje achter haar. Het is van dezelfde stof als het gordijn.

'Maar ze maakt er niet zo'n nummer van als Má-rián,' zegt Tamara en ze strijkt over haar lange hals. Ze zit achter haar vriendinnen op de ook al linnen bank. Er staan maar weinig meubels in de kamer. Ze stralen de chique goedkoopte uit die mensen met veel geld zich kunnen veroorloven.

'Zoudt u voor een filmrol nu ook de kleur van uw ogen veranderen?' vraagt Dodo.

'Zeker, dat hoort bij het vak.'

Dodo is nog steeds gekleed als de vrouw met de hoed. Ook het schilderij is nog niet weggehaald. Met twee vingers haalt hij een langwerpig doosje uit een zware rimpel van de blauwe jurk tevoorschijn, zet het voor de toneelspeelster op tafel en klapt het open.

'Kies dan 'ns.'

Het lijkt op zo'n scène uit een juwelierszaak waar nu ook nog ogen kunnen worden gekozen. De camera toont blauwe, grijze en groene met enkele bruine spetters.

'Uit supermarktkarretjes wordt nooit iets gejat,' zegt Tamara, die elk gesprek het liefst een andere wending geeft.

De man die achter haar zit te schrijven lacht. Haar lijf vat alle vruchten van de wereld samen, appelen, tomaten, pompelmoezen. Ze bloesemt in een katoenen jurk. Haar wenkbrauwen zijn net niet helemaal donker. In 't bruin zijn een paar korrels zand meegewreven.

'Omdat iedereen in een supermarkt toch alles moet afrekenen,' zegt Laura, afgeleid door Dodo, een beetje laat. Samen met Marie heeft ze een grammofoonplatenzaak in het zuiden van de stad.

De toneelspeelster houdt het doosje in de mooiste hoek voor de camera. Ze laat een wijsvinger aarzelend boven het blauw, grijs en groen heen en weer gaan – tegen-close van haar diepbruine ogen – en zet het dan weer op tafel.

'Moeilijke keus?' vraagt Dodo.

Dan gaan haar handen naar haar hoofd. Met twee kundige gebaren wipt ze de bruine lenzen van de iris. Ze kijkt Dodo met helblauwe ogen aan.

'Bruin stond beter bij m'n jurk.'

Gelach en applaus in de zaal.

'Dat wist hij,' zegt Laura, 'wat een valse nicht.'

'Maar dat antwoord is meesterlijk,' zegt Marie.

'Hij wilde gewoon laten zien dat ze lenzen droeg,' zegt Tamara, 'laatst vroeg hij aan een filmster welk stuk van haar gezicht ze nu plastisch had laten opereren.'

Vriendinnen onder elkaar, tussen de vijfendertig en de veertig, met goedverzorgde gezichten, als in advertenties voor ondergoed of parfum. Zelfs als ze liggen of zitten kun je aan de stand van hun voeten zien dat ze veel hebben gedanst. Al weer jaren geleden brachten ze eens na een voorstelling met z'n drieën halfdronken de nacht door. Onherhaalbaar. Maar op wat er toen gebeurde zinspelen ze nog vaak.

De man aan tafel rekent iets uit. Kortgeleden heeft hij zijn schoenenzaak in het centrum van de stad verkocht en daar is hij rijk mee geworden. Hij streept een getal door en zet er een ander voor in de plaats.

'Ik denk dat ik het koop.'

Hij zegt het in de richting van Tamara. Die gaat zo op in Dodo en de toneelspeelster dat ze niet eens omkijkt.

'Ik koop het,' roept hij nu harder.

Ze draait zich met een half gestoorde schouder een beetje om terwijl ze naar het scherm blijft kijken.

'Wat wil je kopen, Bert?'

'Dat schilderij.'

Nu draait ze zich helemaal om.

'Je bent gek.'

'Het is toch mooi.'

'Ik denk niet dat Má-rián dat erg zou waarderen.'

Tamara spreekt de naam Marian voorzichtig en ook met een zekere bravoure uit, zoals iedere minnares die het van een oudere rivale heeft gewonnen. Má-rián, elke lettergreep krijgt een nadruk, afstandelijk en ironisch.

'Ik doe het toch.'

Laura en Marie hebben hun hoofd wat naar rechts gedraaid om zowel Dodo als dit opdoemende gesprek te kunnen volgen.

'Dat wil je alleen omdat ze zich aan dit schilderij eindelijk eens een keer helemaal heeft blootgegeven.'

'Nou en?'

'Machtswellusteling. Kijk, dat oor!'

De actrice heeft het haar achter een oor geslagen. De camera neemt de schelp met de mooiste welvingen in close-up. Dodo vraagt iets, maar wat hij zegt is niet te verstaan, zo opgewonden praat Tamara erdoorheen. Om die ieder onderwerp doorkruisende spontaniteit houdt hij van haar. Van alles kan ze speelgoed maken.

'Het is naakt,' zegt ze, 'dat oor is naakt, ik zie het nu voor het eerst, helemaal naakt. Waarom denk je nooit, dat gezicht is naakt, zoals je dat wel van een borst of een kont denkt? Zou je er vrijetijdskleding voor kunnen ontwerpen, voor een oor in het bos of aan het strand, of een spijkerpak als je zit te werken of haute couture voor een première?'

Boem, boem, ze kijken alle vier op, maar niemand loopt naar het raam. Weer een smak van de zwavelse machine? Nee, het is de knalpot van de Bojo-lijn, die vooral door laat werkende vrijgezellen voor een simpele Indische maaltijd wordt gebeld. De jongen op z'n opgevoerde ploffiets scheurt tegen de wind in en het moet gezegd dat hij geen grammetje vaart hoeft terug te nemen. De noordooster verliest het, krijgt hem er niet onder. Al de straten van de stad zijn zo in hem gesleten dat hij bij geen hoek, geen plein, geen brug hoeft na te denken. Hij jakkert maar door, een netwerk van richtingen is uit z'n banden gegleden, denk maar aan de Joegoslavische tekenaar die de reizen van kopjes, messen, vorken, vaatjes en bussen, van alles wat zich in een jaar op tafel bevindt in ellipsen en spiralen heeft vastgelegd.

'Hééééééèè (en daarachter zouden de e's nog wat kleiner moeten worden, zo sterft het van hard naar zacht) ...Juanito...'

Juanito is een meester in het stoppen, doet het nog virtuozer dan de jongens met hun bakkies bij het museum. Hij zeilt vlak voor de bioscoop naar links, keert terug en nu gaat het werkelijk te snel om hem nog met woorden te kunnen volgen. Als hij met een ruk stopt en het achterwiel even omhoog wipt staat er een acht op het asfalt, afdruk van remrubber, of hij in de herfst zijn lijf al voor het ijs oefent. Wat hij niet ziet is dat het eten in de doos ook een sprongetje heeft gemaakt, al vermoedt hij het half, straks kletst hij wel wat over een verkeersfout van een ander. Voor degene die hem aanriep heeft hij een komende woordenwisseling graag over.

'Dat je me herkent met die helm.'

Hij schuift hem achter op z'n hoofd.

'Niemand rijdt zoals jij.'

Ze gaat schrijlings op z'n benzinetank zitten, er zit een ladder in haar kous, halverwege de dij.

'En je zoent nog beter.'

Ze duwt zich tegen hem aan, zoekt z'n mond zo wild dat hij de macht over het stuur verliest en dan pas, terwijl hij stilstaat, opzij valt met haar erbij. Nu is de rijst pas goed gevallen.

'Niet nu, ik moet nog werken.'

'Ik zie je nooit meer.'

Ze zijn opgestaan.

'Straks in de Corso.'

Hij scheurt al weer weg en is door z'n populariteit uit het niets in zo'n waanzinnig goed humeur gekomen dat hij zelfs de hoeken van de straatjes in de oude buurt waar hij moet zijn afsnijdt. Bijna te ver, daar is het al, ook nog meteen bij het goede nummer, richting gekrompen tot het enig juiste punt.

Als hij aanbelt wordt er niet opengedaan. Niet thuis? Kan niet, anders was er geen eten besteld. Touw, elektrisch? Nog maar eens bellen, nee, Juanito hoort iemand naar beneden komen, honger lijkt de klant niet te hebben, slof-slof, het gaat tree voor tree.

Deur open, vriendelijk gezicht met piekend blond haar, doos geven, niets zeggen over de tuimeling. Ah, gepast geld, zelfs een tientje extra en nu scheurt de jongen vol paradijselijke gedachten naar de Corso.

De man is een jaar of vijfendertig. Als hij z'n kamer op de bovenste verdieping binnengaat weten we waarom hij de deur niet elektrisch of met een touw open heeft gedaan. Dit vertrek is in staat van eeuwige inrichting. Kamer, vertrek, de woorden zijn alle twee verkeerd, hebben een scherpte die aan boekenkasten en schilderijen doet denken en die ontbreken hier nu juist.

Kranten van jaren liggen in grote stapels op de grond. Boeken vormen overal slordige bergen. Kleding hangt aan spijkers tegen de muur. En toch is dit een keuze, heeft de bewoner het zo gewild, of hij z'n bezit nimmer een vaste plaats wil geven.

Een lamp verlicht een schuine tafel. Daarop ligt een ontwerp voor een balletvoorstelling. Jammer dat het nog niet af is. Danseressen zien we niet. De kleuren zelf, die dansen, of het blauw, geel en rood, geleid door de goede hand, in staat zijn alle kanten op te springen.

Hij zet de doos van Bojo op een punt van een tafel, naast de krant met de foto van de vrouw met de hoed en gaat in een rieten tuinstoel zitten. Zo stonden die lang geleden in de uitspanning van het park.

Het maanlicht kiert door enkele reten van de met verduisteringspapier bespannen ramen. Het was nog een partijtje uit de oorlog, dat hij bij een sjofele papierhandel op een plank zag liggen. Als je er met een vinger over strijkt zijn de haartjes zo rul als zand. Door een loep heeft hij gezien dat er zelfs kruinen in zitten.

Omdat er niets is te horen zal de televisie ook wel niet aanstaan. Toch is dat wel zo, half natuurlijk, zoals het hier hoort, zonder geluid.

Dodo en de actrice staan op en even later verschijnt Marian opnieuw in beeld. Twee assistenten dragen de portretten van Marian en de toneelspeelster de studio binnen. Ze lopen naar de Hall of Fame, waar de gasten zelf een plaats voor hun gezicht mogen zoeken. De andere koppen kunnen worden bewogen. Het tableau de la troupe is elke week licht veranderd, alsof een paar helden een betere plek hebben gezocht.

Nu iets wat geluid hoort te maken stil is, moet de ruimte misschien toch met wat klank worden gevuld. Het is ook nog zeven minuten voor elf, zo'n brak tijdstip dat niet zonder voorval kan.

Geritsel van kleding, vlak bij de tafel met de doos. Marian zoekt een ruimte tussen Belle van Zuylen en Michèle Morgan, aarzelt weer, weet het nog niet. Kan hij terwijl hij ergens naar kijkt ook nog andere beelden oproepen?

Ogen, in een eindeloze rij. Opgeslagen wimpers, geloken ogen, zo schuin naar links kijkend en dan schieten ze ineens naar rechts. Heel wijd open en dan weer geloken, opgeslagen, geloken. In de vorm van amandelen en smal als bij slangen. Gelogen ogen en dan weer de echte van de twee vrouwen op het scherm, die hij tankt om z'n fantasie in beweging te houden. De ogen van Garbo, Dietrich, Bergman, van al die beroemdheden in de Hall of Fame.

Van dat verduisteringspapier is daar links beneden bij de rolpaal een stukje afgescheurd. Eens is het te snel naar beneden getrokken en dan krijg je dat. Door die kleine opening wordt een rafelige mop licht op de plankenvloer geworpen. Hij ziet het voor het eerst en kan er niets mee doen, hoeft er ook niets mee te doen. Het bestaat buiten hem om. Ook een foto van de vrouw met de hoed krijgt een rol in de rij der fameuzen, als eerste, Dodo zelf hangt haar op.

De donkere ogen van z'n jongste zuster, de blauwe van haar vriendin. De bruine van z'n oudste zus, geloken ogen, opgeslagen wimpers. De ogen van wie kortgeleden is vertrokken en nu ziet hij de vrouw met de hoed op vier plaatsen tegelijk. Op tafel, als Dodo, op het schilderij, in de rij, de volle lippen, de grote wangen, zo snel ziet hij haar overal dat z'n ogen het niet meer bij kunnen houden. Hij slaat ze neer, geloken ogen, nu worden z'n lendenen zo smal, verdraait een voet, schiet het licht in al die ogen tegelijk.

Tussen Lauren Bacall en de vrouw met de hoed – zijn moeder hangt in de Hall of Fame.

Vingerhoed

‘Hoe vond je het?’ vraagt Jan.

‘Wat praat je sloom,’ antwoordt Beppie.

‘Zo beter?’

‘Moet ik nu aan “zo beter” horen dat je beter praat?’

‘Je lijkt Tamara wel.’

‘Die had het anders gedaan.’

‘Hoe dan?’ vraagt Jan.

‘Als ze iets over Dodo zou zeggen begint ze rustig over een man die anderhalf jaar met een scheermesje doet.’

‘Heel verstandig.’

‘Of ze kent iemand die elke dag vijfhonderd meter zwemt...’

‘...en als hij al die afstanden bij elkaar optelt is hij nu bij IJsland,’ vult Jan zijn oudste zuster aan.

‘Moet ik je haar nummer soms even geven?’

‘Ik dacht dat ze bij m’n vader woonde.’

‘Lopende slagroomtaart,’ zegt Beppie.

‘Hoe taxeer jij het nou?’ vraagt Jan.

‘Ga je expres weer zo sloom praten?’

‘Zo beter?’

‘Ze is verder gegaan dan ooit.’

‘Doet ze toch allemaal voor dat schilderij?’

‘Dingen die ze zelfs tegen ons nooit heeft gezegd,’ meent Beppie.

‘Liefde op de post?’ vraagt Jan.

‘Die kende ik wel. Ik bedoel dat handelen in de eeuwige jeugd, net of dat schilderij echt iets in haar loswoelde,’ zegt Beppie.

‘Hoe zou je het beschrijven?’

‘Ik heb er nu geen zin in. Of haar iets ontsnapte wat we

anders nooit te horen krijgen.'

'Verkopen doe je het ook niet?' houdt Jan vol.

'Het leek werkelijk op Tine.'

'Dat zag ik.'

'Kom anders nog even langs, praten we hier verder.'

Beppie loopt de kamer in en bekijkt voor de zoveelste keer de kleurenfoto van de vrouw met de hoed in de krant. Taxeren, beschrijven, verkopen, 't is een spel dat ze al sinds haar vroegste jeugd met haar broer speelt. Alles kan worden getaxeerd, de novemberwind, de regen tegen het raam, stofjes in zonnestralen, noem maar op. Haar moeder heeft haar dat zelf geleerd. Alles kan ook worden beschreven, hoe vaak heeft ze dat niet met haar broer gedaan. Hele catalogi hebben ze gemaakt, compleet met plaatjes en van die feitelijke bijschriften waardoor de dingen van het bestaan soms buitengewoon grappig worden.

Er loopt een dieptevouw door de foto die ze met de rug van een hand glad probeert te strijken. Hoe ging het ook weer? Inktvlekken, in goede staat, ongedateerd, zeventienhonderd vijftig gulden. Of Handgeklap uit 1912, nog uitstekend hoorbaar, vijfenzeventig gulden. En Klapzoenen van Marilyn Monroe, voor uw wangen en uw lippen, partijtje van honderd, tientje per stuk.

Waarom heeft ze Jan het spel dit keer geweigerd? Het is hun manier om soms iets ter sprake te brengen. Elk voorval kan opgaan in zo'n geïmproviseerd veilingnummer, al komt het niet meer in een schrift. Ineens weet ze het zeker: dit schilderij zal Marian nooit zelf verkopen, dit niet, zo ernstig heeft ze erover gesproken. Hun plagende geheimtaal mag die zeldzame ernst niet aantasten.

Zal ze nog met Parijs bellen? 00-33-1 en de rest, hoe lang kent ze dat al uit haar hoofd. Ze legt de krant weg en loopt naar de gang om in de spiegel te kijken.

'Beppie!'

Haar dochter is al naar bed en nu wordt het dubbel lopen,

naar haar kind en naar de spiegel als tussendoel. Ze houdt haar pas niet in, heel even ziet ze een vrouw van veertig met de sluike donkere haren van haar vader, niet als Toef, dertien jaar jonger, die heeft meer van Marian.

In een tuin van dieren ligt Katrien. De olifant, de dolfijn, de kangoeroe en de andere beesten van pluche trekken haar nog naar de vroegste jeugd. Maar ze is al elf en bij het schaarse licht van het spaarlampje boven de deur is te zien dat de nieuwsgierigheid in haar ogen zich naar de komende jaren heeft gekeerd.

'Slaap je nu nog niet?'

Katrien houdt een zilveren vingerhoed tussen duim en wijsvinger. Ze heeft hem een paar jaar geleden van Marian gekregen.

'Kun je die ook als prullenmand gebruiken?'

'Prullenmand?'

'Zeg ik toch.'

Beppie neemt de vingerhoed in haar handen en ziet wat ze bedoelt. Het metaal is aan de bovenkant niet helemaal gesloten. Een rand van vlechtwerk zoals je dat soms ook wel bij een prullenmand ziet.

'Waarom niet,' zegt Beppie en ze geeft de vingerhoed weer aan Katrien. Ze moet hem net van de plank boven haar bed hebben gepakt. Dacht natuurlijk nog aan Marian, die ze op de televisie heeft gezien.

'Steeds voor één prop,' zegt Katrien. Ze kijkt Beppie niet aan, maar volgt de capriolen van de vingerhoed, die ze van de ene op de andere vinger schuift.

'Een beetje kleine prullenmand.'

'Je snapt het niet. Als je zit te schrij-ven of te te-ke-nen is het soms niet goed en dan maak je er een prop van.'

Katrien legt graag iets uit en splitst dan de lettergrepen van de belangrijkste woorden. Anders kan een gewoon mens haar zinnen niet bijhouden.

'Ik heb er soms wel zeven of acht, allemaal niet goed. Maar

van die prop-pen is er weer één de mooiste.'

'En die wil je toch bewaren?'

'Die mooiste prop gooi ik ook weg. In deze prul-len-mand. Die bewaar ik met de prop erin. Kan ik hem altijd weer gladstrijken als ik hem nog eens wil zien.'

Het is zo'n gesprek dat over alles kan gaan, als het maar tijd rekt. De prullenmand kan elk ogenblik worden afgedankt. Katrien verwacht nog iets van deze avond. Onder al die proppen, vingerhoeden en prullenmanden gaat iets schuil dat alleen met een omweg kan worden binnengehaald.

'Is Marian oud?'

Ze speelt nog steeds met de vingerhoed, maar kijkt Beppie nu wel aan.

'Gaat wel.'

'Is geen antwoord.'

Kwaadheidsgebaar met haar voet, iets tussen draaien en stampen in. Ze maakt het ook als ze rechtop staat. Dons glijdt van een opgetrokken been. De dij is al zo lang. De huid is in de naherfst nog bruin van de zomervakantie. Beppie trekt de donsdeken over de knie.

'Wat vind jij dan oud?' vraagt ze.

'Je moet het mij niet vragen. Ik vroeg het jou.'

'Marian is nog geen zeventig.'

'Waarom wil ze zo oud zijn als die vrouw op het schilderij?' vraagt Katrien.

Na de uitzending heeft Katrien niet veel over Marians optreden gezegd. Het is of elk kind voor de belangrijkste vragen een eigen plaats zoekt, als een kat die het gekregen voedsel naar een andere plek sleept.

'Als je ouder wordt krijg je minder tijd.'

Beppie zou het anders en beter willen zeggen, maar ze kan het niet.

'Waarom wil ze dan niet zo oud zijn als ik? Heeft ze nog meer tijd.'

'Ze vindt dat schilderij mooi.'

‘Omdat het op die vriendin van Toef lijkt?’

‘Ik denk het.’

‘Ze wil gewoon een minnaar.’

Katrien zegt het heel kalm en kijkt Beppie met opgeslagen wimpers en een blik van een jaar of zestien aan. Om met een arm om die kangoeroe weer naar een jaar of acht te tuimelen, of ze uit verschillende lijven en gezichten bestaat.

‘Tá-di-da–ta-da-da-di-dá-da-da...’ het is het persoonsmelodietje van Jan. Katrien heeft het gesprek met Beppie zo dubbel en dwars gewonnen dat ze het zich kan veroorloven hem ook om half twaalf ’s nachts nog open te doen. Als hij belt rent zij altijd naar beneden, naar hun vaste plek, dat vloertje tussen twee trappen. Op de blank gelakte planken is door het gekras van draaiende grote en kleine schoenen een netwerk van begroetingsrichtingen ontstaan. Het is niet te zeggen welke kanten ze er nu weer aan toevoegen. Minder dan anders, ze is op blote voeten.

Valt die vingerhoed die laagste trap van zeker dertig treden af. Ze had hem voor de begroeting niet nodig en zo werd de greep minder vast. Kletterend gestuiter, dat zo’n kleine trommel zoveel echoënd lawaai kan maken.

Jan haalt hem wel op. Even kijkt ze hem na. Dan gelooft ze het pakken van de vingerhoedprullenmandtrommel wel en loopt vast naar boven. Hij komt achter haar aan en ziet aan een paar deurstanden dat zij hem zo laat nog in haar eigen kamer zal ontvangen. Beppie zal daar ook wel zijn en hij kent het huis zo goed dat hij ziet hoe z’n zuster zich vanavond heeft bewogen.

Op het moment dat hij opbelde zat ze vast bij Katrien en is ze vanuit de dierentuin over de gang langs de spiegel vlug naar de telefoon gelopen. Bij gebrek aan een vast tijdstip liep ze veel langzamer naar Katriens kamer terug. Hadden het over Marian natuurlijk. Toen hij aanbelde is ze daar maar blijven zitten. Ze wist toch wel dat ze daar met z’n tweeën zouden aankomen.

Het grote licht aan, hij op bed, zij bij hem op schoot, wat een lange dijbenen.

'En hoe taxeer jij het nou allemaal?' vraagt Jan lachend aan z'n nichtje.

'Wat?' vraagt ze of een duidelijk antwoord haar zitplaats zou kunnen bekorten. Ze kijkt hem met haar armen om z'n hals van opzij aan.

'Zeg het zelf maar.'

'Een schaduw, een knieholte?' vraagt Katrien die al even geoefend is in de uitgebreide versie van Marians vak als haar moeder en oom.

'Hindert niet wat,' lacht Jan.

'Je moet er alleen niet bij lachen.'

'O nee?'

'Het is ernst.'

'Goed, zal ik er niet bij lachen,' belooft Jan.

'Hoe taxeer je de minnaar van Marian?'

'Heb je alleen gekeken?' vraagt Beppie. Haar toon is zo dwingend dat Katrien en Jan hun woordspel, misschien tijdelijk, staken.

'Samen met een schotel van de Bojo-lijn.'

'Lekker?' vraagt Beppie.

'Heb ik niet eens opgegeten, toen belde jij.'

'Wat is het verschil tussen alleen kijken en met z'n tweeën kijken?' vraagt Katrien.

Jan maakt van die opeetbewegingen met z'n lippen naar haar neus en draait ze dan weer in de gewone stand.

'Misschien dat je alleen eerder alle kanten op kijkt die er in je hoofd opkomen.'

'Ook als je alleen zit te eten kijk je het meest naar je bord,' zegt Beppie.

'Maar je kunt er net zolang over doen als je wilt. Met het tempo van een ander hoef je geen rekening te houden. Je maakt allerlei pauzes en daarin schrijft niemand je een blikrichting voor.'

‘En als er iemand bij je is kun je niet kijken waar je wilt?’ vraagt Katrien en ze blaast met getuite lippen in Jans oor.

‘Nee, want dan moeten zelfs je ogen zich min of meer gedragen. Kan ik niet voor het raam gaan staan om naar de wolken te turen. Even misschien en dan moet ik dat korte uitzicht met “het regent niet meer” of “kijk eens wat een licht” verklaren.’

‘En waar kijk je dan naar in die pauzes als je alleen bent?’ vraagt Beppie.

‘Dat kun je je nu weer zo moeilijk herinneren omdat die ogenblikken zo in de meerderheid zijn.’

‘Dus we kijken altijd zomaar wat?’ vraagt Beppie.

‘Er schiet me toch iets te binnen. Dan draai je ineens de zool van je schoen naar je toe om te zien of er al een gat in zit. Of je bukt je en kijkt onder het tafelblad.’

‘Zeker om te zien of er snot onder zit,’ zegt Katrien. Ze drukt haar hoofd in de holte tussen zijn schouder en kaak.

‘Het gaat zo vlug dat het lijkt of je jezelf daar niet eens opdracht voor hebt gegeven. Loop je ineens naar alle kastdeuren om te zien of ze van binnen ook zijn geschilderd. Dat weet je dan niet. En als je het hebt gezien vergeet je het weer,’ gaat Jan door.

‘Wat doet het er ook toe,’ zegt Beppie.

‘Ik wil die ding-en wél we-ten,’ zegt Katrien en legt haar hoofd nu op de schoot van Jan.

‘Gaat het,’ zegt Beppie tegen Katrien. Die beweegt haar hoofd een paar keer om het nog beter in rust te krijgen.

‘Of je houdt je hand ineens omhoog om te zien of je je nagels al weer moet knippen,’ zegt Jan.

‘Of je zit op de plee en je kijkt steeds maar weer naar diezelfde muur,’ zegt Katrien.

‘Of je kijkt heel even in de spiegel omdat je er toch langs loopt,’ zegt Beppie.

‘Ja waar is dat ding anders voor,’ zegt Jan.

Katriens haren spreiden zich om haar schouders, reiken half

zwaaiend tot haar rug en zijn al weer stil. Ze is rechtop gaan zitten.

'Is veilen bedriegen?'

'Nee, want iemand koopt toch iets uit vrije wil,' zegt Jan.

'En waarom zei Dodo dan dat Marian de prijzen opdrijft?'

'Dat hoort bij het vak,' zegt Beppie.

'En waarom biedt ze dan zelf zoveel voor dat schilderij terwijl dat helemaal niet mag?'

Waarom, waarom, het is een rest van een spel met een olifantenfamilie dat op de plank naast de vingerhoed hoort. Op elk kaartje vraagt een zoon of een moeder of een tante 'Wat is een sneeuwvlok?', 'Waarom werken je ouders?' of 'Waarom staan er tafels in huis?'

'Omdat ze vond dat het schilderij anders te goedkoop wegging,' zegt Beppie luchtig.

'Ze wil zelf weer jong zijn, daarom kocht ze dat schilderij,' zegt Katrien.

Jan kijkt Beppie aan.

'Ze bedoelde het vast een beetje grappig,' zegt hij.

'En waarom zou dat niet kunnen?' vraagt Katrien en ze kijkt Jan boos aan. 'Ze mag van mij best wat lenen, ik heb jeugd genoeg.'

'Je doet maar,' zegt Beppie.

'Misschien krijg je het dan wel nooit meer terug,' zegt Jan lachend.

'Met rente,' zegt Beppie. 'Ze is nu wel beroemd.'

'Heeft ze wat aan,' zegt Katrien.

Weer wordt er gebeld, nu geen persoonsmelodietje, maar iets tussen kort en lang in. De klank van iemand die eerder verlegen dan brutaal naar een huis is gelopen. Komt door het late uur misschien.

Wie staat op, Beppie, Jan, Katrien? Ze blijven zitten en misschien is dit wel zo'n ogenblik waarover Jan heeft gesproken. Net niet in beweging komen terwijl dat wel moet. Jezelf nog enkele seconden gunnen voor het gezelschap zich zal wijzigen.

Nog een keer de bel, iets korter zelfs. Ze kijken of ze het geluid kunnen zien, of het vanzelf wel dichterbij zal komen zonder dat ze er iets voor hoeven te doen. Hier belt iemand die iets te veel van zichzelf heeft prijsgegeven en nog niet weet hoe ze met die verandering moet omgaan.

Dan loopt Beppie de gang in, kijkt even in de spiegel en drukt waardig op een knop. Even later loopt ze met de gast de kamer van Katrien in. Marians gezicht is wijd vermenigvuldigd. Even kunnen ze niet geloven dat het exemplaar waarvan er maar één bestaat zich werkelijk met een bos seringen in dit huis bevindt.

Hoge hakken

Een week na de uitzending krijgt Karel Lood op zijn kamer in het veilinghuis een telefoontje van een man die z'n naam begint te spellen omdat die anders, zoals hij zegt, toch niet wordt verstaan: Cornelis Otto Cornelis Hendrik Eduard Robert Eduard Theodoor. Met een licht Indisch accent spreekt hij die hele reeks zo vlug uit dat Karel hem niet bij kan houden. De onbekende moet al z'n jongensnamen nog een keer herhalen.

Karel telt ze op tot Cocheret. Hij kent die naam. Veilingmeesters lezen de pagina met overlijdensadvertenties altijd goed en letten vooral op de geliefde die in verschillende zwarte kaders wordt geëerd. De inboedel van de gestorvene zou wel eens kostbaar kunnen zijn. Als hij het zich goed herinnert waren er ruim een maand geleden heel wat berichten aan Cocheret gewijd.

'Meneer Cocheret, wat kan ik voor u doen.'

Lood klemt de hoorn tussen schouder en kin. Hij ritst een stapeltje rouwadvertenties van de rechtopstaande ijzeren pin en begint met vlugge vingers te zoeken. Cocheret zegt niets over de dood van zijn naamgenoot en vraagt alleen maar of hij wellicht een keer kan spreken 'met die vrouw van dat schilderij'. Ja, hij heeft haar op de televisie gezien en misschien dat zij hem kan raden over de toekomst van een paar dingen.

'Mevrouw Bimba is er niet,' zegt Karel. Op hetzelfde ogenblik heeft hij de gestorven Cocheret gevonden. Liefst zeven berichten, niet alleen van familie maar ook van enkele bedrijven uit de geneesmiddelenindustrie.

Marians afwezigheid stelt Cocheret hoorbaar teleur. Hij

zwijgt en kucht en zou nu best eens meteen kunnen ophangen. In die leemte draait Karel Marians agenda naar zich toe, bladert vlug naar een witte bladzijde en zegt dat mevrouw Bimba volgende week woensdag bij hem kan langskomen. Is dat niet veel makkelijker dan een bezoek aan de zaak? Kunnen ze de dingen ter plekke bekijken. Wat het voor dingen zijn, Cocheret zegt het niet en Karel vraagt er ook niet naar. Elk bezit is kwetsbaar als er voor het eerst tegen een vreemde over wordt gerept.

'Het is wel een eind van de stad,' zegt Cocheret.

'Maakt niet uit, daar zijn we toch voor.'

'Dus ze komt hoe dan ook?'

Wellicht, misschien, hoe dan ook, Cocheret bepoedert z'n woorden met modaliteiten. Hij gaat er zeker van uit dat elke toezegging bij voorbaat in twijfel moet worden getrokken.

'U kunt erop rekenen.'

Het schilderij is nog steeds niet uit het nieuws verdwenen. Liefst drie rubriekschrijvers hebben het als uitgangspunt genomen voor een piepkleine beschouwing over de onzinnige prijzen die tegenwoordig voor een kunstwerk worden betaald. De laatste was een aanhanger van de samenzweringstheorie en vermoedde in grappig bedoelde sporttermen dat de hele prijs een een-twee-drietje was tussen Marian, de maar doorbiedende handelaar en de neef van de zangeres.

De vrouw met de hoed zelf trekt zich daar niets van aan. Het veilinghuis is zo verstandig geweest haar met goedvinden van de neef in de etalage van hun eeuwenoude gebouw te hangen. Zonder bureau natuurlijk. Ook van die etalage is weer een foto in de krant gekomen en zo spiegelt de prijs zich onder de blikken van voorbijgangers en lezers omhoog.

Als Marian over het verzoek van Cocheret hoort is ze minstens zo nieuwsgierig als Karel. Hij heeft het talent om op de gekste plekken iets te vinden, juist daar waar niemand het verwacht.

Een man die tussen een onbeschrijfelijke rommel op een

woonboot leefde haalde pas nadat Karel vijf keer was langs geweest een map met lang gezochte tekeningen van Constantin Guys uit een la.

Een maantje van Jongkind en een strand van Boudin, met een gezamenlijke waarde van een miljoen, kwamen uit een kluisje dat een beroemde dirigent lang voor zijn dood achter een kast had verborgen. Z'n zoon vermoedde wel dat er iets moest zijn, maar Karel ontdekte de schat. De man kon maar niet beslissen of hij de doeken wilde houden. Tegen Marian zei Karel dat de zoon van de dirigent het licht nog vreesde. Dat was op het veilinghuis een gevleugelde uitdrukking geworden voor elke klant die iets net niet kwijt wil: hij vreest het licht.

Op de morgen van de afspraak met Cocheret rijdt Marian naar het huis van Karel om hem op te halen. Hij woont aan de rivier tegenover het grote theater, niet ver van Tine en Heleen, die door Marian nooit Toef wordt genoemd. Ze heeft een hekel aan naamgrappen. Toef en Tine klinkt helemaal verkeerd, vooral toen ze hoorde dat Beppie en Jan het een keer lachend over de TT-races hadden.

Zal ze nog even bij haar dochter langsgaan? Op Tine is ze zeer gesteld. Zij was ook de enige van haar familie die het na haar optreden bij Dodo voor haar opnam. Schaterend van het lachen vertelde ze dat ze nog dagen na de uitzending op straat werd nagekeken door voorbijgangers die moeten hebben gedacht dat het schilderij echt tot leven was gekomen, zeker toen ze met opzet even voor die etalage ging staan, zo lijkt ze op de vrouw met de hoed.

Nee, duurt te lang, ze moet maar regelrecht naar Karel rijden. Wat bleef Heleen eerst terughoudend, argwanend, net of Marian met die paar loslippigheden ook te veel over haar eigen dochter heeft verklapt. Toen ze ze de dag na de uitzending bezocht trok Tine achter Heleen dat gezicht van 'ik kan het ook niet helpen' over een opgetrokken schouder.

Marian verheugt zich op de rit naar het huis van Cocheret.

Het moet op een landtong aan het water staan. Het licht geeft in de stad al een voorschot op de plassen, het spettert op het water, Breitners oktober.

Beppie en Jan waren in de nacht na Dodo beminnelijker dan Heleen. Toch kreeg Marian de indruk dat zij haar optreden het liefst omzeilen. De ogen van haar kinderen staan naar de geheimen van hun eigen leven en niet meer naar die van haar. Op Katrien na, maar die moet zelf nog beginnen. Marian is nog haar leven, deels dan. Haar kleindochter gaat wel eens mee als ze ergens iets moet bekijken en dat zal binnenkort ook wel minder worden, elf is ze, wentelt zich al naar de volwassenheid.

Jan vroeg lachend of Marian als zevenentwintigjarige 'op hem zou vallen' en toen lachte ze maar wat terug. Beppie vroeg wel ernstig 'hoe het dan voelde om ouder te worden' en 'waarom ze daar niet eerder over had gesproken'. Marian hoorde aan haar stem dat het vragen zonder toekomst waren. Zo gaat het nu eenmaal leek haar dochter te zeggen. Het is onontkoombaar. Leg je erbij neer dat je nog een jaar of tien is gegund.

Daar loopt Tine, aan de overkant van de gracht, ze komt uit Virginia, wat moet ze in dat hotel? O ja, ze kent de eigenaar, heeft daar pas het hele interieur verbouwd. Ze ontwijkt een auto, schiet vlak langs het water en is zeker op weg naar haar architectenbureau. Kan Marian nog omrijden om aan de overkant te komen? Hoge hakken, wat een prachtig gezicht, loopt zo vlug zonder te zwikken, nee, toch maar doorrijden.

Tines loop roept alles wakker wat Marian de afgelopen weken zo krachtig heeft gemaakt. Een vraaggesprek voor een weekblad en voor een feministisch tijdschrift waarin alles wat ze tegen Dodo heeft gezegd veel uitgebreider werd overgedaan. Vooral de verslaggeefster van het weekblad was verrukt van het onderwerp eeuwige jeugd en nam het bijna nog ernstiger dan Marian. De interviews zijn nog niet gepubliceerd. Pas over een paar weken zal de al dan niet gedempte kritiek van haar kinderen opnieuw losbranden. Ze heeft het ze nog niet eens verteld.

Aan de twee mooiste aanvragen moet ze nog voldoen. De moderedactrice van een ochtendblad vroeg of ze voor de rubriek 'Smak & Snuf' parfums wil testen, samen met een dichter, een actrice, een schrijfster, een schilder en een grafisch ontwerper. En de afdeling voorlichting van Openbare Werken deed haar het verzoek of ze zitting wil nemen in de commissie die een naam moet geven aan elke nieuwe straat.

Nooit aan gedacht dat die namen door mensen worden verzonnen, had ze tegen de voorlichtster gezegd en die antwoordde toen dat Marian geknipt was voor dit werk. Oog voor schoonheid en voor de praktijk der dingen, dat zochten ze nu net. Marian zei alweer ja en achter het stuur lacht ze stil. Het vluchtige parfum en de bestendige straatnamen spreken elkaar zo grappig tegen.

Een parkeerplaats aan de rivier tegenover het huis van Karel, meteen. Door die opdrachten voelt ze zich onverwoestbaar. Ze verlengen haar leven naar alle kanten, net of ze ver buiten haar huid overal bestaat, op zoveel plekken wordt ze nog verwacht. Zo moet het, met nieuw werk beweegt ze de eerbied van haar kinderen. Die blijven nieuwsgierig naar waar ze in voorkomt, de naam van een straat, de geur uit een flesje parfum.

Ook zij praat het liefst over de onverwachte glooiingen van hun baan. Een nieuw ontwerp van Jan, een reis van Beppie om kleding in te kopen voor de Franse Bazaar, de laatste foto's van Heleen, het huis aan zee van Tine, hoe ze zich verspreiden naar plaatsen waar ze zonder haar kunnen bestaan. Alleen Katrien had het haar ronduit gevraagd, 'is veilen ook oplichten' en 'wil je nou nog een minnaar, echt?'.

Als Karel z'n huis uit komt schiet er een auto voorbij en daarin zit de handelaar tegen wie Marian heeft opgeboden. Hij maakt het gebaar van ik stop wel even en dat gaat meteen over in het gebaar dat het hem niet lukt. Drie, vier andere auto's rijden vlak achter hem.

'Die reed liever door,' zegt Karel.

Marian kijkt hem nog even na.

'Ga je weer aan het werk, kom je meteen hem tegen.'

In Marians auto vertelt Karel dat een dichter over die altijd weer toevallige ontmoeting met een bekende iets aardigs heeft geschreven. De juiste woorden kent hij niet meer. De naam van de dichter is hij ook vergeten, maar de gedachte niet, die schiet hem nog af en toe te binnen.

'Het lijkt wel of je het ontstaan van een spreekwoord beschrijft.'

'Heeft het ook wel iets van.'

'Laat horen.'

'Het valt mij op dat ik vandaag niemand tegenkom die ik een tijd niet heb gezien.'

'Hoe?'

'Dat het hem opvalt dat hij niemand tegenkomt die hij een tijd niet heeft gezien,' varieert Karel licht op z'n eerste zin. Als iemand je niet meteen begrijpt denk je immers dat het aan je zinsbouw ligt.

'Hij breidt het uit,' zegt Marian lachend.

'Of hij nou plotseling een onbekende een straathoek om ziet komen of een vriend, het blijft voor hem net zo vreemd.'

'Dat zou iets voor Jan zijn.'

Karel kent de merkwaardige redeneringen van Marians zoon. Die splijt het liefst elk voorval. Maar dit onderwerp is van hem. Marian moet het niet naar een ander toeschuiven.

'Die dichter laat het daarbij. Als je erover doordenkt zie je dat hij het hele toevalsvraagstuk schitterend heeft opgelost.'

'Hoe dan?'

Ze vraagt het Karel zo vurig dat hij haar zoon alweer is vergeten.

'Stel je voor dat het een uur of tien 's morgens is. Er lopen vijfhonderd mensen in het centrum van een stad. Sommigen zullen elkaar zeker kennen.'

'Ik zie ze lopen.'

'Vijftig van hen zullen elkaar ook wel eens hebben ontmoet, in gradaties van kennis tot vriend. Dan spreekt het bijna vanzelf dat een paar voorbijgangers plotseling een bekende zullen zien.'

Een gebouwtje van golfplaten, een vaag modernistisch kantoor, een slordig graslandje: ze bereiken de rand van de stad.

'Lijkt me logisch.'

'Het doet er alleen niet toe of jij een bekende tegenkomt of een ander. Het zal gewoon ergens gebeuren.'

Een man komt de deur van een keet uit. Hij draagt een overal, heeft een pet op en verdwijnt om de hoek van het gebouwtje. Marian begint te lachen en slaat met een vlakke hand op het stuur.

'Als ik die man daar niet herken dan is de kans dus groot dat iemand een eind verderop een vriend van vroeger hartelijk begroet?'

'Dat denk ik.'

Ze rijden langs een rivier en kijken nu stikkend van het lachen naar elke fietser, automobilist en spaarzame wandelaar om te zien welke rol ze in de kansherkenning spelen. Die van de dichter, steeds weer.

De smalle weg gaat tussen twee plassen door. Er staat hier meer wind. Wolken jakkeren langs de zon. Het licht vertintelt zo razendsnel tegen de golfpuntjes dat Marian en Karel er stil van worden. In een kamer bij een vaas of in de hal van een school oefent het maar wat om zich hier volop te kunnen verspillen. Grote partijen denderen op de watervloer om daar langs deinende schaduwen te verijlen voor die door ander wegwerplicht worden geraakt.

'Wat een zwart-wit op dat water,' zegt Karel.

'Veel meer dan je bij al dat goud zou verwachten.'

Een punt van haar zwarte knoopjesjurk is door al dat sturen van een knie gegleden. Ze laat het zo, hij mag het zien, laat die knie zich maar aanbieden. Z'n ogen zullen misschien toch nog door reeksen andere worden opgevolgd.

'Kwam jij hier nu vaak?' vraagt hij.

'Vroeger wel, in m'n vroegste jeugd.'

'Je weet het niet meer.'

'Nee,' zegt ze. Het waterland kan ze niet met een verhaal benoemen. Het zoeken van een naam voor iemand die je lang niet hebt gezien en die ineens weer voor je staat.

Karel haalt een blaadje uit z'n binnenzak, vouwt het open, draait zich iets naar links zodat er meer licht op het papier valt. Marian ziet het. Als hij het zo bekijkt heeft hij ook nog een beter smokkelzicht op die knie.

'Is het nog ver?' vraagt ze.

'Een kilometer of zeven, acht.'

Er staat af en toe een naam op een bord maar de omgeving is hier weinig wegwijzerachtig. Het waterland wint het van ieder teken dat het met richting denkt te benoemen. Het gaat maar door zonder dat het zich tot iets ontwikkelt. Alleen die herhaling van tuimelende golfjes. En zelfs de vogels voegen weinig toe. Even vliegt de kiekendief in kleur op of hij wordt al een algemene soort. Daar heb je er nog een, silhouettekening in een vogelboek.

Waar zij ook rijden, alles blijft min of meer hetzelfde. Verstopt zal het huis zijn om hier niet te veel op te vallen, als op zo'n kinderzoekplaatje. Je kunt het maar niet vinden, de rok van de boerin, de horens van de stier, de hoed van de vogelverschrikker, geen dak, geen schoorsteen, geen raam is er te bekennen.

'Moeten we niet eens vragen?'

Marian zegt het heel voorzichtig. De bestuurder dient de kaartlezer met de grootste tact z'n werk te laten doen.

'Telefonische plattegronden zijn nooit de beste,' zegt Karel. Hij draait het raampje open. Tot nu toe was er in de oktoberluwte niemand te bekennen, maar Marians vraag heeft een vrouw opgeroepen die niet eens een voorbijgangster kan worden genoemd.

Ze komt uit een huis. Waar moet ze heen, naar de voorlopig onzichtbare bushalte? Ver van hier zijn pas plekken waar je weer iets kunt doen. Of zal ze net als die eerste kansherkenningsman gewoon de hoek van haar eigen huis omgaan?

Nee, ze loopt naar de langzaam rijdende auto toe. Over vijftien seconden zal de raadsvrouwe bij hen zijn.

Wanneer heeft ze dit voor het laatst gedaan? Jurkpunt valt van andere knie. Devon, tientallen jaren geleden. De kleine Heleen zit tussen de grappen makende Jan en de verveelde Beppie achterin. Bert buigt z'n hoofd in de beleefdste stand naar buiten.

'O, dat is helemaal niet zo ver,' zegt de vrouw. 'Wel even opletten. Kijk, je hebt daar twee zeilscholen niet ver van elkaar, de ene heet Het Anker en de tweede De Watergeus.'

'Ja, Anker, Watergeus...'

'Het weggetje naar Het Anker ligt er zo uitnodigend bij dat...'

En nu rijdt Marian door, net iets vlugger dan langzaam. De mond van de vrouw praat verder tegen het niets. Ze trekt haar wenkbrauwen op om de steeds groter wordende afstand te overbruggen. Kindergelach. Neuzen tegen de achterruit. Berts elleboog en z'n kaart hangen nog buiten. Dan geeft Marian vol gas. Voorval door vaart aan flarden getrokken.

'Ik kan het niet aanhoren.'

'Hoe, wat?'

'Weggetje zus, hoekje zo, ik kom er nog liever nooit. Alles is beter dan dat gepraat te volgen.'

Ze kijkt Karel van opzij zo spottend aan dat ze alle twee in lachen uitbarsten. Verder rijden kan niet meer. Ze parkeert haar auto in een grasberm. Ze stappen uit en lachen maar door, klaterend, ze wedijveren met de wind.

Ze doen hun voordeel met wat de vrouw heeft gezegd. Niet bij Het Anker, maar bij De Watergeus, daar stoppen ze. Cocheret zei niet dat het laatste bord een beetje verscholen tussen de bomen zit. Wel dat ze een boslaantje moeten aflopen.

Twee winterkoninkjes, een vink, drie, vier brutale roodborstjes tussen al dat water.

'Wat heeft hij nou eigenlijk?' vraagt Marian.

'Geen idee.'

'Vermoed je ook niets?'

'Veel.'

'Om die rouwadvertenties?'

'Z'n vader is een veel betreurd mens.'

Over een maand moet het hier rood-geel vlammen. Langs dit pad zijn alle bomen samengebracht die in dit waterland zo overvloedig ontbreken. Kastanjes, beuken, berken. In de verte klinkt het gebonk van hout tegen hout met zo'n lichte echo tegen het water, als pauzestippeltjes na een zin...

'Je bewaart toch niets kostbaars bij zoveel water,' zegt Marian.

'Misschien is de isolatie heel goed.'

'Hoe oud zou die Cocheret zijn?'

'Zestig, iets ouder misschien.'

'Zo klonk z'n stem?'

'Deftig, licht Indisch.'

Karel Lood denkt zelfs dat ze voor Cocheret weer eens Het Boek kunnen maken en dat zegt hij niet vaak. Marian is daar nooit voor, maar ze stribbelt ook niet tegen omdat het veel geld oplevert.

Het Boek is een uitgave waarin alles wat iemand ooit verzamelde staat afgebeeld. Kijk, dat bezit valt nu uiteen, wordt er tegen een nabestaande gezegd. Maar is het niet aardig om als een mooie herinnering alles toch bij elkaar te houden? In kleur, dat spreekt vanzelf. En neem dan een oplage van honderd of meer. Denk aan de generaties die na u komen. Als een erfgenaam toestemt maakt de prijs niets meer uit. Die begrijpt ook wel dat zo'n belangrijk boek wat mag kosten.

Het pad gaat naar rechts. Tussen drie kastanjes door nog even naar links en dan verwijdt het zich tot een grasveld. Bonk-bonk, een roeiboot is vastgemaakt aan een houten steiger. Aan het eind van het veld staat een houten huis met een scheef dak. Het lijkt eerder houtsnijkunst dan architectuur, zo scherp eindigt het bij al z'n vlakken.

'Het is net of ik hier al eens eerder ben geweest,' zegt Marian zacht, alsof Cocheret haar nu al zou kunnen horen.

'Déjà vu?' vraagt Karel.

'Nee, echt.'

Kom nou

Een veilingmeester heeft voor een toekomstige klant niet meer belangstelling dan voor een medepassagier in een tram. Hij wordt alleen bezocht omdat hij wellicht bladgoud heeft verzameld. En dat wordt pas bekeken en besproken als de veilingmeester hem als een familielid heeft bemind. Het goud kan aan de wand hangen, op de vloer liggen, in de gang staan, in het begin mag er niets over worden gezegd. Soms is het zelfs onzichtbaar. Kasten en dozen maken een fort van elk bezit.

Zo vat Marian haar werk stil samen als ze met Karel Lood naar het huis loopt. Steeds krijgt ze iets te maken met iemand die misschien naast haar in de schouwburg heeft gezeten of net voor haar was bij de slager.

Nog een geluk dat ze meestal kan overslaan wat ze niet wil kennen. Medebezoekers van de dokter of het stadhuis, het monsteren van een been of een wenkbrauw, al die variëteiten in het niet kennismaken, de nek draait weg naar een ander gezichtspunt. Soms hoeft zelfs het wrijven van arm langs arm, van dij langs dij niets op te leveren. De drukte voor de garderobe, de bagage als het vliegtuig is geland, staanplaatsen in de trein.

Nu wordt een voorbijganger een koning. Bladgoud. En aan die schat is Marian verslaafd. Ze steelt het leven van iemand die er niet meer is, ontfutselt hem de dingen die hij jaren heeft bemind.

Het gaat zo vlug. Aanbellen, openen van de deur, ze zijn al binnen. Cocheret wordt door Karel Lood zo hartelijk begroet dat het is of hij hem al heel lang kent en de vroegere groetresten alleen maar wat hoeft op te porren. Smeulend vuur dat na een paar spaanders weer in lichterlaaie staat.

Cocheret leidt de twee bezoekers naar een glazen tafel. Heel even denkt Marian nog buiten te zijn, zo dicht is ze bij het water dat ze door de voorruit heeft gezien, al golft het nu dan weer hier. Als ze gaat zitten ziet ze in de seconde tussen kijken en weten dat de hele achterwand van glas is.

De gastheer zet thee, de beleefdste der dranken. De kopjes zullen hier vast ook wel van glas zijn. Hij doet hun het uitzicht op de schittering cadeau, op het licht dat zich voorkeurloos nergens nestelt en alleen maar aanwijst wat het verlaat. Drie, vier meerkoeten, een duikelende fuut, een roerloze blauwe reiger, vlak bij het riet. Hoe komen achter het huis in het kleine bos dan al die roodborstjes, groenlingen, vinken en winterkoninkjes? Op hun moedigste dag zullen ze het water, waar ze niet horen, overgevlogen zijn.

Marian luistert naar de verkeersgeluiden van Cocheret. Zachte voetstappen. Leeftijdsverwarring. Ze is een jaar of vijf ouder dan hij en toch denkt ze minstens twintig jaar jonger te zijn. Gekraak van een kastdeurtje. Straal van de ontgrendelde kraan op graniet en nu op metaal. De veilingmeesters blijven op de hun toegewezen plaatsen zitten en kijken werkzaam om zich heen.

Zeven stoeltjes van Bertoia zijn over de ongeveer twaalf meter lange en zes meter brede kamer verstrooid. Ze hebben een zitting en een rug van tot vierkantjes vervlochten draadijzer. Aan elke stoel is een blauw kussentje vastgegespt. Twee stalenbuismeubelen van Gispen versterken de indruk dat hier een minnaar van modern klassiek moet hebben gewoond.

'Moet hebben gewoond,' Karel zegt het zacht tegen Marian. Als kamerverzamelaars zien ze meteen dat het huis allang is verlaten.

Zelfs in goed schoongemaakte kamers is het buiswater van een voorval nooit helemaal verdampt. Een slijpkrul van een potlood, een oude krant in een hoek of een paar verse vingerafdrukken op een ruit delen altijd iets mee van wat er af en toe in een vertrek gebeurt. Hier is alles opgeruimd. Geen beweging klinkt nog in de meubels na. Stijf en eenzaam staan ze erbij. Ook Cocheret woont niet in dit huis. Hij is er vast alleen naartoe gegaan om hun iets in het eens van leven bruisende buitenhuis van zijn familie te laten zien.

Maar wat dan?

Het kan niet veel meer zijn dan die meubels en een vierkante spiegel met een passe-partout van glas of die monsterlijke klok met van die houten zonnestralen. Ah, daar op een zijmuurtje hangt een schilderij. Op de licht geschilferde zijkant van de zilveren lijst na kunnen ze het net niet zien.

Wacht Cocheret tot het water kookt? Hij blijft er lang genoeg voor weg. Karel kijkt even naar de kant waar hij de keuken vermoedt en staat dan onhoorbaar op. Hij loopt op z'n tenen naar het schilderij en schiet weer terug.

'Valentine Prax, alweer op glas.'

'Ze hebben hier iets met glas.'

Fluisteringen.

'Een naakt op een gebogen sofa.'

'Hoeveel?' vraagt Marian.

'Voor een open raam.'

'Hoeveel nou?'

'Tien-, vijftienduizend misschien,' zegt Karel nog zachter.

'Prax, de vrouw van Zadkine.'

'En soms veel beter.'

Cocheret is er ineens weer. Zijn loopje van de keuken naar de kamer hebben ze niet eens opgemerkt. 'De thee,' zegt hij zacht of hij zich voegt naar de toon van het gesprek dat hij niet kan hebben gehoord.

'Wat een uitzicht,' zegt Karel. Hij maakt een royaal gebaar naar wat zich achter de glazen wand afspeelt. Duizenden golven, zes wolken, vier boten, twee bergeenden, de nu statig opvliegende blauwe reiger en wat zich daar nog tussen en boven bevindt.

'Dat is nog niets vergeleken met het uitzicht dat ik vorig

jaar zag,' zegt Cocheret zacht. Hij zit aan het hoofdeinde van de tafel. Karel en Marian buigen zich iets naar hem toe. Ze kennen hem te kort om hem tot harder spreken te manen.

'Ik stond werkelijk versteld,' gaat hij door. Z'n gezicht is licht getint en heeft het leeftijdloze van iemand die lang geleden besloot zich niets van het spel der generaties aan te trekken.

'Vertel,' zegt Karel. Weer maakt hij zo'n royaal gebaar dat nu voor het komende verhaal van Cocheret is bestemd. 'Een zeldzame vogel misschien?'

'Die lijkt me meer iets voor uw werk. Nee, het was een uitzicht in het noorden van Wales, net onder Schotland.'

'Schitterend gebied,' zegt Karel. Marian wil hem het liefst een schop onder de tafel geven. Belust op een nog onbekende prooi wordt hij te geestdriftig. Die Cocheret is schrander en kan er met een paar strikvragen zo achter komen dat Karel nooit in Wales is geweest. Maar ze houdt zich in. Onder het glazen blad is elke beweging van een been of voet openbaar.

'Kent u Ulverston?' vraagt Cocheret.

'Nee,' zegt Karel, 'dat roept zo gauw niets bij me op.'

'Het is een rustig fabrieksplaatsje. En toch is daar een van de grootste kunstenaars van deze eeuw geboren.'

Hij kijkt Marian en Karel onderzoekend aan in de verwachting dat een van hen de naam van de artiest zal noemen. Ze zwijgen. Zelfs Karel kan zijn onwetendheid niet met een gok ongedaan maken.

'Stan Laurel,' zegt Cocheret, 'die woonde daar in zijn jeugd. Zijn vader was ook komiek en van hem heeft hij het vak geleerd. Het spreekt vanzelf dat ze toen hij eenmaal beroemd was ook iets met z'n geboortehuis wilden doen.'

'Een plaquette of zoiets?' vraagt Marian.

'En helemaal verdiend,' voegt Karel eraan toe. Weer wil Marian naar hem trappen en weer houdt ze zich in. Het beengebergte onder het glas dient keurig te blijven. Niet de baldadige vrijplaatsen onder hout van een voet hier en een knie daar, dat rommellandje van lichaamsdelen. Nee, dij over dij, beleefde rust zonder de schoenpunttrillingen die de tijd zo aangenaam verkorten.

'U bent liefhebbers, dat merk ik wel,' zegt Cocheret. 'Toen ik het sombere straatje naderde zag ik op een hoekhuis inderdaad een naamplaatje.'

'Met Laurels data natuurlijk,' zegt Karel.

'Maar die stonden er helemaal niet op,' zegt Cocheret met een schamper lachje.

'O nee?' vraagt Karel. In die onbetekenende woorden veinst hij nog een toon van wijsheid.

'Laurel View, dát hadden ze in het steen gebeiteld.'

'Z'n uitzicht,' zegt Marian werkelijk verbluft.

'Op het huis ertegenover stond wanneer hij is geboren en gestorven. Dat lieten de buren aan de overkant van de straat niet op zich zitten. Waar iemand op uitkijkt vonden ze het belangrijkste van een huis en terecht. U ziet het ook hier weer en om die zin woordloos te voltooien gebaart hij naar de glazen wand. Een reiger wil op een modderlandje voor het riet neerstrijken. Cocherets handbeweging brengt hem op andere gedachten. Z'n poten halen net niet de grond. Hij fladdert kracht in z'n lijf en stijgt weer op.

Marian denkt, kwarts doezelig van het licht, dat het wel erg lang duurt voor hij over z'n meubeltjes en dat ene schilderij begint. Zal ze er anders gewoon naar vragen? Karel heeft zich met z'n schatting van Cocherets vermogen diep vergist. Vragen en wegwezen, dit levert niets op.

'Op die reis naar Wales was ik met een meisje van een jaar of dertien dat op het postkantoor zelf geld mocht wisselen. Ze vond het heel wat. Al die officiële gebaren en dan ook nog een handtekening. Ze moest zelfs haar paspoort laten zien. Twee weken later zou ik voor haar vijftig gulden wisselen. Zij bleef in het hotel. Toen vroeg ze: zal ik je dan mijn paspoort meegeven?'

'Wat grappig,' zegt Karel, 'ik zie het voor me.'

'Het deed me aan Stan Laurel denken. Hij had zoiets zelf aan z'n dikke vriend kunnen vragen. Die had het paspoort nog meegenomen ook.'

Opnieuw is het stil, zo'n stilte waarin het verhaalloze weer eens laat merken hoe sterk het in de meerderheid is. Het plafond, het witte kleed, de glazen tafel, het naakt van Valentine Prax, de klok, de spiegel en al die andere vaste genodigden herhalen zich geduldig om te laten zien dat zij het hier voor het zeggen hebben.

Om vlug iets terug te doen bespiedt Marian door de tafel de donkerblauwe schoenen van Cocheret. Waarom niet, ze moet toch ergens naar kijken. Ze hebben zo'n patroon van slingergaatjes dat ze anders lelijk zou vinden. Maar Cocheret kan zich die schoenen veroorloven net als dat pak van bruin kamgaren. Hij heeft de tegenstellingen van de smaak overwonnen en hoeft niet meer te bieden op wat gangbaar is.

'Even het nieuws,' zegt Cocheret en haalt een piepkleine radio uit z'n zak. Het lijkt zo langzamerhand wel of ze hier werkelijk alleen maar op bezoek zijn en weer zullen vertrekken zonder dat er iets is besproken.

Cocheret trekt de lange antenne zwierig uit het toestel en zet het aan. Daar is de stem van een vrouw die de globe tot een Engelse zandkorrel verkleint.

'This is the BBC World Service. The news read bij John Ewell.'

't Is even stil en dan komt Ewell met z'n belangrijkste bericht.

'Antonio Carlos Jobim died this morning, the great Brazilian folksinger and composer.'

'Wat een ramp,' zegt Cocheret.

'Zeg dat wel,' meent Karel, 'heet hij niet net zo als die acteur boven dat luchtrooster in die film van Billy Wilder?'

'Dat is Tóm Ewell, deze heet John, en wat brengt hij het weer afstandelijk,' gaat Cocheret verder, 'net of hij liever over een oorlog had gesproken.'

'Dat vindt hij natuurlijk pas echt nieuws,' zegt Karel. 'Laatst zat hij nog in het een of andere forum.'

'Die man leest toch alleen het nieuws?' vraagt Marian.

'En toen zei hij dat een schrijver het over de maatschappij moet hebben. Dan staat hij pas echt in zijn tijd. Hij begreep niet dat de beste dingen niet over een tijd gaan, maar die tijd zíjn. Dat schilderijtje van Valentine Prax gaat niet over de jaren twintig, het ís de jaren twintig. Zo kom je op een Boogie Woogie van Mondriaan geen kop van een lang vergeten politicus tegen.'

'Mochten ze willen,' zegt Karel.

'Midden in twee wereldoorlogen schilderde hij z'n mooiste doeken.'

Ewell zegt dat de betreurde Jobim in Brazilië Tom werd genoemd en nu heeft de redactie van World Service iets zeldzaams beslist. Geen oorlog, geen politieke praatjes, maar de melodie 'Wave' van Tom Jobim zelf.

'Daarom dacht ik natuurlijk *Tom* Ewell,' verdedigt Karel zijn vergissing.

'We gaan naar boven,' zegt Cocheret.

Hij staat op en loopt naar de gang. Karel volgt hem als eerste en kijkt met een blik van 'wie wacht krijgt alles' naar Marian. Ze wil de radio uitzetten, nee, wie weet heeft Cocheret hem met opzet aan laten staan. Jobims fragiele lijnen passen misschien bij wat er boven is te zien. Zo heeft Toms dood met muzikale logica het inleidende gesprek toch nog bekort.

Als laatste van wat net een groep kan worden genoemd gaat ze de trap op. Ze heeft er niet aan gedacht dat de verzameling zich ook boven hun hoofd kan bevinden. Als ze Karel moet geloven heeft Cocheret ze om haar optreden bij Dodo uitgenodigd. Iets moet toen indruk op hem hebben gemaakt, maar wat? Hij heeft er niet op gezinspeeld. Het bleef bij een uitzicht, een paspoort en wat wisselgeld.

De trap maakt een bocht. Cocheret is al boven. Daar schemert het zolderlicht. Nog tien, twaalf treden, in haar lendenen kruipt het sollicitatiegevoel, zoals altijd wanneer ze bijna weet wat de buit zal zijn. Meteen schiet ze door naar het ogenblik waarop het nu nog onbekende zal zijn verkocht: naakte minnares die voor het laatst haar beminde bekijkt, rug die niet meer zal worden gestreeld.

In een brede gang staan tafels met de rankste vazen. Overal glaswerk, Copier naast Daum en die weer naast Gallé. De kleuren moeten in de halfschemer op eigen kracht bijspringen. Gevlamd geel raakt net niet aan slingerend paars. Karmijnrode schiereilanden schijnen door het nabije zilverwit van Lalique.

Halfgedachte, kind dat iets kostbaars breekt moet hier niet komen en met die opmaat weet ze dat ze hier eerder is geweest, in haar vroegste jeugd en dat die vazen toen beneden stonden, niet hier, niet hier.

De hoofden van het drietal zijn dicht bij elkaar. Ze deinen omlaag, dan weer omhoog, nu zijn ze het dichtst bij een vaas van Copier. Alleen Cocheret raakt soms het glaswerk aan. Het schiet al door naar de catalogus, naar een tekst als een verraderlijke bruid. Geen oplage, uniek exemplaar, het glas zweemt naar blauwgrijs met overal luchtbellen van het helderste groen.

Ze bukt en kijkt door een laag raam. Het heeft de vorm van een patrijspoort en daardoor moet ze hebben gekeken. 'Kom nou,' het raam stond open, 'Marian, kom nou.' Even later droge tikken, croquet, tot haar knieën boterbloemen, veel hoger dan het gras. Velden van speldenprikken zeilen over haar rug. Ze splitsen zich onder haar schouders. Wemelingen van wat niet hoeft. Geluk van wat gelijk blijft. Of een heel voorval zich ongewijzigd kan herhalen, de mooiste vogel, die door ijsvogels kan worden gemaakt, is zelf een ijsvogel, zegt de dichter, niets zal er nog veranderen.

Drie, vier zijkamers gaat Cocheret voorbij. Nu niet meer is te zien waar de muziek vandaan komt vult Tom Jobim het hele huis. Begrenzingen ontkent hij, stoelen eindigen niet meer bij poten of leuningen, traptreden raken uit de maat, spiegels verliezen hun lijst en ook die glazen wand beneden heeft de klank van het lichtste Braziliaans.

Cocheret opent een deur. De ruimte die ze nu zien is half zo groot als waar ze eerst hebben gezeten. Op twee toonbanken staan weegschaaltjes, distilleerketels, kolven en retorten, veel ouder dan Daum, Gallé en Lalique. Daarachter verrijst in het halfrond de bruine kast van een oude apotheek.

Bankpapier

In de laatste maten van 'Wave' verlangt Marian dat de muziek opnieuw begint. Ogen kunnen veel herhaling verdragen, het naakt van Valentine Prax, het glas om de verschillende ruimtes van Daum, Copier, Gallé, de muren en deuren zelf. Waarom zou je dan ook niet iets lang mogen horen, als een klankdeel van het huis? Maar Jobims Brazilië is voorgoed vervaagd. Nu praat er iemand verder. Misschien is het Ewell wel over een oorlog. Hij is niet te verstaan.

'Mijn vader was arts,' zegt Cocheret terwijl ze verkennend om de toonbanken heen lopen.

Nog voor de apotheek in z'n volle omvang tot haar doordringt weet Marian met wie ze een paar keer naar dit huis is geweest. Ze was bevriend met de twee blonde dochters van de dokter een paar straten verderop en mocht wel eens mee naar hun huis aan het water. Heel jong was ze toen, vier of vijf. De doktersfamilie verhuisde algauw naar een andere stad. Er moet zelfs een acht-millimeterfilmpje van een zomerdag bij dat huis bestaan. Op zo'n verjaarspartijtje met ranja en koekhappen in het huis van de dokter zag ze zichzelf op een groot scherm heel ergens anders croquet spelen in het gras. Het voelde of ze door een tovenaar werd verplaatst waar ze bij zat. De kinderen en het filmpje heeft ze nooit meer gezien. Wie is dan deze half Indische man met wie ze nu praten, een zoon uit een later huwelijk van de dokter misschien?

'Hij had zijn praktijk in de stad, maar hier probeerde hij van alles uit te vinden,' gaat Cocheret verder.

Hij gaat voor een toonbank staan en legt een pink op een weegschaaltje. Het andere schaaltje wipt omhoog.

'Vreemde proeven waren het die eigenlijk niets opleverden,

maar het was toch wel leuk dat hij het deed.'

Ze lopen rondjes om de toonbanken heen. Er staat zoveel. Marian ziet in de gauwigheid een met bloemranken gedecoreerde vijzel, een pillenbord van porselein en daar ligt ook nog het receptenboek. Cocheret doet het open en blaast het stof eruit.

'Weet u hoe zo'n boek heet?' vraagt hij aan Marian.

'Dat is de farmacopee. Ik heb lang geleden al eens een apotheek moeten beschrijven.'

'Des te beter.'

Hij zegt dat z'n vader ooit de inboedel heeft gekocht van een klassieke apotheek die in z'n eigen buurt werd opgeheven.

Marian wil nog niet te veel vragen. Eind achttiende, begin negentiende eeuw? In de hoge vitrinekast staan stopflessen van majolica en van donkerbruin glas. Een puntig handschrift vermeldt op elk etiket de inhoud. Het is niet eens zo erg verbleekt. Dit moet iemand in z'n geheel kopen, een museum of een geneesmiddelenfabriek. Karels intuïtie heeft het opnieuw gewonnen. Dit is een half miljoen waard, zo niet meer.

Cocheret loopt naar een lege tafel onder een hoog raam. Ze kunnen de waterplas weer zien.

'Hij schreef er ook wel bij, maar als u het mij vraagt moeten we het werkelijkheidsgehalte van z'n gedachten niet zo hoog opnemen. Ze doen mij eerder denken aan iets vaags als poëzie.'

Hij doet een la open, haalt er een ouderwets schoolschrift uit en begint erin te bladeren. Karel is met een trotse rug vlak achter hem gaan staan en aan z'n iets snellere ademhaling hoort Marian wat hij denkt: de klant vreest het licht niet meer. Het liefst neemt Karel meteen de bocht naar een afspraak voor de veiling, maar hij zal toch eerst moeten luisteren naar het geschrijf van de oude Cocheret. Het geld is nog in woorden verpakt.

'Hoor dit,' zegt Cocheret terwijl hij om zich geen finesse te laten ontgaan een iets te kleine bril met ronde glazen opzet, 'zou ook een stem jonger gemaakt kunnen worden? Als het met een gezicht kan, waarom dan niet met geluid? Pe-dom, pe-dom, pe-dom, hier sla ik wat over, pe-dom, pe-dom, ja, hier staat het, plastische chirurgie van een stem zou mogelijk moeten zijn.'

Cocheret komt overeind, duwt Karel van zich weg en zet z'n bril af.

'Typisch m'n vader,' zegt hij lachend. 'Zou mogelijk moeten zijn, daarin bleef hij altijd steken. Echt maken kon hij het natuurlijk niet. Kocht hij een hele achttiende-eeuwse apotheek alleen omdat die wel eens verloren geheimen zou kunnen bevatten. Hij zocht naar iets ongekends, een leven lang.'

'Dat zouden we natuurlijk in Het Boek kunnen zetten,' zegt Karel en nu geeft Marian hem wel een trap. Ze zitten niet meer aan een glazen tafel.

'In welk boek?' vraagt Cocheret verstoord.

'Als u die hele apotheek verkoopt is het aardig om hem in een mooi boek toch bij elkaar te houden. Voor later. En daar hoort natuurlijk ook iets persoonlijks in.'

'Dat spreekt me wel aan, maar luistert u eerst nog eens even naar dit.'

Hij zet z'n bril weer op, buigt zich over een ander schrift en begint te bladeren.

'Hier, zou je de smaak kunnen verlengen? Pe-dom, pe-dom, iemand die een vrouw een week kent, dat is heel wat anders dan iemand die dezelfde vrouw een maand kent. Die laatste heeft meer van haar, is drie weken langer met haar vermengd, al zie je dat niet. Denkt u nu niet dat is onnozel gereken, want dan begrijpt u de ernst van mijn vader niet en verder hoef ik niet in dit schrift te lezen, zo vaak heeft hij het hierover met mij gehad.'

Cocheret draait zich om, gaat met z'n rug naar het raam staan, leunt met zijn vlakke handen naast de farmacopee op de toonbank en kijkt Marian aan.

‘Heel vaak had hij het over het ouder worden van klank en geur, kleur en licht.’

Marian verlaat het croquetveld vol boterbloemen dat misschien ergens in een schoenendoos gelijk is gebleven, wuivende stilstand. Het filmpje wordt nooit meer bekeken of is al weggegooid. Er is nauwelijks verschil.

‘En dat het natuurlijk niet aan de klank, de geur, de kleur en het licht zelf ligt. Die blijven in zijn opvatting jong en sterk, onafhankelijk van de mens. Laat ik het uiterste voorbeeld geven: als iemand ineens niet meer van een reep houdt kun je de chocola daar niet de schuld van geven. Nee, de ontvangst van wat dan ook veroudert en niet de dingen zelf. En het was mijn vader maar niet uit z’n hoofd te praten dat hij daaraan iets wilde doen.’

‘Toen was hij zeker zelf al op leeftijd?’ vraagt Karel.

‘Helemaal niet, u onderschat hem echt,’ zegt Cocheret met een bitter lachje.

Even denkt Marian dat ze nu toch nog uit de apotheek worden gestuurd. Maar Cocheret blijft staan. Langzaam begint ze een verband te vermoeden tussen de wereld van Cocherets vader en wat zij bij Dodo heeft gezegd.

‘Verkoopt u de hele zwik maar, ik heb het nu lang genoeg gezien.’

Zwik, het is een ordinaire winkeldochter uit de taalschat, net als die bril, de schoenen en dat pak. Toch kan Cocheret zich zo’n woord veroorloven. Het klinkt niet sleets als hij het zegt.

‘Mogen we het dan hier in de apotheek beschrijven?’ vraagt Marian. ‘Dan hoeven we alles niet eerst naar onze magazijnen te vervoeren.’

‘Uitstekend, als ik er maar niet bij hoef te zijn. Ik woon hier zelf niet, ziet u. Misschien laat ik de apotheek voor alles opdondert nog wel een keer fotograferen. Wacht, ik zal u de sleutel geven.’

Als ze de trap af lopen dringt het pas tot ze door dat een

vrouwelijke collega van John Ewell wereldwijd met mededogen is begonnen over de problemen van het wonderkind. Cocheret zet de radio niet uit. Hij lijkt zelfs te luisteren. In de hal geeft hij Marian de roestige sleutel die nog uit 1924 stamt, het jaar dat het huis werd gebouwd. Ze lopen naar buiten, Cocheret voorop, al mist hij de bezitterstred van de huiseigenaar volkomen.

'U gebruikt Lancôme?' vraagt hij als ze buiten op het bordes staan.

Marian knikt verlegen.

'Mijn favoriete merk. Kent u Antoine de Saint-Exupéry?'

'Van de kleine prins,' zegt Marian.

'Laatst werd er in Parijs een foto van hem geveild. Hij heeft z'n luchtmachtuniform aan en ligt ergens buiten op een veldje. Die foto ging voor drieduizend gulden weg. En weet u hoe de nieuwe eigenaar betaalde?'

'Geen idee,' zegt Karel.

'Contant en daar zaten biljetten van vijftig frank bij waarop Saint-Exupéry ook staat afgebeeld, vlak naast zijn vliegtuig, de slang met die olifant in z'n buik en de kleine prins. Die foto op dat bankpapier was mooier dan het verkochte portret. Ja, ik weet ook wel wat van veilen.'

'Dat merk ik,' zegt Karel.

Op de terugweg zegt Marian niet dat ze eerder in het huis is geweest. Karel is zo vol van z'n uitgekomen voorspelling dat hij honderduit praat. Het ene grappige verhaal na het andere, geen golf, geen vogel komt erin voor. Hij mag nu onverbeterd losbreken. Als een volleerd overwinnaar noemt hij de vangst van de apotheek nog niet eens. Zijn winst gaat schuil achter elk woord.

'Weet je wat m'n broer over de vrouw met de hoed vroeg?'

Weer dat schilderij, net nu ze er zo lang niet aan heeft gedacht.

'Nou?'

'Hoe we de prijs van drie ton verdelen over een gezicht.'

'O.'

'Of de neusvleugels dan tienduizend gulden waard zijn, de oren elk vijfentwintigduizend, de ogen vijftigduizend en hoe je die andere duizendjes dan netjes over de kin, de wangen, de wimpers en de rest verdeelt.'

'Heel leuk.'

'En weet je wat m'n moeder zei toen ze je bij Dodo had gezien?'

Ze zwijgt, misschien laat hij dan ook het antwoord achterwege.

'Dat de hele televisie een voortzetting is van het sprookje. In al die praatprogramma's worden gewone burgers in de adelstand verheven. En van koningen en edellieden wil het volk nu eenmaal alles weten. Sprookjes zijn de eerste pulpverhalen, verbasterde roddels over vorsten, dat zei ze.'

Z'n handen feliciteren z'n hersens. Heel vlug strijkt hij over z'n kale hoofd.

'Pe-dom, pe-dom,' juicht Karel, 'en ineens weet ik ook weer dat John Ewell in '48 tweede werd op de honderd meter, nou, wat vind je d'r van?'

''t Is groots.'

'Een half miljoen, een miljoen, misschien nog wel meer en dan krijgen we die malle schriften er voor Het Boek bij cadeau.'

'Er is nog niets getekend,' zegt Marian onderdrukt jaloers.

'En of die tekent, reken maar van yes.'

Hoe groot hun succes ook is, veel langer wil ze niet naar Karels simpele spinsels luisteren. Op de een of andere manier hebben de woorden van Cocheret grote indruk op haar gemaakt en die mogen niet verflauwen. Ze moet het gesprek een wending geven. Misschien wordt hij dan ernstiger.

'Wat vond je van wat hij zei over de ontvangst der dingen?'

'Van wat?'

Toen de buit eenmaal binnen was, heeft hij vast niet meer naar Cocheret geluisterd. Herhalen dan maar, aangelengd met iets anders, iets nieuws. Komt ze er zelf ook beter achter wat ze nog niet heeft uitgedacht.

'Dat de ontvangst van de dingen verandert en niet de klank, de geur, de kleur, het licht.'

'Wat die vader in dat schriftje schreef,' zegt Karel verveeld, 'moet je daar op dit moment nou over beginnen?'

'En als je dat nu eens naar iets anders overbrengt,' gaat ze door in de hoop dat hij dan met haar meedenkt. 'Als je iemand verlaat denk je altijd dat het aan hem ligt.'

'O, de liefde.'

Ze negeert zijn tegenzin. Hoe dan ook wil ze hem bij het onderwerp betrekken.

'Maar het zou best eens andersom kunnen zijn. Dan ben je teleurgesteld in je beminde zonder dat hij er iets aan kan doen.'

'En hoe komt dat dan?' vraagt hij met iets meer belangstelling.

'Het ligt aan je eigen ontvankelijkheid. De kracht ontbreekt je eenvoudig om de liefde steeds de scherpte te geven van het begin.'

'Hoe kan het ook anders,' zegt hij zuchtend.

'Misschien is een beminde werkelijk wat we eerst van hem dachten. En als hij dan later tegenvalt dan komt dat niet door hem. Je zintuigen halen die hoogte niet meer. Ze zijn vermoeid geraakt en dat wentel je op hem af, tover je om in zijn tekort.'

'Wie weet,' zegt Karel. Hij kijkt naar buiten om iets te zoeken dat het gesprek een andere koers kan geven. Tevergeefs. Geen vogel te zien. De wolken jagen niet meer. Het rimpelloze water is met het zwakgoud van de achter een roerloze stapelwolk verscholen zon bedekt.

'Iets wat die ontvangst altijd op hetzelfde peil kan houden, dat zocht die oude Cocheret,' gaat Marian verder.

'Het lijkt wel of je nog bij Dodo zit.'

'Of misschien was het nog sterker, wilde hij die ontvangst,

die receptie zelf. Puur, onafhankelijk van wat dan ook.'

'Die onzin wou je toch niet in de catalogus zetten?'

Zijn tegenpraat zet haar op scherp. Juist de woorden van iemand die weigert ooit iets ernstig te nemen kunnen veel druk uitoefenen. Wat eerst verborgen blijft wordt zichtbaar. Een druif op een steen door een hand geplet.

'Heel veel mensen zijn daarop uit, niet alleen Cocheret,' zegt Marian.

Karel zou nu wel over de veranderingen boven het waterland kunnen beginnen. Links achter de wolken wordt een scherm langs de hemel geschoven dat je maar heel kort lichtgrijs kunt noemen, zo vlug schiet het naar de donkerste tint. Hij zegt er niets over, gevangen raakt hij, in Marians betoog.

'En waarop zijn ze dan wel uit?'

Heel goed, blijf het maar niet begrijpen. Nu zal ze al pratend moeten vinden wat ze zelf nog niet weet.

'Een dichter raakt bevriend met zijn huisarts. Ze spreken wel eens af in een café en de dokter bekent schoorvoetend dat hij ook poëzie schrijft. Wil de dichter daar niet eens naar kijken? Natuurlijk, laat maar zien. Hij wijst op de zwakke plekken, geeft hem een paar eenvoudige tips en waarlijk, na enige tijd krijgen die gedichten iets. Ze worden geplaatst in een literair tijdschrift en tenslotte zijn het er genoeg voor een bundel bij de uitgever van de dichter.'

'Toen waren er twee dichters.'

'Die eerste dichter wist niet dat zijn eigen vrouw intussen door de dokter was verleid.'

'In de tijd dat hij hem les in poëzie gaf?' vraagt Karel ongelovig.

'De gedichten van de dokter, die ze samen in een café bespraken, gingen zelfs over die vrouw.'

'Dan zat hij z'n eigen nederlaag te verbeteren.'

'Zonder dat hij het wist. En daar bleef het niet bij. De dokter slaagde er ook nog in in contact te komen met de twee beste vrienden van de dichter en gaat daar nu nog steeds elke week op bezoek,' zegt Marian kalm.

'Hij wilde die vrouw en ook nog die twee vrienden,' zegt Karel, 'het kan niet op.'

'Nee, die wilde hij helemaal niet, al dacht hij dat natuurlijk wel. De dokter was op iets uit dat veel meer omvatte. Dat begrijp ik nu pas, na dat verhaal van Cocheret.'

Zonder dat ze erop letten is het wit van elke stapelwolk in het grijs opgenomen. Karel kijkt Marian van opzij zwijgend aan en nu haar jurk na een snelle bocht weer van haar knieën is gegleden neemt hij ook haar huid even mee.

'De ontvankelijkheid voor die vrouw en die twee vrienden, díé wilde hij bezitten, noem het de sensuele tast van die dichter voor alles wat hem omringt – daar was die dokter zonder dat hij het wist op uit. En die kon hij nooit veroveren. Het bleef bij de mensen waarop de liefde van de dichter was uitgelopen.'

'Zouden we Valentine Prax ook in de catalogus kunnen zetten of alleen de apotheek?' vraagt Karel in een laatste poging het gesprek bij hun werk te houden.

Marian antwoordt niet. Het grijze scherm heeft de hemel veroverd. Grote druppels spatten stuk tegen de voorruit. Er zit zoveel ruimte tussen hen in dat het glas niet eens overal nat wordt.

Karel zet de autoradio aan en vindt meteen de BBC World Service. 'Nog steeds die wonderkinderen, het huis reist met ons mee,' probeert hij zich grappig weg te sturen uit het land dat Marian en Cocheret hebben ontsloten. Het blijft bij die losse opmerking. Hij doet de radio uit, moet zich naar haar schikken, gewillig en sportief in zijn verlies.

'Zeg het dan eens aan de hand van wat we zien,' zegt Karel nog zachter dan Cocheret heeft gesproken. 'Anders blijft het zo vaag. Het gaat toch om alles wat ons omringt?'

Nu de vraag waar ze op hoopte is gesteld weet ze niet wat ze zeggen moet. Ze zijn de weg tussen het water af gereden. Aan beide zijden is land. Alles ziet er afzonderlijk zo simpel uit dat het geen overkoepelende gedachte nodig heeft. Twee kerktorens, verscheidene boerderijen en veel van die golfijzeren gebouwtjes in een vorm die niets verklapt over wat er binnen gebeurt.

Van alles wat ze ziet is ze verwijderd. Op verschillende afstanden, zeker, maar die doen er niet toe. Wat haar vervult heeft iets te maken met juist het bewaren van die afstand. Van al dat zichtbare niet te veel willen hebben, wegzwenken met de ogen, haast nog voor de blik is ontstaan, maar ze zegt het niet. Niets willen uitputten, dat ook, iets tussen richting en pakken in. Dunste scheidslijn tussen het oog en de wereld en die dan net niet overgaan. Daar moet het begin schemeren, dat wat aan elk voorval voorafgaat.

Ze naderen de stad. De rand flonkert door de regen heen.

'Waar werd die Ewell tweede?' vraagt ze.

'Olympische Spelen 1948, die uitslagen ken ik nóg uit m'n hoofd. Kijk, de verkeerslichtjes zitten in de flatgebouwen, de lampen schijnen door de ramen heen.'

'Misschien Valentine Prax op het omslag,' zegt ze, 'en dan binnenin alleen die apotheek.'

Koorts

'Nooit van gehoord,' zegt Jan, 'dat er een commissie bestaat die een naam aan een straat geeft.'

'Toch hebben ze me ervoor gevraagd,' zegt Marian.

'Die namen komen er niet zomaar,' zegt Tine, 'het lijkt me een eer die te mogen kiezen.'

'Hoe noem je die straat dan?' vraagt Katrien.

'Ik mag volgende week pas voor het eerst mee vergaderen,' zegt Marian en ze lacht naar haar kleindochter.

'De Dodostraat,' zegt Jan, 'hij is er beroemd genoeg voor.'

'Toe nou,' zegt Beppie tegen haar broer. Ze slaat haar oogleden waarschuwend neer en kijkt namens haar broer naar de vermoeid knikkende Marian. Niet over beginnen.

Het is een toevalsmaaltijd. Jan belde of hij bij Beppie en Katrien mocht eten, nee, ze hoefde er geen toestand van te maken. Toef wilde haar nieuwste foto's laten zien. Beppie vroeg of Tine dan niet wilde meekomen, Jan was er ook. En Marian en Karel kwamen onaangekondigd. Ze hadden de hele dag gewerkt en wilden nu wel wat anders dan het licht op het water, een vrouw die vergeefs de weg wijst en een man in een oude apotheek.

'En op diezelfde reis van Laurel View moest hij geld wisselen voor z'n kleindochter of zoiets,' zegt Karel. 'Eerst gaan ze samen en dan laat dat meisje trots haar paspoort zien. Later gaat hij een keer alleen geld voor haar wisselen. En dan vraagt ze: moet u m'n paspoort dan niet mee hebben?'

'Leuk,' zegt Beppie. Samen met Katrien zet ze diepe borden voor de soep op de ronde tafel. Ze is het gewend om vlug na een reis voor de Franse Bazaar een maaltijd te improviseren en er komt ook vaak zomaar iemand langs. Linzensoep en vier schotels van de afhaalchinees op de hoek.

'Dom is het wel,' zegt Jan. 'Dat kind kan toch best weten dat geld niet aan een paspoort is gebonden.'

'Een beetje dom is ook nooit weg,' zegt Toef.

'Anders hadden wij nu dit verhaal niet,' zegt Marian.

'Sommige mensen zien het zelfs als een verdienste dom te zijn,' gaat Jan verder. 'Maar dat soms zelfs gespeelde onbegrip is hoogst kritisch bedoeld voor degene die meer weet – wat een aansteller, dat betekent het ongeveer.'

Marian zit tussen Toef en Tine in. Bijna twee weken geleden trad ze bij Dodo op en toch voelde ze bij de begroeting van haar jongste dochter nog weerstand. Ze draaide haar wangen een beetje weg en de bewegingen van haar armen waren net iets te stug.

Ze buigt zich naar Tine.

'Ik zag je vanmorgen nog lopen aan de overkant van de gracht.'

'Waar dan?'

'Je kwam uit Hotel Virginia.'

'Had dan even geroepen,' zegt Tine zo geestdriftig dat het lijkt of ze de hele dag wil omkegelen en opnieuw indelen om die misgelopen ontmoeting alsnog in te halen.

'Ik moest met hem op werkbezoek,' zegt Marian zacht en ze wijst nogal overbodig met een pink naar Karel. Ze haat het woord werkbezoek maar gebruikt het toch. Het is lekker vaag en kort. Hele zinnen zouden haar dag te ver openen en die moet nog worden afgeschermd.

'En hoe ver ben je nou met dat huis in de duinen?'

Tine draait zich helemaal naar Marian toe.

'Voor professor Vink? 't Is bijna klaar. Aan welk ding dat u heeft geveild denkt u nog wel eens terug, iets van jaren geleden misschien?'

Marian kijkt haar vriendelijk aan. Dit heeft niemand haar ooit gevraagd. Maar ze ergert zich ook een beetje.

'Zouden we niet je zeggen?' vraagt ze en strijkt langs haar hals.

‘Je wordt toch geen ander als ik u tegen je zeg?’

Nu lachen ze alle twee.

‘In bed tel ik soms hele rijen en dan val ik prompt in slaap, maar dat vroeg je niet. Waar ik aan terugdenk... Niet eens de schilderijen, de gekke dingen misschien.’

‘Welke dan?’

‘Zo’n jazzorkestje van steen. In de koppen kun je aarde met graszaadjes stoppen en in de schedel zitten gaatjes.’

‘En na een tijdje hebben ze allemaal groen haar,’ zegt Tine.

‘Of een neger met van die dikke rode lippen. Als je op een knop drukt schiet er een sigaret uit z’n mond. Maar het mooist is een plat de trompe van Hannong.’

‘En hoe ziet die eruit?’

‘Een en al illusie, wel twintig stukjes ei voorbeeldig gesneden op een bord, in zo’n omgetuimelde rij. Je zou zweren dat ze echt zijn en toch kun je ze niet eten, alles is van steen, ook de sla. Wacht, die Hannong heb ik niet eens geveild, ik dwaal af.’

‘Komt nog wel.’

‘Die schotel heb ik eens in Straatsburg gezien.’

Marian praat zacht en toch voelt het of ze te lang aan het woord is geweest. Haar kinderen luisteren naar het gesprek met Tine, de een eet nog soep, de ander is al aan de rijst. Wat kun je na Straatsburg nog beweren, een stad als een punt achter een zin. Laat iemand anders nu iets zeggen, laat die aandacht van haar afgaan...

‘Heb je al verteld dat Dodo je nog twee vraaggesprekken heeft opgeleverd?’ vraagt Karel.

‘Nee, dank je, dat heb jij nu voor me gedaan.’

Iedereen lacht, zelfs Toef. Met die donkere ogen, die brede mond en dat opspringende haar lijkt ze op Marian. Hetzelfde gezicht kiest verschillende leeftijden om hier twee keer aanwezig te zijn.

‘Mag ik je foto’s zien?’ vraagt Marian vlug in het gelach.

Toef staat op. Ze heeft de doos in een lege hoek van de boekenkast gezet. Nu Marian naar haar werk vraagt vergeeft ze haar die liefde op een berg brieven, die bespottelijke week jong willen zijn en al het andere wat ze bij Dodo heeft gezegd. Haar moeder blijft haar beste criticus.

Marian haalt de stapel foto's met zorgvuldige vingers uit de doos. Het zijn er een stuk of vijftien. Als ze de eerste heeft bekeken geeft ze die zonder op te kijken aan Tine en die geeft hem aan Beppie en die aan Jan, Katrien, Karel tot hij bij Toef terugkeert.

'Je bent verder gegaan,' zegt Marian na een paar foto's en ook de anderen zeggen af en toe iets korts, zelfs Beppie, die de reeks al voor het eten heeft gezien. De foto's boven de rijstresten en de lege soepborden zijn werkelijk mooi, hoeven maar licht door instemming te worden geraakt.

'Hoe doe je het toch,' zegt Beppie. Het is een vraag die geen antwoord verwacht.

'Abstract en toch kun je nog net zien wat het is,' zegt Jan.

'Dat ben ik,' zegt Katrien. 'Ik praat van-daag al-leen met woorden van één let-ter-greep.'

'Ik hoor er anders wel een stuk of tien,' zegt Jan.

Het zijn opnamen van de menselijke huid, steeds weer, van een knie, een buik, een borst, een schouder. De meeste van Tine, dat weet iedereen, niemand zegt er iets over. Ook een paar van Tamara, van alle kinderen ziet Toef haar en Bert het meest. De foto's zijn van zo dichtbij genomen dat het nauwelijks is te zien wie er model heeft gestaan.

'Verder gegaan,' zegt Marian bij een nieuwe foto, 'of je nu pas het meest nabije durft te zoeken.'

'Daarom heeft het zo lang geduurd,' zegt Tine en achter de rug van Marian strijkt ze even met een pink door het dikke haar van Toef.

'Je denkt misschien af en toe aan Edward Weston, maar het is iets heel anders,' zegt Karel.

Toef ziet dat Marian zonder het te weten de golvende lijnen van Tamara's naakte kont bekijkt. Daarna vloeit de aandacht uit Toefs gezicht. Het is weer bedekt met de bedeesde schoonheid van iemand die alleen naar anderen hoeft te luisteren.

'Je wint het van de huid,' zegt Jan, 'of je hem zelf hebt gemaakt.'

'Hoe win je het nou van een huid?' vraagt Katrien, "t is toch geen sport.'

Met die woorden luidt haar nichtje het einde van het kijken in. Voor het laatst is Toefs gezicht zonder bestemming. Vrij is het naar alle kanten, wimpers omhoog, omlaag boven een blik die nergens hoeft te landen of de ogen bij haar opnieuw zijn uitgevonden. Het puntje van de tong bevochtigt een mondhoek. De vingers met de afgekloven nagels gaan door het haar, dat niet beter en niet slechter komt te zitten.

'Kom je nog vaak bij Bert, Heleen?' vraagt Marian in de nu algemene fotovermoeidheid en die vraag laat ze zo goed in het taallawaai opgaan dat alleen haar jongste dochter het heeft gehoord.

'Soms,' zegt Toef en ze kijkt haar een paar seconden aan. Zo beloont ze de zelfoverwinning die het haar moeder heeft gekost over haar vader te spreken. Ook de naakte Tamara heeft ze binnen alle abstractie misschien toch ontdekt.

'Hoe taxeer jij nou zelf die foto's?' vraagt Jan aan Toef.

'Moet ik ze eerst beschrijven?'

'Probeer het eens.'

Nooit heeft Toef aan dat eeuwige spelletje van Jan en Beppie meegedaan. Niet eens om haar moeder te sparen. Ze vond al jong dat je geen grappen ten koste van een ander moet maken en vooral niet over z'n altijd zo kwetsbare werk. Dit keer moet ze erop ingaan. De stemming is goed en ze vinden haar meestal te stuurs.

'Alles is taxatie,' begint Toef, 'alle dingen die je bekijkt beoordeel je steeds weer, ook de geringste.'

'Dat begrijp ik,' zegt Jan, 'maar hoe brengt u dat met uw foto's in verband?'

'Die zijn maar een voorbeeld, u moet het ruimer zien. Als ik deze kamer, zoals we hier nu zitten, wil verkopen dan gaat het mij om de begrippen waarin die uiteenvalt.'

'En wat moet ik me daar dan bij voorstellen?' vraagt Jan met een stem die steeds meer naar Dodo zweemt.

Beppie kijkt haar broer steels aan.

'Moet dat nu?' vraagt Tine.

'Laat maar,' zegt Marian, 'ik vind het wel amusant.'

Tranen wellen naar haar ogen, maar die houdt ze geroutineerd tegen. Als dit nu alles is wat haar kinderen aan het optreden hebben overgehouden, dan moet het maar zo zijn.

'De kreukels in het tafellaken toch zeker zeven gulden per stuk, de lichtval schat ik op minstens zestig gulden en dan heb ik het nog niet eens over de dingen van vroeger die hier zo overvloedig in de meerderheid zijn.'

'Nogal vaag,' vindt Dodo. Hij onderschat zijn zuster. Toef heeft altijd goed naar Beppie en Jan geluisterd.

'Dan let je niet op de vensters van dit huis uit 1912, die toch wel twintigduizend gulden moeten opleveren, zoveel wind en sneeuw is erdoor gezien. Het voorbeeldige gekraak van de deur waarop door de jaren heen zoveel is geoefend dat het als hoorspelgeluid toch wel voor een paar honderd gulden weggaat en blijft de prijs van die vooroorlogse aansteker met die geribbelde buik niet onvoorspelbaar omdat er door de jaren heen, op de wonderlijkste ogenblikken, meer dan een miljoen vlammetjes uit zijn gekomen?'

'Dat klinkt allemaal heel mooi, maar u slaat wel heel makkelijk de jeugd en de liefde over,' zegt Dodo.

'Mij deed het aan iets heel anders denken,' zegt Beppie blozend. Nu ze werkelijk te dicht bij Marian komen torpedeert ze het gesprek. 'Er schoot me een film te binnen uit zo'n Engels vierluik. Het kunnen er ook vijf zijn geweest.'

'En waar ging die film dan over?' vraagt Karel. Hij kent Marian allang, maar de vreemde gezinstaal van haar kinderen heeft hij nooit kunnen waarderen.

'Het is een familiefeestje.'

'Net als nu,' zegt Katrien geeuwend.

'Het speelt in een groot landhuis en er is een meisje jarig. Er hangen slingers aan het plafond. De kinderen zijn een jaar of acht, negen. Ze dansen in een kring door de kamer.'

Marian kijkt haar oudste dochter aan. Iedere nadruk laat ze uit haar gezicht. Ze weet welke film Beppie bedoelt, maar ze zegt het niet. Dit moet haar verhaal blijven.

'Ze gaan verstoppertje spelen en omdat er in het huis zoveel kamers zijn kan dat wel eens lang duren. Een meisje van een jaar of veertien, ik weet niet meer hoe ze heet, gaat naar boven.'

'Is het niet een film van Mackendrick?' vraagt Karel.

'Je ziet haar gezicht in de halfschemer zo mooi door het trapgat komen en daar op zolder heeft ze natuurlijk tientallen mogelijkheden. De holte in een wat los opgerold kleed, achter een tegen de muur leunend schilderij, dat kan ook, of zal ze achter die oude poppenkast kruipen?'

'Zouden ze daar niet het eerst gaan zoeken?' vraagt Toef, verweven met het sprookje van haar zuster. Het hele veilingspel is ze vergeten.

'Ze loopt naar een deur schuin achter het schilderij. Die maakt ze open en even later staat ze in een stoffige gang die je op zo'n zolder helemaal niet zou verwachten.'

'Die eindigt anders gewoon bij de muur,' zegt Tine.

Beppie neemt een sigaret en pakt de aansteker met de geribbelde buik. De hele kamer is in een zolder veranderd en alle aanwezigen zijn in het Engelse meisje opgegaan. Marian zeker en ze weet dat de beelden die haar dochter nu zal oproepen haar heviger zullen ontroeren dan de denkbeeldige veiling van daarnet.

'En toen?' vraagt Katrien.

Het meisje loopt naar het einde van de gang, daar valt een kier licht. Er is nog een deur en als ze die opent staat ze in een weelderig ingerichte slaapkamer met een kroonluchter en een hoge spiegel in zo'n gebeeldhouwde lijst. In het midden staat een groot bed waarin een jongen van een jaar of negen ligt te slapen.

Z'n zwarte haar steekt scherp bij het kussen af. Ze loopt voorzichtig naar hem toe en meteen wordt hij wakker of misschien hield hij zich wel slapende. Hij is niet verbaasd dat hij haar ziet en vertelt dat z'n ouders er die avond niet zijn. Ze legt een hand op z'n voorhoofd en voelt dat hij hoge koorts heeft. Z'n donkere wenkbrauwen zijn heel mooi gelijnd. Je ziet aan haar bewegingen dat ze hulp wil halen. Even praat ze nog met hem, dan verdwijnt ze weer om de anderen te waarschuwen. Maar als de kinderen met van die raffelend vlugge stappen de trap op hollen en op de zolder aankomen is er op de korrelige muur geen spoor van een deur te vinden.

De slaperige ogen van Katrien kunnen nog net schitteren en omdat mooi nog mooier moet worden kruipt ze bij Jan op schoot. De eenlettergrepige woorden zijn tot haar gebaren doorgedrongen.

'Of is het van Cavalcanti?' vraagt Karel.

'Even niet,' zegt Tine en wuift Karel met één hand stil.

In de luwte van het verhaal kijkt Marian naar haar kinderen, stuk voor stuk, Toef, Tine, Jan, Beppie en Katrien. Nu zijn ze op hun mooist. Het verhaal woelt onder hun ernstige gezichten. Maar ze ziet ook de verspillingen van de jeugd, hoe zou het anders kunnen. Dat ze die zullen verliezen en dat hun niet duidelijk is te maken dat ze die schat nu nog bezitten.

'Wil je soms al naar bed?' vraagt Beppie.

'Wat is dat – béd?' vraagt Katrien.

Ze doet een duim in haar mond, slaat een arm om Jans hals en valt in slaap.

Confetti

Marian vraagt het haar nooit, ze moet het zelf zeggen, maar als Katrien met haar meegaat is het altijd een feest. Hoog boven het water krabt een meeuw zich vliegensvlug met de punt van een vleugel, de vogel had jeuk, echt, Katrien heeft het zelf gezien. Marian lacht en lacht, zelfs het water wordt anders nu niet Karel, maar Katrien het haar meedeelt, een snip strijkt neer op een plompenblad, kijk, Marian, kijk nou, het is de laagste stoel die er ooit op de wereld heeft bestaan.

Volgt een verhaal bijna te ingewikkeld om bij te houden. Katrien vertelt het graag nog eens, bijzaken worden weggespet, nu komt het vast bloot te liggen. Luister nou, de vader van haar beste vriendin Debbie is gescheiden, met z'n twee dochters is hij bij een moeder met twee zoons gaan wonen, begrijp je het nu? De zuster van Debbie is al vijftien en die is een verhouding begonnen met de oudste zoon van haar stiefmoeder of hoe heet zo'n vrouw. Hij is ook vijftien. Ja, in een en hetzelfde huis, hun kamers liggen op de eerste verdieping dus die jongen kan 's nachts makkelijk naar z'n zuster-vriendin toe.

Die verhouding duurt al een halfjaar en iedereen in huis weet er nu van. Soms hebben ze ruzie en dan zitten ze met lange gezichten aan het ontbijt. En toen zei Debbie dat ze geen zin meer had in dat soort affaires. Was ze net van die ellende van haar ouders af en nu begon haar eigen zuster het nog eens over te doen.

Met al die verhalen is Katrien Marian mijlen vooruit. Aan het einde van de rit komt Marian langszij haar jonge passagier. Als ze het vogelbos uit lopen en het huis aan het eind van het gazon, begeleid door die tegen de steiger bonkende roeiboot, in zicht komt ligt Marian zelfs even voor.

'Hoe ziet het er vanbinnen uit?'

Over een minuut weet Katrien dat zelf en toch wil ze vast een voorschot op die kennis.

'Beneden een zee van ruimte en boven een gang met heel veel kamers.'

'En wat moet je dan taxeren?' Nu ze er heel dicht bij zijn vraagt ze dat pas.

'Allemaal vazen en een apotheek.'

Ze zijn al binnen. Het zoeken van de sleutel en het openen van de deur is onder hun woorden schuilgegaan. Katrien loopt de mededelingen van Marian in en breidt die zee van ruimte razendsnel uit. De dingen stuwen zich naar haar toe. Een glazen wand, stoeltjes van gevlochten ijzer, een schilderij van Valentine Prax, de handtekening is goed te lezen.

'Wat een kale boel.'

'Al dat water, al die wolken krijg je erbij.'

'Kan ik net zo goed buiten gaan staan.'

Nu haar bewegingen niet meer door de nabijheid van Cocheret worden gevormd loopt Marian vrijuit door de kamer. Katrien glijdt langs de hele wand en drukt haar neus, haar voorhoofd en haar wangen in een steeds wisselend patroon tegen het glas.

'Kijk, een land met neusafdrukken in plaats van vingerafdrukken,' zegt Katrien.

Marian ziet nu wat haar bij het eerste bezoek niet kon opvallen. De blik van de tweede keer richt zich op de nog onverkende plekken. Zo spreidt men pas de poten van een hagedis om de oksels te bespieden als de ogen en de rug voldoende zijn bekeken.

Een metalen rek met boeken. Lettergraf. Sinds het begin van de jaren zeventig is er niets meer bij gekomen. Kosinski, een oude Beckett, Jakov Lind.

Een wijnglas op een uitspringende kast. Er zitten vier, nee, vijf uitgedoofde kromme filtersigaretten in en op de bodem ligt een beetje as. Lippenstift op het donkere, eens zo lichte filter. Op een feest kon een vrouw geen asbak vinden en als ze weer moest roken wipte ze op haar tenen naar dat glas.

Die kast is leeg, daar komt het uit, de bestorven lucht van dat hier heel lang niemand heeft gewoond, als zwanenhalzen zonder de stroom van water. Schoenendoos op de hoge plank, deksel eraf, zo schuin, zonder de doos helemaal naar beneden te trekken.

'Katrien, kijk, Katrien!'

Nog even, nog even die neus en lippen voor het laatst tegen het glas en dan rent ze naar haar toe, rennen, echt, het loopbewijs dat deze kamer groot is.

Ze buigen zich over de doos en raken in zo'n slingerende voetlijn steeds verder van de kast. Soms verandert je plaats zonder dat je ergens heen moet. Koersloos genieten ze van wel twaalf rolletjes serpentine in allerlei kleuren en van de confetti die door de zakjes heen schijnt. Ze houden elk een hoek van de doos vast, met de andere hand graaien ze in de feestartikelen. Door dat werk vergeten ze de grootte van de kamer. Het is hier ook zo licht. Ze voelen dat ze nog veel verder kunnen, schampen langs een stoel van Bertoia en dan bots, komen ze tegen de wand tot stilstand, de elleboog van Katrien, de heup van Marian, ze raken het glas.

Katrien bijt een zakje confetti open, een kwart valt meteen op de grond, de rest gooit ze over het gezicht en het haar van Marian, over de glazen tafel, over de stoeltjes, nog een zakje en nu in het wilde weg, zonder doel, zonder bestemming en Marian staat daar te schudden van het lachen met die doos in haar handen.

Confetti bewoont het huis, straks komen de gasten binnen, tipt een vrouw haar sigaret af boven een kast, pakt een man een boek van de plank, het is net uitgekomen en Cocheret zal het allemaal wel goedvinden, geen man om iets te verbieden dat even gebeurt en ook weer kan worden weggewerkt.

Hijgend van jeugd staat ze weer naast haar en toch al zo

volwassen dat ze geen aanspraak maakt op de serpentine, op het laatste zakje confetti, niet verder gaan.

'Laat je dit feest nou ook veilen?'

''t Zou niet eens zo gek zijn. Misschien doet een ander dat nog wel.'

'Wanneer dan?'

'Veel later, als die dingen uit de mode zijn.'

Het aankomstgedrentel is voorbij. Overal hebben ze gelopen. Zonder dat ze er iets over zeggen weten ze dat het benedenhuis in hun benen zit en dat ze nu naar boven moeten. Lichaamsafspraak, geen woord komt eraan te pas.

Over de tafels met kostbare vazen zegt Katrien niets. Die zal ze wel saai vinden of misschien horen ze al bij Marians werk, als een sponning bij een deur en daar zeg je dan niets over.

'Was het zo'n verdieping?' vraagt Marian.

'Van die zuster van Debbie?'

'Zaten die kamers net zo dicht bij elkaar?'

'Die jongen moest een hoek om. Zeg kan die niet open?'

Tussen twee tafels met Daum en Gallé wrikt ze aan een deur.

'Aan het eind van de gang moeten we zijn.'

Ze lopen door.

'Debbie heeft het me een keer stiekem laten zien. Hij moest een hoek om en dan op z'n tenen langs de kamer van die twee zogenaamde ouders en dan hup! bij z'n zuster-vriendin naar binnen.'

'En nooit betrapt?'

'Ze hebben het gewoon een keer gezegd. Wat moesten ze anders? Het zou toch wel uitkomen. Bij het ontbijt begonnen ze erover, dat hadden ze 's nachts afgesproken.'

Na Karel en Marian is er niemand meer in de apotheek geweest. Ook Cocheret niet, ze zou zweren dat hij het schriftje weer in de la had gestopt, maar het ligt nog net zo scheef op tafel als toen ze weggingen. Gek dat je zo'n slordig patroon dwars tegen je vermoedens in toch nog onthoudt.

Katrien bekijkt de gebogen wandkast. Voor een paar flessen en schaaltjes op hoge planken gaat ze op haar tenen staan. Om het vergulde houten beeld van Asklepios, de Griekse god van de geneeskunde, te kunnen bekijken rekt ze zich nog verder uit. Het staat boven op de kast. Marian ziet dat de beeldschone nek met de naar de oren wijzende plukhaartjes langer wordt. Hoe mooi Katrien de apotheek misschien ook vindt, ze zegt er niets over en gaat naast Marian aan de lange tafel voor het raam zitten.

Drie, vier confettiblaadjes vallen uit Marians haar op het etiket van het schrift. Nu nog niet met het werk beginnen, confetti, ze denkt aan een verhaal voor Katrien. Dat zal die apotheek, samen met de geschiedenis van die jongen en z'n zuster-vriendin, meer van hen maken. Wat wordt verteld deelt zich mee aan alles wat hier is te zien.

Ze legt het schriftje recht, maar kijkt er niet in.

'Hoe vond je dat verhaal van Beppie?'

'Welk?'

'Verstoppertje spelen,' zegt Marian zacht, net of ook haar stem bij het noemen van dit verdwijnspel er nauwelijks mag zijn.

'Mooi,' zegt Katrien nu net zo zacht, 'het was of ik het al kende, of ik het ooit ergens gelezen had.'

'Dat denk je gauw bij een goed verhaal. Beppie zei dat het uit een vierluik is.'

'Wat is een vierluik?' vraagt Katrien.

'Een film met vier korte verhalen. Zie je die confetti?'

'Wat een vraag, die heb ik zelf op je gegooid.'

'Nee, die hier ligt.'

'Dat is dezelfde confetti.'

'Niet in mijn verhaal. Ik moest er al aan denken toen Beppie over die jongen met koorts begon,' zegt Marian niet naar waarheid.

'Vertel dan.'

'Misschien maakt het wel deel uit van dezelfde film.'

Komt een vreemd uitgedoste man de apotheek binnenzeilen, hij draagt een hoge hoed als een geknakte lange kachelpijp, net als die professor in *The Katzenjammer Kids* van Knerr, die heb je vast wel eens gezien.

Verandert de apotheek in een station, in een straat naar het midden van een onbekende stad waar de rare klant zich zwierig voortbeweegt. Hij heeft borstelige wenkbrauwen en een puntige baard. De panden van z'n jas fladderen achter hem aan.

Hij zegt dat hij Napoleon heet en nu neemt niemand hem meer ernstig. Veel dwazen noemen zich zo. Maar hij is aardig en omdat hij kan goochelen wordt hij op feestjes uitgenodigd. Met z'n gekke gezichten en geheimzinnige trucs vermaakt hij de gasten. Als hij op dreef is haalt hij serpentine en confetti uit z'n valies en strooit het over alles en iedereen.

Katrien heeft haar knieën onder haar kin getrokken. Ze kijkt Marian met toegeknepen ogen aan. Nu ze naar een vreemde stad is verplaatst strijkt ze om het contact met de gewone wereld niet te verliezen met een paar vingers over de kaft van het schrift.

'Maar Napoleon is niet gek,' zegt Marian. 'Hij is naar die stad gegaan omdat hij daar lang geleden door een man is bedrogen. Je komt er niet achter wat er toen is gebeurd. Maar op een dag maakt hij als Napoleon een afspraak met z'n niets vermoedende vijand.'

'En toen?'

In die korte woorden zit het vlugste verlangen naar alles wat anders en vreemd is, vertel Marian, vertel nog sneller door.

'Als Napoleon binnenkomt is de stemming opperbest. Dan trekt hij z'n wenkbrauwen en baard los, kijkt de man nog even aan, haalt een pistool uit zo'n valies dat een dokter vroeger altijd bij zich had en schiet hem dood.'

'Hoe komt hij weg?'

'Hij doet de vermomming en die malle kleren in de tas, verlaat ongezien het huis en loopt als een gewone burger naar het station.'

'Niemand herkent hem.'

'De hele Napoleon is verdwenen, maar hij maakt één fout.'

'Jammer...'

'De film eindigt als de man op het perron loopt. In het valies moet een gat zitten, misschien is het wel net ontstaan, werd het leer ineens sleets. En daaruit dwarrelt de confetti voor het komende feest achter hem aan.'

'Heeft hij z'n eigen spoor in de stad uitgezet,' maakt Katrien het verhaal zelf af en in die zin klinkt trots over haar begrip, spijt over het altijd te vroege slot en een hunkering naar een andere ontsporing van het alledaagse. Ook een stem kan naar vele kanten gebeeldhouwd zijn.

'Weet je nou ook alles van apotheken?'

'Verkopen is m'n vak.'

'Weet ik, maar ga je nu al die potten en schalen apart beschrijven?'

''t Is niet zo moeilijk, ze horen bij elkaar.'

Marian pakt het schriftje, opent de la en haalt er nog een paar schriften uit.

'Eerst wil ik weten wat hierin staat.'

'Schreef die man dan ook?' vraagt Katrien ongelovig.

'Een beetje vreemde dingen, lees zelf maar.'

Met een verveelde, lange arm pakt Katrien een schrift en slaat het op een willekeurige bladzij open.

'Pen vullen met wodka,' leest ze voor. 'Wat schrijft hij hier: een sneeuwpop vouwen. En daaronder staat: een huis met glazen ramen onder de grond.'

'Bedenk jij dat?' vraagt Marian.

'Het staat er, echt. Even kijken, dit is langer, hij schrijft heel duidelijk. De Perzische grootvizier Abdoel Kassem Ismail leefde van 938 tot 995. Waar hij ook heen reisde, altijd nam hij z'n hele bibliotheek van honderdzeventienduizend woordenboeken mee en die werd door vierhonderd kamelen gedragen.'

'Zoiets verzin je niet,' zegt Marian.

'Het gaat nog door. Bedienden hielden de volgorde van de kamelen nauwkeurig in het oog. De boeken werden immers alfabetisch gedragen. In een zandstorm mocht geen kameel van plaats wisselen. De grootvizier eiste dat elk woord op de goede plek bleef.'

'En verder?'

'Dan begint hij weer over iets anders,' antwoordt Katrien en ze legt het schrift weg. 'Mag ik naar beneden?'

'Je krijgt er genoeg van?'

'Ik wil daar kijken.'

'Naar wat dan?'

'Weet ik niet.'

Ze loopt naar de deur en draait zich om.

'En die kun je lekker niet ta-xe-ren, be-schrij-ven, ver-kopen...'

Als ze de kamer uit is doet ze de deur weer op een kier.

'...die schrif-ten.'

Even nog die lachende ogen en dicht die deur.

Marian lacht ook. Zelfs in wat Katrien op goed geluk voorlas zit iets wat onverbiddelijk ernstig is. Waar staat het wat ze las, ja, daar, het schrift is nog open. Het heeft ook nog een rubriekskop: 'Onklaar maken', natuurlijk, wie met wodka schrijft krijgt een blank papier, door een raam onder de grond kijk je naar de zwartste aarde en als die kamelen toch op hol slaan is de hele volgorde van de taal ontregeld.

Karel heeft gelijk, dit moeten ze in de catalogus afdrukken, in de kantlijn of onderin als een doorlopend verhaal. Zoiets krankzinnigs haalt absoluut de redactionele kolommen en die aandacht drijft de prijzen van de toch al zo dure apotheek met minstens een kwart op.

Als de jonge Cocheret het goedvindt verkopen ze die schriften er natuurlijk bij. Daar zal Katrien nog van opkijken.

Marian bladert verder, wacht eens, allemaal tekeningetjes, een koetsier, een vogelverschrikker, een kasteel, een aal, een weiland, heel schools, wat doen die bij elkaar. Droedels misschien, nee, daar zijn ze weer te netjes voor.

Er staat iets boven, 'Volgorde', dat lijstje daar rechts beneden hoort erbij. Palfrenier, paleis, potsenmaker, de hele zwik schiet ineens muurvast in elkaar. Paling en geen aal, panorama in plaats van weiland en al die tekenwoorden ertussen, het hele allegaartje lijkt frank en vrij tot je weet dat het op z'n eigen lettervolgorde is gerangschikt.

Daar staat wat Cocheret voorlas, kun je een stem verjongen en meteen daarachter die vraag of je ook de smaak kunt verlengen. Een man die een vrouw een maand kent is drie weken langer met haar vermengd dan een man die dezelfde vrouw nog maar een week kent.

Daarna begint hij ook nog aan een betoog over wat je al dan niet aan iemand kunt afzien. Vermoeidheid wel, maar niet of iemand van blauw of rood houdt en zo gaat het nog twee bladzijden door. Het lijkt wel of het door iemand met hoge koorts is geschreven. Nuchter zien de notities eruit, daaronder woelt de bezetenheid. Van wat? Hij wilde de ontvangst van de dingen veranderen, zei z'n zoon, het was maar niet uit z'n hoofd te praten dat die kon worden verjongd.

Zouden al die aantekeningen het voorspel op die wens of zelfs (ze rilt als ze eraan denkt) op die mogelijkheid zijn? Toch maar met Daum, Gallé en Copier beginnen. Ze klapt het schrift dicht, meer wil ze nog niet weten, het wordt haar even te veel.

Ze loopt de gang in, gaat de tafels met het glaswerk voorbij, bukt zich en kijkt door de lage patrijspoort. Op het gazon buitelt Katrien op haar blauwe Palladiums, radslag op radslag, wiel zonder wagen, als niets je meer opeist, richting zonder doel. Haren in nooit gekende waaierstanden, links en rechts worden opgeheven, het gaat te vlug om nog een vaste plek te kunnen zien, schoonheid van wat zonder een woord gebeurt, jeugd zonder verhaal.

Stopt, ziet iets in het gras, pakt het op twee benen, tijdens een draai toch nog het geringste zien? Bekijkt het heel even, gooit het weg en wiekt zo vanzelfsprekend verder, vaste beurt van het dagelijkse novembergras, met beweging wordt het besproeid.

Zet een stoel in de gang, op die tafelhoek kan ze bij het licht van haar babyzaklantaarn wel met de opgerolde metalen duimstok werken, het gereedschap van elke taxateur. Links beneden haar de patrijspoort, ze kan er niet meer doorheen kijken. Schrijven heeft ze altijd graag gedaan. Bij elk verkoopstuk doet ze haar voordeel met wat ze ooit heeft gezien. Varianten zijn het van eerder glas, het gaat zo vlug.

Ze wentelt een vaas op een rand, draait hem om en om, laat hem tot rust komen. Vrij geblazen kleurloos glas met luchtbellen in een dun laagje groen en wat rood poeder onder de rand, gegraveerd met de woorden Leerdam A. D. Copier 1942. Ze meet de hoogte: 33,5 cm. Jammer dat ze het spaarzame licht niet mee mag beschrijven. Het schijnt zo grappig door de open plekken tussen de rode korrels en het groen. Hoe zouden de kinderen dat zeggen? Schaars licht, 't viel eens door kostbaar glas, ook bruikbaar voor andere doeleinden, overal waar het schemert, zeventienhonderd gulden, ze lacht.

Knall-knalll en dan nog al die wegdansende echo's, ook aan de rand van een waterdorp hoor je het eind van het jaar weken van tevoren. En wie hebben we daar?

Ja, dat moet het monogram van de bouwmeester H. P. Berlage zijn, nooit geweten dat die ook eierdopjes maakte, z'n kleinste huis, 1924, geel glas, 5,8 cm.

Wat heeft die Cocheret een mooie dingen.

Hier, weer Copier, een geperste bloempot uit 1928, ondoorzichtig glas in de vorm van een cilinder, 12,3 cm, met monogram. Het doet denken aan dat huis met ramen onder de grond.

Nu kan ze zich uitleven, draaien nog even optillen, eronder kijken en weer neer, een camee schaal versierd met een tekening van olijfgroene mistletoe. Rand van het lichtste goud, herkomst geschilderd: Daum Nancy over het kruis van Lotharingen. Ook op het goud-zilveren voetstuk zit een takje mistletoe, naast de naam van de maker Jean Émile Puiforcat, hoogte 8,5 cm. Met een vinger strijkt ze over de ribbels van camee. Zouden de potten en flessen in de apotheek nou net zo kostbaar zijn?

'Vijfhonderd kamelen!'

'Schrik me dood.'

'Honderdduizend woordenboeken!'

'Ik hoorde je niet eens.'

'Liep op m'n tenen,' lacht Katrien. 'Gaan we nou weg?'

'Even nog.'

Katrien draait zich om, is al onderweg naar niets, gaat zingend over woordenboeken en kamelen de trap af.

Marian loopt terug naar het domein van Cocheret. Volgende keer alleen, met Katrien heeft ze hier geen rust. De flessen en potten moeten eigenlijk niet afzonderlijk worden verkocht, dat zag ze meteen al goed. De lading van een eeuwen geleden vergaan fregat kun je wel splitsen. Zelfs die ene met schelpen bezette beker uit dat Chinese servies houdt de magie van honderden jaren stil op de zeebodem, en dan wordt er ineens weer uit gedronken.

Hier hoort alles bij elkaar, versterkt de toonbank de vijzel en de kruidenpot, wordt de gezamenlijke prijs een brutaal bepaalde illusie. Veel Latijn op die flessen, natuurlijk, het woord komt uit de apotheek, potjeslatijn, gek dat ze daar nooit eerder aan heeft gedacht.

Een pot met een S, staat voor strupus, stroop. O is oleum, olie. Vlak daarnaast potten met pilulae, pillen. U voor unguentum, zalf, en E betekent electuarium, likkepot of zo, verpulverde kruiden met zoet vermengd, ze werden ingenomen door eraan te likken.

Een paar potten hebben geen deksel. Ze zijn afgedekt met perkament dat op z'n plaats wordt gehouden door een touwtje.

Door het bruine glas heen ziet Marian dat sommige flessen halfvol zijn. Ook in het meeste majolica zit nog poeder, zalf of een vloeistof, dat ziet ze als ze de stop eruit trekt of ze hoort het als ze een pot vlak naast haar oor heen en weer beweegt.

Ondenkbaar dat die geneesmiddelen eeuwenoud zijn. Cocheret moet de potten af en toe hebben bijgevuld. Restjes poeder op de toonbank, zo'n niet helemaal weggeveegd laagje, hier moet hijzelf proeven hebben genomen.

Daarover is in de farmacopee niets te vinden. Alleen maar handschriften uit vervlogen eeuwen. Zou hij die cahiers soms ook voor z'n apothekerswerk hebben gebruikt?

Ze haalt er nog een paar uit de la en gaat weer voor het raam zitten. Nee, het blijven losse opmerkingen, kort en lang. 'Maître d'H   ', de mooiste afkorting, het opgeheven woord wordt vanzelf wel ingevuld. En wat staat hier? Echo tegen glas klinkt anders dan echo tegen water. Echo zonder water, zonder glas – die twee wegwerken, echo in een van glas en water bevrijde ruimte.

Ik zat eens, schrijft Cocheret, in een gezelschap van drie Nederlanders en een Fransman. Uit beleefdheid spraken we alledrie Frans. De Fransman vertrok, moest ergens heen en na een paar minuten viel het me op dat we nog steeds Frans spraken. De verdwenen Fransman had het Nederlands weggewerkt.

Wat heeft die man toch met verdwijnen, opheffen, weglaten, onklaar maken, wegwerken? Wil hij zoveel mogelijk woorden slopen om de ontvangst der dingen te verjongen, zit de slijtage misschien juist in het meest vertrouwde, in al ons gepraat zelf?

Echt maken kon hij het natuurlijk niet, zei de jonge Cocheret, maar als Marian verder leest is ze daar niet zo zeker van. Hoe was dat spionageverhaal ook weer? De agenten speurden naar gegevens zonder dat ze de hoofdopdracht kenden. Ze waren allemaal op een deel uit en al die delen konden alleen op het hoofdkantoor door de hoogstgeplaatste worden samengevoegd.

Die delen leest zij en het wachten is alleen nog op de formule waarin ze worden samengetrokken. Dan staat het er, kaal en terloops, niet eens onderstreept of door zo'n aandachtsstreepje in de kantlijn uitverkoren: 'wat zonder een woord gebeurt'.

Schrik, ineens staat ze achter haar.

'Gaan we nou?'

Ze gooit de vingerprullenhoed van de ene hand in de andere.

Tintin

Een paar keer per jaar roept Murphy's in plaatselijke dagbladen het volk op gratis een schilderij of een voorwerp te laten taxeren. Dat gebeurt in een clubhuis of de danszaal van een café, rustige plekken waar zacht en vriendelijk over ieders bezit kan worden gesproken. De veilingmeesters slaan de waarde iets te hoog aan en bij het horen van die lokprijs verliest de eigenaar in negen van de tien gevallen zijn laatste reserves.

Die advertenties zijn uitgesteld. Het aanbod in de hoofdstad kan nauwelijks worden verwerkt. De jonge vrouw met de hoed kijkt met haar spottende ogen vanuit de etalage naar elke voorbijganger en die door krant en televisie wijdverspreide blik heeft kamers, kasten en dozen van honderden landgenoten geopend. Pas na Dodo hebben ze begrepen dat een achteloos gedragen juweel of een boven de kapstok weggewerkt schilderijtje wel eens kostbaar kan zijn.

Voor al dat door de vrouw met de hoed wakker gekuste bezit heeft Murphy's een aparte balie ingericht, links achter in de hal, uit het zicht, waar elk tête-à-tête kies kan verlopen. Van alles is er al binnengebracht, veel rommel, maar er zitten ook echte vondsten tussen. Iets beters dan Marians roes bij het bieden had Murphy's niet kunnen overkomen.

Op de morgen dat Marian met Katrien naar de apotheek aan het water is gereden staat Karel Lood achter de balie. Gisteren liep een oude heer met een plat pak onder z'n arm de hal in. Kan nooit iets zijn, dacht Karel nog, zo slordig zat het krantenpapier om het schilderij. Maar toen het op de toonbank uit die kranten werd gehaald wist hij opnieuw waarom hij zoveel van z'n vak met al die nooit te voorspellen kanten hield.

Het was een doek van de Belgische symbolist Léon Spilliaert en dat wordt een veilinghuis niet vaak aangeboden. Zes, zeven witte banen schieten over grijze hobbelkeien naar het geboomte aan de einder. *Beweegbaar landschap* heet het en als je er lang naar kijkt is het werkelijk of het geen vaste plaats heeft, of het zelf kiest waar het zich wil bevinden.

Vandaag mag hij niet weer op zo'n verrassing rekenen. Maar ook in een veilinghuis kent het lot geen regelmaat. Er nadert een vrouw die over de zeventig moet zijn. In de verte lijkt het of ze de schoonheid op de jeugd heeft buitgemaakt. Van dichtbij schemeren er rimpels door het poeder heen. Ze heeft een map bij zich die met zwarte linten is dichtgestrikt. Zonder iets te zeggen legt ze die op de toonbank, knoopt hem los en nu ziet Karel voor het eerst drie echte kostuum-ontwerpen van Léon Bakst, die hij eens voor Les Ballets Russes van Diaghilev heeft gemaakt.

Er zijn ook nog twee gouaches van Valentine Gross bij, Nijinski danst weg in *Petrouchka* en in *Le spectre de la rose*. De vrouw spreekt het Nederlands met een licht Frans accent. Ze heeft thuis nog meer werk van Valentine, maar ze wil eerst eens weten of Murphy's iets voor de verkoop voelt. Valentine, alleen die voornaam, ze heeft het over Gross of ze haar nog persoonlijk heeft gekend.

'Voor voelt?' zegt Karel, 'mogen we morgen meteen bij u langskomen?'

'Dan laat ik die maar vast hier,' zegt de jeugdige dame en ze geeft haar kaartje met haar adres en beroep, 'historienne en critique de danse'.

'Weet u hier ook een drogist in de buurt?' vraagt Jeannette d'Alsace, die nu ze Karel haar kaartje heeft gegeven door hem in gedachten niet meer met het vage jeugdige dame hoeft te worden benoemd.

'Toch niet ziek?' vraagt Karel geschrokken.

'Ik heb geen pleisters meer.'

Anders kan zo'n uitleg van de weg nogal eens wat tijd kosten. Dit keer is de route al na een paar seconden duidelijk. De drogisterij van de Hongaren is vlak om de hoek.

'Wanneer wordt dat schilderij nou geveild?' vraagt mevrouw d'Alsace en ze knikt met haar achterhoofd naar de etalage.

'O, vast dit jaar nog,' zegt Karel, al is er over de dag van de veiling heel tactisch nog geen enkel besluit genomen. 'Heeft u soms belangstelling?'

'Ik vroeg het zomaar even,' zegt ze en juist bij zo'n achteloze uitdrukking is door Frans verkleurd Nederlands op z'n mooist.

Na Jeannette d'Alsace is er geen bezoeker meer in de hal. Karel trekt zich terug in z'n kamer schuin achter de balie. De deur staat open. Als er iemand aankomt hoort hij dat meteen en anders ziet hij het wel door de wand, die alleen aan de onderkant van matglas is.

'Wat ben ik toch een bevoorrecht mens,' zegt hij hardop tegen niemand. Praten zonder gezelschap is een verrukking die hij zichzelf alleen gunt als de komende minuten feeëriek worden. 't Werk even uitstellen, eerst nog iets overbodigs doen. Hij leest het kaartje van la critique de danse nog eens, het levert niets nieuws op en daarom legt hij het op z'n bureau.

Nu kan het beginnen. Karel zit voor een stapel van zeven Tintins. Dat meervoud kan hij wel in het Nederlands vertalen, maar dat doet hij niet. Hij geniet ervan dat het Frans die hem zo bekende eigennaam afschermt. Een beminde is vaak het mooist als haar gezicht in de drukte half-half achter de schouder van een ander schuilgaat.

Hij heeft de Tintins al getaxeerd en beschreven, het werk is gedaan, de tekeningen voor *Le Sceptre d'Ottokar* uit 1948 zouden wel eens meer dan vijfentwintigduizend gulden kunnen opbrengen, zo zeldzaam is het oorspronkelijke werk van Hergé. De eerste druk van *Le Lotus Bleu* uit 1939 heeft hij op twaalfduizend gulden geschat. En dan is er nog die eerste Belgische uitgave van *Objectif Lune* met een opdracht. Kijk, op die witte bladzijde heeft Hergé ze getekend, Tintin, Milou en professor Tournesol, daar staan ze voor minstens veertienduizend gulden. Wat een kleur en wat een schitterende klare lijn, net of ze even van al die avonturen mogen uitrusten.

Karel zakt weg in z'n stoel. Er zit zo'n lege genotsdriehoek tussen z'n rug, de leuning en de zitting. De punten van z'n schoenen steken ver naar voren. Hij heeft ook eens stiekem koffie uit een beker van Meissen-porselein gedronken, 1725-1730, tweeëntwintighonderd gulden, wat een smaak. Omgeven door zoveel zeldzaamheid laat hij geen verhaal van Tintin tot zich doordringen. De plaatjes hebben de willekeurige volgorde van uit hun rol gevallen pepermuntjes, allemaal even tintelend, waar hij ook kijkt. Hij snoept ervan maar eet er geen een helemaal op.

Nee, nu niet dat gestommel in de hal, laat ze maar even bij de balie wachten. Lopen ze nou door? Het zijn er meer. Klikhakjes en zware voetstappen klinken door elkaar heen en weten samen de weg. Vlug opstaan en Bert en Tamara komen z'n kamer binnen. Z'n hoofd is zo vol van Tintin dat hij ze afwezig groet. De paar seconden net voor het gesprek kan hij nog hevig vullen: dat gezicht van welkom trekken en toch weten dat Marian liever niet heeft dat ze hier komen.

'Hoe gaat het?' vraagt Bert.

'Het stroomt binnen,' zegt Karel lachend en om geen voorwerp, geen schilderij in het hele gebouw buiten te sluiten spreidt hij z'n armen wijd uit. Bert mag hij wel, maar aan Tamara heeft hij een hekel en niet alleen door wat Marian over haar heeft verteld.

Bert loopt naar Karels bureau, pakt het kaartje van la critique de danse, leest het en legt het weer neer. Tamara blijft op de drempel staan en leunt tegen de sponning. Weer draagt dat verdroomde lijf een katoenen jurk. Weten ze soms dat Marian er vandaag niet is?

'Wanneer gaan jullie dat schilderij nou veilen?' vraagt Bert. Nu begint hij ook al. Het lijkt wel of hij er werkelijk zijn zinnen op heeft gezet.

'Dit jaar nog denk ik.'

'Zat je lekker de Kuifje te lezen?' vraagt Tamara met een overtredingsklank in haar stem.

Geen antwoord geven.

'Ik zou wel een voorbod willen doen,' zegt Bert. Hij pakt een foto van het bureau en houdt hem dicht bij z'n gezicht. Die hoort bij een ooit op het Russische hof genomen serie. Tsaar Nicolaas II en tsarina Maria Federova kijken hem in sepia aan.

'We zijn nog niet zover,' zegt Karel. 'Het hangt ook van de neef van die zangeres af.'

Bert blijft naar de keizer en de keizerin kijken, of die twee hem veel meer raken dan het hele schilderij.

'Als ik er nou eens drie ton voor geef,' zegt Bert met eenlettergreepswoorden die Katrien hem niet zou hebben verbeterd. Hij legt de foto op het bureau en kijkt Karel aan.

'Ik zal het erover hebben.'

'Of vindt Má-rián het soms niet goed?' vraagt Tamara nog steeds in de deuropening.

'Denk er eens over,' zegt Bert en hij duwt Tamara de gang in. Ze lopen het gebouw uit. Tamara kijkt over een schouder naar de vrouw met de hoed.

'Vind je d'r nou echt zo bijzonder?'

'Ja, dat vind ik.'

Ze zijn een kort stuk langs de gedempte gracht gelopen en slaan nu een drukke winkelstraat in.

'Alleen omdat het zo in het nieuws is geweest.'

'Misschien geef ik het wel aan haar.'

'Aan wie?'

'Má-rián,' bootst hij Tamara na. Die kijkt nooit ergens van op, maar nu is ze toch even stil.

'Moet je doen,' zegt ze.

'Ze is er een beetje bekaaid van afgekomen.'

'En dat zeg je nu nog?'

Hij antwoordt niet. Het bezoek aan Murphy's en zijn loslippigheid over het schilderij staan in dienst van een groter plan. Tamara en hij hebben de kinderen de laatste tijd alleen afzonderlijk gesproken. Jan, Beppie en Toef, stuk voor stuk, al kan hij bij Beppie nauwelijks nog van een kind spreken, ze is veertig, vijf jaar ouder dan Tamara.

Nu hebben ze een afspraak om samen met Beppie en Toef te gaan lunchen. Over Toef maakt hij zich de minste zorgen. Tamara heeft laatst voor haar geposeerd in de studio aan de gracht. Hij heeft er niet naar gevraagd, maar ze zullen wel over van alles hebben gesproken.

Over Beppie is hij minder zeker. 'Als jij het wilt,' zei ze toen hij haar opbelde en voor de lunch uitnodigde. Onvriendelijk klonk ze niet, maar onder dat ene zinnetje ging nog steeds het verwijt schuil dat hij Marian had verlaten.

'Kijk, Bert,' roept Tamara, 'kijk, nou, daar hangt-ie.'

In de etalage draagt een houten man met van die fors geschilderde wenkbrauwen een zandkleurige montycoat, de echte, de originele. Tamara kijkt Bert zo stralend aan dat hij wel naar binnen moet. Het is gelukkig een nieuwe zaak. Ze kennen hem hier niet. Z'n vroegere schoenwinkel is wel tweehonderd meter verderop.

Hij zal geen tegenstand bieden. Langgeleden, vlak na de oorlog, wilde hij maar één ding: zo'n jas. Hij kreeg hem niet. Z'n ouders vonden een monty veel te ordinair. Het werd een familieverhaal waarmee Marian en de kinderen hem dikwijls plaagden. Ook Tamara heeft hij over de jas verteld.

Een meisje met een blauwzwarte huid en roze oogleden haalt de monty voor hem uit het rek. Heel lief laat ze het etiket aan de binnenzijde zien. Kijk, daar staat het, The Original Gloverall Duffle Coat, Made in England. Die droegen ze dus, Montgomery en de andere generaals en nu hij, vijftig jaar later.

Hij doet hem aan, loopt naar de spiegel en weer van de spiegel af. Is de jas niet te wijd? Het meisje zegt dat het zo hoort. Monty's mogen nooit te krap zitten. Haar diepe stem klinkt zo deskundig dat dit het dan maar moet zijn.

'Waarom houd je hem niet aan?' vraagt Tamara. Ze kijkt naar hem of ze nooit meer iemand anders wil leren kennen.

Buiten geeft ze hem een arm en leunt half tegen hem aan. Tijdens het lopen voelt hij een borst tegen z'n bovenarm. De warmte dringt met gemak door de monty heen.

'Zag je hoe ze naar je keek?' vraagt ze zacht.

Dubbel bezit, laat nu z'n dochters maar komen. Ze houdt hem vast en ook nog de stof die zij en niet z'n familie voor hem uit het verleden heeft gekozen. Bert zwijgt. Het is haar niet uit te leggen dat de jas een verlangen moest blijven. Wat jaren een verhaal bleef kan niet meer werkelijk gebeuren.

In de spiegelruiten ziet hij dat hij eigenlijk te oud voor de monty is. Leeftijdsverschil. Dat kan alleen worden opgeheven als hij soms meedeint op haar wensen. Hij vroeg een oudere dichter eens hoe hij altijd weer aan een soms wel veertig jaar jongere vriendin kwam. 'Of ze hebben een leuke vader gehad en dan willen ze weer zo'n leuke vader of ze hebben geen leuke vader gehad en dan willen ze helemaal een leuke vader,' was het antwoord.

Hij vertelt het Tamara en ze lacht. Zit wat in, vindt ze. Als ze hem maar heeft, dan maakt het haar niet uit hoe ze hun liefde noemen. Nu hebben ze niet eens bij de schoenwinkel naar binnen gekeken om vroegere medewerkers te zien. Gingen helemaal op in die jas. Hij zegt dat hij van plan is tegen Beppie en Toef over Marian te beginnen. Wat denken ze ervan als hij dat schilderij voor haar koopt?

Waarom ook niet, Tamara is het bij nader inzien met hem eens. 'Kunt u al lezen?' vraagt ze in het voorbijgaan aan een man die roerloos voor een etalage met kranten staat. Ja, begin gewoon over dat doek en dan maar kijken wat ervan komt. Voorzover zij Toefje kent zal die het geen late afkoopsom vinden. De TT-races zegt ze met een lach. Niet meer alles binnenhouden omdat het misschien niet met een nooit helemaal goed te schatten gevoeligheid strookt.

'Hoe wás Má-rián eigenlijk in bed?'

'Minstens zo gek als jij.'

Ze komen een smalle winkelstraat uit. Daar loopt wethouder Paul van de verslonsde Turkse markt aan de overkant. Hij ziet Bert in z'n nieuwe monty gelukkig niet. Ze gaan linksaf en lopen nu over een boulevard langs een poelier. Ze zeggen er niets over en er liggen nog wel een fazant en twee opgezette konijnen in de etalage, helemaal in de veren, in het vel.

'Kijk, Bert, zie je die schooltas aan die hijsbalk hangen?'

'Waar dan?'

'Daar, zie je het nou, eindexamen, nee daar, hangt er al maanden, helemaal door de regen verweerd.'

Nu ziet hij het, 't is of ze hem hoog door de lucht naar die hijsbalk sleurt.

'Wacht even.'

Ze schiet de platenzaak van Laura en Marie in. Er staat een notenbalk op hun T-shirt, dwars over hun lijf. Bert hoort dat Tamara het melodietje fluit als ze naar de toonbank loopt, het sterft weg. Nu zien ze hem, hij steekt z'n hand op. Wat zijn lippen mooi als je niet hoort wat ze zeggen. Schudt haar hoofd, weet wat ze wil, nee, nee, 't hoeft niet gedraaid te worden. Haastgebaar, linkerpols vlugge draaibewegingen naar hem, naar buiten.

Zal wel iets voor Toef, voor Beppie kopen, doet alles zo vlug, zo zonder aankondiging. Hoe ze toen er in het station tien, twaalf mensen voor hem stonden ineens langs de rij liep, net als nu iets onhoorbaars zei en de kaartjes in een wip te pakken had. Als ze in een film zou spelen stond ze niet alfabetisch in de spelerslijst maar werd ze helemaal aan het eind apart vermeld, 'avec la participation de', waarom denkt hij dat nou in het Frans, die Tintins op het bureau van Lood misschien.

Ritselt er achter hem iets, kijkt hij om, ziet het niet, voelt het, iemand heeft een propje in z'n capuchon gegooid. Hand langs nek, nee langs rug, tikt het eruit, een verfrommeld sigarettenpakje. Laura's net iets te grote en juist daarom zo mooie neus, nee, gebaart Tamara, het hoeft niet worden ingepakt. Ik scheur er subiet mee weg, zo zong de boze buurman dat, naar de Rivièèèiiira, naar de Rivièèèiiira. Beppie vond het zo mooi, zong het hem altijd na, geld, alles kun je doen met geld, een di-a-man-ten speld, geen opzichtig papier, een zakje is Tamara genoeg. Loopt al weer naast hem, bepakt met muziek. Het restaurant is nu zo dichtbij dat hij het liefst weg zou willen rennen om aan alles te ontkomen.

'Hadden jullie vroeger een herkenningsfluitje?' vraagt ze.

'Als Laura en Marie?'

'Floot je vroeger wat?'

Misschien voelt ze zijn angst voor de lunch en stuurt ze hem daarom naar een tijd toen ze nog geen van allen bestonden, geen Toef, geen Beppie, geen Tamara. Hij fluit zich naar zijn jeugd, nog eens, heel kort, als er nu ineens iemand omkijkt uit z'n oude buurt.

'Nee, wacht, dat floten de buren, wat gek, dit is het, ta-di-da-ti-da-da-da...'

Of het restaurant op dat fluiten is afgekomen. Anders het liefst samen in een draaideurvak, nu beter alleen. Hij eerst, wel gereserveerd maar geen bepaalde tafel besproken. Moet hij de jas snel uitdoen? Heel gewoon dat hij die monty eindelijk heeft of er iets grappigs over zeggen. Hij ziet ze niet. Overal kunnen z'n dochters zitten.

Schiet Tamara toch nog langs hem heen, staat ze voor hem of ze 't eerst uit de draaideur is gekomen, hoeft ze met geen dwaalblik te zoeken, ziet ze het aan een rug met een zwarte blouse, loopt ze naar twee vrouwen die bij het raam kruislings tegenover elkaar zitten. Groetbewegingen van handen, armen, monden en wangen. Hij mengt zich in de aanrakingen, neemt haar jas aan, wat een gebaren, doet z'n monty uit. Ze zeggen niets over z'n jas en nu dat gelukkig niet gebeurt stelt dat hem ook weer half teleur.

Beppie en Toef hadden tegenover elkaar kunnen gaan zitten. Dan zouden Tamara en Bert elkaar steeds in het gezicht kijken en zich weg moeten draaien als er iets wordt gezegd. Naast elkaar was wel wat beter maar dan blijft het altijd of er twee ploegen tegen elkaar spelen met de tafel als veld. Door het kruislings ontstaan de ereplaatsen, kunnen Bert en Tamara gaan zitten of ze met z'n vieren zijn binnengekomen.

Er wordt niets over gezegd en toch lijkt het of het in het kiesverkeer zo moest uitkomen. Tamara tegenover Toef, vanzelfsprekend, ze kennen elkaar het best. Bert tegenover Beppie om 'als jij het wilt' in 'laten we gauw weer een afspraak maken' te veranderen.

'Kennen jullie die poelier?' vraagt Tamara.

'Welke?' vraagt Beppie kalm.

'Naast die platenzaak van m'n vriendinnen.'

'Van Laura en Marie,' zegt Toef.

'Er liggen konijnen en een fazant in de etalage, een fazant, toch, Bert?'

'Ja, een fazant, nou en of.'

'Dacht ik laten ze er opgezette mensen neerzetten, op hun hurken. En daarachter zie je dan reusachtige konijnen...'

'...die mensen verkopen,' vult Toef haar lachend aan. Ze kijkt vlug naar Beppie met een blik van zie je nou dat ze wel meevalt.

Stilte na de fazant. Stilte zonder fazant. Stilte met gezichten en met licht bewegende handen. Stilte die zich nog eens herhaalt net of die uit verschillende partjes bestaat. Ober als reddingsboei. Praatgewoel, zalm op toast, bouillon, ei met mayonaise en die muscadet is hier toch niet te jong?

'Hebben jullie dat van die boom gelezen?' vraagt Bert en die moet wel heel bijzonder zijn, zoveel glanzende nadruk wordt hem gegeven.

'Welke boom?' vraagt Beppie gretig. Het onderwerp kan haar niet schelen. Ze is blij dat haar blik richting krijgt en ze haar vader nu eindelijk gesprekstechnisch kan aankijken.

'Een kloof van meer dan zeshonderd meter diep en daarin hebben ze een naaldboom gevonden die al honderd vijftig miljoen jaar uitgestorven zou moeten zijn.'

'Die boom in het dal?' vraagt Toef.

'Ja, die,' zegt Tamara. Ze heeft het verhaal al eerder gehoord.

'Waar dan?' vraagt Beppie.

'Tweehonderd kilometer van Sidney, in de Blue Mountains. Het is net zo'n vondst als voor de oorlog die prehistorische vis, de coecalanth bij Madagascar.'

'Coel-a-canth,' zegt Tamara, 'niet coecalanth.'

'Zeg ik altijd fout, goed, coel-a-canth.'

'Praat Katrien tegen jullie ook zo vaak met woorden van één lettergreep?' vraagt Toef met een zwaaihoofd aan Bert en Tamara.

'Wacht even,' zegt Bert, 'het is een conifeer, een naaldboom en die brede naalden zijn met was bedekt. Hij kan wel veertig meter hoog worden en de stam heeft een doorsnee van drie meter.'

'Dikke boom,' zegt Tamara.

Bert voelt aan de lauwte van z'n publiek dat het verhaal in

feiten dreigt te verzanden. Als een volleerd verteller heeft hij daar rekening mee gehouden. De opmaat kan beginnen.

'Die kloof ligt in het Woollemi Park...'

'In het wat?' vraagt Toef.

Tamara pakt haar tas van wit canvas, die ze naast de stoel heeft gezet.

'In het Wool-le-mi Park en nu denken ze erover om die boom de Woollemi Pine te noemen. Het kan ook nog de Australische kerstboom worden, maar Woollemi Pine ligt het meest voor de hand. Die boom lijkt een beetje op een kerstboom. En raad nu eens wat Woollemi betekent.'

Beppie, Tamara en Toef kijken hem met opgetrokken wenkbrauwen aan. De donkere van Tamara worden door een paar in 't bruin meegewreven korrels zand verlicht.

'Kerstboom misschien?' vraagt Beppie.

'Kijk om je heen, dat betekent het, kijk om je heen!'

Tamara haalt de twee zakjes met het vlechtmerk Laura en Marie uit haar tas. Ze gluurt in een zakje, even de kanten van elkaar en er net iets te lang in kijken. Nadrukgeschenk.

'Dit is voor Toef.'

Ze geeft het en stoot tegen iets, Toefs enkel, toevalsaanraking in het ondertafelverkeer. Ze trekt haar voet niet terug.

'En dit voor Bép-pié.'

Die naam spreekt ze net zo uit als Má-rián. Alleen Bert hoort dat, hij houdt zich in.

Het aannemen, het uitpakken, het gebeurt zo vlug. Stil zou Bert het willen zetten om het weer af te kunnen draaien, eeuwig begin. Het bedanken, o, *Socrate* van Satie, net iets voor mij (Toef) en hoe wist je dat, Jean Wiener (Beppie). Het over en weer gepraat of Wiener en Satie elkaar in Le Bœuf sur le Toit nog ontmoet kunnen hebben. Geen Woollemi Pine, geen Australische kerstboom heeft het gesprek kunnen openen, dat doet de muziek, in Parijs.

De zalm, de muscadet en ze praten maar door, dat ze de plaat niet meteen kunnen draaien. Hier is het stil, anders is dat heel prettig, niet dat lawaai, nu hadden ze de muziek tussen het vaste programma wel even willen horen.

Zevenendertig, de leeftijd van de stiefmoeder zit tussen die van de kinderen in, dat denkt hij terwijl hij luistert, maar hij zegt het niet. Hoe zou de verhouding zijn tussen wat je zegt en wat je denkt, tussen wat je bewerkt en gepoetst doorlaat en het ruwe, het ongeraffineerde wat je achterhoudt en wat geen oor zal bereiken? Veertig wel, zestig niet, of misschien zelfs twintig-tachtig?

Beppie is over de mooiste cognac ter wereld begonnen. Heb je toch wel eens van gehoord, die van Satie? Het is een open karaf en als de ober ermee naar het tafeltje van de pianist loopt weet hij hoe hij moet schenken anders zal er niet worden gedronken. Het is een vast ritueel, schenk het bovenste laagje in een afzonderlijk glas, kijk, zo, Beppie doet het voor met de muscadet – en nu mag de drank pas in z'n glas worden geschonken, stofvrij oppervlak, de schoonste cognac, door niets nog besmet.

'Dat hoor je natuurlijk ook in z'n muziek,' zegt Tamara.

'Ja,' roept Toef met schitterende ogen, 'net of dat componeren alleen aan andere dingen zichtbaar kan worden, die nog door niets aangeraakte noten.'

Een paar bezoekers van het restaurant kijken naar hun tafel.

Gaan ze door over Jean Wiener. Z'n dochter was pas nog op de televisie, vaudeville, klassiek, alles kon hij spelen. Tamara heeft de capsule van de fles muscadet gehaald en scheurt er een poppetje van.

Door Berts liefde kreeg ze zonder dat ze erom had gevraagd Beppie en Toef cadeau en werden Toef en Beppie ineens met Tamara opgescheept, weer zoiets dat hij denkt en nooit zal zeggen. En nu gaat het door, niet meer te stuiten, het opspringende haar van Toef, als van Marian, welke man, welke vrouw z'n dochters ook liefheeft, altijd is Bert een deel van hun rug, hun dijen, wordt hij geraakt als iemand hen slaat of streelt, liefdes rekenkunde, zoals z'n ouders elk voor de helft in hem worden bemind.

'Zeg je ook nog eens wat?' vraagt Tamara en nu lachen ze alledrie.

'Wat denken jullie ervan als ik dat schilderij aan Marian geef?'

Met die ene vraag vaagt Bert de karaf van Satie en de dochter van Wiener weg, de vaudeville is verdwenen. Twee dochters zitten met hun vader en z'n vriendin aan tafel en nu haalt die verhouding tussen wat je zegt en wat je denkt de volle honderd procent zwijgen. Niemand zegt iets, geen van drieën laten ze iets door van

net doen of ik niets gehoord heb maar welke kant kijk je dan op en ik keek hem nog wel recht in z'n gezicht toen hij het zei   als ik van hem weg kijk naar rechts kijk ik die lopende en nu zittende slagroomtaart midden in haar gezicht en die   die kut heeft dan zeker meebeslist dat m'n moeder een schilderij krijgt dat ze helemaal niet hebben wil   van hem niet en van haar niet   en waar moet ik dan nu iets over zeggen   de bemorste plooien in het tafelkleed   de snikkende plooien   of meteen weglopen
(Beppie)

zegt-ie het toch   kan hij later zeggen jij vond het toch ook   wat maakt het uit   de beuk erin   die Bep-pie weet niet waar ze kijken moet maar Toefje vindt het vast wel goed toen ze me fotografeerde was ik al zo dichtbij dat het haar niets kan schelen dat ik het met d'r vader over dat schilderij heb gehad en nog steeds die enkel   moet toch iets doen in die stilte neem nog een slok   en nu krijgt Má-rián d'r jeugd terug die week of paar weken of hoeveel was het krijgt ze nu echt zomaar bij haar in de kamer aan de muur   de werkelijke jeugd die ben ik   die heeft Bert en Toefje vindt dat na die foto's allemaal allang goed   als zij niks zeggen doe ik het   de

waarheid of iets over die lettergrepen van Katrien   de echte jeugd ben ik
(Tamara)

wil ze nooit Marian wil ze nooit hoe mooi ze het ook vindt en nu dendert die dampende Tamara met dat hele lijf de familie binnen meer nog misschien dan toen hij er met haar   schokt die Tamara met dat schilderij bij me naar binnen   om al die onzin van nog een paar weken jong dat ze daar alles voor zou geven nog een maand jong en nu die enkel terug onder de stoel   heeft-ie Dodo natuurlijk ook gezien probeert hij dat af te kopen met dat schilderij en moeten wij dat allemaal ook nog horen   ik moet iets anders zeggen   wat kan Tamara anders doen dan erbij zitten   vlug   zij is er niet over begonnen   iets anders zeggen
(Toef)

'Hoe bleef die boom dan bewaard?' vraagt Toef. Ze kijkt haar vader met de lippen vlak achter haar glas aan.

'Ik dacht dat je er ook iets over had gelezen.'

'Nou hoe?'

'Als zo'n kloof zeshonderd meter diep is dan beschermt dat een boom tegen bosbranden.'

'En die heb je daar nogal veel.'

'Ze razen daar over de vlaktes, van struik naar struik en nemen dan het dichtstbijzijnde bos te pakken. Maar die kloof gaan ze voorbij, ze kunnen niet bij de bomen, die staan daar beneden, veel te diep.'

'Hoeveel vonden ze er dan?' vraagt Toef.

'Een stuk of vijfentwintig geloof ik en daarmee is die Wollemi Pine een van de zeldzaamste bomen op aarde. Ik vergeleek hem al met de coecalanth...'

'Coelacanth,' zegt Tamara, 'coel-a-canth...'

'...met de coelacanth, maar je kunt gerust ook aan de laatste dinosauriërs denken, die stierven ruim zestig miljoen jaar geleden uit, aan het einde van het Krijt. Die Woollemi Pine is net zoiets als...'

'...wanneer je nu ineens zo'n dino zou zien rondstappen,' vult Tamara hem aan.

'Alleen is die boom nog veel ouder, honderd vijftig miljoen jaar geleden bestond hij al.'

Het poppetje ligt achter een lakenplooi om straks weggeschud te worden. Niemand heeft iets over z'n optreden gezegd. Toch pakt Tamara het weer, misschien kan er nog iets beter aan worden gescheurd.

'Of Katrien tegen ons ook altijd in woorden van één lettergreep praat,' zegt ze tegen Toef. Weer komt haar voet tot rust tegen een enkel en weer wordt die niet teruggetrokken.

'En doet ze dat?' vraagt Toef.

'Niet alleen in woorden van één lettergreep; de hele taal stelt haar geloof ik voor raadselen. Zegt ze laatst zo leuk: hoe komt het als je in zwarte letters het woord rood leest je het rood voor je ziet en als je over pijn leest je die pijn niet voelt. Dan denk je natuurlijk welke pijn heeft ze dan zelf al gevoeld.'

'Zeg stiefmoedertje wil je wel met je handen van m'n dochter afblijven.'

'Pardon?'

'Je mag best proberen m'n moeder een schilderij in haar maag te splitsen maar van m'n dochter blijf je af.'

Wat zijn stiltes toch verschillend gevuld. De stilte na een fazant is weer heel iets anders dan wanneer een man en drie vrouwen na een kind beginnen te zwijgen. En in die viervoudige stilte na haar dochter ligt Beppie flink voor. De tweede Australische kerstboom of hoe die ook mag heten heeft ze niet meegeplant en in die vrije tijd kon ze rustig wachten op haar beste kans.

'Heb je wel eens iemand voor een Rembrandt zien niezen?' vraagt Tamara. Ze kijkt Beppie zonder een zweem van verlegenheid aan.

'Wel iemand ontrouw met een schilderij zien afkopen.'

'Maar dan heb je vast wel bij al dat publiek op een klapstoeltje zitten kijken toen honderd meter verderop vijf flatgebouwen naar beneden werden getrokken.'

Tamara zegt het volkomen rustig. Niemand kan beter dan zij vanuit een toch zo duidelijk gespreksmiddelpunt de rails naar andere onderwerpen uitleggen.

'Nee maar ik zie soms wel een vrouw luchtigjes over kinderen praten die niet eens van haarzelf zijn.'

'Eén kind maar, je moet altijd zorgvuldig met je gunsten strooien,' antwoordt Tamara. Ze draait zich van Beppie af, pakt het poppetje, houdt het tegen het licht en ofschoon het al bijzonder rank is weet ze toch nog iets van een schouder weg te scheuren.

Nu grist Beppie het mannetje uit haar handen, scheurt het doormidden, houdt de twee helften tussen duim en wijsvinger, kijkt Tamara aan, opent haar hand en het gekwetste figuurtje valt op de grond. Gooien kun je het niet eens noemen. Die inspanning zou te veel eer zijn geweest.

'Mag het hier misschien bij blijven?' vraagt Bert.

Toef zwijgt. Als ze het Tine straks vertelt zegt die vast: en waarom zou Marian dat schilderij niet mogen hebben? Zo wil ze Tamara niet bijvallen. Maar ze vindt wel dat Beppie veel te ver is gegaan.

Na de moord op de pop is Tamara niet meer van plan een grappige opvolger van de niezende Rembrandt of de instortende flatgebouwen te zoeken. Ze moet het nu maar iets onverhulder zeggen.

'Als je nu al je hele leven in de eeuwige jeugd handelt dan is het toch geweldig dat je diezelfde jeugd tenslotte zomaar cadeau krijgt?'

'Je bedoelt dat je een dertig jaar oudere man neemt zodat je er vergeleken met hem altijd een beetje jonger uitziet.'

'Bijvoorbeeld. Altijd beter dan met een kind achterblijven omdat alle mannen bij je weglopen.'

Er wordt langzaam en duidelijk gesproken. Het tweegesprek heeft nu de juiste koeling en de vrouw met de hoed is de vijfde gast aan tafel, zo vaak wordt ze genoemd. Dat Marian tussen het portret en Bacall toch maar in de Hall of Fame hangt en daar zal Tamara niet zo gauw een plaats krijgen, dat Beppie net als haar moeder misschien ook wel weer eens een paar weken jong zou willen zijn, dat Tamara toen ze nog bij de banketbakker werkte vast elke dag gratis mee mocht snoepen, dat het taalgevoel van Katrien wel Beppies persoonlijk eigendom moest zijn anders had ze het niet zo schrander getaxeerd, beschreven en van een ander afgepakt en dacht ze er nu soms aan het ook nog te verkopen?

'En zo is het genoeg,' zegt Bert, maar dat hoefde hij niet meer te zeggen. Nu Tamara Katrien opnieuw heeft genoemd staat Beppie op, keilt het plaatje van Jean Wiener op de grond en loopt zonder iemand te groeten naar de deur.

'Leuke jas!' roept ze nog.

Stilte zonder fazant, stilte na Katrien, stilte zonder Beppie. En dan ook nog de stilte in de ruimte die ontstaat als drie mensen de plaats van vier moeten innemen. Niet eenvoudig hoe die zo vlug moet worden gevuld. Je zou een stoel weg kunnen zetten. Dan kan de bezoekster die nu alleen zit aan het midden van de tafel plaatsnemen zodat ze met haar tafelgenoten een driehoek vormt. Waar moet die stoel zo gauw naartoe? Je kunt hem met al die obers moeilijk in het gangpad zetten. Of is de vertrokken bezoekster vooral afwezig door dat lege bord?

Helemaal leeg is het niet. Eenzame toastkruimels, botervlekjes en twee gebroken takjes peterselie roepen de vrouw die net is verdwenen krachtig op. Een overgebleven gast kan de ober vragen dat bord weg te halen maar met dat verzoek zou de mislukking van de lunch officieel worden bekrachtigd. De kans bestaat nog dat Beppie terugkeert. Buitenlucht brengt iemand soms op andere gedachten. Als dat bord er dan niet meer staat zijn de anderen wel heel gauw over haar vertrek heen gekomen.

‘Lekkere dochters heb je,’ zegt Tamara.
‘Ze vergeet het wel weer,’ zegt Bert.
‘Ik denk het niet,’ zegt Toef.

Gevonden voorwerpen

'Kijk, aan elk stokje zitten twee plukjes watten, heel smal, ze kunnen met gemak in het flesje worden gedoopt. Het merk krijgt u straks niet te zien. Alleen dat stokje en daaraan moet u de geur beoordelen. Vrije associaties die elke deelnemer op een blocnote moet schrijven.'

Als de verslaggeefster het parfumspel heeft uitgelegd verdwijnt ze naar een andere kamer om het voor te bereiden. In de minuten voor de officiële sessie staat Marian nog even met de lange actrice en de kleine schrijfster te praten, niet over hun werk, ze kent hen alleen van naam. De schrijfster kijkt op naar Marian en de actrice en gaat zitten. Die stoel wist het verschil in lengte uit. Nu ze met haar benen onder de tafel zit zou ze wel eens langer kunnen zijn dan de vrouwen die boven haar uittorenen.

Zonder Marian aan te kijken beginnen ze over Dodo en de vrouw met de hoed, zoals je het over de wind kunt hebben zonder dat je die hoeft te zien. Er zit iets verontschuldigends in hun stem. Anders kijken ze nooit naar zo'n programma, nu ze het heel toevallig hebben gezien willen ze toch wel even zeggen dat ze Marians moed bewonderen. Zo vrijuit zou elke vrouw volgens de actrice moeten spreken. Ze neemt een stoel en is weer een stuk groter dan de kleine schrijfster.

'Ik denk er tegen die tijd vast ook zo over,' zegt de toneelspeelster, die net als de schrijfster zeker veertig jaar jonger is dan Marian. 'Dan zou ik er m'n hele leven voor overhebben om nog een jaar jong te zijn.'

'Ik had het over een week,' zegt Marian. Ze gaat tussen de dichter en de schilder aan de andere kant van de ovale tafel zitten. Niet vlak naast hen, links en rechts van haar zijn nog de bekende stoelen vrij die als 't even kan niet worden ingenomen om de ruimte tussen de lijven groot te houden.

Het gaat vlug. Om de paar minuten geeft de Engels geklede verslaggeefster van de pagina Snuf haar een ander stokje. Marians vaste merk is Lancôme en dat heeft ze nog niet in handen gekregen. Champagne van Yves St. Laurent herkent ze, dat draagt Beppie altijd als ze op reis moet voor de Franse Bazaar. Ah, dit is Chanel Cinq, het vaste merk van haar meeste klanten. Maar de andere parfums moet ze beschrijven zonder dat ze door een naam wordt geholpen.

Iets te zwaar deze geur, alsof de onzekerheid van een vrouw met grof geschut moet worden overwonnen. Te veel bloem ook, jasmijn, meer iets voor meisjes van de middelbare school. Vreemd dit te moeten doen in een huis dat ze helemaal niet kent. Ze is vanuit de brede gang naar de donker gemeubileerde zitkamer geleid. Er hangen een paar bloemstillevens van Amsterdamse joffers aan de muur. Coba Ritsema, Jacoba Surie en vreemd genoeg ook een Stijl-doekje van César Domela uit z'n mooiste periode, olieverf, zestig bij veertig centimeter, zeker wel honderdtwintigduizend gulden.

Overal zou ze willen rondkijken om de dingen op hun waarde te schatten. Hoe vol dit huis ook is, het ziet er bruin en verlaten uit. Zou er niets van kunnen worden geveild? Die redactrice van Snuf woont hier niet en heeft het vast van een bejaard familielid geleend. Misschien kan ze haar om een rondleiding vragen, al heeft ze weinig tijd, straks moet ze weer naar het huis van Cocheret. Anders kan ze als ze nog eens in deze straat loopt alleen maar denken: hierbinnen heb ik iets geroken.

Ze voelt aan haar wangen dat ze glimlacht om de gedachte. De kleine schrijfster tegenover haar ziet dat en vraagt zich vast af welk parfum ze zo geestig vindt, onnodig gepieker, een geur kun je niet afkijken.

Marian ruikt alweer aan een ander stokje. Ze schrijft door en kijkt intussen af en toe naar de actrice. Als je werkt mag je een ander in het oog houden. Zonder pen is dat weer net te brutaal. Dit is heerlijk, zo'n parfum dat zichzelf ontkent, dat zich voegt naar de geur van de huid, niet te veel aandacht voor zichzelf opeist. Ze heeft toch wel eens een glimp van die lange donkere opgevangen in zo'n soap, waarin ze met opgestoken haar een snackbar leidt. Zo'n parfum dat zich niet afzonderlijk meer laat beschrijven, een hele gebeurtenis sleept het met zich mee, net of geur kan schilderen.

Madrid, zestien, zeventien jaar geleden, 't laat zich niet aan het papier toevertrouwen. Ze was er met Bert om in het Prado die spelletjes van Goya te bekijken. Weer ziet ze de pop. Door een kring van kinderen wordt die boven een strak gespannen doek hoog in de lucht gegooid. En 's avonds, wat moet je dan 's avonds?

Eten natuurlijk en toen was daar ineens een bar waar de serveersters topless bedienden. Het Spaanse leven was in de eerste jaren van Juan Carlos al iets lichtzinniger geworden. Bert zei het niet rechtstreeks, maar ze zag aan z'n gedraal hoe graag hij naar binnen wilde en toen besliste ze het zelf maar. Ze zaten er voor hij het wist. Doorschrijven, zo helder is dit, een man moet het een vrouw alleen cadeau doen als hij haar huid werkelijk bemint. Ze rook het voor het eerst bij de jonge Pilar, die alleen een slip droeg en op een bankje bij hun voeten ging zitten om de whisky in te schenken.

Het gekke was dat het haar nog meer opwond dan Bert, misschien omdat ze al zo lang geen vriendin naakt had gezien: generfde tepels midden in Renoirs lichtste roze. Boven die volmaakt naar de schouders wijkende borsten vertelde Pilar dat ze zich in het auteursrecht specialiseerde en hoeveel ze zich van het nieuwe Spanje voorstelde.

'Mag ik u het volgende parfum geven?'

'Nog even.'

Marian laat de resten van de al zwakker wordende geur diep tot zich doordringen. De actrice heeft een klein litteken naast een wenkbrauw, 't wordt vast weggewerkt als ze speelt.

Hoe oud zou die Pilar nu zijn, een jaar of veertig? Misschien heeft ze als juriste wel een eigen kantoor in Madrid. De ernst waarmee ze naakt over de toekomst sprak. Hoe Pilars borsten meedeinden als ze om iets te verduidelijken onverhoeds een arm ophief, hoe ze lachend de hal in rende om Bert z'n aansteker te brengen, hij had hem op tafel laten liggen. Ze lachten alledrie om de goedkope symboliek.

Het laatste parfum? Nee, vast nog een stuk of drie. Dit ruikt naar een bos met verwaaide pepermunt. De behoefte om zich in al die ijlte aan de toneelspeelster of aan wie dan ook vast te klampen om die keurige bijeenkomst volkomen te doorbreken, omhelzing van een vreemde.

De dichter kijkt af en toe haar kant op. Die dan maar? 't Is een norse zwijger die elk plukje watten argwanend bekijkt. Op een veiling zou ze soms keihard willen vloeken. En daar komt waarachtig nog die dikke ontwerper binnen. Veel te laat... Er wordt verteld dat hij woordblind is. Hoe zal hij dan ooit een geur kunnen beschrijven?

Het volgende, Guerlain, geen twijfel mogelijk, heeft ze jaren geleden ook wel gebruikt, een open geur, 't tweestromenland van de jeugd en de belofte van wat nog niet is ingevuld. Ze kijkt op haar horloge, bijna half twaalf. Geen tijd meer om dit huis helemaal te bekijken. De apotheek zet zelfs parfum onder druk. Haar lichaam voelt dat het hier te lang dreigt te blijven en zoiets had Cocheret zelf kunnen schrijven. Ze is na die eerste keer met Katrien vaak alleen in het huis aan het water geweest en nog is het niet genoeg. Ze moet vanmiddag terug voor de laatste schriften waarin hij, voorzover ze dat al heeft kunnen zien, ook schrijft over de kracht van gevonden voorwerpen.

Sommige opmerkingen hechten zich aan het allereenvoudigste, ook hier, op dit ogenblik. Het al dan niet bekijken van dit huis doet haar denken aan zo'n typisch Cocheret-voorstel: een leeg huis inrichten met meubels, voorwerpen en kleren om de indruk te wekken dat het bewoond is. Met zo'n slim slordige plaatsing van allerlei dingen een niet bestaande vrouw of man oproepen. Verpakking en houtwol zonder mens.

Soms gebruikt hij de taal als een scheikundige. In het fragment over dat lege huis mengt hij werkelijk de dingen. 't Is eerder een formule dan een verhaal. Na het verslag van Marian en Karel is Murphy's ervan overtuigd dat de veiling een succes zal worden. Ook Het Boek, compleet met al die gekke aantekeningen, zal er komen met op het omslag Valentine Prax. Maar Karel en het veilinghuis weten niet dat Marian met de beschrijving van het glaswerk en de apotheek allang klaar is en dat ze in het huis iets heel anders op het spoor is gekomen.

De redactrice van Snuf geeft haar het zoveelste stokje.

'De laatste.'

Ze zegt het met een lichte spijt in haar stem.

'Dit moet voor u niet zo moeilijk zijn,' voegt ze er nog zacht aan toe. Marian voelt de adem tegen haar oor. Omdat die geschelpte huid zelden mag tasten is dat een heerlijk gevoel en het duurde maar zo kort. Snuf is al weer samen met haar adem doorgelopen naar de schilder. Heel even volgt Marian haar wegbewegende rug.

Lancôme, toch nog!

Wat te zeggen over iets wat ze als een pink of een enkel elke dag gebruikt? De toneelspeelster kijkt nadenkend naar het plafond, wat is haar hals mooi, Tamara. Omdat de geur Marian het hele jaar omgeeft zou de Lancôme op het stokje misschien niet tot haar door kunnen dringen en toch gebeurt dat. Voor het eerst ziet ze op een plukje watten haar eigen geurspiegelbeeld.

Lancôme heeft wel iets van het naamloze parfum op de borsten van Pilar. 't Ontkent zichzelf, voegt zich naar de huid van de beminde, daarom gaf Bert het haar zo vaak, zonder dat ze er ooit om vroeg. Maar het laat ook iets achter, niet alleen een spoor van het parfum, dat doet ieder merk. De geur van de huid zelf, die is erin opgenomen, hangt er nog als de draagster al is verdwenen. Niet lang, maar genoeg om iemand die erlangs of doorheen loopt even te laten opkijken naar wat er zo nauwelijks is.

Hoofdgebaar naar wat bevallig grenst aan het niets. Het kan gebeuren als iemand plotseling een kamer verlaat en dan weet je nog wel bij wie het zo-even hoorde, al is de kans minder groot als zoveel parfums net het onderwerp van aandacht zijn. Nee, vandaag is het veel duidelijker als een vrouw net is ingestapt en weggereden. Wie dan voorbij een huis loopt maakt het mee in zijn puurste staat. Zo'n vleug van een oor, een hals of een pols van iemand die te gehaast is om op deze plek nog aanwezig te kunnen zijn en toch iets zonder omtrek heeft achtergelaten.

Zelfs bij het benzinestation aan de rand van de stad blijft er iets van achter voor de pompbediende. Het raampje heeft bij het afrekenen opengestaan. Een Engelse liftster naar Litouwen rijdt mee. Ze praat honderduit over de reis naar het land waar haar vader is geboren. De korte afstanden zijn haar even veel waard als de grote. In de wagen heeft ze niets in de gaten. Ze ruikt het net niet vervlogene pas op haar T-shirt als de bestuurster die zo aardig was haar een eind door het in het licht schitterende waterland te rijden in de verte is verdwenen.

Hier moet die vrouw haar de weg hebben gewezen toen ze met Karel langzaam doorreed. Ze ziet nog die pratende mond helemaal openvallen. Krimpende afstand en nu alles zo makkelijk kunnen vinden. Het land en het water waar je nog niet bent al voor je zien. Eeuwig voorschot op elke omgeving. Het hek, de lange en slordige laan. De winterkoninkjes, de roodborstjes, de vinken. Ze hoort de vogels al voor ze tussen de bomen van dat loofbos aan het water naar het huis loopt.

En ze gaat er al naartoe voor ze eraan denkt, naar Valentine Prax, die het eerst, elke keer weer. Toen ze wegging was die dikke ontwerper nog lang niet uitgeschreven. Hij zat maar te ploeteren boven het papier, dat hij dit keer met geen beeld kon vullen.

Er ligt een blauw cirkeltje in de geschilferde zilveren lijst van Valentine. Wat je van jezelf afstaat aan je omgeving. Ze tipt het blauw niet weg. Cocheret is er, zover ze aan de stand der dingen kan zien, niet meer geweest. Als er hier iets is verplaatst of veranderd dan heeft ze dat zelf gedaan. Het even hier kijken en dan weer ergens anders. Het moet z'n sporen wel nalaten, hoe zorgvuldig ze ook werkt.

Als ze naar boven loopt hoort ze de muziek van Tom Jobim. Vreemd dat ze die reeks van Braziliaanse noten zonder dat er een instrument in de buurt is kan oproepen. Nu langs Daum, Gallé en Lalique. Ze waadt door de beschrijvingen waarmee ze de dingen voor de catalogus heeft uitgebreid. Loopt over ribbels van camee, stoot tegen luchtbellen met een rood poeder aan de rand, stapt over het kleinste huis van de Nederlandse bouwmeester, strijkt met een open hand over de kruin van olijfgroene mistletoe. Stil staan de glazen en schalen op drie tafels maar zodra je ze hebt benoemd vullen al hun woorden de ruimte.

Die schaal van Lalique moet iets naar links. Er komt hier niemand en toch denkt ze dat een slip van een jas hem naar beneden zou kunnen trekken. Wat zonder een woord gebeurt, het verplaatsen van een schaal. Tientallen voorbeelden heeft de oude Cocheret van die alfabetische stilte gegeven. Beslagen ramen, de smaak van zout, neerhangende kleding, die kent ze uit haar hoofd. Met veel ironische terzijdes omdat hij voor de beschrijving van zo'n woordloos voorval de taal juist zo nodig had.

Marian gelooft niet dat de dokter op de een of andere poëzie uit was, zoals z'n zoon veronderstelde. Hij hunkerde eerder, geheel in de stijl van z'n beroep, naar een praktische toepassing van z'n gedachten, net zoals de poeders en vloeistoffen in zijn apotheek tot een geneesmiddel kunnen worden vermengd.

Even terug, de patrijspoort, daar heb je het gras waar Katrien haar nietsdoen met duikelingen vulde. Dwangvolgorde van het zien, na het glaswerk en het gazon mag Marian pas naar de apotheek, met stappen die nergens zullen worden vermeld.

Ze loopt de taal in en verleidt die tot allerlei samenstellingen, schoen en knie, enkel en jurk, dij en kous en een heel stelsel van spieren en bloedvaten zijn volop aan het werk. Al dat gewoordte gaat schuil achter de beweging, komt niet aan de oppervlakte en tuimelt in de vergetelheid als de voorgenomen afstand is overbrugd.

De deur maar open laten staan? Dan kan het hele huis over de trap bij haar naar binnenstromen. De ruimte hoeft niet door zoiets simpels als een deur te worden beknot. Zo schilderde de zo lang verguisde Deen Hammershøi z'n lege kamers. Wat zijn z'n prijzen het laatste jaar omhooggeschoten. Niet naar die vitrinekast met de stopflessen of naar de toonbank met het pillenbord tussen de vijzel en de farmacopee. Strupus, oleum, pilulae, unguentum, electuarium, 't zijn alweer oude bekenden, alles is voor Het Boek beschreven.

Ze zet het raam op een kier. Buiten is het zacht. Voor haar op tafel een paar rondjes confetti, laten liggen, roze, blauw, roze van Katrien. Ze opent het laatste schrift. Cocherets eigen woorden hebben het allang van z'n apotheek gewonnen. Hele lijsten heeft hij gemaakt om aan zichzelf te verduidelijken wat hij bedoelt.

Wacht, hier staan twee afdelingen met een rubriekskop naast elkaar. Veel echo's van vorige fragmenten, steeds dacht hij door op wat hij had ontdekt.

Wat je aan iemand kunt afzien, daar staat het weer. De kleur van ogen en haren, de vorm van de neus, het gewicht misschien, lengte en jeugd, kans op sensualiteit. Wat is hij nauwkeurig met die goed gekozen termverzwakkingen. Hij weegt de taal werkelijk als een apotheker. Het geringste overwicht zou de poeder of drank de verkeerde samenstelling kunnen geven.

En wat vang je nog meer vlug-vlug van iemand op? Regelmaat in 't gezicht (aardig gezegd—schoonheid is hem zeker te stellig), keuze van kleding, de geleding van de beweging, grillig tot zo goed als stil. Met tenger en fors ontsnapt hij aan het zo twijfelachtige sterk en zwak. Hij streeft met zo'n lijst niet naar volledigheid, geeft eerder de richting aan naar de eerste oogst, naar wat in enkele ogenblikken van iemand wordt binnengehaald zonder dat het door allerlei uit de psychologie afkomstige oordelen is vervormd.

Marian kijkt door het raam. Beneden voor de glazen wand kun je het water tot aan de met zeilboten bekraste einder zien. Hier ziet ze het vasteland en de landtong die zich het meer in slingert. Geen mens, geen boot, geen vogel, alleen het zich herhalende water. 't Zou zo van Cocherets tweede lijst gevloeid kunnen zijn. Eerst stond het nog tussen adem en hemelboog of tussen eb en wenkbrauw of tussen knieholte en gebladerte, tussen alles *Wat zonder een woord gebeurt.*

Sommige woorden met zo'n sleep van stilte heeft hij doorgestreept en er een ander woord boven gezet. Duidelijk te zien dat inkt door droogte is vervangen. Ook in dit ijle domein moest hij de enig juiste voorbeelden geven. Alleen zij kunnen tezamen een beeld van al die woordloze voorvallen oproepen, als stokken die op de goede afstand van elkaar het dak van de circustent kunnen dragen.

Ze bladert gulzig verder. Veel meer heeft hij niet geschreven. Vijf, zes bladzijden nog, dan houdt het op. Het handschrift ziet er haastiger uit. Iemand die weet dat hij weinig tijd heeft en toch met z'n levenswerk verder wil.

Wat nu ineens? Kunnen ze ook worden vermengd, dat vraagt hij zijn onbekende lezer. Hij gaat er meteen op door, of het woordloze en de eerste indruk zich kunnen verenigen tot wat aan elk voorval voorafgaat, het verhaalloze van de jeugd, zaad dat onvoorspelbaar zal ontbotten.

En 't is hier dat de zinnen zich ontsluiten zolang het verhaal duurt. Ruimte komt er tussen de woorden die zich anders, eenmaal geschreven, moeten houden aan het ritme en de volgorde die hun zijn opgelegd. Of Marian naakt is en nog net geen kleren heeft aangetrokken, die huiver langs haar huid. In elk voorval kan ze opgaan, dat ogenblik.

Echo tegen glas? Ze leest het niet alleen, ze hoort het nu ook werkelijk, net of een kerkklok beneden door die hele glazen wand en misschien ook wel door het water wordt weerkaatst. Katrien vraagt het haar zo vaak in voorbeelden van één lettergreep, hoe komt het toch dat als rood of blauw of geel in 't zwart op papier staat je die kleuren veel scherper voor je ziet dan wanneer ze aan een echte bal, de lucht of de maan zijn geleend?

Dit is het antwoord, als ze terugbladert schiet er diepte in elk beeld. Zo kon ze vroeger als ze een film met een roodgroene bril bekeek in de voorstelling stappen, bestond de bioscoop niet meer, liep ze in kamers waar ze nooit eerder was geweest, stond ze terwijl ze binnen zat tot aan haar enkels in de zee toen keizerin Soraya haar op een paard voorbij galoppeerde.

De drie Nederlanders die aan tafel nog altijd Frans spreken omdat die ene Fransman net is opgestapt, ze gaat bij hen zitten, wordt niet weggestuurd, praat in dat overbodige Frans met hen mee.

Ze hoeft maar een bladzij om te slaan of ze verandert van gebeurtenis. Staat ze in een groot café bij de kassier om naar haar handschoenen te vragen. Hij kijkt omhoog en nu ziet ze dat boven z'n hoofd aan twee pilaren een glazen plaat is vastgemaakt.

Daar liggen de van sommige klanten losgeraakte voorwerpen. Sleutels en een vulpen. Twee boeken en een witte sjaal en waarachtig ook de handschoenen van zwart glacé die ze langgeleden is kwijtgeraakt. Ze kijkt naar haar elleboogholtes en strijkt met twee vingertoppen langs haar hals. Geen plek van haar huid hoeft nog door een sjaaltje, mouw of hooggesloten blouse te worden bedekt.

Ze knikt, ja, dat zijn ze. Niets wordt er gezegd. De arm van de kassier gaat omhoog. Op het glazen vloertje ligt ook wat confetti, roze, geel, blauw. Hier is na een feest iets op gedwarreld. Zo'n confettiblaadje is geen gevonden voorwerp.

En net als de kassier half zittend met één uitgestrekte arm de handschoenen pakt weet ze dat ze na dat meebieden opnieuw zondigt tegen de wetten van haar beroep. Nooit eerder heeft ze iets gebruikt van wat voor de verkoop is bestemd. Ritselt alles weer naar hoe ze hier zit, de bel, haar lijf deint terug naar haar echte leeftijd. Wie kan dat in vredesnaam zijn, Karel Lood, Beppie, nee, die is in het buitenland, Cocheret misschien?

Ze gaat de apotheek uit en loopt langs Daum en Gallé. De bezoeker staat er vast al lang. Hij moet z'n vlakke hand tegen de bel houden. Ze komt de trap af met het schrift in haar hand. Als ze naar de deur loopt weet ze nog steeds niet wie het is.

Papaver

Het lot bedient zich soms van de ongelooflijkste instrumenten om te bereiken wat het wil. Zo het iets wil tenminste. Pas als alles is geschied gaan de koks van de oorzakelijkheid aan de slag.

Men neme een voorval, laten we zeggen een man belt aan en een vrouw loopt binnen op een trap. Heel vakkundig wordt het later ontleed. De komst van de man en de vrouw naar het huis waar ze niet wonen mag wel een hoofdrol worden toegekend. Kijkrichtingen zitten erin. Snelheid komt er ook aan te pas. Het toekomstig mengsel van fotografie en toegepaste jeugd dreigt de ontmoeting iets eenmaligs te geven. En dan hebben we het nog niet eens over andere behulpzame ingrediënten, als de dagindeling van de medespelers en hun zo tegenstrijdige verlangens die hen naar dit huis aan het water hebben geleid.

Zo zal de schamele werkwijze van de doorgaans toch zo luie voorzienigheid veel later ook wel weer aan deze ontmoeting worden blootgelegd. Schandelijk lui zelfs, ze is nooit iets van plan. Denk aan een virtuoos blauw oog. Wat een klap, waar, wie? Alleen de grimeur kent de simpele oorzaak van het vergeelde blauw met die ook al zo kleurechte groene uitschieters. Het is op de huid geschilderd, een beetje water en weg, nauwelijks gebeurd. Tekens zouden ervoor moeten zijn of, beter nog, remmend wit om de loop der gebeurtenissen af te vlakken en de helden weg te sturen uit het verhaal, dat nadien te duidelijk voor ze is ontworpen.

Lex van der Sluijs gelooft niet dat er nog open zal worden gedaan. Hij drukt met de vlakke hand op de bel en dan laat hij het ene werkwoord met gemak in het andere overgaan:

aanbellen wordt leunen. Daar hoeft hij nauwelijks moeite voor te doen. De hand glijdt van de bel naar de deur.

Nu leunt hij met zo'n scheve arm tegen het huis. Er zit een fototoestel aan een riempje om z'n nek. Hij tuurt naar een blauwe reiger die in de roeiboot is neergestreken. Niet op een bank, dat zou te mooi zijn, nee, op de bodem tussen de banken in. Die tactiek is goed te begrijpen. Z'n kop is zo iets dichter bij de toekomstige prooi. Dit heeft Van der Sluijs z'n hele leven al eens willen zien: een reiger die een vis uit het water trekt. Tuurt de vogel naar een voorn of een blei? Wat deint z'n kop mooi naar voren. Heel licht, de hals blijft strak.

De deur wijkt en Van der Sluijs valt naar binnen. Het is of het huis zelf heeft opengedaan. Geen mens had hij nog verwacht. Om z'n evenwicht te bewaren rent hij met van die korte ratelstappen de gang uit, schiet de kamer met de Bertoiastoeltjes in, denkt 'omdat die reiger...' en heeft dan al z'n gedachten nodig om nog net op tijd tot stilstand te komen: die lucht bij het gras is geen lucht maar van glas.

'Dat overkomt mij nou altijd,' zegt hij, al heeft hij nog niet eens gezien wie hem open heeft gedaan.

'Wat?' vraagt een vrouw achter hem.

'Het zit me nogal eens tegen,' zegt Lex en hij draait zich om. Ze moet over de vijftig zijn, hoogstens zestig misschien.

'Waarmee?'

'Met alles, daar heb je er weer één!' roept hij.

Een meter of tien van de glazen wand staat een reiger vlak voor het riet. Lex voelt dat hij het niet bij deze ene vogel kan laten. Zo bijzonder is die niet. Nu moet hij wel iets bijpassen van wat hem voor z'n val is overkomen. Maar hij weet niet hoe hij erover zal beginnen. Het is zo'n verhaal waar je het anders nooit over hebt.

'Ik zag daar net een reiger in een roeiboot staan.'

'O.'

Wat een binnenkomst. Door die val is z'n alleenspraak opengegaan. Hoe kan hij er iets meer van maken?

‘We hebben ’t allemaal wel eens.’

‘Wat?’ vraagt de vrouw met verbaasde ogen.

‘Nou zoals u daar met dat schoolschrift staat. Daar hoeft u natuurlijk niets over te zeggen. Maar u zou het wel kunnen doen.’

‘Dat ik het vasthoud of zoiets?’

Ze heeft geen tijd voor de vreemdeling, al ontsluit hij een aardig terrein.

‘U kunt het net zo goed neerleggen want u schrijft of leest er toch niet in.’

‘Wat kom u hier doen?’ vraagt Marian. Als dit er nu ook nog bij komt. Vlug terug naar een vertrouwd ingedeeld gesprek.

‘Heeft meneer Cocheret dat dan niet verteld?’

‘Ik weet van niets.’

Van der Sluijs zegt dat Cocheret de inboedel laat veilen en voor dat gebeurt moeten de kamers voor het laatst worden gefotografeerd. Ze zal van hem geen last hebben. Hij werkt onopvallend. Het is zo klaar.

‘En het zit u zo vaak tegen.’

‘Zit het ook, nu weer. Ben ik m’n statief vergeten.’

Hij zegt het met de berusting van de man die weet dat hij altijd dezelfde vergissingen zal maken. Misschien stapt hij nu weer op. Weigeren kan ze hem niet. Ze werken alle twee voor Cocheret. Het huis is net zomin van haar als van hem.

‘En dat statief is zeker thuis?’ vraagt ze meelevend. Z’n blauwe ogen in dat iets te dikke gezicht staan chronisch verlegen.

‘In de auto laten liggen. Ik fotografeer alleen maar huizen, meestal voor monumentenzorg, ook wel voor particulieren. Sta ik aan de overkant van de gracht. Echt heel mooi opgesteld, precies voor het goede pand. Prachtig weer, alles in orde. Het kan niet misgaan denkt u en dan rijdt er ineens een vrachtwagen voor het huis.’

‘Die rijdt wel weer weg,’ zegt Marian en ze denkt hoe kom

ik van hem af, man from Porlock, eeuwige stoorzender, hoe kom ik in godsnaam van hem af.

'Maar bij mij rijdt hij juist niet weg,' zegt Van der Sluijs. Hij leunt tegen de deursponning die hij net met zoveel vaart voorbij is gegaan. 'Vaak zijn ze van de radio of televisie en dan staan ze daar de hele dag.'

Langzaam loopt hij naar het gras van Katrien. Eindelijk, bijna weg en nu vlug naar boven. Nee, hij draait zich weer om, als iemand die in de gang z'n jas al aan heeft, naar de deur loopt en weer terugkeert voor wat restnieuws.

'Of de hemel is helemaal blauw. Het kan niet beter. Daar komt die ene wolk aan en dan weet ik het al van tevoren. Waar houdt hij stil?'

'Voor de zon,' zegt Marian braaf. Dit verhaal is tenminste af. Het valt niet meer te verlengen.

Hij loopt door en draait zich om.

'Heeft u dat bosje daar ook gezien, al dat loofhout? Die roodborstjes en winterkoninkjes horen hier helemaal niet. Bij al dat water zou je futen en roerdompen verwachten.'

Marian geeft geen antwoord. Lex gaat het gras voorbij, nee, hij kijkt naar links, ah, daar deint die reiger nog steeds in de roeiboot. Hij koerst voor een kwart op de vogel af, kijkt over z'n schouder en ziet dat Marian hem met strenge ogen volgt. Pas dan verdwijnt hij vlug in het loofbosje.

Ze rent de trap op, twee, drie treden tegelijk, langs de patrijspoort, langs Daum, Gallé, Berlage en gaat weer aan de tafel bij het raam zitten. Waarom nam ze dat schrift mee naar beneden? Toen de bel ging heeft ze het ook nog dichtgeklapt. Vrees dat een vreemde zou zien waarin ze zich verdiept.

Waar is die passage over de glazen plaat, doorbladeren, niet te vinden, achterin, ja, daar staat het. Weer zit de kassier onder z'n gevonden voorwerpen in het café, maar ze komt er niet meer binnen. De zinnen hebben zich gesloten. Het papier dat eerst zacht en doordringbaar was neemt haar nu niet op.

Hoe kan het, ligt het aan haar? Die verdomde fotograaf. Rustig Marian, rustig een ander fragment kiezen. Misschien geeft dat wel mee. Nu de stilte elk ogenblik kan worden doorbroken zoekt ze vlugger. Ze voelt de haast in haar schouders en vingers.

Is dit iets, gebruiksaanwijzing voor armen en handen? Wat zou hij daar in vredesnaam mee bedoelen. Steeds vreemder worden zijn voorstellen. De vervorming door lachspiegels letterlijk nemen en voor je eigen lijf gebruiken. Makkelijk gezegd, maar hoe doe je dat? Misschien heeft z'n zoon toch gelijk en vormen al die zinnen een licht krankzinnige poëzie.

Even verderop schrijft hij zelfs hoe leerzaam het is als je een vreemde taal niet verstaat. Ja, bekijk het, wat een onzin. Die fotograaf kan ook zo terug zijn als hij tenminste niet wordt afgeleid door een reiger of een vrachtwagen. Nu verdiept ze zich ook nog in het leven van een niet meer weg te werken indringer.

Ze moest maar eens naar Karel gaan om de definitieve tekst in te leveren. In die malle wereld van Cocheret heeft ze niets meer te zoeken. Een laatste blik en dan komt hij met zo'n tussenvorm waarop hij het patent heeft. Is het mogelijk, vraagt hij, dat een schilder wat hij wil afbeelden ook veroorzaakt? Hij wacht het niet af, maar schept zelf de vorm en kleur van de omgeving die hij op het doek wil krijgen.

Het gaat Cocheret niet om willekeurige, abstracte vlekken. Hij bedoelt het zoals altijd heel reëel. Komt het eerste, nogal sentimentele voorbeeld. Kweek peterselie in zo'n glazen bakje en als die uitkomt en niemand anders de plant heeft gezien zijn de takjes klaar om verdubbeld te worden.

Marian doet het schrift dicht. Van welk wantrouwen was hij bezeten? Het Nederlands heft hij op door drie mannen beleefdheids-Frans te laten spreken. Hoe leerzaam is het een vreemde taal niet te verstaan. Wat zonder een woord gebeurt is het hoogste goed en nu neemt een schilder geen genoegen met wat de werkelijkheid hem voorschotelt. Nee, wat hij wil afbeelden kan hij maar beter zelf laten ontstaan, net of het anders onbetrouwbaar is.

'Zal ik hier beginnen?'

Hartschrik nog groter dan toen Katrien ineens met die vingerprullenhoed achter haar stond. Zo'n denderende vraag die een gebeurtenis brutaal wil omleiden. Heel wat anders dan het beleefd terugwijkende van de reiger.

'Ziet u niet dat ik hier zit te werken?'

'Ik moet toch ergens beginnen. Of bent u hier zo klaar?'

'Weet ik het, straks misschien.'

'Begin ik wel beneden.'

Zegt niet eens iets over de apotheek en verdwijnt met camera en statief net zo zacht als hij is gekomen. De deur staat open. Toch hoort ze geen voetstappen op de trap. Ja, nu wel iets, de droge tik waarmee het statief op het parket van de glazen kamer wordt gezet. Nog een tik en nog een, hij verplaatst het ding natuurlijk, zoekt naar de juiste plek om de ruimte te fotograferen.

Marian staat op en loopt naar de toonbank met de vijzel, het pillenbord en de farmacopee. Diep onder haar het lijf van de fotograaf. Ze voelt het zonder dat ze hem hoort of ziet. Wat moet de jonge Cocheret met die foto's? De apotheek verdient het bewaard te blijven. De rest van het huis is zo verlaten als een fles waaruit de geest in rook is opgegaan. Met de nagel van een pink tipt ze langs de potten in de gebogen wandkast. Papaverbollen, amandelmelk, hemeldrop. Alles raakt ze vluchtig aan. Distilleerketels, kolven, retorten. Terwijl ze door de apotheek loopt begint er iets te schuiven, zoals een knikker op een scheve vloer heel langzaam naar de andere kant rolt en toch is het zeker dat hij de laagste plint zal bereiken.

't Is iets wat ze net heeft gehoord en iets wat ze net heeft gelezen. Die twee moeten elkaar binnenkort bereiken. Laat de pink nog maar even langs stopflessen en weegschalen ritsen. Het ongelijke ritme van wat net nog niet is ontdekt, opiaten, zalven, vergiften.

Nu weet ze het, nee, dat is nog net iets te veel gezegd. Als ze naar de tafel loopt begint ze te vermoeden dat de fotograaf een paar zinnen van Cocheret in gloed heeft gezet. Ze is klaar voor dat loense ogenblik waarop ver van elkaar verwijderde beelden in elkaar gaan passen.

Het stille domein van de fotograaf. De reiger en al het andere dat zo in de meerderheid is en toch nooit zal worden besproken. Het gebeurt zonder een woord, dat kan er meteen achteraan. Hoe leerzaam is het een taal niet te verstaan. Dat lijkt wel een samenvatting van het vorige te zijn, net of al die vreemde klanken van hun betekenis afzien en toegeven dat geen zin kan bijhouden wat er geschiedt.

Cocheret geeft een paar begoochelende voorbeelden. Drie andere talen laat hij met het grootste gemak in het Nederlands opgaan. *Woorden vertaald uit het Zweeds*, giraf, bakker, theepot, gitaar. *Uit het Spaans*, weer giraf, bakker, theepot, gitaar. *Uit het Fins*, giraf, bakker, theepot, gitaar, dezelfde vier. Door die titels verandert het Nederlands in een scherm waarachter andere klanken schuilgaan.

Eeuwige sluiers om het nabije, wat aan een voorval voorafgaat, het is wat hij al die tijd heeft gezocht. Alles moest hij opheffen, weglaten, onklaar maken, wegwerken om zicht te krijgen op wat niet wordt benoemd.

Voor de fotograaf belde las ze het expliciet, vroeg de dokter zich af of het woordloze en de eerste indruk kunnen worden verenigd. Maar hij wilde het natuurlijk zonder die beschrijvende termen. Beelden zocht hij, lachspiegels, peterselie, een karavaan van kamelen.

Het waren zijn omwegen naar wat haar nu heel licht omgeeft, wat haar schouders en knieën raakt. De reigers van de fotograaf, afgezanten van het verzwegene, die zag hij niet, hoe vaak ze ook in het water om zijn huis moeten hebben gestaan.

Hoogste graad van leegte na vele oefeningen.

En juist Marians ontdekking van dit lege ogenblik probeerde men later te verklaren zonder er greep op te kunnen krijgen. Het heeft geen verleden en geen vaste toekomst. Geen papier komt eraan te pas. Steeds ontstaat het opnieuw en dan is het voor een geleerde nogal lastig om het te betrappen. Het hecht zich wel even aan iets, maar als dat moet worden bekeken is het al weer vertrokken, tintelend overspel. De zwaarte van een kiel kent het niet. Het wenst zich met alles te bemoeien en dan is er later geen vaste terugweg om het ooit nog op het spoor te komen.

Ze staat op en stapt uit wat gaat komen, rustig maar beslist. Of ze zich aan iets wil onttrekken, zolang het nog kan. Daum, Gallé en de patrijspoort loopt ze zonder doel voorbij. Pure beweging helpt de gedachte voort, ontwikkelt zich niet als Marian te lang aan een plek is gebonden. Wat de fotograaf ook nog zal zeggen, het doet er niet toe, al blijft hij een maand fotograferen. Nooit zal hij weten wat hij aan dit huis heeft toegevoegd.

Ze ziet hem weer op de rug. Hij heeft de glazen tafel en de Bertoia-stoeltjes opzijgeschoven. Het uitzicht op de glazen wand wordt door niets belemmerd.

'Lukt het?'

Hij draait zich verrast om.

'Weet u wat ik zo-even dacht?'

'Zegt u het eens.'

'U beschrijft wat moet worden verkocht in een huis dat al is verkocht.'

Hij is beter op de hoogte dan ze dacht.

'Ik wist niet dat het al verkocht was.'

'Heeft Cocheret me zelf verteld.'

Nieuwsvoorsprong. Niet op ingaan. Hij ziet eruit of hij zonder ouders ter wereld is gekomen, net of de lucht hem heeft gebaard, zo'n gezicht.

'Kunt u geen foto van mij nemen?'

Hij gaat op een Bertoia-stoeltje zitten en kijkt haar verlegen aan.

'Dat is weer zoiets. Het wordt me vaak gevraagd. Weet u

dat ik nooit mensen fotografeer? Alleen die huizen.'

En hij maakt een royaal gebaar naar de glazen kamer die nu voor alle vertrekken speelt waar hij ooit is geweest. Met overwonnen tegenzin loopt hij naar het statief, draait de camera een slag en zegt dat ze daar in de deuropening moet blijven staan.

'Hoefde ik alleen maar u te fotograferen, daar is het licht zo zacht. U ziet er veel vrolijker uit dan toen ik binnenkwam.'

Hij maakt kort na elkaar twee opnamen en geeft haar geen aanwijzingen, 'een huis kun je ook niet regisseren'. Nog twee, hij draait zonder iets te zeggen het toestel om en begint in één moeite door aan de lucht van glas.

Waarom vroeg ze het? Ze gaat de trap op. Om foto's geeft ze niet veel. Of moest er even wat bijkomstigs gebeuren, zoals je begint te neuriën wanneer je loom in iets prettigs verzeild bent geraakt, een voorval voor de linkerhand? Zo begon Bert vaak te fluiten als iets hem beviel, hij leek dan niet vijf maar wel tien, twintig jaar jonger dan zij.

Geluksmuziek. Hoe was het ook weer, o ja, ta-di-da-ti-da-da-da, niet te hard, ta-di-da en dan keek ze wel eens op als het niet voor haar was bestemd, zo'n herkenningsfluitje, zag ze hem gisteren in de verte lopen, heeft Tamara hem die monty toch nog aangesmeerd.

Deur die niet hoeft te worden geopend. Hier wordt ze verwacht. Voorkeurloos licht gaat op in haar huid. Geen plek hoeft nog boven een andere te worden verkozen. Haar zwaarte vermindert als de leegte van weegschaaltjes zich om haar hult. Een vlag bolt, kastanjebladeren ritselen, wind heeft genoeg kracht om door de kier van het raam ellebogen en polsen richtingvrije beweeglijkheid te schenken.

Het gaat nu zo vlug. Duisternis uit vergeten hoeken verdonkert de strepen in het haar. Schittering van een zilveren schaal nestelt zich in haar ogen. En of ze haar al heel lang kennen staan nu zelfs de papaverbollen, de amandelmelk en de hemeldrop het gaafste waarover zij beschikken aan haar af.

Het zijn de toetsen die een schilder gebruikt om de haartjes in de nek iets meer te laten opspringen. De schaduw onder een borst kan net een graad lichter. De dij wacht op het dons waaraan de druppels voor zij vallen zich net even kunnen hechten.

Een deel van wat haar toch al heeft geraakt maakt zich los van de apotheek. Er is genoeg en het is zo sterk dat het zich over het huis verspreidt, als de muziek van Tom Jobim. Het wordt niet zo vaak ontdekt en het heeft er schik in gekregen.

De fotograaf heeft het met het naakt van Valentine Prax niet makkelijk. Eerst bekijkt hij het van dichtbij. Vreemd, het is op glas geschilderd en niet op doek. Dat wil nog wel eens spiegelen, zeker nu, het licht valt erin. Zal hij het ergens anders hangen?

Nee, het kan best dat het naakt juist op deze plek voor z'n opdrachtgever een speciale betekenis heeft. Je weet het maar nooit.

Vanuit een andere hoek? Heeft hij al geprobeerd, de spiegeling blijft hetzelfde. Hij loopt naar het schilderij toe en ziet iets wat in feite niet kan. De spiegeling is verdwenen en toch schijnt buiten volop de zon. Het is of er plaatselijk tegen een wet van de natuurkunde wordt gezondigd.

Van der Sluijs denkt: nu zit het me eindelijk eens niet tegen en maakt de foto. Verder verdiept hij zich er niet in. Hij gaat de trap op, nu eerst die apotheek. Zou ze daar nog steeds zitten schrijven? De tweede keer leek ze niet alleen vrolijker, ook haar stem klonk lichter. Het zal wel verbeelding zijn. Hoe kun je iets onthouden van iemand die je een paar keer hebt gezien?

Wat een glaswerk en ook dat laat zich straks met gemak fotograferen. Het spiegelt niet. Daar kan hij iets grappigs over zeggen, meteen als hij binnenkomt.

Ze zit niet meer bij het raam. Twee handschoenen van zwart glacé liggen naast een paar schriften op tafel.

Slaaphoudingen

De kamers van het een maand geleden geopende Hotel Virginia zijn zo mooi dat het eigenlijk jammer is dat er gasten slapen. Er hangt iets wat met een gerust hart dauw kan worden genoemd. Niet lang meer, daarvoor loopt het hotel te goed. Of noem het anders het onaangeraakte, die staat van nog nauwelijks in dienst zijn. Het is bijna een kleur, zilverig wit.

Frits Meester heeft het statige herenhuis aan de gracht een jaar geleden gekocht om er een hotel van te maken. Hij gaf er zijn baan voor op. Jurist bij een advocatencollectief was hij en dat had natuurlijk tot dagelijkse naamgrappen geleid. Hij kon er wel tegen, daarom was 'meester Meester' niet met z'n werk gestopt.

In de twintig jaar dat hij z'n cliënten aanhoorde had zich bij hem een grote woordhaat ontwikkeld. De werkelijke toedracht van een zaak kreeg hij zo goed als nooit te horen. Steeds moest hij halve waarheden, pertinente leugens en oncontroleerbare gevoelens tot een pleidooi met de soepele trekken van het onomstotelijke indikken. Dat wekte in z'n hart een verlangen naar werk waarin de taal nauwelijks een rol speelt. Ineens wist hij het: een hotel. Niet te groot, een kamer of vijf, dan hoefde hij geen personeel in dienst te nemen.

Het was nog vlug gegaan ook. Hij hoorde dat een toneelspeler in ruste z'n huis wilde verkopen. Met z'n tegoed op de bank en een grote hypotheek was het binnen een maand van Frits en wat wel toeval wordt genoemd hielp hem bij de verbouwing en de inrichting. Op een feestje ontmoette hij Tine en Toef, die al een paar jaar naast het aanstaande hotel woonden. Tine nam het werk voor wat zij lachend 'een vriendinnenprijs' noemde aan, 'dan kan ik door de stijl tenminste zelf bepalen wat voor mensen er vlak naast me komen slapen'.

Na die eerste maand weet Frits dat hij geen betere beslissing heeft kunnen nemen. Tine hield het bij witte muren, een strakke badkamer, een bed, gordijnen van simpel kaasdoek en wat meubels met een toets van art deco. De plaats aan de gracht en het uitzicht door de hoge iepen op de koepel van het oude circustheater aan de rivier deden de rest. Binnen een paar weken stond Virginia in de bijlage van een ochtendblad als 'het kleine hotel voor iedere reiziger die iets anders wil'.

Dat bleek een toverzin te zijn. Frits kan de boekingen nauwelijks bijhouden. De bezetting liep al snel op naar negentig procent. Ook de mond-tot-mondreclame is begonnen. Hij kreeg gasten uit Noord-Amerika die van Braziliaanse familieleden hadden gehoord dat ze bij Meester zo'n romantische kamer aan de gracht moesten nemen. 'Virginia omspant de wereld,' dacht de nieuwbakken hotelier.

Het is tien uur 's morgens. Frits ruimt de ontbijttafeltjes in het souterrain af. De deuren naar de gracht staan open. Zonnige najaarskoelte stroomt naar binnen. Twee Belgische echtparen gingen de stad in en komen pas aan het eind van de middag terug. Ze ruzieden over hun toeristische bestemming en toch klonk het door hun grappige klemtonen niet zwaar. De andere gasten hebben afgerekend en zijn vertrokken. O, heerlijke stilte en zelfs die vertrekgesprekjes bevallen hem. Geen zin hoeft hij te onthouden, te sturen of op scherp te zetten. Koninklijke vergeetwoorden zijn het die leiden tot een aangenaam niets.

Nu de kamers opruimen. Frits kent het boekje van Sophie Calle, die zich als kamermeisje verhuurde en de verlaten slaapkamers fotografeerde. Zelf probeert hij achter de slaaphoudingen van z'n gasten te komen. Aan de krinkels denkt hij de lichaamsafdruk te kunnen zien, been onder buik, arm onder kussen, languit op de rug, zo geoefend is hij geraakt in de kleinste lakenverschillen. In z'n eentje doet hij zo'n houding na voor de spiegel boven een nachttafeltje. Hij wringt bochten in z'n lange lijf en trekt z'n hoofd met borstelsnor scheef, geheim ogenblik dat niemand ooit zal kennen.

Het helpt dat hij de slaper ook rechtop heeft gezien, al wordt het moeilijker als ze met z'n tweeën zijn. Wie ligt dan waar in bed? Hij kan daar als een detective naar gissen. Kijk, de man van dat ene zuidelijke echtpaar rookt. De asbak op het nachtkastje verraadt z'n plek.

Frits spant virtuoos een laken. Nooit meer andermans problemen, handel in rust, plaats voor een lijf in de nacht. Elke bezoeker laat iets achter, misschien wel z'n slaaphouding.

Daar schampt de kat van Tine en Toef langs z'n benen, steelt een paar aanrakingen en smeert hem weer. Sinds het hotel heeft het dier twee huizen met de dakgoot als pad. Altijd staat er wel een raam open. Hij sprint van het ene huis naar het andere. Besluiteloos van richting is het dier wandelende interpunctie.

Er wordt gebeld.

Frits drukt z'n grote bril vaster op z'n neus, kijkt uit het raam en even voelt het in z'n maag of hij iets doet wat niet mag. Het is zijn raam niet. Hij heeft die kamer verhuurd. Op het ogenblik dat Frits omlaag kijkt doet Tine een paar stappen terug en kijkt omhoog. Vriendschap, kennis van elkaars geringste bewegingen.

Even later zitten ze in de opgeruimde ontbijtzaal die al weer rommelig wordt. Frits heeft vlug een kopje espresso met een croissant voor Tine neergezet. Gulzig eet en drinkt ze van haar geluk. Het is nog maar haar derde verbouwing. Zit ze zomaar in wat ze zelf heeft gemaakt en die macht over de ruimte wil ze ook nog wel even horen.

'Gaat het goed?'

Rist van klinkers en medeklinkers verkruimelt 't bladerdeeg van haar lippen op het rood-witgeblokte tafellaken.

'Voorbeeldig.'

'Echt?'

Ze wil veel meer horen, heeft Frits wel een week niet gesproken.

'Al twee weken helemaal vol.'

'Wie komen er nou?' vraagt Tine of ze de gasten zelf heeft uitgenodigd. Nieuwe kruimels vallen. Dat je ze niet op de grond wil morsen en ze op de tafel laat vallen en daar liggen ze ook niet goed.

'Soms een heel familiefeestje, huren ze die vijf kamers tegelijk.'

Haar ogen schitteren. Rug van hand langs mond. Laatste kruimelregen.

'En hoe komen ze nou bij jou, vraag je dat ook?'

'Wist je maar hoe dat ging,' zucht Frits.

'Ja, zo'n hele kringloop, dat je het precies zou weten, die zegt het tegen die en die weer tegen een vriendin, je zou al die praatlussen voor je moeten zien, tot in het hotel.'

Zijkant van hand veegt kruimels bij elkaar.

'Een paar Brazilianen hebben het aan hun Amerikaanse familie verteld, dat weet ik wel.'

'Dat wel?'

'Ja, dat wel.'

'Frits, je wordt beroemd.'

Hij lacht verlegen. Als hij ergens gevoelig voor is dan is het wel roem en dat weet ze.

'Je krijgt vast ook nog sterren over de vloer. Ga je hier nou ook koken?'

Dat heeft ze hem aangeraden. Kleine schotels, twee of drie vaste gerechten voor gasten die naar het theater willen.

'Je kunt praten wat je wilt, ik kook niet.'

'Maar dat is zo'n goeie service, heus.'

'Als ze echt iets willen eten bel ik de Bojo-lijn.'

Daar komt ze niet doorheen. Ook goed, het is geen hoofdzaak.

'Heb je nog van die kaartjes en folders? Heb veel reclame voor je gemaakt.'

'En voor jezelf natuurlijk.'

'Mag het? Misschien hou ik er wel een opdracht van een rijke gast aan over.'

Hij loopt naar het open keukentje in de hoek. Ze bewondert hem. Hij is al vierenveertig en heeft de moed gehad om volledig met z'n vorige bestaan te kappen. *Het roer kan nog zesmaal om*, dat boek gaf ze hem cadeau op de dag dat het hotel openging. 'Bij jou weet je maar nooit of je niet wéér iets anders gaat doen' had ze erin geschreven.

Daar zijn de foldertjes, heel mooi gedrukt, met kleine foto's in kleur van de vijf kamers. Op een paar bladzijden ziet ze ook een foto van Toef. Ze had bedongen dat in elke kamer zo'n huid van dichtbij kwam te hangen en Frits vond het meteen goed. Die lichte abstractie maakt een kamer zacht, erotiek zonder nadruk.

Terwijl ze de folder voor de zoveelste keer bekijkt ziet ze op een half onder de tafel geschoven stoel een stapeltje tijdschriften liggen. Ze herkent het logo van een weekblad dat grossiert in modieuze tijdsbeelden en dit keer hebben ze vast weer iets bij de kop. Als ze haar hoofd een beetje scheef houdt leest ze de felrode letters 'De eeuwige jeugd'. De voorplaat kan ze net niet zien. Ze wil met haar aandacht bij de folder blijven en toch tikt ze het blad met een pink wat naar voren.

'Kijk, m'n schoonmoeder!'

Frits schiet naar haar toe en kijkt over een schouder mee.

'Is dat haar nou?' vraagt hij, 'ik heb de bladen nog niet bekeken.'

Het gezicht van Marian is bijna levensgroot afgebeeld met op de achtergrond het schilderij, een beetje wazig, toch is de vrouw met de hoed heel goed herkenbaar.

Met zenuwachtige vingers bladert Tine naar het artikel zelf. Een stuk over parfum voor honden, wel vier, vijf bladzijden met klachten van anonieme maîtresses, waar staat het nou, een verhaal over de Engelse schilder Lucian Freud om de kans zinderende naakten af te beelden, niet te vinden, net of ze zoek is, weer terug, ja, daar heb je Marian.

Frits is naast Tine gaan zitten en zij draait het blad een beetje naar hem toe. Hij kent Marian niet persoonlijk, maar

Tine heeft hem wel veel over haar verteld. Die hele uitzending met Dodo en Tines ruzie met Toef hebben ze uitgebreid doorgenomen.

'Zou Toef nou weer beginnen?' vraagt Frits.

'Even stil.'

Tine leest kruislings, eet de letters ongeveer op, zoveel mogelijk in een paar ogenblikken. In de lead wordt een heel stuk over de betrouwbaarheid van veilinghuizen en het vraaggesprek met de 'grand old young lady' van dit vak Marian Bimba aangekondigd.

'Voor hun doen niet eens zo'n gekke woordspeling,' zegt Tine, 'grand old young lady.'

Het stuk over de veilinghuizen met al die getallen slaat ze over. Weer bladert ze door.

'Op die eeuwige jeugd hebben ze heel wat binnengehaald,' zegt Frits. Dat is waar. Het anders nogal dunne weekblad staat vol met advertenties voor parfum, ondergoed en kleding. Zelfs die fabrikant van mode-ongelukken hebben ze dit keer ook zo ver gekregen. Een vrouw ligt met een bebloede kop in de modder bij een autowrak. De vriendin die zich over haar buigt draagt een onbespatte overhemdblouse van witte zijde.

Hier begint het. Marian links onder de kop 'De eeuwige jeugd', die vondst kan niet stuk. Ze ziet er mooi en vriendelijk uit, kijkt met een gezicht waaraan niet veel valt te verjongen. Hoe ze heet, wie ze is, wat ze doet, dat is met witte letters vlak onder haar hals gedrukt.

Op de tegenoverliggende bladzijde is de vrouw met de hoed wat kleiner afgebeeld, licht spottend als altijd, met als bijschrift 'Een week jong voor de rest van mijn leven'. In een kader schrijft een redacteur voor de vorm nog een deftig kunsthistorisch betoogje over het schilderij. O, o wat zal Marian hier weer een gedonder mee krijgen. Beppie en Jan, dat zal nog wel gaan, maar Toef... Wordt Tine zelf vrijwel meteen genoemd, 'de vrouw met de hoed lijkt op een vriendin van m'n dochter'.

'Dé vriendin,' zegt Frits.

'Wat maakt dat nou uit.'

'Weet je dat hotelgasten er soms naar vragen? Ik heb er wel eens een paar naar je toegestuurd.'

'Naar hiernaast?'

'Ja, naar Tine van hiernaast zeker. Naar die etalage natuurlijk.'

Het vraaggesprek is me van een ernst. Het weekblad dat erom bekend staat nog wel eens een fenomeen door te prikken doet met de toon van deze verslaggeefster boete voor z'n soms al te cynische escapades. Net als bij Dodo wordt Marian met egards ondervraagd. Zou 't verloren ontvankelijke soms bij veel meer mensen leven zonder dat er ooit over wordt gerept?

Ze heeft met die bizarre opmerkingen in de talkshow aan iets algemeens geraakt. De handel in jeugd, de liefde op de posttafel met die brieven, de illusie van het eerste, de erotiek van elke uiteenvallende boedel, in de gauwigheid ziet Tine dat al die bij Dodo besproken onderwerpen in het artikel worden uitgediept. De overvloed van je vroegste jaren, de eeuwen van een oud voorwerp die je voor eigen gebruik denkt te kopen, de minnaars van een oudere vrouw.

'Lees dit,' zegt ze, 'zo ver ging het zelfs op de televisie niet.'

'Waar?' vraagt Frits.

'Hier,' wijst ze, 'tot onder die foto van Dodo als vrouw.' Ze staat op en loopt naar de openstaande deuren van het souterrain.

'Heeft u er wel eens over gedacht in welke tijd u weer jong zou willen zijn?'

'Hoe bedoelt u?'

'Als generatiegenoot van mij, of in de tijd dat uzelf jong was, zo'n veertig jaar geleden.'

'Nu natuurlijk. Deze tijd is in alle opzichten beter.'

'Het doet me denken aan het levenselixer, aan alchimie.'

'Veel te vaag allemaal.'

'Maar als er zo'n elixer zou bestaan?'
'Dan zou ik het nemen.'
'Meteen?'
'Meteen.'
'Maar het bestaat niet.'
'Vast niet.'

'Het slaat zo aan omdat het precies het tegenovergestelde is van al die euthanasieprogramma's,' zegt Frits. 'Er wordt wat afgestorven in het openbaar. Dan is het najagen van jeugd toch buitengewoon optimistisch?'

'Wie weet,' antwoordt Tine. Ze staat nog steeds bij de deuren van het souterrain.

'Of ze zegt het alleen maar om die prijs van dat schilderij op te drijven,' gaat Frits door, 'dat zei je laatst zelf nog.'

Ze draait zich om en loopt naar het ontbijttafeltje.

'Mag ik het meenemen?'

'Ik heb het zelf nog niet...'

'Al goed, ik koop het wel.'

'Zou dat iets voor Toef zijn, foto's van slaaphoudingen?' vraagt Frits in de hoop het gesprek te rekken. Hij heeft alle tijd.

'Vraag het haar, tot gauw.'

Omhelzing van mensen die elkaar zonder bijbedoelingen aanraken. Ze stapt het souterrain uit, denkt: hoefde niet aan te bellen had door die open deuren ook naar binnen kunnen gaan, en ontwijkt een auto.

Het architectenbureau is twee grachten verderop aan de andere kant van de smalle hoofdstraat, een kleine vijftien minuten lopen. Zes bruggen moet ze over, knalll-knnnal, wat gooien ze die zwavelsleutels vroeg dit jaar. Hoe komt het toch dat ze Marian door en door begrijpt en dat Toef, Beppie en Jan zich aan haar vragen ergeren?

Wat loopt daar schuin achter die bijna te lange man, koffertje in haar hand, kijkt ze nou of kijkt ze niet, rossig opspringend haar. Ze kijkt, meteen met haar mee willen en toch niet omkijken, duurt te lang, het lenen van jeugd, die woorden van Marian spreken haar zo aan. Hartenbloed, hartenklop, neuriet 'all God's children got rhythm', of je lijf als je zoveel ouder bent van de jeugd is afgesneden en je hart nog niet, zoiets voelt Marian.

Taxeren, beschrijven, verkopen, de ironie wordt in het gesprek niet overgeslagen. De verkoopwaarde van donker en licht, net of de verslaggeefster met een kind van Marian heeft gesproken. Hoe kan ze anders van dat spel op de hoogte zijn?

Ik loop even bij haar langs denkt Tine. Misschien is ze wel op kantoor. Het is nauwelijks om en op het bureau zullen ze haar dat halfuur niet missen. Ze werkt 's avonds vaak door aan een ontwerp, 't liefst alleen tussen de verlaten tafels en stoelen, als die lantaarn met dat gebroken sleutelbeen vlak voor haar raam de donkere gracht schaars verlicht.

Die vragen van Dodo en nu weer van deze gewiekste verslaggeefster is Marian niet gewend. Met al die straks oplaaiende kritiek van Toef en misschien ook wel van Beppie en Jan kan Marian best een steuntje in de rug gebruiken.

Op de hoek voor de derde brug is een oude kantoorboekhandel waar ook speelgoed wordt verkocht. Er is een spiegelruit ingegooid, vannacht zeker, een barst met grillige zijbeekjes van rechtsboven naar linksonder.

Een bestelwagen van een glasbedrijf verspert de weg. De bestuurder staat op het smalle trottoir en wenkt naar een kalende man achter de kapotte ruit. Die staat op een trap of een andere verhoging en heeft een wel hoogst ondankbare taak. De winkel is nogal slordig ingericht. Stapels dozen en speelgoed staan vlak achter het glas en daarboven of daartussen moet de man ruimte zien te vinden om de oude ruit met een hamer in te slaan.

Een fietsend meisje met lang blond haar houdt haar vaart in. Ze ziet wat er aan de hand is en lacht naar Tine of ze zich verontschuldigt omdat ze stopt. Ze duwt een rond brilletje vaster op haar neus en kijkt nu voluit naar het raam en soms ook weer naar Tine. De man kan maar niet beslissen wat de goede brijzelplek is in het gisteren nog gave glas. Nu eens verschijnt de hamer tussen twee dozen, dan weer boven een pluchen olifant of een blokkendoos, aarzelhamer, ja, eindelijk is het een beetje raak. Een matig grote scherf valt en versplintert zich op straat.

'Hij wil die dozen niet wegzetten,' zegt de man van het glasbedrijf tegen het meisje op de fiets terwijl hij vruchteloos wat scherven van de weg probeert te schoppen. 'Hij doet het niet.'

Tine loopt lachend door. Dit kersverse verhaal vindt Marian leuk. Zo'n ongenezen stadswond is weer heel wat anders dan die vergisschotel, en toch heeft kwetsbaar glas iets met Hannong te maken. Sla en allemaal schijfjes ei, het lijkt net echt maar het is van steen, daar hadden ze het laatst bij Beppie over. Er stond ook een foto van die schotel bij het stuk, dat bedenkt ze nu pas. 't Is het mooiste wat Marian ooit heeft gezien, die verslaggeefster heeft haar huiswerk goed gedaan.

Tine loopt langs de huizen met allemaal winkels tegenover de gedempte gracht. Geluk rilt zich over haar dijen en heupen naar haar lendenen, haar bovenarmen, all god's children got rhythm op haar lippen, ze kan vast wel iets voor Marian doen. Hoe Ivy Anderson dat gisteren zong in een film van The Marx Brothers, maybe haven't got money, in zo'n kostschoolmeisjesrok, maybe haven't got deuce, met wiegende schouders, de witte sokjes komen net boven de enkels uit, don't push away their blues.

Loopt ze haar eigen bekendheid tegemoet. Zou dat meisje op de fiets haar van de etalage hebben herkend? Of van Dodo, van de krant, misschien wel van het pas uitgekomen weekblad en god mag weten waar het schilderij verder nog in heeft gestaan.

Daar ligt Marian in stapels voor de toonbank van een inloopzaak. Komt straks wel, eerst zal ze haar in het echt zien.

Op de pagina's na het gesprek heeft het weekblad nog meer advertenties kunnen winnen door allerlei vrouwen aan het woord te laten over hún band met de eeuwige jeugd, oud en jong.

Wat heeft Tine in die paar minuten bij Frits veel in zich opgenomen, zelfs een parfum met exact die naam, *Eternal Youth*. Ook Tamara wordt aangeduid, al noemt Marian haar naam niet, 'amusant om te zien dat ook een minnares ouder wordt'. Dat zal Beppie goeddoen. Toef raakte niet uitgepraat over de montycoat van haar vader en de knallende ruzie in het restaurant, al nam ze het voor Tamara op. Beppie ging veel te ver.

Even een blik in de etalage, waarom niet? Ze begrijpt die soms zo tergende bescheidenheid van Toef over haar foto's niet. Ja, daar hangt ze. Tine draait zich om, all God's children got swing, kijkt of ze net uit de etalage is gestapt brutaal een man aan, trouble don't mean a thing en samen met Ivy Anderson gaat ze naar binnen.

Karel Lood zit in z'n kantoortje te praten met een oudere heer. De bezoeker heeft een licht Indisch gezicht. Er liggen een paar foto's van de vrouw met de hoed op de rommelige tafel. Tine ziet het over het halve matglas heen. Ze steekt haar armen vragend omhoog: Marian?

Hij zwaait met z'n linkerhand dat ze even moet wachten. Het gesprek zal wel belangrijk zijn. Is het soms kijkdag? Ja, er lopen mensen de trap op naar de zalen op de eerste en tweede verdieping. Ze wil de catalogus vol uurwerken en horloges op de balie gaan bekijken. Ineens loopt Karel in zo'n drafje waar het terug al in zit z'n kamer uit.

Heeft Marian Toef niet gebeld? Dat zal ze dan nog wel doen. Hij hoorde het zelf ook pas gisteravond over de telefoon. O ja, wát, natuurlijk, meteen na de verschijning van het weekblad is ze een weekje naar België gereden om even van dat gezeur over het schilderij en al die publiciteit af te zijn.

'Ze gaat er wel vaker even tussenuit, je kent haar toch?'

Klokken

Ze aarzelt en dan loopt ze toch de trap op om even te kijken in de zaal waar de nu beroemde veilingmeester al jaren werkt. Daar is ze het dichtst bij wie ze vergeefs heeft gezocht. Marian is heel verstandig naar het nabije buitenland vertrokken en toch lijkt het of ze elk ogenblik vanachter een pilaar tevoorschijn kan komen, zoveel afdrukken heeft haar lijf in deze ruimte achtergelaten.

Nooit kan Tine eraan wennen dat de grootste zaal van Murphy's dubbel wordt gebruikt. Overal hangen klokken en zijn horloges, chronometers en zandlopers op blauw fluweel in vitrines uitgestald. Over een paar dagen zitten hier kooplieden in lange rijen en is de zaal, die nu het midden houdt tussen een provinciaals museum en een chique uitdragerij, in een gokhal veranderd.

Ze pakt een zandloper van mahoniehout. Haar vingers staan meteen naar iets anders. Ze keert hem om en zet hem vlug neer. Het opgewreven hout is gehuld in een floers van ouderdom.

Het ruikt hier naar een dokterswachtkamer, die mengeling van boenwas, andermans kleren en onderdrukt bederf. Af en toe wordt die geur met een jeugdvlaag doorschoten. De zonnige naherfst heeft lentespikkels. Er staat een raam open.

Gek dat ze hier nou loopt te ruiken terwijl ze alleen maar hoeft te kijken. Staat ze ineens in het midden van de achttiende eeuw tegenover een olifant. Op z'n rug is een uurwerk gebonden, tien over half negen. 't Is begroeid met gouden bloemen en planten en boven op het gebladerte zit een putto te wachten tot hij iets kan noteren: hij heeft een potlood en een schrijfsteen in z'n handen.

Gezicht van een jongen op enkele centimeters van haar wang. Huidnabijheid goedgekeurd door een olifant, die gezamenlijk mag worden bekeken. Horen elkaars adem, veren terug en lopen door. De jongen draagt een kleine rugzak, stapt terug naar de olifant en tikt tegen een hangend oor. Echo van brons. Een dertiger in een blazer schiet toe.

'Niet te dicht bijwijzen.'

Een klok als een bokaal, een hemellichaam, een schild met een zwarte wachter. Bij een raam is het tien over twee, in die verste hoek zeven over half drie, even verder zes voor half elf. Geen poging is er gedaan om al die wijzers de sierstand van tien over tien te geven. Zo laat is het altijd in advertenties.

Er is genoeg plaats tussen al die bezoekers en toch moet ze oppassen dat ze na een klok door een verkeerd getaxeerde richting niet tegen iemand opbotst. Twee heren fluisteren over de vleugels van een pendule. Heel kort, doorlopen wint het algauw van aandacht.

Gaan ze over een paar dagen bieden op wat nauwelijks wordt bekeken? Geen uurwerk kan ze zich voorstellen in een kamer van het hier rondwandelende publiek, zo ouderwets en saai zien al die klokken eruit, net of ze een uur met bijbehorende minuut in 1716 of 1839 weergeven.

In de verte hoort ze gelach. Niet in de grote zaal, maar in een van de aangrenzende vertrekken. Gelach dat zich niets aantrekt van al het deftigs dat hier is te zien. Misschien klonk het al eerder op de tweede verdieping en is het nu de trap af gekomen, wandelend gelach dat zich op niets lijkt te richten.

De klokliefhebbers in de zaal met de pilaren draaien hun hoofd van een engel, een trompettist of van een andere klokkenwacht naar het lawaai. Het komt niet dichterbij, die mengeling van taalloze stemmen, jongens en veel meisjes. Het is niet onprettig om te horen en al mag er in Murphy's niet te dicht worden bijgewezen, Tine weet dat geen suppoost nu iets zal zeggen. Iedereen mag hier binnenkomen, vooral de jeugd, dat publiek voor later.

Ze heeft lang genoeg gezien dat klokken van elkaar verschillen en loopt de kant van het plezier op om het algemene gelach over al die onbekende gezichten te kunnen verspreiden. Gelukkig dat er naast die stilstaande klokken in dit huis ook nog iets anders kan gebeuren. Het gelach dooft uit en komt weer op. Ze ziet het nog steeds niet en net voordat ze het zal kunnen splitsen wil ze zich weer omdraaien. Oningevulde ogenblikken zijn soms het mooist.

Dan ziet ze zoveel tegelijk dat er niet meer van een volgorde kan worden gesproken. De zinnen die hier binnen een seconde of vijf bijeen zijn hebben dan ook geen rang. Ze staan wel achter elkaar, maar de andere zou net zo goed aan de ene vooraf kunnen gaan.

Sommigen dragen een tas, een koffertje of een kleine rugzak. Anderen hebben niets bij zich. Het gelach springt nu eens naar twee gezichten, kiest dan weer drie andere, of het maar niet kan beslissen aan wie het z'n gunsten zal schenken. Leeftijd van Tine, een jaar of zevenentwintig en toch zien ze er jonger uit, zoals elke jeugd in gezelschap van jeugd. Ze kijken naar iets op de grond, niet te zien wat. Geen werkgezichten, eerder een hogeschool of universiteit, luxe-gezichten, een academie misschien? De lichte bagage geeft aan de houdingen iets van een schoolreisje. De jongen van de bronzen olifant is met z'n rugzak vast vooruitgelopen. Hij hoort bij hen. Ze zijn moeilijk te tellen, acht, elf, tien, als Tine er een stuk of wat heeft gehad loopt de derde of de vijfde in de baan van wat de negende moet worden en blijft ze weer steken in een verandergetal. Niet van die woudlopersrugzakken, eerder modieus, geen stug doek, maar zijde. Veel kan er niet in zitten.

Kun je iemand die je zes, hoogstens zeven seconden hebt gezien herkennen? Niemand kan zich een voorbijganger van weken geleden voor de geest halen. Maar de echo van het meisje dat Tine hoogstens een kwartier geleden vlak voorbijging kan niet zijn verstomd. Zelfs die te lange man achter wie ze liep is nog niet vervaagd. Daar staat ze zonder koffertje. Ze heeft het natuurlijk ergens neergezet. Dat rossige haar, het moet haar zijn. Tine ziet het gezicht van opzij. Hoe kan ze hier staan als ze op de gracht de andere kant op moest?

'Waar lachen jullie zo om?' vraagt een dame aan Tine.

Heeft ze nog niet eens op gelet. Ze wipt op haar tenen, kijkt over twee schouders en ziet dat een jongen op z'n knieën zit. Voor hem liggen twee schetsbladen met een wijzerstand. Nu tekent hij een ander tijdstip. Een meisje heeft een groot aantal schetsen onder een arm.

Hij kijkt naar een klok waarop een naakte vrouw een putto in een kooi gevangen houdt. Die twee tekent hij niet. Het gaat hem alleen om de stand van de wijzers, elf minuten over half zeven. Dit tijdstip wikkelt hij los van alle pracht en praal. Hij tekent de fijnste schaduwen onder de wijzers, als ging het om een borst of een neus.

Tine draait zich om.

'Hij tekent hoe laat het is.'

'Hoe bedoel je?' vraagt de dame vriendelijk.

'Niet die klokken, het tijdstip zelf, kijkt u maar.'

Om haar nieuwsgierigheid te verplaatsen doet de dame een paar stappen naar voren. Twee meisjes kijken niet om, voelen toch dat ze eraan komt en gaan iets opzij. De jongen spitst het laatste grijs van de zeven, staat op en houdt met gestrekte armen, als een triomfator, het tijdstip omhoog. Weer dat gelach dat door eerder gelach wordt gesterkt, nooit zal het ophouden en de dame hoefde niet eens dichterbij te komen. Van haar eerste plaats had ze elf over half zeven in de lucht kunnen zien.

'Dat vind ik nou aardig,' zegt ze.

'Misschien tekent hij wel alle tijdstippen die er bestaan,' zegt Tine.

'Waar zijn die klokken anders voor,' meent de dame en ze loopt grinnikend door.

De tekenaar en z'n lachers gaan naar de zaal met de pilaren, waar nog heel wat tijdstippen op hen wachten, zes over vier, twee voor half drie om niet te zwijgen van veertien over half vijf. Tine heeft die al bekeken en zou nu als een brave bezoekster naar de klokken op de tweede verdieping moeten gaan. Er schampt een tas langs haar heup, een jongen roept 'vier over half negen' en een arm tikt in het voorbijgaan tegen het elektriciteitsplekje van haar elleboog. Voor ze het weet loopt ze met het gezelschap mee.

De tekenaar is weer voor een klok gaan zitten. Dit keer is die omrankt met fruit en groente uit zo'n lange schelp van een lentegodin.

'Weet je dat in spinazie juist niet veel ijzer zit?' vraagt een meisje met een grote bril aan Tine. Ze staat vlak naast haar en moet wel denken dat Tine deel uitmaakt van de groep, zo achteloos praat ze tegen haar.

'O nee?' vraagt Tine, 'en Popeye dan?'

'Daar wil ik nu juist op afstevenen,' gaat het meisje met de bril verder. 'Langgeleden hebben ze in het laboratorium uitgerekend dat er in spinazie drie komma vier milligram ijzer zit.'

'Niet veel,' zegt Tine.

'Is het ook niet maar de laborante die het moest opschrijven liet per ongeluk de komma weg en schreef vierendertig milligram. Et voilà, Popeye ijzersterk door een verdwenen komma.'

Armen omhoog, een schitterende vier over half negen zonder fruit, zonder spinazie of een andere groente, gelach.

'Laten we eerst wat gaan eten,' roept het meisje dat de tijdstippen verzamelt. Ze doet vier over half negen onder haar arm en loopt voor de anderen uit. Tine kan hen nu heel goed tellen, negen meisjes en zes jongens zijn het.

Er is een prachtige negerin bij, mag dat nog wel maar het klinkt zoveel leuker dan zwarte en zwartje mag dan weer niet, niemand hoort die naamsprongen, dan kan 't negerin blijven. Paarse nagels, lange hals, huid als koffie met een druppeltje melk, haren opgestoken. De weerloze ruimte tussen 't hoofd en de achterzijde van elk oor. Naast die leegte nog net een pluk wegspringend haar, te kort om op te steken.

De studenten hebben iets met elkaar te maken, maar ook weer niet al te veel. Misschien wel alleen dat gelach om tijdstippen, meer niet. Naast het meisje met de grote bril en achter de negerin loopt ze de trap af. Ze zoekt naar een terloopse vraag die niets over haarzelf verraadt.

'Waar is jouw koffer?' vraagt ze.

'Al in het hotel.'

'Dan hebben de meeste anderen hem zeker ook al weggebracht,' zegt Tine in de bocht van de trap.

'Jullie toch niet,' antwoordt de bril.

Gelukkig dat de trap het gesprek kort kan houden. Niemand verwacht dat daar veel wordt gezegd. Door een lichte versnelling wint Tine een tree op haar nieuwste vriendin en blijft om het uitzicht vlak achter de oren van de negerin lopen. Het lijkt of ze zwijgt om al haar aandacht bij de daling te houden.

De bril rekent haar tot de een of andere groep, maar welke? Een groep zonder koffers of tassen, dat is zeker. Zouden het meisje met de bril en enkele anderen van buiten de stad komen en hier een paar dagen logeren? Dan worden ze hier door vakgenoten ontvangen, dat moet het zijn. Ze zien elkaar vandaag voor het eerst. Daarom wordt Tine zo makkelijk tot het ontvangstcomité gerekend.

Zes, zeven treden voor haar uit deint het meisje met het rossige springhaar naar beneden. Natuurlijk, die bracht toen ze Tine voorbijging haar bagage weg en ging daarna pas naar het veilinghuis, waar ze met de anderen had afgesproken. Ze zal toch geen kamer in Virginia hebben genomen?

Ze lopen in de hal. Tine kijkt om. Karel Lood en de man met het Indische gezicht zitten niet meer in het kantoor. Dat ontvangstcomité denkt vast dat ze bij de reizigers hoort en dat ze haar tas of koffertje ook al naar het hotel heeft gebracht. Persoonsverwarring hevelt haar van de ene groep naar de andere. Wat dat tekenen van tijdstippen ermee te maken heeft blijft duister. Zijn het studenten van twee academies die het een of andere project uitvoeren?

In slordige groepjes staan ze voor het gebouw, zo'n ogenblik van uitgestelde voortgang. Ze moet maar weer eens naar haar werk gaan. Je losmaken van een groep waar je niet bij hoort is wel het allermakkelijkste. Afscheidnemen? Hoogstens een hand opsteken naar de bril. Zij staat met haar rug naar Tine toe, vlak naast het rossige meisje en de oren van de negerin.

'Ik moet even iets kwijt,' zegt de jongen die tegen het bronzen oor heeft getikt. 'Als ik het goed heb lijk jij nogal op die vrouw daar.'

Tine had hier niet meer op haar spiegelroem gerekend en zeker niet op die tegenzinnelijke ironische toon waarop een modern mens elke geleding van het bestaan te slim af is. Het meisje met de grote bril won het met dezelfde klankwendingen van het ijzergehalte van spinazie.

'Het schijnt zo,' zegt Tine zacht. De jongen heeft niet naar het schilderij gewezen en zij kijkt niet om. Kan ze nog weg? Door wat de jongen heeft gezegd is ze iets sterker met de groep verbonden. Zijn opmerking heeft een paar andere studenten bereikt. Ze lopen naar de etalage. Tine voelt de blikken die van haar gezicht naar de vrouw met de hoed dwalen.

'We gaan naar Liechtenstein,' roept het meisje van de tijdstippen op de halfluide toon die geen oor wil uitsluiten.

Tine kan het nog even uitstellen of ze meegaat. Ze moet voor haar werk toch die kant op. De stoet is met andere voorbijgangers doorspekt, maar ze heeft de verschillende leden lang genoeg gezien om fel blond haar, een korte rattenkop, lichtbruine oren of een gifgroene jekker in het oog te kunnen houden.

'Ik heb die vrouw nog bij Dodo gezien,' zegt het meisje met de bril, dat naast Tine loopt.

'Bedoel je dat schilderij of de vrouw die erover kletste?' vraagt de jongen met de rugzak.

‘Een lichtstraal van Turner, een borst van Terborch, een venster van Cranach, dat blijft er nog over als die oorlogen allang vergeten zijn.’

‘Een borst van Cranach,’ zegt Tine.

‘Die vrouw meende wat ze zei,’ gaat het meisje met de bril verder. De ironie van Popeye is uit haar stem verdwenen.

‘Beste Cora, er zit misschien wat in, al lijkt het me nogal overdreven,’ zegt de jongen. ‘Ik denk niet dat die tijdstippen van Kees over een paar eeuwen nog worden bekeken.’

‘Doe toch niet altijd zo cynisch,’ antwoordt Cora. Om de voorbijgaansmuziek tikt ze met haar nagels tegen de ruit van een antiquariaat.

‘Wat heb je aan al die uren en minuten, kun je net zo goed met een mes in smeltende boter schrijven,’ zegt de jongen.

‘En wat blijft er na al die oorlogen dan van jouw video’s over?’ vraagt Cora terwijl ze de sponning van een andere winkelruit betrommelt.

‘Au!’

Een splinter is half onder de huid geschoven. De negerin met de oren en het rossige meisje hebben de kreet gehoord en komen erbij staan. Als Tine de nagels van haar duimen aan weerszijden van de splinter zet wendt Cora haar hoofd met een hand voor ogen af.

‘Doet geen pijn.’

Tine verplaatst haar duimen een paar millimeter. Als ze de plek maar even verkeerd kiest breekt de splinter en schiet het grootste deel onder de huid. Ze kerft haar nagels in de middelvinger, geeft kracht, gelukt! De splinter is er gaaf uit geschoten, voorzover je een stukje hout dat ergens in een sponning hoort nog gaaf kunt noemen.

In de verte gaat het grootste deel van de groep café Liechtenstein binnen zonder dat het lichte oponthoud door de splinter ze is opgevallen.

‘Loop jij altijd zo met je vingers te trommelen?’ vraagt het rossige meisje, dat wel bijzonder goed heeft opgelet. Ze liep immers voor hen uit. Nee, ze kan het getik ook al een paar uur eerder hebben gezien, toen Cora voor haar liep en Tine nog niet bij hen hoorde.

'Ik weet het niet,' zegt Cora, 'sommige dingen doe je zomaar.'

'Het is mij ook al eens opgevallen,' zegt de jongen met de rugzak, 'vreemde gewoonte.'

'Natuurlijk,' zegt Cora, 'Frank ziet alles.'

Nog veertig, vijftig meter en Tine zal moeten beslissen: naar het werk of het café. Er is iets vreemds in deze groep geslopen, in het gesprek, in de samenstelling of misschien wel in alle twee. Heeft het iets met die splinter te maken? Nee, niet het een of andere voorval, eerder iets wat heel dichtbij is en zich juist daardoor aan het gezicht onttrekt.

'Kennen jullie die film van Buster Keaton?' vraagt de negerin met de oren.

'Is dat niet zo'n ouwe komiek?' vraagt Frank.

'Hij zit in een locomotief met z'n vriendin. Ze heeft een witte jurk aan. Hij is op de vlucht en heeft geen kolen meer. Alle banken, alle houten wagons heeft hij al in het fornuis opgestookt.'

'*The General*,' zegt het rossige meisje.

'Hij gooit steeds maar grote blokken in het vuur. Z'n vriendin kijkt toe. Ineens trippelt ze naar een stukje hout ter grootte van een kinderblok, raapt het op en geeft het aan Keaton. Hij kijkt ernaar, draait het om en om alsof hij het formaat niet kan geloven en gooit het in z'n fornuis. Dan raapt hij een splinter op en geeft die aan het meisje.

Dat hout werpt zij in de vlammen.'

Palladium

Een jongen met een blauw voorschoot draagt twee dozen wijn met sjabloonletters, die zich zo moeilijk laten lezen. Hij loopt van de kelderdeur in de richting van de bar, een afstand van een meter of dertig. Hij zal het wel halen, al zie je aan z'n gezicht dat de dozen zwaarder zijn dan hij dacht. In een hoek van het café steekt een man z'n hand op: 'Hé, John, héééé...'

Heel even is Johns hoofd vergeten wat Johns lijf verzwaart, dat zie je aan de plotselinge beweging van de rechter elleboog. De arm wil omhoog maar die tegengroet wordt hem door de dozen wijn belet.

Ook z'n voeten hebben koersproblemen. Als hij niet kan groeten gebiedt de beleefdheid dat hij naar de man toeloopt. Paar zijstappen naar rechts en pas nu voelt hij dat de wijn als hij nog verder naar de man loopt van z'n bestemming afraakt. Het achterhoofd knikt plaatsvervangend, uitgestelde ontmoeting, hij zwenkt z'n oude route in, wringt zich langs een collega achter de bar en begint de dozen uit te pakken.

In het midden zitten twee Françaises over *Animal Farm* te praten. Ze moeten het boek van Orwell net alle twee hebben gekocht. Kreukelbergen van pakpapier vlak naast hun bladerende handen. Hun vingers schieten langs het varken op het omslag. Je hoort het door Frans geschroeide Engels als ze elkaar een regel of een paar zinnen voorlezen.

Links voor hen zit een schriele jongeman. Hij is alleen en ook weer niet. Vanonder de korte mouwen van z'n T-shirt komen twee vuurspuwende draken tevoorschijn. Het is of ze van z'n armen af willen springen. Nooit was zo weinig vlees zo vol getatoeëerd.

'Net restgebak, al die mensen,' zegt het rossige meisje lachend tegen Tine. Het is zo pleksgewijs druk dat hun gezelschap aan over het café verspreide tafeltjes is gaan zitten.

'Restgebak?'

Samen hebben ze genoten van de ober, de Françaises en de draken. Zonder veel woorden, een enkele opmerking was genoeg, maar nu begrijpt Tine niet wat ze bedoelt.

'Zo'n open doos waarin geen gebak meer zit. Alles is op en dan zie je aan de kanten nog veegjes slagroom of mokka, net te weinig om er met een vinger langs te gaan.'

'Dat je die mensen nooit meer ziet?' vraagt Tine.

'Je vergeet ze, niets zul je nog met ze doen.'

Ze lachen opnieuw. Cora, Frank en de negerin met de oren hebben het aan het tafeltje links van hen op ruzie af nog steeds over die tijdstippen. Dat woordgordijn horen Tine en de rossige niet eens meer. Gegeten en gedronken hebben ze al, witte wijn en een pasteitje. Ze praten zo zacht dat niemand anders ze kan verstaan.

Aan een met boeken bezaaid tafeltje zitten drie studenten. Een meisje staat op en loopt het café uit. Even kijken de twee jongens haar na en dan draait een van hen haar papieren naar zich toe en begint er vliegensvlug in te bladeren.

'Zie je dat?' vraagt de rossige en ze stoot Tine aan.

De bladerende jongen merkt niet dat hij wordt getekend. Aan een tafeltje tegen de bruine lambrisering zit een man met een schetsblok voor zich. Hij heeft een vermoeid, aristocratisch gezicht. Wat schiet z'n blik onder die luie oogleden snel heen en weer. Vergroeid met het meubilair, een net levende stoel, hoe vaak moet hij hier niet met wangen van schemer hebben gezeten. Onopvallend gaat z'n hand met het potlood heen en weer.

De leidster van de tijdstippen staat op en kijkt met een veldheersblik in het rond.

'Zullen we gaan?'

Ze roept het zo hard dat het hele café opkijkt en misschien twijfelen sommige onbekenden werkelijk: mogen ze ook mee?

Hoe had ze het anders moeten doen, elk lid van haar groep voor zo'n geringe vraag persoonlijk benaderen?

De studente die was opgestaan komt binnen met een zakje. Ze loopt de leidster voorbij en kijkt haar aan. Ook zij heeft de vraag gehoord. Ze gaat voor haar weer keurig recht gelegde papieren zitten. Ritsel-ritsel, een koekje willen die andere twee wel. De tekenende graaf begint aan een hand net voor die in de zak verdwijnt.

De tijdstippenleidster staat bij de deur naast het felblonde haar, de gifgroene jekker, de rattenkop, wat algemeen karakteristiekgoed (knalrode lippen, wenkbrauwloze ogen) en nu ook naast echte namen als Frank en Cora. Maakt met geopende handen 't gebaar van komen jullie nu? Tine kan nog net de leegte achter de oren van de negerin vullen tot ook die met een vragend gezicht bij de uitgang staat.

'Komen zo,' roept de rossige.

Wat hebben een paar woorden soms toch een effect. Liefst twee academies lopen naar buiten. Wat maakt het ook uit dat er een paar studentes in het café achterblijven zullen ze wel in allerlei variaties denken: 'ken ze niet eens', 'laat ze maar drinken', 'nu al ontrouw' of 'waarom praatte die vrouw van Dodo eerst zo lang met mij?'.

'Zie je al die lege stoelen? Kijk, die man gaat zitten, heeft geen flauw idee dat daar een minuut geleden een stapel tijdstippen lag.'

'De geschiedenis van een stoel,' vraagt Tine, 'zou die al eens geschreven zijn?'

'In 1860 en dan al die benen en billen en het verdriet en het lachen,' antwoordt de rossige. 'Niet al te mooi want dan komt hij weer in een museum en gebeurt er niets meer mee.'

'Of je bouwt een huis, er komen allemaal nieuwe meubels in en van één stoel voorspel je de toekomst. Wie erop zullen zitten, wat ze doen, hun liefdes en ga maar door.'

Tine bloost terwijl ze het zegt.

'Dan mag je er wel een boekje van maken, je kunt het

moeilijk allemaal op die stoel krassen.'

'Of je schrijft het op een deur waarover je een paneel kunt klappen,' zegt Tine. 'Wie dat niet weet zal het nooit zien.'

'Bouw jij soms zelf?'

'Een paar dingen, net begonnen. De kamers van een hotel, de inrichting ook en nu m'n eerste huis. Onder leiding nog, dat wel.'

De man die op de stoel van de tijdstippen is gaan zitten kijkt scherp in hun richting en wordt door schemerwang getekend. Kijkt naar Tine of de rossige, niet te zeggen, daarvoor zit hij te ver van hen af, naar alle twee misschien.

De rossige zegt dat het kiezen van een plaats een hele kunst is. In de tram gaat een man vlak naast je zitten terwijl er nog genoeg banken onbezet zijn. Ze zou hem het liefst meteen naar een andere plaats sturen. Als het een aardige passagier is voelt ze het ook wel als een eer.

'Het gekste was een keer in Mallorca. Ik moest eigenlijk naar Menorca, maar het vliegtuig was verlaat en we misten de aansluiting. Kregen we een hotel van de maatschappij. 's Avonds liep ik alleen door de stad en ik zie allemaal vrolijke mensen op een binnenplaats, lachen, eten, drinken.'

'Een terras.'

'Een werkelijk heerlijk terras met van die door marmer gekoelde warmte. Daar ga ik zitten, zo'n keus van: hier is het goed. Bestel een paella valenciana.'

'De eerste van je leven?'

'O nee, misschien wel m'n twintigste. Ik zit daar mooi tussen de bloeiende mimosa en bekijk iedereen goed. Wat doet die man voor werk, met wie slaapt die vrouw vannacht, en dan moet je een beetje vluchtig kijken anders denken ze nog dat je iets van ze wilt. Blaast iemand ineens op een fluit.'

'Wat voor fluit dan?'

'Een scheidsrechtersfluitje en nu staat iedereen op en volgt de leider of de gids, naar een bus natuurlijk. Het hele gezelschap was vertrokken. Ik zat daar alleen.'

Kan een verhaal iemand wegsturen? Nee, de al lang getekende man kijkt nog steeds. De rossige staat op. Ze is groot. Als Tine nu wegliep zou ze zich vooral haar lengte herinneren. Haar naam kent ze niet eens, die vraag je niet als je maar kort in elkaars gezelschap denkt te blijven. Nu ziet ze onder dat rossige haar pas goed haar kleding. Altijd sla je eerst hele stukken van iemand over, al heb je haar van nog zo dichtbij gezien.

Zwarte jurk tot net boven de knieholtes en ook al zwarte schoenen met halfhoge hakken, werk, feest, wandeling, kan zo overal naartoe. Tine voelt met een vingertop wat daar buiten nog bij hoort. Haar regenjas van lichtblauw katoen hangt over de stoel.

Ze is naar de man in de verte gelopen, leunt met een hand op z'n tafeltje en buigt zich naar hem toe. Tine kan niet horen wat ze zegt. Veel is het niet. Ze heeft zich alweer omgedraaid. Wat het ook is geweest, het heeft een grote uitwerking op hem. Hij gooit vlug wat geld op tafel, kijkt nog een keer in de richting van Tine en verlaat half gehaast het café.

'Wat zei je in godsnaam?'

'Wat ik kostte,' zegt de rossige.

'In géld?'

Ze gaat weer tegen haar blauwe regenjas zitten.

'En tijdens het lopen schoot me nog te binnen dat ik eens met iemand in een heel chique zaak zat te eten, heel groot. Een stuk of twintig tafeltjes en toch was er maar één bezet. Krijgen we een plaats vlak naast de gasten die er al zaten. Toen we er wat van zeiden antwoordde de ober dat hij de vorige avond was gevallen en dat hij daarom z'n gasten het liefst dicht bij elkaar had.'

'Hoefde hij minder te lopen.'

'Zullen we gaan?'

Tine kijkt haar niet-begrijpend aan. Er zit iets gezamenlijks in haar vraag, iets van 'kunnen we in dat veilinghuis of waar dan ook' verder praten. Dan verbetert ze haar gezichtsuitdrukking. De rossige denkt dat ze bij de groep hoort. Steeds vergeet ze dat weer.

'Waarheen?'

'Ik moet schoenen kopen.'

En als bewijs heft ze een been en draait een schoenpunt waar niets mee aan de hand is heen en weer.

'En de anderen dan?' vraagt Tine.

'Die zien we morgen wel weer.'

Ze staat op, trekt haar blauwe jas aan, schuift de café-bonnetjes van elkaar, telt de bedragen op, legt geld op tafel en loopt naar de op dit ogenblik niet werkende tekenaar. Het is of ze het liefst twee, drie dingen tegelijk doet, of ze haast heeft en er geen tijd mag zitten tussen de geringste handelingen. Die betrapt ze in hun zwakke plek, hun zogenaamde onafhankelijkheid en vermengt ze tot een geheel.

De tekenaar kijkt of hij haar heeft verwacht.

'Maar welzeker kunt u iets uitkiezen, daar ben ik toch voor.'

Ze bladeren door z'n laatste oogst. Het meisje met de tijdstippen houdt een arm omhoog. Twee Françaises lezen in de dubbele Orwell. Kwaaie gezichten van Frank en Cora. De naar koek happende student, vuurspuwende draken en zelfs de oren van de negerin, niets is hem ontgaan.

'Een edelman zou u in dienst moeten nemen,' zegt de rossige, 'dan zou u elk ogenblik voor hem vastleggen.'

'Maar dat is een werkelijk voortreffelijke gedachte,' antwoordt de tekenaar. Z'n zangerige stem zou iedereen met wat dan ook gelijk geven, als hij maar iets van z'n werk kan verkopen.

'Wat dacht u van deze?'

Hij trekt een nog niet bekeken tekening van de ober met z'n dozen uit de stapel. Nu de kunstenaar uitnodigend lacht wordt een door nicotine aangetast paardengebit zichtbaar.

De rossige kiest de naar koek happende student en betaalt de tekenaar vijftig gulden. Hij buigt, maar blijft zitten. Zo dankt en minacht hij z'n koopster op hetzelfde ogenblik. Buiten geeft ze de tekening aan Tine.

'Wat moet ik ermee?'

'Je wilde toch weten wat restgebak is?'

Lachend lopen ze door. De wind krult een hoek van de tekening. Het is op straat een kwetsbaar geschenk. Ze durft het blad niet op te rollen en ze kan de naar koek happende jongen ook niet onder een arm stoppen. Daar, een kantoorboekhandel!

Even later zit de tekening in een gekartonneerde envelop. Sommige aankopen vormen een besluit. Als Tine regelrecht naar haar werk zou lopen was de envelop overbodig geweest. Die paar honderd meter buitenlucht had de tekening heus wel overleefd. De envelop is het bewijs dat ze vandaag langer buiten zal blijven, mee zal gaan naar een schoenwinkel en naar wat er verder door iets anders dan haar werk kan worden gevuld.

Eerst is het nog een optocht met z'n tweeën, waar Frank, Cora, de oren van de negerin, de gifgroene jekker, het felblonde haar en al die andere studenten aan ontbreken. Een afzondering van twee vrouwen die zo weer zal worden opgeheven. Met iedere volgende stap loopt Tine zich vaster in een gezelschap van twee. Ze schampt langs een katoenen elleboog, wijst steels naar een chic geklede dwerg en ze wordt heel licht bij haar bovenarm vastgehouden als ze werkelijk te vlug de rijweg aan de gracht wil oversteken.

'Hoe vond je deze?' vraagt de rossige.

'Deze wat?'

'Hoorde je niet dat hij wat dacht u van deze zei?'

'O, die tekenaar.'

'Net of hij het over een meloen of een bloemkool had.'

'Hij heeft geen hoge dunk van zichzelf,' zegt Tine.

'Maar hij is beter dan hij denkt, 't heeft iets van Daumier.'

Het zwijgen van mensen die elkaar net kennen moet meestal snel met enkele zinnen worden gekleurd. Het hele gezicht kan worden bekeken en dan mag er ook achter de stilte niets schuilgaan. Dit keer is het anders. De terloopse wandelgebaren zijn net zo natuurlijk als de pauzes binnen hun zijgesprekken, of ze al veel langer aan elkaars stem en lijfritme gewend zijn.

Tine probeert wat ze in die korte tijd van haar te weten is gekomen op te tellen of te vervlechten, iets tussen rekenen en kralen rijgen in. Een reizend lijf, veel Spanje, wat anders met die twintig paella's. Komt uit een andere stad, anders had ze dat koffertje niet weggebracht. Toch moet ze hier goed de weg kennen. Ze vraagt haar niet naar een schoenwinkel, loopt er misschien regelrecht op af.

Hoe lang kan ze haar naam nog omzeilen? Die kent ze nog steeds niet of is die toen ze even niet oplette in het café toch door iemand genoemd? Ze mag nu niet meer naar die naam vragen, zoiets weet je meteen, in het begin. Het reizende lijf vliegt niet alleen veel, het eet duur in zalen waarvan maar twee tafeltjes bezet zijn. Het koopt tekeningen wanneer het maar wil, het zegt tegen wildvreemden wat ze kost en het ziet van alles. En toch is dat reislijf van twintig paella's nog geen dertig en blijft het als iemand op een fluitje heeft geblazen alleen op een binnenplaats achter.

'Ik wil Palladiums,' zegt de rossige.

Tine ziet meteen voor zich welke schoenen ze bedoelt. Vrolijk zijn ze, geen leer, maar stevig canvas, veredeld linnen, blauw, grijs, zwart en zelfs steenrood met een witte of donkere neus. Ze reiken tot de enkels of tot over de enkels, dat kan alle twee.

'Met van die diepe profielen,' zegt het reislijf, 'en daar komt wel een hoop rotzooi tussen.'

'Als je in het bos loopt.'

'Heb ik er graag voor over.'

Palladiums, het is een woord met duidelijke eigenschappen en het steekt zo af bij wat in hun nabijheid vloeiend geschiedt. Zie je dat meisje daar? De vrouw die de Palladiums wil kopen heeft er nog niet op gewezen of het is alweer in een zijstraat verdwenen. Tine heeft het half weggedraaide profiel nog net kunnen bekijken. Zo'n gezicht dat ouder is dan het lijf, tien, elf met ogen en jukbeenderen die naar komende jaren reiken of daar al zijn aangeland.

Wat je cadeau krijgt van een omgeving als iemand naast je loopt. Twee tapdanseressen wervelen op het trottoir voor een laat herfstterras. Zouden ze ergens anders optreden als Tine hier alleen voorbij was gegaan? De charleston op hun straatgrammofoon en in die klank worden de voorste punten van verwaaiende muziek opgenomen. De kermis moet zijn begonnen, hier niet, een eind verder, op het grote plein.

'Zie jij ze?' vraagt de rossige.

'Nee, binnen misschien.'

Het reislijf loopt door. De Palladiums moeten in de etalage staan, anders is naar binnen gaan verloren tijd. Hier wemelt het van de schoenwinkels of ze na een toevalsworp allemaal dezelfde kant uit zijn gerold. In de vierde etalage staan ze links vooraan. Het etiket met de zilveren letters bungelt over de rand.

De verkoopster draagt ze zelf, tot over de enkels.

'Hoe heet je?' vraagt ze aan de rossige.

'Raad eens.'

'Ik vraag het tegenwoordig maar,' zegt de verkoopster tegen Tine, 'in een café klinkt hé of hallo ook zo onbeschoft. En waarom zou ik dan tegen een klant praten of ze nooit een voornaam heeft gekregen?'

'Ilse,' zegt ze.

Die naam moest er eens van komen, maar nu spijt het Tine dat ze hem kent. Een vaste naam beknot al die los-vaste typeringen, afscheid van de rossige, de vrouw die Palladiums gaat kopen en van het reislijf, wat ze nog wel eens tegen haar had willen zeggen. Kan altijd nog.

Een schoenlepel wil Ilse niet, dat is de voorkant van een wijsvinger. Tine kijkt van opzij hoe de voet met de hoge wreef in het canvas verdwijnt. De angst dat ze zal zien dat ze haar mooi vindt, de vrees dat ze het niet zal merken.

Waarom vroeg die verkoopster hoe ze heette? Ze haalt dozen uit het rek en zet de bekeken dozen weer terug, maar de naam Ilse gebruikt ze geen enkele keer. Die had ze net zo goed niet kunnen vragen. Tenslotte kiest Ilse de blauwe Palladiums met de zwarte neus. Rechtervoet met roodgelakte nagels in de schoen. Veter haastig rijgen. Krachtige slotstrik. Wankel lopen en deze schoen bevalt zo goed dat nu ook de andere aan moet.

'Tine?'

Moet ze zeggen of ze haar staan, zo hoort ze er al bij. Ze trekt haar wenkbrauwen omhoog en knikt, ja, die.

Ilse gaat zitten en beweegt haar voet in de linkerschoen.

'Deze is te klein,' zegt ze, 'heb je ook een ander paar?'

'Dat kan toch niet,' antwoordt de verkoopster. 'Ligt het soms aan je voeten?'

'Heb je nog een paar blauwe of niet?'

'Niet in die maat, maar ik kan het filiaal bellen. Soms valt er wel eens een schoen kleiner uit.'

Niet eens te zeggen wie er naar de telefoon loopt. Zelf heeft de verkoopster haar naam niet genoemd en Tine wil er niet meer naar vragen omdat ze nu toch zo weg zijn. En hoe kwam het dat Ilse haar zo zelfverzekerd Tine noemde? Zover ze zich herinnert heeft ze zich in het gezelschap van de studenten aan niemand voorgesteld.

'Het filiaal in zuid heeft ze nog, blauwe in jouw maat,' zegt de verkoopster. Ze geeft Ilse een kaartje met het adres. Maar die blijft rustig zitten. Ze zegt niets en knikt naar haar voeten.

'O, je schoenen,' zegt de verkoopster.

Ze kijkt vermoeid achterom. Ilses zwarte schoenen met de halfhoge hakken staan ergens in het rek. Bij al dat pasverkeer moet de naamloze verkoopster die gedachteloos in een doos hebben gedaan.

Popeye

Soms gaan twee bekenden elkaar rakelings voorbij en zeggen niets tegen elkaar. Hoogstens een blik van 'ja, ja, ik weet wel dat je bestaat' en zelfs die blijft meestal achterwege. Er wordt niet eens geknikt en toch zondigt geen van de twee tegen een regel van de beleefdheid.

Vaak gebeurt het in een voorvalloze gang. De een heeft iets uit de keuken gehaald, loopt terug naar de kamer en komt de ander tegen die iets uit z'n jas aan de kapstok wil pakken. Wat is dan de zin nog van een groet? Ze hebben elkaar al omhelsd of de hand geschud en straks zal het gesprek over oorlog en familie in een goed gemeubileerde kamer worden voortgezet. De jas of de keuken spelen daar geen rol in. Waarom zouden ze dan in die gang een vluchtige ontmoeting tot een evenement uitbreiden?

Een ander voorbeeld?

Kijk, in dat restaurant zit een vrouw alleen aan een tafeltje, daar aan het raam, die met zo'n parelketting onder het halskuiltje. Ze draagt een blauw fluwelen jurk met van die scheve plooien. Ja, die met die blonde krullen, in de beschaduwde blauwe ogen zit een lichte spot.

Ze is alleen en toch staan er twee glazen bier voor haar op tafel. Geen vergissing, geen drankzucht, de vrouw met wie ze zal gaan eten is net naar boven gegaan en zij wil daar zelf ook naartoe.

Moet ze wachten tot haar tafelgenote terug is? Eigenlijk wel, een tafel voor twee laat je niet in de steek. Die moet door iemand worden bewaakt. Toch staat ze nu op en loopt het restaurant in. Lege stoelen achter blauwe jurk. Haar grote haast tussen de lichte eetbewegingen om haar heen. De ongeschreven etiquette kan haar niets meer schelen.

Langs al die tafeltjes, langs al die mensen met wie ze godzijdank niets heeft te maken. Geen gespreksflard vraagt om een antwoord, geen gebaar om een vervolg. Tussen de treden van de wenteltrap zoveel uitzicht op wat van je wegdraait, het parket, een bruine krullenbol, de damp uit gebutste zilveren schalen.

De hand glijdt langs de bocht van de leuning, die zonder trap nog even doorwijkt. De vloer heeft al geen treden meer. Langs andere wit gedekte tafeltjes, minder dan beneden, en daar is in de nabije verte die gang. Ilse komt een deur uit en Tine loopt op haar toe. Als ze elkaar voorbijgaan raakt niets, zelfs geen blik, de ander aan.

Ze waren niet van plan naar het filiaal te lopen. Wel die kant op maar intussen bij elke volgende zaak kijken of de Palladiums in de etalage stonden. Dat bekortte misschien de tocht. Nergens waren ze te bekennen en zo dwaalden Tine en Ilse steeds verder naar het zuiden van de stad. Nee, geen Palladiums maar wel de twee tapdanseressen die op een blauwe stoep en een omgekeerde gele emmer in het Duits met elkaar zaten te praten. Onder de punten van hun zolen glinsterden de metalen muziekinstrumenten in de late middagzon.

Nu pas ruikt Tine een vleugje Lancôme, dat is het sterkst als een vrouw net een ruimte heeft verlaten. De warmte is nog niet uit het hout getrokken. Die vloeit in de onderkant van haar dijen, in haar eigen huid. Hoe ze in de deftige straten vlak langs het park liepen en Ilse in een zijkamer een kopie van Vermeers klavecimbelspeelster zag hangen, die ze in New York in 't echt had gezien. In het museum zei een man dat hij er al een uur naar zat te kijken, 'do you know what it's worth, eighty million dollars and I enjoyed every nickel of it.'

In de spiegel boven het fonteintje ziet Tine dat het rood van haar lippen is weggepraat en vooral weggelachen. Ze haalt een felrode lippenstift uit haar tas. Op een rommelige boulevard, aan het einde van het park, bereikten ze het filiaal en de

Palladiums stonden in de etalage. Ja, er was over gebeld maar toen Ilse de blauwe schoenen paste bleken ze alle twee te klein. Er was niet meer achter te komen of de eerste naamloze verkoopster de verkeerde maat had genoemd of dat de tweede het niet goed had verstaan.

Nu eens tuit Tine haar lippen, dan weer geeft ze die extra spanning om ze glad te maken. In het midden van een haal, vlak onder het neusdriehoekje, begint ze te lachen. De hand met de lippenstift deinst terug. Ze kan geen lip meer aanraken, geen rood kan er nu bij. Het beeld van de winkel doemt op in de spiegel. Hoe Ilse alle kleuren van de Palladiums toch nog probeerde en toen pas vroeg of de verkoopster een derde filiaal kon bellen. Misschien hadden ze daar toch de goede blauwe maat.

Er komt een vrouw met een bruine krullenbol binnen. Ze kijkt geamuseerd naar Tine of ze wel begrijpt dat een spiegel of een lippenstift soms buitengewoon geestig kunnen zijn. Het liefst zou Tine uitvoerig uitleggen wat haar zo vermaakt. Geen tijd, maakt gebaar van ik moet voort en kijkt erbij van jammer dat we hier niet langer kunnen praten.

Nu wentelt alles zich naar haar toe, damp van schalen, schouders in smoking, een stilleven van glimmende druiven, Zeuxis' droom. Deur gaat open, flard kermisklank als de nieuwe gasten binnenkomen. Ze hoort en ziet het scheef van boven, helemaal vergeten dat ze zo dicht bij het grote plein eten.

Waarom is die halve muziek van een carrousel zo zinnelijk, zo heerlijk ordinair? Op het wegwiekritme van 't onzichtbare toestel maakt ze nog een overbodige bocht, of de wenteling van de trap onder de vloer doorgaat.

Ze glijdt op haar stoel en begint over de muziek op de kermis.

'Net klaprozen die op een muurtje groeien,' zegt Ilse.

'Waarom is het zo mooi?'

'Je voelt je niet geroepen tot op de bodem te genieten...'

'...als in het Concertgebouw,' vult Tine haar aan.

‘Anders zou je dit vast minderwaardige muziek noemen. Maar als je het nu hoort is het zo toevallig. Het verlangt niets van je en het verdwijnt achter je rug.’

Speldenprikken over haar bovenarmen. Nog nooit heeft iemand dit tegen Tine gezegd.

‘Ken je Philip Larkin?’ vraagt Ilse.

‘Nooit van gehoord.’

‘Een Engelse dichter. Hij schreef eens dat hij vast heel veel van de muziek van Schönberg zou kunnen houden, als hij er maar genoeg z’n best voor deed. Erover lezen, erover praten, luisteren en nog eens luisteren. Maar hij wilde voor muziek helemaal niet z’n best doen. Die moest hij meteen mooi kunnen vinden, bij de eerste klanken.’

De ober brengt twee koppen bouillon. Zou Ilse kunstgeschiedenis gestudeerd hebben en daarna pas naar die academie zijn gegaan? Dat komt wel eens voor. Toen de negerin met de oren over die splinter van Keaton begon wist ze meteen dat die film *The General* heette. Die sneltekenaar had volgens haar het talent van Daumier en nu weer die Engelse dichter. Grote kennis van het verleden, veel op reis. En toch is het of er heel licht iets niet klopt. Zo voelde het ook vlak voordat ze Liechtenstein binnengingen.

‘Wie van de dames wil de wijn proeven?’

‘Als hier nou een dame en een heer hadden gezeten, wat had u dan gezegd?’ vraagt Tine.

‘Meteen iets in het glas van de heer geschonken,’ zegt de ober. Hij heeft de strikvraag door.

‘Raad dan maar wie,’ zegt Tine.

De ober gebruikt de kracht die hij nodig heeft om een proefbodem te schenken voor beide glazen en vult ze miniem.

‘U wint,’ zegt Tine. Ze proeft en knikt, ja, heel goed.

Of er iets niet klopt, maar ook of de lichtste sensaties, zelfs van dit onooglijke schenken en proeven, niet lang genoeg kunnen duren. Elk ogenblik in haar gezelschap wordt met iets kostbaars gevuld.

'Wat voor huis bouw je?' vraagt Ilse.

'Ken je het glazen huis van Chareau, in zo'n zijstraat van de Boulevard Saint-Germain?'

'Nee.'

Nu Ilse dit antwoordt vindt Tine zichzelf te achterdochtig. Ze lopen beiden tegen de dertig en weten gewoon heel andere dingen.

'Ik heb het een keer met school bekeken, er wonen nog steeds mensen, je komt er moeilijk in. Een voorgevel en een zijgevel van glas. Binnen heb je geen extra licht nodig. De lampen op de binnenplaats zetten de kamers in gloed.'

'En je eigen huis?' vraagt Ilse ongeduldig.

'De opdrachtgever had dat huis van Chareau ook gezien en hij wil dat het er een beetje op lijkt. Helemaal niet erg, het is toch de tijd van het citaat en nu kunnen we de gekste kleinigheden verzinnen. Het staat vlak achter de duinen bij de zee.'

Ze zegt het met schitterende ogen.

'Welk nummer heeft het?'

'Hoe bedoel je?'

'Ik vraag het omdat ik net op dat kaartje zie dat we op nummer zeven eten, het is zeven uur en het is ook nog de zevende van de maand.'

'Geluksgetallen, dat nummer weet ik niet eens, in de duinen let je niet op een getal. We zeggen gewoon het huis van meneer Vink of professor Vink of alleen Vink, meer niet.'

Het is donker geworden. Ook de kermisgeluiden krijgen een lik van de invallende avond mee. Nu de dag het opgeeft wordt hun echo zwakker. Op tafel is de hiërarchie van het licht veranderd. De kaarsvlam verlicht de gezichten van Tine en Ilse, werpt haar stralen omhoog en opzij en haalt nauwelijks de borden en schalen.

Tine wil zeggen dat de avond niet valt, maar stijgt, het is boven lichter dan beneden. Ze zegt het niet, want ze weet niet meer van welke schrijver het is en Ilse weet dat vast en zeker. Het gelukzalige hapergevoel in Tines lijf dat ze vandaag alles heeft verzaakt en dat het zo moest.

Zacht praten ze over een paar Chinezen rechts van hen. Ilse denkt dat het Japanners zijn, die hebben een veel mooiere huid. Alles kunnen ze nu zeggen, rangorde van onderwerpen bestaat niet meer, kermismuziek die zich niets aantrekt van de klanken in de muziektempel.

Achter Tine praten twee Ieren over hoe ze voor een spotprijs naar Nederland zijn gekomen. Voor een rugbykampioenschap vloog een charter met sportliefhebbers naar Dublin en die ging 'as empty as a box without candy' terug.

Ilse bootst hun stemmen grappig na.

'Een week geleden zag ik een Engels echtpaar in een café zitten,' zegt ze, 'wat ouder al. Wel dertig prentbriefkaarten hadden ze geschreven en die adresseerden ze heel handig. De vrouw haalde een rits etiketjes met namen uit haar tas en die hoefden ze toen alleen nog maar op de kaarten te plakken.'

'Koopavond!' roept Tine zo hard dat de Japanners, de Ieren en verscheidene andere gasten naar hun tafel kijken.

Ze staat op en rent het restaurant uit. Dit keer zit Ilse alleen aan tafel met bordjes vol graten van de tong en in de koeler naast haar een halflege tweede fles witte wijn. Tipt met een pinknagel tegen een oprukkende heuvelvouw in het damast. Verplaatst een mes. Wrijft met de rug van een hand wat kruimels op de grond. Zint op andere tussentijdse handoefeningen. Niet nodig, haar hele lijf, haar vingers, handen en armen kan ze weer op Tine afstemmen. Begeleid door verdonkerde kermisgeluiden komt ze binnen.

'Hier.'

Ilse pakt de doos aan maar maakt hem niet open. Ze wenkt de ober, afrekenen, nee, geen dessert, geen koffie, nu betalen, meteen. Half struikelend van snelheid gaan ze door de draaideur naar buiten, nagekeken door de bruine krullenbol. Die denkt misschien dat de lach van boven iets te maken heeft met deze haast en dan heeft ze zonder dat ze het weet nog gelijk ook.

Een jongen van de Bojo-lijn scheurt op z'n brommer voorbij. Als vrouwen zonder geld zitten ze buiten op de vensterbank van het restaurant. De zwarte schoenen met de halfhoge hakken schopt Ilse van haar voeten. Palladiums uit de doos, zo hebben ze nog nooit gepast. Andere schoenen hebben nergens ter wereld bestaan.

Ze pakt de zwarte, mikt al die leren stappen, die oude sterren van richting stuk voor stuk in een bak op een paal, grijpt Tine om haar middel, draait haar in het rond, nog eens en nog eens, over de middenweg in een verstand verliezende draai naar het grote plein en schreeuwt het uit, er breekt iets in haar stem: 'Palládiuuuuums...!'

't Wil nog wel eens gebeuren dat je zo'n razendsnelle beweging niet lang vol kunt houden. Zelfs vreugde wordt moe en die wordt dan tenslotte weer door langzame benen gedragen. Maar nu is de kermis alleen opgericht om de tolling van de twee vriendinnen gaande te houden. Ze zijn nog niet uitgedraaid of er worden al kaartjes gekocht voor zo'n wagentje in het rond dat zich ook naar links en húp weer naar rechts wentelt, net niet over de kop, nee, net niet over de kop...

Stang tegen de buik maar ook armen om elkaars schouders, om elkaars lijf, het door gevaar van vaart goedgekeurde aanraken... Haren zo lang dat ze wel omhoog moeten vallen, rossige en blonde wervelwaaiers gaan zo kort in elkaar op dat je niet eens kunt zeggen dat ze verstrikt raken, terug naar de nek, de schouders, hoe jammer zweeft het naar je buik dat het ophoudt, nooit mag het afgelopen zijn. Het toestel staat stil en nog hoeven ze er niet uit, elk wagentje z'n aparte aankomst. Op het podium worden de koninklijke kermisklanten bij een arm gepakt, snelheid van een paar weggeefkwartjes is hun weer ontnomen.

'Waar is die tekening gebleven?' vraagt Tine en ze kijkt naar de armen van Ilse.

'Straks, kom nou mee.'

Geweren? Genoeg. Ilse pakt er een en krijgt voor vijf gulden een houdertje met elf patronen, ja, kogels zijn nu eenmaal duur. Ze schoudert het geweer en richt op een serie van elf gefiguurzaagde houten poppen. Plat en en profil zeilen ze in de verte voorbij. Een bruidspaar met sleep en hoge hoed. Jonkers en bruidsmeisjes. Getuigen en gasten. De inkeurige ambtenaar en dat dikke varkentje burgemeester. Het bloedmooie stuk dat een oogje heeft op de bruidegom. Wie hen allemaal neerschiet zal nooit meer in het huwelijk treden.

Knetter-beng, Ilse mist. Klapt loop naar beneden, laadt het geweer of ze nooit iets anders heeft gedaan, schoudert het opnieuw. Dijen van Tine stijf tegen elkaar van de vrolijkste angst dat ze niets zal winnen. Jongens in leren jacks komen erbij staan en kijken brutaal van 'dat lukt haar nooit'.

Het wordt een slachtpartij. Eerst de bruidegom, dan de burgemeester en vervolgens hakt Ilse het hele feest in de pan. 't Is zelfs of er nog een zekere genade in haar executies zit. De ambtenaar, de getuigen en de gasten, ze zijn er allang aan als de jonkertjes en bruidsmeisjes aan de beurt komen en tot slot de bruid. Die zijn ook wat mooier geschilderd, of de schutter toch nog even zal aarzelen zoveel beginnend leven om te leggen.

Ze zijn er al niet meer. Een schor carillon klingelt de overwinning in het rond. Alleen een oude dame met lorgnet is overeind gebleven. De onderste rij, daaruit mogen ze kiezen. Vensterdozen met hemelse zuurstokken, weggooifototoestellen, netjes met gummiballen, poppenfornuisjes van gebutst blik, de ogen van Ilse en Tine kriskras langs al die geschoten heerlijkheden. Visspel met een haai, plastic horloges met wijzers van Mickey en Pluto, het genot van het even niet kiezen, alles is nog van jou en dan is daar ineens die beer in z'n iets te wijde broek van het roodste ribfluweel.

'Hier, voor jou.'

Het gezicht van Ilse nu ze iets voor Tine heeft gewonnen. Dankkus op beide wangen en nog een op de wang van de eerste, drie. Het is nu op z'n drukst, langs zo'n vitrine met bestuurbare grijphanden boven flonkerhorloges, zoveel mooier dan die pronkklokken vanochtend in het veilinghuis.

'Hé, Dodo,' roept een jongen in zo'n jack naar Tine, maar de vriendinnen lopen door.

Barbe à papa, zou de ontwerper van die kneedheld een Belg zijn geweest? De wagen met suikerspinnen komt uit Bruxelles. Die nemen ze niet. Een wit bepoederde wafel met het dikste slagroom dat je heel vlug weg moet happen anders valt het, ze kunnen er ook nog bij zitten, zwaar Belgisch bier.

Ilse kijkt over haar schouder naar het misschien wel een eeuw geleden op de poffertjestent geschilderde bos in 't maanlicht, een en al craquelé.

'Wat schoot je goed.'

'Van m'n broer geleerd,' antwoordt Ilse tussen twee happen door.

Ah, ze heeft een broer, alles hoor je vanzelf.

'Jullie gingen op jacht?'

'Hij schoot in dienst met een terugstootloze vuurmond, op een tank, vijfhonderd meter verderop. Dan moet je niet wachten tot de bruidegom precies voor de loop is. Je denkt aan de snelheid van de kogel en richt vóór, schiet als hij er net nog niet is, altijd raak.'

Nooit heeft Tine een roos willen kopen van die wereldorganisatie, elk lid kijkt of zelfs een bloem vervalst kan zijn, Indiase roos. Hier mag het, alles dendert van 't halfbedrog en de vlugste goedkoopte, genot zonder nadenken, stoned van een wafel, van Belgisch bier. Roos, drielingkus, te lang voor lippen die om een cadeau zoenen, 'als je een vreemd land was liet ik me naturaliseren', zacht tussen het lawaai, in Tines oor.

Popeye zit op een raket, honderd milligram ijzer, onnoemelijk hard, onder z'n voeten die grote zilveren almaar wegdraaiende schijf. Daar schieten al die wagentjes omheen, in de tegengestelde richting, net of Popeye en de reizigers een verschillende kant op moeten en dan golven ze ook nog opzij en weer terug. Aankomst en vertrek, het is allemaal opgeheven, 't meesterstuk van de kermis, alleen nog beweging, niemand hoeft ergens heen, pure vaart buiten elk doel. Op de zich weer spreidende rossige en blonde haren zitten nu puntjes van poedersuiker, met witte vingers erdoorheen gegaan, beer en roos in de lucht.

Misselijk van 't eten, de wafel, de wijn, het Belgische bier en dan ook nog van de snelheid, het moet, het moet. Op het hoogste punt dat er alweer aankomt na vier, vijf vorige keren zegt Ilse iets. Tine ziet het aan haar mond, niet te verstaan, gierende wind. In de luwte beneden over vijf, zes seconden is het stiller. Ze schieten langs Popeye, 'mee naar je huis' en gaan omhoog en na wat het allerhoogst moet zijn dalen ze weer naar die plek waar Ilse kan zeggen 'naar je huis aan zee'.

Naar zee

De taxi zal wel honderd of meer halen, veel harder dan zo'n kermistoestel en toch voelt de wagen als een boemeltje vergeleken met Popeye's raket toen de vaart open en bloot tegen hun gezicht sloeg. Toch voegt ook de Saab haast toe aan hun benen, hoe verschillend ze ook lopen, hun bewegingen opnieuw in hetzelfde tempo gevat. 't Geeft iets gezamenlijks aan hun huid. Nooit zullen ze meer afzonderlijk beslissen hoe vlug of langzaam ze zullen gaan.

Het is wel zeker dat Ilse de meeste haast veroorzaakt, net of ze iets onbekends verspilt als ze te lang aan dezelfde plek gebonden blijft. Ook Tine wil van 't een naar 't ander, die zinderend loense afspraak met haar lijf, dat het op steeds latere plekken komt waar het anders vandaag niet zou zijn.

Ze hebben de vergeten tekening van de naar koek happende jongen in het restaurant opgehaald en zitten achter de chauffeur, ontkomen aan dat ogenblik als je alleen een taxi neemt en je buiten nog net niet weet of je naast hem moet gaan zitten, anders kijk je steeds naar die weerspannige protestrug, bijrijder of te chique passagier. Hij is blij met het tochtje buiten de stad. Dat zien ze aan z'n lichte schouderstuurbewegingen.

'Je schat het in grote steden zo gauw verkeerd,' zegt Ilse.

'Wat?'

'Denk je dat het een uurtje lopen is en dan ben je er nog lang niet. En maar doorlopen, steeds maar weer doorlopen.'

'Het komt door de kaart, die heb je wel in je hoofd, maar op de verkeerde schaal.'

'De plattegrond van een kleinere stad?'

'Ja, waar je vandaan komt.'

Al die rustplekken voor handen, dijen, knieën en voeten en niet te vergeten je kont. Dat moet wisselen, geen plaats mag te lang hetzelfde bezet zijn, steeds moet er een andere stand, een nieuwe ligging voor je lijf worden gevonden. In beweging blijft het voortdurend anders bijeen.

De leuning in het midden is opgeklapt. Gek dat je in een auto de armen niet om elkaar heen slaat terwijl er misschien nog meer gevaar dreigt dan op de kermis. Lichtste verzitgeluiden in de ruimte tussen hen in. Rug van hand op leer, dan de palm, reikt iets opzij, weer terug. Schoen half uit, enkel draait de goede kant op, maakt een diagonaal van het been, nee, niets, deint weer naar de eerste plekken. Hoofd naar de schouder, naar de kant van de ander, te ver, te ver...

'Ga je wel eens naar ballet?' vraagt Tine, die zich herinnert dat ze morgenavond met de hele familie van Toef naar *Nijinska/Nijinski* gaat. Het is meer een gesproken gedachte dan een vraag, of ze zich hardop voorhoudt dat ze hoe dan ook terug naar de stad moet.

Nu gaat Ilse rechtop zitten, door een adder gebeten, door een bij gestoken of welk dier in de aanval je maar wilt oproepen om iemand woedend te laten zijn.

'Vraag zoiets niet,' zegt ze, 'vraag het nooit meer.'

'En waarom niet?'

'Het nichtje dat alles wil weten. Wat schiet je ermee op als ik op zoiets onbenulligs antwoord geef?'

Eerste ruzie en ze heeft nog gelijk ook. Tine trekt de spieren van een kuit stijf samen, haar onzichtbare antwoord als ze iets verkeerds heeft gezegd. Of ze elkaar al jaren kennen hebben ze vandaag in geheimtaal de hele stad bespot en dan komt zij met zo'n tamme persoonsvraag. Ilse heeft niet eens iets over haar afgekloven nagels gezegd. O god, laat het ophouden, geen uren van restwoede, laat ze iets verzinnen, de kermis moet doorgaan, geladen geweren, de tenten mogen nog niet sluiten, niet nu al, niet nu.

In deze taxi geen knetterende muziek waarover de passagier nauwelijks iets durft te zeggen anders wordt hij de wagen nog uit gezet. Ongemerkt schuift de chauffeur een geluidsbandje in de gleuf boven de radio. Het duurt altijd even voor het begint. Z'n hand is al weer aan het stuur.

Het is zo'n nummer dat je kent zonder dat je het ooit hebt gehoord, vanaf het begin. Een soort jazz-musette, brutale klarinet weeft z'n lijnen tussen schettertrompetten en een accordeon en dan ineens ook nog zang van zo'n jaren-dertigstem, tant je suis amoureux de vous.

'Bedoelde je dit met die Engelse dichter?' vraagt Tine.

'Het is meteen mooi.'

Alle woede is uit haar stem verdwenen. Of het nu in het hoofd van Ilse net zo toegaat als bij Tine, niet te vragen, het muziekje mag niet aflopen en toch hoor je al voor de helft dat 't zal verdwijnen. In de tussenstukken is het heimwee naar de dan al even verloren melodie zo groot.

'Zie je het vanaf de weg liggen?' vraagt Ilse.

'Vlak na het dorp staat het tussen twee duinen in.'

'De grote lijnen weet ik wel,' zegt de chauffeur, 'straks moet u het maar zeggen.'

'U rijdt gewoon om het dorp heen.'

Nauwelijks naar buiten gekeken en nu donkere weilanden, wat bos, weilanden en villa's, omgeving die geen regelmaat kent.

'Het doet me denken aan het allervroegste,' zegt Ilse. Ze hoeft niet te zeggen waar ze het over heeft. Niet over bomen of weilanden. Het kan alleen maar gaan over de muziek, die nu werkelijk is afgelopen, alweer door een ander deuntje is opgevolgd.

'Waarom?'

'De melodieën die je de eerste drie jaar hoort en die je je nooit meer zult herinneren. Dat denk je tenminste. Misschien dat juist die muziek heel ver reikt.'

'Hoe dan?' vraagt Tine zacht.

'Zo'n melodietje, wat zitten daar niet voor wendingen en

bochten in. Doe nou eens of je het voor het eerst hoort, echt hoort. Zouden daar later dan geen beelden bij gaan passen, zoek je niet steeds de welvingen en pauzes van dat eerste begin?'

Ze vraagt het niet, nee, ze stelt het vast, of niemand er iets tegen in kan brengen.

'Dat is mooi.'

Buiten zijn de duinen begonnen. De auto verlicht steeds een paar andere vlak naast de weg. In de verte is het donker, raakt de nacht tot de grond. Hobbels onder de banden trillen na in knieholtes en heupen, verlakken 't evenwicht van dijen en enkels en versnellen zelfs de achterkant van hun oren of niets van hun lijf nog alleen mag bestaan.

'Of er tussen al die doffe plekken iets oplicht wat je al heel lang kent,' zegt Ilse nog over de muziek. 'Steeds kan het een andere vorm hebben, nooit weet je waar het zal gebeuren.'

Scheef zeurgenot in de lendenen: een bocht verplaatst Tines lijf. Haar handen kunnen op de bank zoveel terrein winnen, haar stem roept ze op voor een begeleidend gebaar. Ze leunt naar voren, 'over een meter of vijftig naar links, 't is een smalle weg.'

Moet ze de chauffeur straks laten wachten? Ilse heeft de taxi aan de rand van de kermis meteen na Popeye aangehouden. Ze zal de rit betalen, zoals ze ook het eten en de kermistoestellen heeft betaald. Zonder dat er iets over wordt gezegd is Tine haar gast. Moet Ilse dan ook niet beslissen of ze tien minuten kijken en weer terugrijden of dat ze uitstappen, de chauffeur laten gaan en maar zien hoe ze terugkomen?

Allemachtig, wat is het ingewikkeld. Die Palladiums moest en zou ze haar ook terugbetalen. De laatste trein is allang vertrokken en een andere taxi is hier vast nergens te krijgen. Het huis heeft niet eens telefoon.

Zal ze het met Ilse overleggen? Ze weet niet hoe ze erover moet beginnen. Het kan alleen zonder een woord gebeuren. De taxi moet weg, betalen en verdwijnen, eindelijk weg, maar als je zoiets van tevoren gaat vastleggen maak je het te zwaar en krijg je het tegenovergestelde van wat je hoopt.

'Ja, hier.'

Hij stopt in zo'n beklinkerde uitsparing. Daar zal Vink als het huis af is ook parkeren. Speciaal voor hem verzonnen, kan hij meteen weer wegrijden. Het pad naar het huis is alleen voor het lopen.

'Waar is het?' vraagt Ilse. Verwaaide haren. Naast de auto staat ze met die Indiase roos in het helm.

'Daar,' wijst Tine. Die richting levert niets op, zo donker is het waar het huis moet zijn. Ilse kijkt in het niets en haalt geen portemonnee tevoorschijn. Zal Tine dan zelf maar betalen? Misschien verwacht ze na al dat geld dat ze voor haar heeft uitgegeven toch iets terug.

De chauffeur draait het raampje open.

'Zal ik hier wachten?' vraagt hij Ilse, 'anders zie ik u vannacht niet meer thuiskomen.'

'Doet u dat,' zegt ze, 'dan gaan wij het huis bekijken.'

Tine loopt het pad op, dat ze verlicht met een staaflantaarn aan haar sleutelring, de vaste hulplamp van elke architect. Die chauffeur met zo'n kop die ze morgen al is vergeten! De laatste aan wie je denkt beslist over je leven. Dat uit een oud tapijt geweven hoofd, dat pak in die vuilniszakkenkleur, hoe Vink haar toen ze kennismaakten een heel saai boek over de duinen liet zien, steeds weer een ander duin met krachteloos helm in de flanken. Ze had willen gillen, of er tot het eind van haar leven alleen nog Vink en die duinen en nu weer deze chauffeur zouden bestaan.

Sleutel in het slot, het ganglicht meteen aan. Het huis met z'n ronde hoeken heeft ze nog nooit zo laat gezien. Groot is het niet, dat tweede huis voor professor Vink. Boven drie kamers en een badkamertje, beneden één woonruimte en de keuken, hoe vaak zal hij er zijn.

Ze laat haar binnen, huis van een ander, 't is al niet meer van haar. Stoel met een laken eroverheen. Tafel op schragen met achtergebleven schildersspullen. De verf is allang droog. Richtingloze stappen, door geen meubel bepaald. Eerst boven laten zien of meteen maar wat ze zelf heeft bedacht en waarom Vink het ontwerp van hun bureau heeft gekozen.

Buiten lost de chauffeur een puzzeltje op, maar nu ziet hij iets wat elk geheimwoord te boven gaat en waar hij het later in z'n stamcafé nog vaak over zal hebben, 'ongelooflijk, 't was donker, die twee potten gaan naar binnen en ineens trekt die wand weg, wordt 't helemaal van glas, spuit het licht naar buiten en denk nou niet dat ik maar wat zeg, staat ineens een hele duinpan in lichterlaaie, 's avonds laat, nee, midden in de nacht.'

Tine vertelt Ilse dat ze het idee kreeg door een simpel luik. Dat zit vast in de vloer. Het kan alleen maar open en dicht. Zou je het ook verder kunnen laten bewegen? Nee, dacht ze eerst, onmogelijk. Maar het kan wel als je het op z'n kant zet en het tussen glazen wanden met ronde hoeken weg laat rollen.

'Waarom twee?'

'Buiten een wand omdat het kwetsbare rolluik anders wordt gesloopt. En binnen geeft glas zo'n mooie eenheid aan die dunne latjes. Als de luiken dicht zijn lijkt het in de verte van hout. Maar als je ze na een druk op de knop weg laat rollen wordt het helemaal van glas. Je kunt zelf de venstergrootte bepalen, zo breed of smal als je wilt. De rolluiken bewegen onafhankelijk van elkaar.'

Als Tine het blozend zegt staat ze vlak achter Ilse. Die kijkt naar de door het huis verlichte duinen. Hoofd vlug heen en weer, naar links, omhoog, of haar ogen geen plek mogen overslaan, naar rechts, omlaag, tastende blik.

Met een ruk draait ze zich om.

'Groots.'

'Dank je.'

''t Is schitterend, echt.'

Ilse loopt over de hele breedte langs het glas, betrommelt

het met haar vingertoppen. Zo controleerde Cora of die sponningen naast de ruit vlak bij Liechtenstein wel bestonden. Ze blijft staan en begint met een vinger over het glas te wrijven. Tine loopt er vlug naartoe. Het gaat er niet af. Het is een zwarte vlek, nee, meer een veeg. Het lijkt wel roet.

'Verdomme.'

'Trek het je toch niet aan, krijg je een mooie schaduw op de vloer,' zegt Ilse. Ze loopt van Tine weg en spreekt nu luider. De vierkante echo van haar stem wordt nauwelijks door een meubel, een voorwerp verzacht. 'Het doet me denken aan een etalage van een drukker in Parijs. Imprimeur stond er op het glas.'

'Zal die vrouw van Vink leuk vinden,' zegt Tine en ze probeert de vlek met een slip van haar jurk weg te poetsen.

'Wacht eens,' zegt Ilse, 'laat het licht maar aan.'

Ze gaat naar buiten en Tine volgt haar. Natuurlijk, ze loopt naar de andere kant van het huis en begint daar te poetsen. Maar het helpt niet.

'Het zit tussen die twee wanden,' zegt Tine, 'en je kunt ze niet openklappen. De deuren moeten er nog in worden gesneden, dan kun je erbij.'

'Waren het maar letters,' zegt Ilse met een ernstig gezicht.

'Letters?'

'Dan had je binnen al geweten of je ze van voren of van achteren zag.'

'Op die manier.'

'Als ik nog niet aan de beurt ben probeer ik in elke winkel die spiegelbeeldige letters te lezen.'

Weer zou Tine haar kunnen aanraken, zo dicht staat ze bij haar. Ze aarzelt, die chauffeur achter haar, te laat, Ilse is met de roos alweer doorgelopen. Heeft ze soms geen lijf en alleen maar een kop met idiote theorieën over letters en vlekken?

'Bij die drukker scheen de zon schuin naar binnen,' gaat Ilse zonder dat ze Tine aankijkt verder, 'die letters imprimeur werden door het licht in zo'n zwevende stand op een bollend gordijn gedrukt.'

Wat ze ook allemaal beweert, 't heeft iets dat boven haar woorden uitstijgt, iets dat Ilse zelf niet kent, als alle slimme mensen die nergens meer argeloos denken te zijn. Die domme ongevormde plek maakt haar bij al die schaduwwijsheid zo mooi.

'Maar dat zie je hier ook, kijk nou,' zegt Ilse en ze wijst naar het terras.

'Waar?'

'Hier.'

Al het licht komt hoog van binnen en het werpt een afdruk van de vlek of veeg op een tegel.

'Zullen we gaan?' vraagt Tine. Ze loopt het huis in om het glas weer in hout te veranderen. Die schaduwen zullen wel als een troost voor die vlek bedoeld zijn.

Krimpende nacht. Terug in de taxi denkt Tine aan de vlektypografie van Ilse. Er klopt iets niet in die redenering. Ze is te moe om de fout te zoeken. Sloten, lange sloten, straks niet gezien door het muziekje en al dat praten, ja, nu weet ze het ineens.

Het zijn twee glazen wanden met tussenruimte. Stel nu dat die vlek een woord is. Schaduw, ja, schaduw, je ziet die letters in spiegelbeeld. Maar als je naar de andere kant van het glas loopt is het helemaal niet gezegd dat je die schaduw kunt aanraken. Het woord kan ook op de achterkant van de wand staan waar je net van bent weggelopen of zelfs op de achterkant van de wand waar je buiten voor staat. Zo was het nu ook met die vlek. Je leest het wel, schaduw, helemaal duidelijk, maar je bent er net zo goed van gescheiden als toen je nog in de kamer stond.

Langs een hoge stenen poort. Nog maar eens stil herhalen voor ze er tegen de dommelende Ilse over begint. Schaduw in spiegelbeeld, omlopen, andere kant goed, toch niet aanraken, tweede glazen wand ervoor, ja, zo is het. Het lijkt wel of ze dit huis alleen heeft gebouwd om het vraagstuk van die ellendige vlek te laten bestaan. Als ze Ilse haar oplossing geeft mompelt die iets onverstaanbaars en valt weer in slaap. Of misschien sliep ze door en had Tine net zo goed niets kunnen zeggen.

Iets naar rechts, ze slaapt nu toch, een zee van ruimte steekt ze over. De lange haren van Tine vallen langs ’t gezicht, langs de wangen, als op de mooiste foto van Man Ray. ’t Is niet te zeggen welk haar van wie is, al het rossige is blond.

‘Ik wil me er niet mee bemoeien,’ zegt de chauffeur, ‘maar uw vriendin heeft het naar mijn idee toch niet helemaal mis.’

‘O, nee?’

‘Ik heb die vlek niet gezien, maar ik los nog wel eens een puzzeltje op en begrijp wel ongeveer waar het over gaat.’

Als je het cadeautje bijna hebt wordt het weer een paar centimeter verder gelegd. Ze moet hem wel verder laten praten.

‘Zegt u het maar.’

‘Als je die schaduw in spiegelbeeld ziet dan moet je hem aan de andere kant kunnen lezen. Het doet er dan niet toe of er een glazen wand voor zit. Als u voor het raam staat en een wolk ziet dan wordt die er toch niet minder van omdat u hem door glas bekijkt?’

‘Dat zal dan wel.’

Haar toon is afdoende, hij zwijgt. Ze weet dat hij half gelijk heeft. Hier heeft ze niet aan gedacht. Maar waar het om is begonnen laat hij helemaal buiten beschouwing: het wegpoetsen zelf. Twee fabrieksschoorstenen, telegraafpalen, een brug, o god, om hier langs een kanaal met een wildvreemde over een vlek te bekvechten. Door één blik op Ilse weet ze weer dat ze in de goede taxi zit, waar die ook heen mag rijden, hoe laat, hoe ver.

Ze moet kunstgeschiedenis gestudeerd hebben, zoveel weet ze van het verleden, de onbekendste schrijvers en dichters, de oudste films. Nu is dat alles onder zware oogleden in rust. Wat zijn die lang. Spiegelbeeldig, zei ze, of ze ’t eenvoudigste in de mooiste stand kan buigen, wat een woord. Palladiums aan haar voeten, hoe ze al die richting in een vuilnisbak deed. In de donkere wenkbrauwen onder haar een zweem van ’t lichtste, de kleur van zand, net als bij Tamara, die vriendin van Bert.

Stadsrand, hij zal wel naar de gesloten kermis rijden, daar zijn ze ingestapt. Ze moet hem ergens anders heen sturen, waar moeten ze er in vredesnaam uit? Eerst nog een nachtcafé, haar iets op kantoor laten zien of meteen door naar Virginia? Niet eens naar gevraagd, is dit nou haar hotel of niet?

Roos in slapende hand. Tas halfopen op de grond. Wat is dat voor papier? Tine bukt zich, tikt het een beetje recht, kleeft wat confetti aan, straatnamencommissie, zou ze daarin zitten, net als Marian?

Door geen woord, geen gebaar wordt het verhuld, dat gezicht. Blikken die het ooit hebben geraakt zijn weggevallen, niemand heeft het eerder gezien. Het weet niets, dom van schoonheid heeft 't niets gestudeerd of mee naar huis?

'Ze is mooi, hè.'

't Eeuwige geklets als ze in het openbaar te dicht bij een liefde komt.

'Bemoei je d'r niet mee.'

Geen einde, buigt zich dichter naar haar toe, laat het haar dieper vallen, 't onbenoemde, geen begin. Die geur, 't is Lancôme, niet alleen, niet alleen, de huid is erin opgenomen. Nu pakt Ilse haar hand. Dat ze in haar slaap toch nog weet waar die is, misschien niet eens werkelijk Tines hand, 't zou elke hand kunnen zijn die nu het dichtst bij haar is.

Ton doux sourire

Heeft ze haar hand en nou moet die weer los, hoe zal ze die reeks met geld en uitstappen deze keer weer eens indelen? Je zou het eruit willen knippen, toch moet het gebeuren. Niet buiten door het raampje maar over de bank afrekenen, dan ziet ze z'n gezicht nauwelijks. Ilse niet meetrekken. Eerst uitstappen en naar de andere kant lopen. Deur opendoen, tegen een schouder drukken, stapt uit zoals ze overal uitgestapt zou zijn en wordt lopend wakker of misschien slaapt ze wel door terwijl haar ogen al open zijn. Vraagt niet waar ze is en loopt langs een paar vuilniszakken naar het café of ze dat al de hele avond van plan is geweest. Zo rechts voor Tine lijkt ze met die roos wel een trofee.

Buiten niets te horen, gaan naar binnen, wat kan een simpele glazen deur met zo'n schuine stang ervoor toch een lawaai tegenhouden, het echoot hun tegemoet. Ilse voorop, het is zo druk dat ze zich een weg tussen al die lijven door moeten banen. Tine raakt om de richtingtast met een paar vingers een heup, mag haar niet kwijtraken, om de hoek is het iets stiller.

'Wil armagnac en een tosti.'

Die combinatie is zelfs in woorden te schril.

'Echt?' vraagt Tine.

Ilse knikt terwijl ze staat en hier pas werkelijk wakker lijkt te worden. Er is nog plaats aan een hoek van de bar.

'We hebben al uren niks gedronken.'

Niets tegen in te brengen. Tine bestelt wat ze vraagt en neemt zelf een glas bier.

'Waar zijn we?' vraagt Ilse.

'Ken je 't hier dan niet?'

Tine is er zo langzamerhand zeker van dat Ilse uit deze stad komt. Ze kende iedere schoenwinkel en naar het filiaal nam ze zonder iets te vragen de kortste weg.

'Nooit eerder geweest.'

'Maar hier komt de halve stad.'

'Kan wel zijn, ik niet.'

Dat glas armagnac is alweer voor driekwart leeg. Het goud van de drank en het rood van de bloem in dezelfde hand, waar is die tekening van die naar koek happende jongen gebleven? Eeuwigheid geleden dat die werd gemaakt. En die beer? In het huis van Vink tussen de schildersspullen, een andere tafel staat er niet, of in de taxi, al weggereden, of alle twee bij Vink, de beer en de koek?

'Er zit een aap op m'n schouder,' zegt een man die langzaam uit het gewoel naar hen is toegelopen. 'Een aap en die kijkt voortdurend mee.'

'En wat ziet hij dan?' vraagt Ilse.

'Mij natuurlijk, alles wat ik doe houdt hij in de gaten, alles.'

Arm van Tine om de schouders van Ilse, vingertoppen net onder haar mouw, op de huid van de verste arm.

'Verkoop hem,' zegt Ilse. Ze duwt de arm niet weg. Het is zelfs of ze dichterbij komt, of ze de balans van haar lijf iets meer van Tine afhankelijk laat zijn.

De man loopt door en begint tegen een meisje verderop over de aap. Hij is zo dronken dat het er niet meer toe doet tegen wie hij praat. Tine is hem dankbaar, door die aap kwam de bescherming, arm, schouder, huid. Stilstandverkenning. Haar vingertoppen gaan nauwelijks heen en weer.

Nog een armagnac, een pils en tijdens het bestellen, aannemen en doorgeven bereidt Tine zich voor op de grootste proef. Die arm moet terug op dezelfde plaats en dan is het geen bescherming meer. De man met z'n aap is in de verte verdwenen. Om de schouders, op ongeveer dezelfde plek onder de mouw zoeken de vingers nu uitbreiding, onder toppen bewegend eeuwig land, net zo dicht, nee, Ilse dichter nog tegen haar aan, winst, voelt nu haar andere arm tegen een borst.

'Die oren,' zegt Ilse, 'weer die oren, zie je ze, die oren?' Ze praat herhalingsdronken door, gewoon door terwijl ze haar aanraakt, maar Tine heeft geen idee over welke oren ze het heeft. Er zijn er hier zoveel.

'Welke oren, waar?'

'Daar, die oren van vanmorgen,' ze neemt een flinke slok armagnac, 'zie je nou niet die oren daar?'

Nu ziet Tine het. Niet alleen de oren van de negerin met die leegte naast het opgestoken haar, maar ook de lange handen met de paarse nagels, of ze iemand iets uitlegt waar veel gebaren bij nodig zijn. Vlug vlooit Tine de omgeving af op andere studenten, Frank, Cora, het felblonde haar, de gifgroene jekker, gelukkig, nergens te zien, alleen die oren in de verte, die elke afstand overbruggen.

'Is zeker ook losgeraakt van de groep,' zegt Tine.

'Moest misschien Palladiums kopen.'

'Hoe zitten ze?'

'Lekker, zo lekker.'

Ze zwaait haar benen omhoog zodat Tine kan zien dat de schoenen volmaakt om haar voeten zitten. De vloer is bezaaid met peuken, gedeukte bierviltjes, glasscherven en zand dat al het afval niet kan bedekken. De voeten zwaaien er vlak overheen, niet meer om de schoenen te laten zien, maar om de tijd voor de benen met de aangenaamste bewegingen te vullen, of ze als op de kermis steeds hoger wil.

Hoe groot de rotzooi ook is, er begint samenhang in te komen. Of de zijkanten van glas en de deuksels van kroonkurken, het rood van uitgetrapte filters en de flarden van een krant, of 't allerhande papier in verdwijnkleuren en al die frommelpakjes nu het boven hen zwaait de enig juiste plaats hebben gekregen, decors, circus, trapeze.

Dat ze die oren vanochtend ook had gezien. Benen stil, 'wil naar m'n hotel', 'gaan we', in *m'n* zit nog een rest van het alleen. Wat geeft het, de rommelvloer van het café gaat buiten door onder haar stappende benen of ook daar alles zich naar haar bewegingen ontvouwt.

Er is zoveel speciaal voor haar neergezet, straathoeken die ze zomaar om kunnen en op het juiste ogenblik die winkelruiten voor een alweer verdwenen zijblik. Bomen waaronder ze mocht het gaan regenen kunnen schuilen, wat ze niet willen is nu ook niet te krijgen, te dure juwelen en dikmakend gebak achter getraliede etalages.

Elke voor auto's verboden straat kunnen ze in lopen, gesloten cafés gaan ze voorbij, genoeg drank gehad, aan alles is gedacht. Ergens tekent een jongen het nachtelijke half drie en hij zal het wel goedvinden hoe het door een paar buitenleden van z'n gezelschap wordt gevuld.

Hoes in etalage, *Ton doux sourire*, Tine kent het uit haar hoofd. De zacht ruziënde gebroeders Reinhardt, de wegvluchtende, terugkerende viool van Stéphane Grappelly. Misschien heb je dat in die vroegste jeugd gehoord, hier is het weer, de bocht van de rivier net nu ik het voor je zing, hoor, het licht van de maan en van die grachtlampjes, door elkaar heen. Close-ups van lippen en wenkbrauwen zo dicht bij elkaar. Elleboogholtes en bovenarmen en dan weer een totaal van een immens plein dat er alleen maar ligt om er hijgend over te kunnen hollen, voetstappende echo's klimmen tegen musea en consulaten.

Het meisje op late rolschaatsen, het gaat hun precies op tijd voorbij. Als zij eraan komen spiegelt het licht van wel zeven lantaarns zich in de gracht en spreekt het niet vanzelf dat ze op dit ogenblik die eerste schoenwinkel voorbijgaan, waar de speurtocht naar de Palladiums is begonnen?

Een bank op een brug, eroverheen, verhoogde vloer. Het lijf voelt zich heel vlug of in slowmotion het stilstaan in straten met Magrittes lamplicht, we lopen helemaal verkeerd net of de stad haar eigen volgorde is vergeten komt zeker door die papiertjes en peuken op de grond van het zandcafé. Hadden ook geen vaste plaats lagen er zomaar hoerig geluk van dat ze zoveel geld waard is geweest een fortuin heeft ze aan haar gespendeerd zoveel moet ze in haar zien uitgegeven klinkt veel te weinig.

Steeds lichter worden ze. Op straathoeken proeft ze van wat nooit eerder heeft bestaan in van die pauzes voor mensen die geen kant op hoeven. Daalt er een ballon, kan alleen voor hen zijn, stijgen zo snel als vingerhoedskruid, weet je dat er ook een vingerhoed voor afval bestaat, vingerprullenhoed?

Nachtwind in z'n pure richting betrapt. Hoog boven de stad hoeft hij zich nergens in te houden, geen hoek, geen huis moet hij om. Schoen omhoog in zo'n onwillekeurige vreugdebeweging, al die tijdstippen op bestemming veinzende torenklokken. Been in zo'n achterhoek van negentig graden om te voelen hoe dat staat in de lucht. Wacht 'ns, vlugge kijkbeweging, zit een steen, iets wat ook al met haar mee wil, een kleine kei tussen het profiel van die nog maar heel licht bekraste Palladium, er met een pink uit getikt en uit de mand gegooid en dan het luisteren, zo lang, zo lang helemaal niets en dan ineens die invloed van aanraken op luisteren met een geluidsafdruk, breekbarst de kei een misschien niet eens verlichte dakruit, nog een café-rest in die schoen, gave kroonkurk, eruit, maar die verdwijnt door een wolk in het geniep, laat nergens wat van zich horen.

Het is nog maar veertig stappen naar Virginia en nu alweer minder, in aftelling niet bij te houden, afstand die ze zelf zo vaak heeft gelopen. Een enorme klets die Frits, wat maakt het uit. Onverwoestbaar zal ze de nacht naar z'n einde, naar de morgen leiden.

Dronken vingers van Ilse langs straatnamen en confetti. De tas is zelf een grote vingerprullenhoed. Geen sleutel te vinden, ook niet in de zakken van haar blauwe regenjas. Rustig, rustig, zoek nou eens goed, tas wijder open. Vingers van Tine zoeken mee. Soort vragenlijst over parfum, maar de sleutel vinden ze niet.

Ilse leunt met haar rug tegen de blauwstenen trap en de groen geschilderde leuning, hoofd naar achteren, op een stang. Sleutel op haar kamer laten liggen. Tine doet een paar stappen naar achteren. Alle ramen zijn donker. Aanbellen?

’t Is half vier. Als Frits ergens een hekel aan heeft zijn het te late gasten. Ze hoeft het niet eens meer te besluiten, doet het gewoon, haalt de sleutel uit haar eigen tas en trekt Ilse mee. Die weet toch niet meer welke deur ze binnengaat, denkt vast een andere ingang van het hotel.

De kat onder aan de trap, zoals altijd op haar gewacht, kopt zich scheef omhoog langs vier kuiten. Nu helder blijven, Toef slaapt op de tweede verdieping. Duwt Ilse voor zich uit, ontkennende voetstappen, boven nog een duwtje, nee, hier naar rechts, licht niet aan, staat ze voor de nog open gordijnen, rekt zich uit, ‘wil naar bed’. Vingers tegen rug, of ze haar bestuurt, hier naar links, deur dempgeluidend open. Misschien herinnert ze zich niet eens meer wat ze heeft gehuurd, denkt ze dit is m’n kamer.

Vlugger kunnen naar zwaartekracht snakkende kledingstukken de grond niet raken. Ogen bouwen in het halfdonker haar lijf of ze nooit meer iets aan hoeft te hebben. Grote god, die tas en de roos liggen in de kamer, gauw hiernaartoe gehaald. Ligt ze al in bed, laken half weggeslagen, slaapt, zelf kleren aanhouden, Toef als remmende komma binnen al haar gebaren, onzichtbaar beslist ze wat Tine moet dragen.

Het altijd verbodene, ’t ligt voor haar, nooit kan het tot een einde komen. Die geschoten beer en de envelop met de happende jongen, waar zijn ze, zoveel dichterbij dan deze huid.

Vingertoppen met afgekloven nagels door het anders met elke beweging verspringende haar, door het rossige met de laatste punten van ’t wafelpoeder.

’t Stokkend toevallige niet mogelijke. Weer iemand, kat glipt naar binnen, altijd weer iemand, deur op een kier, is alweer weg. Pluis van jurk op een schouder tipt ’t weg met een pink als op een jas of ze de pluis nodig heeft om haar aan te raken.

Wangen en lendenen slapen afzonderlijk, slapen afzonderlijk in ’t geheel van ’t reislijf, al die zonder opdracht slapende plekken bij het aan ’t donker ontfutselde licht.

’t Onbenoemde kan niet bestaan en toch is het er, volledig mag het niet worden gezien, jeugd die eindigt bij haar huid, ’t moet wel door schemer worden bedekt.

Mond halfopen, halfopen slapende mond, laken iets verder terug, merkt ze niet, tot onder haar net niet opgetrokken knieën.

Of Tine toch alleen die al veroverde huid vlak onder de mouw mag aanraken ’t mocht al toen ze gekleed was waar is die plek vingertop zoekt meer naar de schouder meer naar de elleboog niet te zeggen waar die aanraakplek is nu de jurk op de grond ligt, een hele bruiloft schoot ze aan flarden.

Hoort ze een deur? Vingertop terug, kijken, alleen maar kijken, zo naar boven als Toef roept en dan maar zien wat ze zal zeggen. ’t Is stil.

Rusthand van ’t reislijf ligt op dij om ’t kloppend aderveld aan binnenzijde van pols te laten zien. Slaaproute van heupen en knieën naar links nee al weer rechts iets omhoog en terug wat anders meeloopt meeholt meedeint nu door aarzelingen bedekt.

Andere slapende hand naar hals krabt met duimtop niet met nagel, nooit gezien hoe die lijfsverbeteringen in onwetendheid doorgaan. Moedervlekpoeder lukraak uitgestrooid of zwemen ze naar het lichtste rood, afgezanten van wemelsproeten naar de verste hoeken uitgezonden, slaat Tine het laken helemaal weg, onder de bocht van een enkel zitten er twee.

Kraagje van Tine bijna te nauw nog een knoop blauwe rimpeljurk over hoofd zo meegenomen kleedt zich wel vaker beneden uit als het te klein wordt wil Frits naar deze kant uitbreiden ligt die slaapkamer nu vast in het hotel.

Wat merkt een slapend lijf 't draait zich opzij of het weet dat er ruimte moet komen spiegelbeeldig draait Tine het naar zich toe slaapwenteling geen verzet.

Arm om nek lippen op voorhoofd door drank door rook verdeld Lancôme.

'Tine...'

Vertraagd wakker geworden, zou Ilses kleren aan willen trekken om terwijl ze wegloopt nog dicht bij haar te zijn. Nu de strengste volgorde, eigen jurk, woonkamer en alweer terug, slip, schoenen vergeten, slalom langs stoelen, daar ligt dat blad met Marian heeft ze ook al gelezen en door naar de badkamer.

'Tine... (iets harder) ...Tine...'

Slaapstem, kan niet lang wakker zijn.

'Jaaaa...!'

Licht aan, kraan open, met een huid van schuld laat ze het water ruisen, geluidsscherm dat alles moet verbergen.

'Vink belde nog...'

'Kom eraan!'

Hulptroepen, welke, dat parfum krijgt ze er nooit zo gauw af, moet overal zitten, water, wangen, voorhoofd.

'Heb een...'

Onverstaanbaar, straks doorpraten, kom wel vaker laat thuis. Op bureau gewerkt, collega's, café laat of wat moet ze nog verder kletsen, wie waren er allemaal.

'Wat zeg je?'

'Krijg een tentoonstelling.'

'Echt?'

Waar ze zo lang op hoopte. Nu dat beest ook hier nog langs haar benen, trap van donder nou op roddelkat je bent vast ook al bij Toef geweest. Jurk hier laten hangen, rest in de wasmand, ochtendjas, naar boven, zelf flikt ze ook wel eens wat. 't Gewoon vertellen en dan maar kijken wat ervan komt.

'Waar?' vraagt Tine met de vurigste aa's. Toef ligt breeduit in bed met van die springharen, nu goed wakker, klaar voor lang praten, heel lang praten... Tweede kussen, Tines niet gebruikte kussen onder haar hoofd en rug.

'Bij Fleur,' zegt ze met hemelse ogen.

'Fléúr Gállery?' vraagt Tine met trotse klemtonen, 'waar ze vorige maand nog die schilderijen van de graffiti op het huis van Serge Gainsbourg hadden?'

'Die,' zegt Toef, 'ik wist niet dat je dat werk zo mooi vond.'

'*Nieuwe Bedevaartplaatsen* heette het toch? Maar dat is fantastisch voor je, die zakenwondertjes van Fleur verkopen alles.'

'Denk je?'

'Er is zoveel over geschreven, al die liefdesbrieven op de muur, op de deur van de Rue de Verneuil, z'n dochter Charlotte, die uit *The Cement Garden*, woont er nog steeds.'

Ze gaat op een hoek van het bed zitten, is trots en moet iets verbergen. Wandelgevoelens, praat maar door om vlug in de baan van Toef te komen en het dan ineens zeggen.

'En wat laat je zien?'

'Die foto's van dichtbij willen ze...'

'Er slaapt iemand beneden.'

'Wie dan?'

Kwaad lijkt ze niet. Er klinkt ongeloof in haar stem.

'Kwam in het café een studente tegen, liep met me op, had de sleutel van Virginia op haar kamer laten liggen.'

'Zit ze bij Frits?'

'Gaat ze morgen weer heen.'

'Geen punt, echt niet. Hoe heet ze dan wel?'

Te poeslief?

'Ilse.'

'Slaapt ze?'

'Denk het wel.'

'Kan ik haar niet even zien?'

Geen antwoord nodig, ze heeft het al beslist, hurkt zich met drie sprongen uit bed. Even later lopen ze samen de trap af. Ze is nog nieuwsgieriger dan Frits. Dit laat ze zich niet ontgaan. Misschien straks toch nog woedend. Nooit kan Tine haar gedrag voorspellen.

'Zachtjes,' zegt Tine als ze de woonkamer in gaan.

'Zeg, 't is ook mijn huis.'

Ilse ligt slapend op haar rug, een knie omhoog, laken aan haar voeten.

'Ça, c'est quelque chose,' fluistert Toef. Ze prijst alleen iets in het Frans als haar lof in het Nederlands te overdreven klinkt. 'Het lijkt Tamara wel.'

'Toe nou.'

'En nog een roos voor haar gekocht.'

Toef loopt naar het voeteneind, bukt zich en kijkt over de voeten en borsten naar het rossige hoofd op het kussen.

'Ben nog nooit aan een naakt voorgesteld.'

'Ga nou mee.'

Er klopt iets niet, denkt Tine, met Ilse of Toef of met haarzelf of allemaal samen, er is iets niet goed, maar ze weet niet wat.

'Wist niet dat jij ook op slagroomtaarten viel,' zegt Toef.

'Laten we nou gaan.'

Toef kijkt van het naakt naar Tine en van Tine naar het naakt en van het naakt naar Tine en nog langer naar het naakt.

'Haar moet ik fotograferen.'

Nijinska/Nijinski

Het Ballet de l'Opéra National de Paris heeft *Nijinska/Nijinski* sinds een jaar of zes met zoveel succes op het repertoire dat het al heel wat dansers heeft versleten. Sommigen werden te oud, anderen vertrokken naar het buitenland en de grootste sterren wilden weer eens wat nieuws. Het is een jonge groep die deze naherfst Diaghilevs balletten *Till Eulenspiegel* (in het Frans lijkt Tijl wel Deens), *Noces* (vreemd genoeg zonder *Les*) en *Le sacre du printemps* (Frans zoals het hoort) in Europa opvoert.

Omdat de akoestiek grandioos en het toneel geen centimeter te groot of te klein is hebben ze hun gebouw, dat van die Canadese architect, meegenomen. Loop maar even mee in de lege gangen, iedereen zit toch allang in de zaal, wat rustig is het hier nu. Voel eens, in die nis, dat grijs lijkt hout maar het is vilt. In de smalle vitrines aan de wand verspreidt een blad wit papier het licht. 't Is net of er geen lamp achter zit.

Naast die ingang, nee, iets hoger, ja, daar, de *Victoire de Samothrace* van de Nederlandse Fransman Yves Klein. Natuurlijk in z'n International Klein Blue, maar verder is het een zeldzaam beeld in z'n zo monochrome œuvre. Een engel met vleugels, naast die andere deur hangt er nog een, twee uit een oplage van negentien, waar de andere ook hangen, ze moeten overal even mooi zijn.

Wat loopt dat prettig, alles van marmer, trappen en vloer. Geen nepmarmer, geen aderfolie dat ze op hout plakken, het geeft aan kuiten en knieën een voornaam gevoel. Kijk even door dat hoge raam. Om die rotonde zie je de slotscène van *Playtime* met die carrousel van eeuwig rond rijdende auto's. En in die hoek, nee, weer binnen danst een blauwe vrouw van

Niki de Saint-Phalle op een witte globe. Ze draagt een gouden jurk en heeft een regenboogslang om haar lendenen. Zal ze het gevecht winnen? De sokkelmachine van Jean Tinguely geeft de hele aardbol met de vrouw en de slang een vrolijke draai.

Nu de zaal in? De deuren zijn dicht maar voor ons is dat geen bezwaar, net zomin als in die film *Liefde kent geen muren* met de komiek Bourvil. Hoor, dit is het midden van *Le sacre du printemps* want *Till Eulenspiegel* is al afgelopen, niets aan te doen, hadden we maar eerder moeten komen.

Zo moet de *Sacre* in 1913 ook zijn uitgevoerd, in het Théâtre des Champs Elysées toen iedereen om Nijinski's straatstappen en Strawinsky's kakofonieën begon te joelen en te hissen.

Veel danseressen onder het publiek en misschien nog wel meer ex-danseressen. Kijk, op de zevende rij zitten er een paar, Tamara en haar vriendinnen Laura en Marie. Elke voorstelling waaraan ze niet mee kunnen doen houden ze met ernstige gezichten bij en is dat niet een beetje in de stijl van Nijinski zelf, die half krankzinnig schreef dat hij z'n eerste fouten met z'n latere leven wilde verbeteren?

Die wat oudere man naast Tamara is Bert, met die vertebril op. Dat hij 't allemaal nog voor elkaar heeft gekregen. Tien kaartjes had hij lang van tevoren besteld, met korting, Jan heeft 't affiche ontworpen. Belde z'n jongste dochter vanmorgen 'of er nog iemand mee kon'. Hij had wel 'nee' willen brullen maar een gescheiden vader kan een kind niets weigeren. 't Smeulvuur in een haatrest is zo weer aangewakkerd. En trouwens – het meisje dat ze meebracht ziet er niet slecht uit.

Dat is Ilse en ze zit tussen Tine en Toef in. Vanochtend veel gelachen bij het ontbijt en daarna bereidwillig geposeerd voor Toef. Knieholtes, borsten van dichtbij, wangen, hals, haar huid. Het is nu een heel gedoe met haar ellebogen en bovenarmen. Steeds wordt ze per ongeluk van links of van rechts geraakt. Stoelleuning als twijfelsponde terwijl Françoise Legrée in de *Sacre* als uitverkorene aan die goden met berenkoppen wordt geofferd. Ze staat al zeker vijf minuten lang doodstil op het toneel.

Wat schrijft Nijinski in Hotel Suvretta, Sankt-Moritz, 1919, nadat hij voor het allerlaatst heeft gedanst? Iedereen gunt hij de liefde maar als hij 's nachts op de onder z'n voeten krakende sneeuw loopt, knippert ook hij met z'n ogen, zoveel sterren.

Ach, het valt misschien mee, al gelooft geen van Jans familieleden in de scharrel die hij nu weer heeft meegenomen. Volgende keer zal 't wel een ander zijn. En Beppie maant Katrien. Vraag nou niet steeds waar het over gaat. Ik vraag het toch. Als ze moet dansen waarom staat ze dan zo lang stil?

Iets opzij, rij en profil, dan zien we hen nog beter. Daar zitten ze, even een hand aan een wang, streek door het haar, veeg over neus en andere gebaren die te gering zijn om ze aan iemand met naam en al toe te kennen.

Nu danst Françoise als een bezetene. Sterven moet ze om de aarde te redden en toch heeft onze rij nog wel tijd voor een zijblik naar de onbekende Ilse, zo'n baantje van het oog dat vast vooruitloopt op wat er na de voorstelling kan gebeuren. Het hoofd iets uit de toneelstand, de schouders wat naar voren, ho, niet te ver en dan moeten de ogen in hun verste hoeken het verder maar opknappen.

Kijk, nu Jan, even later Beppie, goed geschat, 't is of ze de juiste leegte raden voor zo'n blik van hoe ziet ze er nou uit, we hebben haar alleen nog maar in de eerste pauze kunnen zien en dat is niet genoeg, lang niet genoeg. Een vluchtsel van Bert en dan zwenkt Laura door naar het balkon en tuurt aandachtig naar een onbekende. Bij dit zoekspel mag je nooit worden betrapt. Toen ze Ilse zocht keek Toef haar recht in de ogen.

Applaus, tweede pauze en die woorden delen niet voor niets de hoofdklank met elkaar. Er zit algauw een beetje pauze in het klappen. Men gunt de dansers hun succes en toch moet het nu vlug minder donker zijn. 't Publiek wil zelf optreden, zelf gezien worden.

Frits Meester staat op, blij toe, weg van die puntige elleboog naast hem. Hij klapt nog harder. Andere goedgeklede lijven schieten ook omhoog en in al die voeten popelen de eerste stappen naar de foyer.

De hotelhouder is alleen gegaan. Hij heeft een plaats zeven rijen schuin achter de familie. Vanavond ziet hij die voor het eerst voltallig. Het duisterprofiel van Tine was scherp genoeg. Naast haar de dubbele oren van de gast die vannacht niet in haar vooruitbetaalde bed heeft geslapen. Toen ze het hotel vanavond verliet zag hij dat ze het woord oorbel letterlijk neemt. De zilveren siersels zijn werkelijk oortjes. Ze hebben de vorm van de oren waar ze aan vast zijn gemaakt.

Door een leep treuzelritme loopt Frits tussen de rijen zo'n twintig mensen achter de familie. Hij kan ze nog even bekijken zonder meteen te hoeven praten.

De lange jurk van z'n gast mag er zijn. Zwarte zijde en knoopjes van de hals tot de zoom. Blote armen. Ze is er iets te groot voor misschien, maar 't maakt haar wel erg sexy. Of 't lijf nog mooier is dan die jurk, er ten onrechte mee wordt bedekt.

Tine heeft hem het hele verhaal over de telefoon verteld en nu ziet hij in een toevalsholte tussen al die broeken en kousen dat ze bij die hoogst chique jurk gewoon de Palladiums aan heeft. Wat een lef, of is het omdat ze met hoge hakken te groot zou zijn.

Die donkere man moet Bert zijn, en is die vrouw naast hem in dat zilveren jasje Tamara? Frits komt er niet uit, al heeft hij nog zoveel over hen gehoord. Ja, het moet haar zijn, die wiegheup. Bert streelt al lopend haar nek, zet met de andere hand z'n bril af en wrijft langs z'n ogen. Verschillende opdrachten voor twee handen.

Die gebaren krijgen in de foyer familie. Het lichaam is zo lang bijna stil geweest dat het nu het weer mag bewegen volop aan de slag gaat.

Laura strijkt met een vinger over haar voorhoofd. Jan laat drie, vier keer achter elkaar met ingezogen lucht z'n wangen trillen. Beppie krabt met een sierlijk gebogen pink aan een oorrand. Katrien klapt met beide handen tegen haar dijbenen. Toef strijkt vlug door die springharen en 't zou niet eerlijk zijn het stofgoud van de beweging tot dit gezelschap te beperken. Het verspreidt zich over de gebogen halgang, die met z'n drie buffetten door de Canadees in een foyer is veranderd.

Frits is nog steeds niet naar de familie toegelopen. Hij wil ze van verre zien, plukt aan een wenkbrauw en wacht op een glas witte wijn. De man naast hem wrijft tussen duim en wijsvinger onzichtbare stofjes tot een pluimpje. Met geopende hand controleert een vrouw of haar schouder nog bestaat en nu verstuift het poeder van het gebaar pas goed. 't Bereikt een hand die in een jaszak met sleutels gaat rinkelen, wijsvinger tikt ritmisch tegen flesje, meisje holt haar rug en krabt op een huidreep tussen het topje en haar lange broek.

Geen betekenisgebaren, geen duim omhoog of herkenningsglimlach, opgerold programma tikt tegen stoel, 't haar wordt overal bewandeld. Kijk, vlak onder die blauwe Overwinning van Samothrace verdwijnt een vingertop tussen geverfde lippen, even maar, monologue extérieur van de beweging, voor niemand bestemd.

'Sinds wanneer pik jij slagroomtaarten op in bouwwerken?' vraagt Toef. Ze heeft het goede ogenblik afgewacht.

'Kon 't vannacht niet allemaal uitleggen.'

Een bediende met een grote snor schampt langs Tine.

'Kijk uit zeg.'

Hij heeft een rokkostuum aan en snelt verder met een kromme rug en doorgezakte knieën, misschien omdat de voor z'n buik gespannen versnaperingskist te zwaar is. 'Peanuts...' roept hij, 'peanuts......!', zeker veel buitenlanders hier.

Tine en Toef kijken hem na. Aan het buffet bestellen ze drank voor het gezelschap dat op de buitentrap met uitzicht op de rotonde is gaan zitten, zo zacht is het zelfs vanavond nog.

'Zit er soms een of andere vlek op je huis?' vraagt Toef.

'Toen ik die foto's nam had ze het er nog over.'

'Moet je dat zien.'

Tine knikt naar de trap. Daar is het met die blote armen toch iets te fris voor Ilse geworden. Bert doet z'n jasje uit en legt het over haar schouders. Vlak voor haar hals pakt ze met één hand de twee revers, schuift even met het voor haar te wijde jasje en trekt het dan dicht tegen zich aan.

'Is dat nou de hele familie?' vraagt Frits.

'Daar zit m'n zus Beppie met haar dochter Katrien, die kleine met de armen om m'n broer Jan,' zegt Toef, 'dat is een soort vriendin van Jan, dan krijg je m'n vader en die is geloof ik nogal onder de indruk van die hotelgast van je, hè Tine?'

'Mooi is ze wel,' zegt Frits.

'You tell me, heb 'r vanmorgen gefotografeerd.'

'Weet jij nou hoe lang ze blijft?' vraagt Frits. 'Ze had het over een week, maar het kon ook langer worden.'

'Vraag het Tine, die weet dat vast wel. En dan ben ik er nog niet,' zegt Toef en ze draait zich om. 'Daar vlak onder die jurk van Niki de Saint-Phalle staat m'n vaders echte vriendin uit te leggen wat we net op het toneel hebben gezien.'

Deel twee voor het lijf is begonnen. Pas na al die gevarieerde solo's wordt er naar samenwerking gezocht. Een arm wordt om een schouder geslagen, een man buigt zich iets naar voren en kijkt rakelings langs een moeder naar een dochtergezicht, verderop een tweeling, drieling en zelfs een vierlingkus, wat hebben we elkaar lang niet aangeraakt.

Bij Tamara en die andere twee ex-danseressen is die samenwerking ook wel nodig. Roerichs kostuums en decors, de herstelde passen, de muziek van Strawinsky, 't komt allemaal ter sprake en toch wordt het meeste gezegd door de armen en benen zelf. Hoeveel delen uit de *Sacre* hebben ze in de gauwigheid al niet aangestipt.

'Wat je zo goed ziet is die breuklijn tussen Petipa en Balanchine,' zegt Tamara, 'nog helemaal de negentiende eeuw met al die folkloristische berenkoppen en toch daagt daar de abstractie, de heldere lijn.'

Terwijl ze 't zegt pakt ze Marie voor een paar ijle passen of hun voeten zich langgeleden van elk goedkoop verhaaltje hebben verwijderd.

'Jullie weten dat het idee van Strawinsky was?' vraagt Laura.

'Ja, die zag op een nacht de doodsdans van een meisje en allemaal ouwe geilaards keken toe,' zegt Marie.

'Wacht nou maar tot die bruiloft, tot *Les Noces*,' zegt Tamara, 'van z'n zuster...'

'...Bronia,' vult Laura haar aan.

'...die dans van Bronislava zegt precies wat ik bedoel.'

Tamara praat en praat maar door over hoe Nijinska de muziek van Strawinsky niet slaafs wilde navolgen, 'een tegenstem zocht ze, niet voor één solist maar voor het hele corps de ballet.' Ze tipt zich klassiek op de tenen. Het zal wel de zoveelste illustratie bij de na de pauze komende Russische bruiloft zijn.

Bruid en bruidegom worden straks elk door zoveel dansers tegelijk gespeeld, dat wilde Bronislava, tot leven gewekte bijfiguren. Als Tamara het zegt veert ze weer omhoog en over al die drinkende, pratende en kussende hoofden heen ziet ze dat Tine en Toef met een man naar de buitentrap lopen, 'niet Nijinski of Massine, nee, Nijinska kreeg van Diaghilev de opdracht voor de bruiloft'. Iedereen is in een halve kring om die Ilse gaan zitten, zelfs die onbekende man zit erbij.

'Ook aan het decor zie je dat begin van het nieuwe,' gaat Tamara door, 'half symbolistisch met dat raampje en toch doen al die grijze veegjes al aan Willem de Kooning denken, zo ver mag je best gaan.'

Weer op de tenen, zo hoog ze kan. In de lijn tussen haar ogen en de trap praat een heer in een draagtelefoon en ontmoet Karel Lood met knalgele stropdas de critique de danse Jeannette d'Alsace ('Zouden die tekeningen van Valentine Gross nu niet meer opbrengen?', 'Met al die aandacht voor Nijinski? Ik weet het wel zeker...'), plukjes van die hele kwartgebarenvlaag neemt Tamara's blik mee naar de verre Ilse om die weer even snel te verliezen als ze bij haar demonstratiepassen terug is en over de zangstemmen uit de orkestbak begint, 'straks horen ze niet eens bij een vaste figuur, de bruidegom is net zo goed een tenor als een bas'.

Kijkt Ilse over net zoveel mensen terug?

Zelfs de eindpauzeklingel klinkt hier verfijnd. Geen schorre bel of mechanisch riedeltje, maar een repeteerduet voor gitaar en piano, een zachte en toch dwingende mengeling van tonen. 't Oor tipt de ledematen dat ze weer in de zaal gewenst zijn.

Eerst nog veel kwijtzoekvindbewegingen, waar was je nou, o, sta je daar, alle tijd, de Russische bruiloft zal zeker nog een paar keer aangekondigd worden.

De drie ex-danseressen zijn aan het eind van hun lichaamscommentaar. Laura en Marie lopen langzaam naar het buffet. Achter blijft Tamara. Vinger langs halsketting. Welke kant moet ze op?

Volkomen gelukkig heeft ze ex-meegedanst en toch dat gevoel of ze ergens ontbrak, of ze op die trap bij het aanstormende succes van die onbekende Ilse had moeten zijn. Buik en lendenen zeurzwaar van dat gemis.

Tamara gaat Lood voorbij, 'hoe is het met je of zoiets?', geeft hem geen antwoord, strijkt als groet met een vinger over z'n mouw en loopt naar een blauwe engel van Yves Klein recht tegenover de buitentrap.

Wat kan zo'n beeld een aandacht krijgen als iemand van iets heel anders is vervuld. De afwezige durft niet meteen naar het gezelschap toe te lopen, kijkt over een schouder, ze zien haar niet, gaan helemaal op in die verdomde Ilse. Ze loopt iets achteruit, hoort nu zelfs wat Ilse zegt, 'waar gaat 't allemaal heen, dat verkeer?' en als Jan antwoordt 'goeie vraag' lacht iedereen, vooral Katrien.

Nog iets naar achteren. Kan ze de engel blijven bekijken. Weet geen weg voor haar eigen lijf. Gaan staan van ik loop zo door maar hoe doe je dat als je het bedenken moet?

Nee, geen kritiek op die stomme vraag over het verkeer. Geen jaloezie. Vraag hoeft niks bijzonders te zijn. Hoort bij het veld van kleine grapjes. Vraag is het vluchtige kippenvel van elk aangenaam gesprek. Laatkomer kan dat nooit navoelen. Naar de zaal, naar de trap of toch naar de zaal?

Heb je hem weer met z'n pinda's, 'peanuts...', zo te zien nog goed verkocht ook.

'Kom je d'r niet bij?' roept Katrien.

Draait zich om, paar stappen naar voren, staat nu vlak achter hen.

''t Begint zo weer,' zegt Tamara en die opmerking vindt ze minstens zo idioot als die over het verkeer. Ze blijft staan, kan voor zo'n restminuut geen zithouding meer vinden.

'Pas de tweede bel,' roept Beppie zonder haar aan te kijken. Na de ruzie in het restaurant hebben ze wapenstilstand gesloten.

Ilse kijkt over een schouder omhoog, pakt zonder op te staan de hand van Tamara en trekt haar naar beneden tot ze naast haar zit.

'Hoe vond je het?'

'Mooi.'

'Je hebt zelf gedanst?'

Iedereen luistert.

'Een jaar of wat.'

Wint terrein terug. Het lijkt zelfs of haar jaloezie naar de anderen stroomt nu Ilse zo aandachtig met haar spreekt.

'Zullen we dan maar weer opstaan?'

Iedereen lacht, ook Tamara. Ilse zei 't heel aardig, niet om haar een hak te zetten, meer in de stijl van de hier algemeen heersende beweging. Laatste piano en gitaar. De bruiloft gaat beginnen.

Wie het gezelschap in de hal van een afstand ziet aankomen merkt dat de rangen zijn veranderd. De vrouw die er het laatst bij kwam is op de trap in druk gesprek met het middelpunt. Zij doet al lopend het jasje van haar schouders, geeft het zonder te kijken aan de man naast haar, plooit de omgeving zoals die voor haar moet zijn. De andere familieleden volgen de twee vrouwen een beetje schutterig. Gezichtsbedrog misschien. Als de voorstelling weer begint lopen de meeste bezoekers met minder eigenbelang, ze vormen alweer het grote publiek.

Helder en geschoond, zo wordt het werk van Bronislava Nijinska wel genoemd. Geen folkloristische voetverhaaltjes, bijna geen hand meer door het haar, geen vinger langs een lip, afdruk van stoelen trekt uit zijde en mousseline, geen pink langs een wenkbrauw, armen raken van middel of schouder los, hun afdruk verlaat katoen en batist. De komende bewegingen op het toneel verstuiven de laatste poedergebaren, al is er op de zevende rij nog wat gedoe om een plaatswisseling. De vrouw van het jasje is naast die late ex-danseres terechtgekomen. Even een paar kwaad kijkende koppen, toch nog verzitten, nee, zo blijft het.

Wat heeft Bronia veel van haar broer geleerd, als eerste danste ze de verhevene in *Le sacre du printemps.* Zie je niet dat ze tien jaar na het offer van 1913 met die bruiloft veel verder is gegaan, net of ze al kennis had gemaakt met de engelen van Yves Klein en Niki de Saint-Phalle?

Gemiddeld vijfentwintig zijn de dansers, kom op het toneel, hier tussen de coulissen is nog plaats. Maak je iets smaller, de nu al dampende lijven moeten er wel langs kunnen. En zie van dichtbij hoe hier de bruiloft van de beweging wordt gevierd, van zo dichtbij... Keurde de dikke theaterkostuums van de beroemde Gontsjarova af, die moed had Bronia, simpele bruine pakjes werden het...

Hier zie je zo goed wat ze tegen zichzelf heeft gezegd. 't Is een door families geregeld huwelijk, dan ontsmet ik de beweging van dat verhaal. De lijn van de heup, nooit eerder gezien, van de borst en de enkel, altijd schuilgegaan in het gehakketak van een geschiedenis. Taarten of toespraken, vergeet het maar, ook niet het leed van de bruidegom, de bruid. Ik huil in m'n ziel en de tranen vallen niet, zei Nijinski, maar nu is het Bronia die zonder een woord elk lijf dichterbij brengt en het oproept voor de verwijdering.

'Dat haar van de bruid is drie meter lang,' zei Diaghilev tegen Bronia, 'hoe moeten haar vriendinnen dat dan kammen en vlechten?'

'Er is geen kam en er is geen echt haar. De stappen van de dansers, alleen die worden vervlochten, alleen die...'

Spreekbeurt

Als iets werkelijk mooi is moet het doorgaan, eeuwenlang.

Niet voor niets slaapt Doornroosje honderden jaren in die torenkamer en is ze eenmaal wakker nog even mooi als toen ze insliep. Of neem die heropvoering van Nijinski's stukken uit de jaren tien. Van *Till Eulenspiegel* en *Le sacre du printemps* is wel de muziek bewaard gebleven, maar al die passen waren verdwenen, op een paar blaadjes met richtingaanwijzingen na.

Drie dansarcheologen gingen net op tijd aan het werk. Ze lazen de kritieken uit die dagen, spraken met stokoude dansers als Valentina Kachouba en Leonide Massine en zelfs met Marie Rambert, Nijinski's assistente bij de *Sacre.* Ze kon nog vertellen dat hij de armen als kroon boven het hoofd verving door de ellebogen tegen het lijf en dat hij de sprongen scherp afkapte, af liet glijden uit hun baan.

Over al die dingen, mooi verdeeld over verschillende monden, praat een gezelschap na in het marmeren café van de opera. De een heeft het inderdaad over Doornroosje, zo'n vlugge vergelijking die nooit wordt tegengesproken. De ander vraagt zich af of die stappen in '13 toch niet heel anders zijn geweest en een derde begint over de krankzinnige dans van Nijinski in Hotel Suvretta, kijk, het staat in het programmablad, nog geen dertig, daarna nooit meer opgetreden.

De bewegingen van de dansers zijn in het lijf van de bezoekers gevloeid. Het is er licht van geworden. Wat ze ook zeggen, het blijft lichaamstaal. Het gaat niet om een aardig feit of een scherpe mening. Met woorden proberen ze de dans in hun eigen lijf te verlengen en dat deed ook het applaus, 't opvangen van de laatste stappen, steeds weer, harder en nog harder, wat niet afgelopen mag zijn werd onder de eigen huid geklapt, het mag niet sterven.

'Ik kom hier ook wel om den brode,' zegt Karel Lood grinnikend, 'dat geef ik eerlijk toe.'

'Wat zou u hier nou nog van kunnen verkopen,' antwoordt Jeannette d'Alsace.

'Nou, die stappen misschien,' gaat hij olijk verder, 'moeten wel veel waard zijn, hebben ze jaren over gedaan om ze te pakken te krijgen.'

Hij staat tegen een pilaar, wrijft met een hand over z'n kale hoofd en weet maar niet of hij moet gaan zitten. In die familie zonder Marian heeft hij geen zin, maar in wie dan wel?

'Als u nu de decors zei,' zegt Jeannette teleurgesteld.

'Had ik ze maar, van Roerich of Gontsjarova, maakt me niet uit, altijd iemand voor te vinden. Dit is namaak, 't zijn de echte niet.'

'Heeft u in elk geval de mijne.'

'Maar mevrouw la critique de danse,' begint Karel flirtend vrijpostig, 'bij u en Valentine Gross danst Nijinski werkelijk weg, zie je hem op papier die verdwenen sprong maken in *Le spectre de la rose...*'

Zwaait die Bert met z'n hand van kom hier zitten en dan zeker weer over dat voorbod op het schilderij beginnen, wat een praatjes in één gebaar. Wenkt terug van ben in gesprek en zie nog wel en loopt intussen met Jeannette d'Alsace de andere kant op, net of zij hem van de pilaar wegleidt, 't is de druk van z'n pink tegen haar gekatoende heup die hun dans in beweging zet.

Met z'n andere hand voelt hij aan z'n knalgele das, vlak onder de strop. Zo'n onzekere schudbeweging, of die das ineens niet goed zou zitten, met Karels richtingbedrog is besmet. De echo van die handbeweging botst tegen de das van de lange rokende man die er nu aan komt. Hij heeft de strop waar misschien iets mee is al vast, die kleine dikke waarschuwde hem niet voor niets. De lange roker duwt de strop wat omhoog en probeert hem al lopend te bekijken. Lukt niet, z'n kin zit ervoor, laat de das weer los en om de arm nu niet meteen als een zoutzak te laten vallen kiest hij voor een tweelingbeweging en strijkt sierlijk over een revers om wat pluisgoed of een asrest te verwijderen.

Dit ziet Bert en zonder dat hij er opdracht toe geeft legt hij een hand op z'n borst, even wat ruimte en weer terug.

'Je voelt je toch wel goed,' zegt Tamara.

'Wie?' vraagt Bert.

'Je legt je hand weer op je hart.'

'Het ging vanzelf.'

'Duizenden stappen uit het niets,' zegt Ilse.

'En die erna zijn gekomen,' antwoordt Tamara vlak naast haar, 'vergeet die niet, net of één danser die allemaal heeft gelopen, van het verste verleden tot nu toe.'

'Al die veranderingen zou je achter elkaar moeten zien,' zegt Toef, 'door één vrouw gedanst.'

'Ja, op één avond. Waarom doe jij het niet?' vraagt Ilse en ze kijkt Tamara aan.

'Ik zou het nog kunnen ook,' antwoordt ze met schitterende ogen.

'Je bent er te vroeg mee opgehouden,' zegt Bert.

Petipa, Nijinski, Nijinska, Balanchine, Graham, Béjart, Cunningham, Bausch tot Anne Teresa de Keersmaeker toe, alle wervels van de moderne dans hebben ze doorgenomen. Die Ilse is goed op de hoogte. Ze is jonger dan Tamara en toch lijkt het soms of ze een oud stuk nog zelf heeft gezien, met zoveel vuur praat ze over Béjarts *Symphonie pour un homme seul* uit '57. Veel over gelezen zeker of ze zag een heropvoering die Tamara wonderlijk genoeg heeft gemist.

'Stappen kunnen ze nu verjongen,' zegt Ilse tegen Toef, 'maar kan het ook met een stem?'

Ze verdeelt haar gunsten en dat is ook wel nodig. Toen ze een tosti met een armagnac bestelde zei Tine: 'Nam je gisteren ook,' zacht maar net hard genoeg dat Toef het kon horen.

‘Ze kunnen nu zelfs de ruis op zo’n oude grammofoonplaat weghalen,’ zegt Beppie, die met de half tegen Jan hangende Katrien tegenover Ilse zit.

‘Nee, levend, echt. Als ze beweging kunnen opgraven waarom dan geluid niet?’

Jan lacht en kijkt Ilse veelbelovend aan.

‘Wist je dat er tegenwoordig stemvervormers voor een telefoon bestaan? Schakel je een machientje aan de hoorn en als er iemand belt die je niet ligt druk je maar een knop in. Zeg je als oude vrouw of een boer of als een kind dat ze verkeerd verbonden zijn.’

Na Jans woorden haalt de verjongde stem de rang van ernst niet meer. Het onderwerp verzandt in grapjes. Toch gaat Ilse door.

‘En stel nu dat er vanavond iemand in het publiek was die de bruiloft van Bronia ook al in ’23 heeft gezien.’

‘Zou heel goed kunnen, een meisje van elf dat mee mocht,’ zegt Beppie en ze kijkt naar Katrien.

‘Die zat dan vanavond heel anders te kijken, had meer van de dans dan de rest van het publiek. Als je iets lang kent leeft het met je mee, kan het nooit helemaal verdwijnen, zeventig jaar was ze met Bronia vermengd.’

‘Doet me denken aan een Engelse film,’ zegt Beppie. ‘Het ging over een verjaarsfeest en het was net of een meisje naar haar eigen verleden reisde.’

‘Niet weer die film,’ roept Toef, ‘alsjeblieft, laat Ilse nou vertellen.’

‘Ik wil naar huis,’ zegt Katrien, ze trekt aan de hals van Jan, ‘en jij moet mee.’

‘Als je het goedvindt wou ik nog even blijven, lettergreep van me, ik heb een gast.’

Hij duikt uit de armcirkel van Katrien en maakt een joyeus gebaar naar Ilse.

Groeten is een kunst en Ilse mag best een beetje vereerd zijn dat Beppie haar voor het slot bewaart. De laatste krijgt niet alleen een extra kus maar kan ook rekenen op een paar zaaiwoorden die misschien echt een vervolg krijgen.

'Ik wil je graag nog eens spreken, vond het leuk wat je zei. Hoe lang blijf je in de stad?'

'Een dikke week denk ik.'

'Bel dan een keer op, dit is m'n nummer.'

'Moet je dan niet op reis?' vraagt Katrien terwijl ze Beppie half meetrekt.

'Ik bel,' zegt Ilse, 'graag, heel graag.'

Buiten is de schemer in het pikkedonker overgegaan. Het wordt opgeheven door de witte waaierbundels van straatlantaarns en de gele zwaaikoplampen van auto's. In dat wissellicht kijkt een meisje als ze iets zegt op naar haar moeder en meestal kijkt die dan wel terug. Niet altijd, ze moet ook op het verkeer letten.

Het meisje heeft haar moeder een hand gegeven. Ze zou zelf de weg wel weten en toch loopt het heel prettig. Haar benen hoeven geen richting te kiezen. 't Is net of iemand anders haar stappen loopt.

'Waarom wou je nou al weg?' vraagt Beppie als ze een brede brug overgaan, 'je bent al zo groot.'

Het licht is hier weer anders. Bogen en kades zijn met lampjes afgezet.

'Omdat ze zo over dansen en vroeger zaten te kletsen.'

'Ik vond het wel mooi.'

Korte zinnen met stiltes. Voor een heel gesprek moet je elkaar langer kunnen aankijken.

'Ik begreep er niets van,' zegt Katrien, 'en iedereen zat haar maar aan te gapen, jij ook.'

'Is toch niet moeilijk, dat er ineens iets van vroeger terugkomt?'

'Dat m'n vader weer bij ons woont?'

'Bijvoorbeeld, zoiets.'

'Liever niet, alleen maar ruzie.'

Met lichte handbewegingen leidt ze haar dochter de goede

kant op. De smalle klinkers van de kade, kort stukje trottoir, of ze het kind al lopend naar een antwoord stuurt op elke vraag. Nu een hoek om en dan zomaar een lange gracht met aan het verste eind een verlichte toren, net of het mooiste antwoord op alles daar helemaal zichtbaar wordt.

Vlak onder de lichtpuntjes van de woonboten is het water zo donker, zo zwart.

'Heb woensdag een spreekbeurt.'

'Waarover?'

'Moet ik nog bedenken.'

'Het ballet misschien?'

'Weet je wat ik het lekkerst vind?' vraagt Katrien.

'Nou?'

'Koud water over m'n polsen.'

Beppie heeft het haar vaak zien doen.

'Is ook lekker, doe daar dan die spreekbeurt over.'

Het kind laat de moeder los, draait haar handen om, laat de binnenkant van haar polsen zien. De moeder buigt zich eroverheen, heel dicht, 't aderveld klopt, schijnt nog niet door de huid heen.

En ze lopen al weer langs een huis zo smal als een brede deur, handen ineen, opnieuw ineen.

'Ze lijkt op Marian,' zegt het kind.

'Wie?'

'Die vrouw van daarnet, die Ilse of hoe heet ze.'

'Marian heeft toch geen rood haar.'

'Kan ze geverfd hebben.'

'Marian is veel stiller.'

'Ze lijkt er toch op,' houdt het kind vol.

'Het gezicht een beetje misschien.'

'Was Bert daarom zo stil?'

'Je zei zelf toch ook niet zoveel?'

'Het was net of ik 't al eens eerder had gehoord wat ze zei.'

'En je begreep het niet.'

'Een beetje wel.'

‘Waar hoorde je dat, bij Dodo soms?’ vraagt Beppie verbaasd. ‘Over die dingen heeft iedereen het wel eens.’
‘Nee, niet bij Dodo.’
‘Waar dan wel?’
‘Weet ik niet meer,’ zegt Katrien stuurs.
‘Een déjà vu heet dat.’
‘Een wat?’
‘Een déjà vu, iets komt je dan zo bekend voor dat het is of je het al eens eerder hebt meegemaakt.’
‘Ja, zo was het,’ roept Katrien, blij dat ze met zo’n deftig woord iets te maken heeft, ‘een deesafu, dat had ik.’
‘Déjà vu.’
‘Deesjafu.’
Er komt een boot uit een zijgracht en meteen staat hun gracht in lichterlaaie. Het moeten stralen uit een bewegende schijnwerper zijn. De man of vrouw die hem bedient wordt door plenzen licht aan het oog onttrokken. De overkant van de gracht is geel en nu wordt er ook op de moeder en het kind gericht. Ze kunnen heel goed zien hoe groot ze worden. Hun schaduwen deinen omhoog, hoofden klappen over het dak, zo hoog en dan krimpen ze weer tot waar ze zelf lopen. De boot met het licht is al ver achter hen.
‘Wat zag je daar?’ vraagt Katrien.
‘De hele stad met wel zeven verlichte torens, zo hoog was dat huis. En jij?’
‘Zag je ook François?’
‘Dat is wel erg ver, helemaal tot Parijs,’ zegt Beppie aarzelend.
‘Zie je hem dan niet altijd?’
‘Hij woont hier toch niet.’
‘In je gedachten.’
Weer een brug over. Het is nog maar een paar minuten lopen naar hun huis. Daarom voelen ze alle twee heel sterk dat ze Toef en Tine, Bert en Tamara, Jan en z’n scharrel, Laura en Marie, die Frits van het hotel en Ilse met al hun verha-

len in de opera hebben achtergelaten. Nu ze buiten zijn zouden ze nog terug kunnen gaan. Straks achter de deur moeten ze naar boven. Katrien roept hulptroepen in, plaatsvervangers die haar naar de slaap leiden.

'Weet je wat ik vanaf het dak zag?' vraagt ze.

'Nou?'

'Ik stapte in een ballon, ging nog veel hoger en zag toen een woestijn met tweehonderdduizend kamelen, driehonderdduizend wel. Die zijn van een Perzische keizer en waar hij ook naartoe reist, altijd neemt hij die kamelen mee. En weet je waar hij die dieren voor nodig heeft?'

'Geen idee,' zegt Beppie. Ze laat de hand los. Katrien heeft die nodig om er in de lucht allerlei groottes mee te beschrijven.

'Z'n hele bibliotheek, die neemt hij steeds mee op reis. Als hij deesjafu of spreekbeurt wil opzoeken, moet hij het meteen kunnen vinden en al die boeken worden door wel tienduizend kamelen gedragen.'

Ze gaan het blauwe trapje op en staan voor de deur.

'Doe jij open?' vraagt Beppie. Haar dochter heeft al zo lang de sleutel, komt overdag vaak thuis als er niemand is. Laat ze dan 's avonds ook maar de deur openmaken. Die duizenden kamelen gaan mee naar binnen, vermengen zich met voetstappen en echoën tegen de wanden van het trappenhuis met het minutenlicht.

'En dan vraag jij natuurlijk hoe die Perzische keizer dan weet op welke kameel hij een woord moet zoeken.'

Vraag zonder toon van vraagteken. Eigenlijk verwacht Katrien ook geen antwoord meer. Het is een alleenspraak, hardop zeggen wat je net zo goed kunt denken zonder dat het in een woord hoeft over te gaan. Ze ziet Beppie niet eens. Het kind loopt over Jans omhelsportaaltje voor de moeder uit en kijkt niet om.

'Vertel dan,' zegt Beppie.

Die boeken worden alfabetisch gedragen van de a tot de z

netjes achter elkaar en bij een zandstorm moeten de bedienden erop letten dat de kamelen in de goede volgorde lopen. Ik moet een spreekbeurt houden en dan doe ik die kamelen erin en ook dat deesjafu. In gang kijkt Beppie vlug in spiegel. Tanden poetsen en nachtpon midden in de woestijn. De keizer wil dat elk woord op z'n plaats blijft en nu glijdt de pon over haren en rug en billen en benen of ik hem niet aantrek maar zelf bedenk. Nachtkus in bed spaarlampje en dan die wilde hoop dat er nog van alles met wat dan ook moet gebeuren olifant dolfijn kangoeroe zo zacht in armen. Spreekbeurt misschien ook wel dat verhaal van Beppie dat ze van Toef niet mocht vertellen wat was dat mooi laken tussen dijen. Het meisje gaat de trap op en aan het eind van de gang een kier licht. Is er achter een deur een kamer met een groot bed van vijfhonderd jaar geleden. Jongen met zwart haar en hij heeft hoge koorts en als ze weer kijken is die deur op zolder er niet meer. Zacht spreekt Beppie Franse taal in de kamer telefoon. Was die jongen met koorts weg had hij van die mooie donkere wenkbrauwen verdwenen en nu ik aan hem denk is hij er weer deesjafu van jongen was ik maar ouder kon ik aan alles meedoen. Karavaan van kamelen met woorden zo lang geleden nu zie ik ze weer. Ilse is Marian jong zoals ze wou deesjafu van vrouw. Praat hetzelfde als bij Dodo maar merk je niet heel ander gezicht en toch hetzelfde gezicht. Meer dan een lettergreep hindert niet niemand hoort het. Napoleon vermoordde een man maar verloor confetti op station en was verkleed als zichzelf. Feest in huis van apotheek dansen met Marian en overal confetti op de grond. Confetti op de tafel met de schriften waar is vingerprullenhoed. Radslag op gazon en Marian keek door patrijspoort zag ze heus wel in een draai. In schrift pen vullen met wodka dan sneeuwpop vouwen dan huis met glazen ramen onder de grond dan vliegt het er allemaal uit als je het schrift heen en weer slingert wodka glas sneeuw. Marian alles taxeren beschrijven verkopen hele apotheek hoe ze in de opera allemaal naar haar keken en hoe zij stuk voor stuk naar die anderen keek of Toef en Tine en Tamara en Beppie en Bert haar allemaal wilden vastpakken ook Jan net als die jongen die zuster-vriendin van Debbie. Land van neusafdrukken op glaswand van huis met apotheek geen deesjafu. Ilse deesjafu als Marian als die passen van Nijinski Nijinska wat was dat mooi stappen uit 1914 of 1924 en dan ook weer vandaag. Komt je zo bekend voor of je 't eerder meemaakte dat als spreekbeurt. Als 't meisje dat aan het eind van die gang dat licht ziet en in dat eeuwenoude bed de jongen die ze kent en nooit eerder zag en kent. En dan vragen of ze die film voor de spreekbeurt mag zien met Beppie of Marian vond het ook mooi of alle twee. Marian vannacht nog bellen in dat hotel anders is ze weg misschien. Of ze die film op school bij spreekbeurt mag draaien zien ze zelf dat het echt bestaat niet is bedacht en dan vertellen dat Marian als Ilse terugkomt om iets te halen wat ze niet kreeg of die jongen achter die deur in de kamer niet verdween en met dat meisje in 't echt mee de trap af gaat.

Toevalsaanrakingen

Twee scherven zijn op de zandvloer van het café gauw te vinden. Ze liggen vlak bij elkaar, afkomstig van een ooit heel vallend glas of misschien wel van twee glazen. Er valt hier zoveel, schervelingen van verschillende oorsprong. Haren van Jan en Tamara langs elkaar. Hij bukt zich voor de ene scherf en zij voor de andere.

'Ze zijn nog schoon ook,' zegt Jan als de scherven weer boven zijn, 'kijk, helemaal schoon.'

'Nee, een paar korrels nog,' ziet Laura. Met een nagel probeert ze die van Tamara's scherf te schieten, maar ze raakt alleen de ribbelige zijkant, zo onzeker is haar hand. De andere arm is in rust, heeft ze bij het richten om Toefs middel en de zachte plek onder de heup geslagen. Bij dit werk mag ze steun zoeken.

'Er moet toch juist iets op blijven,' zegt Tine, 'een veeg of een vlek.'

Ze staan bij twee muurtafeltjes van het lange café. Een meter of drie achter hen is de bar. Toen Frits het derde rondje bestelde moest hij zich met de glazen in z'n geheven armen door slingerrijen van bezoekers dringen. Tegengesteld ijzervijlsel van wie er komt of alweer gaat.

'Hoe was het nou Ilse?' vraagt Tamara of ze de opmerking van Tine niet heeft gehoord. Ze heeft haar wodka op tafel gezet en houdt de twee scherven in haar handen.

'Je moet ze achter elkaar houden en dan zit er op één van de twee een vlek.'

'Waar dan?' vraagt Marie.

'Dat is het nou juist,' zegt Toef terwijl ze uit Laura's arm stapt, 'ik was er niet bij maar als je het na wilt doen mag je die plek niet weten.'

‘Nee,’ vult Ilse haar aan, ‘in het huis wisten we dat ook niet en daarom was het zo verwarrend.’

Ze wil nog iets zeggen maar kijkt vlug achterom. Doorloopaanraking, hand tegen de binnenkant van haar dij of was het iets wat iemand bij zich heeft. De lijfswisseling achter haar gaat zo snel dat het iedereen die al weer van haar weggelopen is kan zijn, in welke richting dan ook. Vrouw met tot de elleboog reikende handschoenen als op dat schilderijtje van Otto Dix, jongen met te grote oren, meisje in een poncho die als een slaaptent met puntstok en haringen in de grond kan worden geslagen.

‘Dan weet ik het goed gemaakt,’ zegt Jan en hij neemt de scherven van Tamara over, ‘begrijp het helemaal, doe zelf niet mee en maak een vlek op een scherf.’

‘Kunnen wij het daarna bekijken,’ zegt Frits of met Jans voorstel alles is opgelost.

‘Nooit gedacht dat het nog eens in een kroeg zou worden besproken,’ mompelt Tine, ‘het glas van m’n huis.’

Alleen Marie hoort het, ze lacht.

Zijgolf van een slingerrij. Bert en Ilse worden van het muurtafeltje weggedrongen, als een kwak tandpasta die door een achteloze vingerdruk van de hoofdmoot wordt gescheiden.

‘Mooie jas,’ zegt Ilse. Met een vinger strijkt ze bewonderend een paar kruinen in de gele wol van de monty.

‘’t Is de echte.’

‘Bestaan er dan ook vervalsingen?’

‘The Original Gloverall,’ antwoordt Bert trots.

‘En zo te zien helemaal nieuw.’

‘Pas gekocht. Waar had jij nou die *Symphonie pour un homme seul* gezien?’

De jas moet mooi zijn, maar de eigenaar vindt het niet prettig als die in een druk café openlijk wordt besproken.

‘Langgeleden in Brussel.’

‘Met je ouders?’

'Nee, met andere familie.'
'Dacht je hebt misschien zelf gedanst.'
'O, nee hoor,' antwoordt Ilse terwijl ze langs Berts monty-schouder probeert te zien of Jan al een vlek op de scherf heeft gekregen.
'Je lijkt op iemand die ik ken, maar als ik zeg wie dan klinkt het zo goedkoop.'
'Er zit een gat in,' zegt Ilse.
'Een gat?' vraagt Bert geschrokken.
'Ja, daar vlak naast het stiksel van die zak.'
Bert buigt z'n nek, trekt de jas een beetje opzij en ziet het nu ook. 't Is een brandvlek, nog net geen gat. Ilse bukt zich en ruikt.
'Moet net gebeurd zijn, iemand die rokend voorbijliep.'
'Komen jullie nou,' roept Toef met een haastwenk, 'Jan is klaar met het huis van Tine.'
'Kunnen we elkaar morgen niet even spreken,' zegt Bert in het ogenblik dat hem voor Jans proef nog met Ilse rest.
'Ik zit in Virginia, bij hem,' antwoordt Ilse luchtig en ze wijst naar Frits.
Het is Jan nog gelukt ook. Hij staat op een kruk, torent boven de zijtafel uit en houdt de scherven met lange armen tussen z'n duimen en wijsvingers achter elkaar. Ze zien er op ooghoogte van het publiek werkelijk uit als een deel van het geheel, een pars pro toto, net of de twee glazen platen door een andere afspraak niet aanwezig kunnen zijn en zich nu door dit licht bevlekte dubbelfragment laten vertegenwoordigen.
'Nou?' vraagt Jan als een strenge spelleider die gauw resultaten wil.
'Wacht even,' roept Tamara, 'wat voor vlek heb je erop gemaakt?'
'Dat doet er toch niet toe idioot, het gaat om de plaats.'
Bij die voor dit glas te kwade zin trillen z'n handen. Hij doet moeite om de scherven op hun eerste plaats te houden,

net of ze daar echt horen en in de leegte niet verschoven mogen worden.

'Die vlek zie ik,' zegt Frits en legt een hand op Tines schouder, 'maar waar die nou zit.'

'Aan de achterkant van het voorglas,' meent Marie en doet een stap opzij. Een onbekend been raakte haar knieholte.

'Nee, aan de voorkant van het achterste glas,' vindt de scharrel, een schamphand met een glas gaat langs haar rug, 'lijkt mij tenminste.'

'Gewoon helemaal aan de voorkant,' probeert Toef de vlek psychologisch te verklaren, 'Jan kiest altijd voor het simpelste.'

'Tot nu toe allemaal fout,' zegt Jan opgewekt en zonder dat z'n armen trillen.

'Wat blijft er dan nog over?' vraagt Bert. Hij kijkt steels naar de brandvlek.

Dat kunnen de deelnemers zich niet eens zo makkelijk herinneren. De genoemde uitzichten verschillen alleen in klankvolgorde van elkaar. Als je ze zou kunnen betasten hebben ze ongeveer dezelfde woordhuid. En dus wint Jan nog drie, vier keer. Steeds hoort hij hetzelfde anders wat hij met een vrolijk 'is al gezegd' afstraft.

Nu zijboemt de slingerrij zo heftig tegen Ilse dat ze wel een paar vlugge steunzoekstappen naar voren moet doen, al zit er in die richting geen perspectief, zo dichtbij is de muur. Nog dichterbij is het krukje met Jan. Als Ilse om niet te vallen de punt van een Palladium achter de poot haakt is dat het begin van zo'n kluwen ledematen zoals je die wel eens in een getekende vechtpartij ziet. Alleen nog armen en benen met een felle omgekeerde waaier van actielijntjes eromheen.

Toch raakt Jan na zijn daling eerst niet eens de grond. Hij deint op de vliegensvlug uitgestrekte armen van Frits. Ook de zwarte knoopjesjurk van Ilse is nog niet door zand besmeurd. Meteen na Jans val werkt de anonieme zijboem zich op tot een mens om Ilse op te vangen. Armen genoeg voor een hulpomhelzing. Z'n handen moeten wel even om haar heupen. Voor een toegewijd helper bestaat er geen pleksetiquette.

De tekenaar zou het bij dit beeld kunnen laten. Het is zo al mooi genoeg, maar hij heeft er schik in gekregen en op het volgende plaatje is te zien wat er gebeurde toen de armen van Frits het niet meer hielden.

Er is meer kleur gebruikt, een plens geel zijlicht valt het café binnen, misschien van een politieboot die een geveldief zoekt en in dat schijnsel is de nasmakkerd die Jan heeft gemaakt pas goed te zien. 't Is een iets te zachtmoedig woord, maar in de onbetoonde slotlettertrits zit precies Jans laatste vaart.

Frits staat rechtop. De zijboem is onder Ilse gegleden en boven op haar ligt Jan met naar grond happende benen. Z'n jasje over haar gezicht beschermt haar tegen te veel blikken. Even blijft het bij hals tegen wang, schouder tegen buik, pols tegen knie of de drie deelnemers aan de val geen enkel bezwaar tegen al die toevalsaanrakingen hebben.

'Zouden scherven nou ook nog kunnen breken?' vraagt Nusch.

Met deze vraag heeft de scharrel in een moeite door haar wel heel mooie eigen naam gekregen, iedereen lacht.

Als de kluwen door Bert, Frits en Toef tot losse lijven en ledematen is ontwikkeld stelt de zijboem zich met een lichte buiging en een halfzwenk aan iedereen voor. Gemaksboog, geen hand hoeft hij te geven, Herbert heet hij.

'Het lijkt wel of ik het expres deed,' zegt hij. Z'n helblauwe ogen kijken iets te lang naar Ilse en dan pas naar Jan, z'n valkennissen. 'Of sprong u soms uit eigen beweging? De dood is wel heel ordinair, meer iets voor voetballiefhebbers, daar doen we niet aan.'

'En dat om een paar scherven,' gaat Nusch door, 'er is hier heus nog genoeg heel.'

En weer lacht iedereen.

Jan kijkt naar de zandvloer. Jammer van de truc. Hij had

hem nog wel zo goed voorbereid. De vlek zat helemaal niet op het glas, maar op een duim. Hij kan het gesprek niet meer naar de gevallen scherven omleggen. Die zijn door Nusch voorgoed gebroken. Herberts openhartigheid brengt hem op een idee. Hij had het stil willen vragen maar waarom eigenlijk niet in het openbaar?

'Hoe lang blijf je nog in Virginia?'

'Een week of zo,' antwoordt Ilse.

'Dan vraag ik je of ik voor je mag koken, bij mij thuis.'

Geen grapjes, zelfs niet die ironie waarmee een mens in een groter gezelschap z'n ernst meestal wegpoedert. Hij zegt het alsof hij alleen met haar is. Z'n toon wijkt zo sterk af van het glas, de vlek en de val dat niemand een aanknopingspunt voor een komiek terzijde kan vinden.

'Graag,' zegt Ilse net zo ernstig, 'bel me dan even bij Frits.'

'Je bent me voor,' zegt Herbert. Dat hoort ze nog net als ze zich in de iets dunner geworden slingerrij voegt en op zoek gaat naar een spiegel. Wie achterin staat moet haar wel zien aankomen, de poncho misschien of de elleblooghandschoenen van Otto Dix.

Ilse is groter dan de meeste anderen. Nu ze nog dichterbij komt worden die twee zandslierten op de knoopjesjurk zichtbaar. Het lijkt niet eens of ze is gevallen. Een onbekend dier heeft zich tegen haar benen gevlijd, mislukte afdruk van een flank, van de borst net boven de poten.

Ziet ze die omhelzing van Laura en Tamara, in de kwartschemer van een nis? Toen Herbert zich voorstelde waren ze al verdwenen. Het stelt vast niet veel voor, ze zijn al zo lang bevriend. Deur halfopen, spiegel mooi lang, slaat met de rug van een hand tegen de korrels, tegen het loslatende zand. Laura en Tamara lopen terug naar de bar en nu heeft Ilse hen zeker gezien. Pakt nog even de zoom van haar jurk, laat die vallen, gaat de vrouw met de handschoenen voorbij en weet tegen de stroom in tussen drie lijven door met een uitgestoken arm de schouder van Tamara te raken.

Het zou iedereen kunnen zijn, toch draait ze zich om. Laura merkt het niet, loopt door, wat een gewoel. Ilse zegt iets tegen Tamara en ze moet haar nu ook iets geven, zo lijkt het tenminste. Wat zou die vlugge armbeweging anders kunnen betekenen.

Het is wat stiller in het café en de plaatsen van sommige bezoekers zijn ook veranderd, net of Frits een bed heeft opgeschud en het laken andere plooien heeft gekregen. Een kruimel of een veertje is over de strakte naar een andere plek gesprongen, handschoenen van Otto Dix, richtprijs wel een half miljoen en niet te vergeten Diego Rivera's poncho, onmerkbaar heeft 't zich verplaatst.

Sommige bezoekers zijn zelfs al buiten het café beland. Nusch wilde na Jans uitnodiging meteen met hem weg en Bert is ook naar huis, misschien wel om dat schroeigat in die jas. Kijk, nu nemen Laura, Tamara en Marie afscheid van Ilse. Zien we je nog van de week, eeuwig vertrek en die jongen met de grote oren staat ook al ergens anders.

Toef haalt pils voor zichzelf en Frits. Voor ze iets heeft besteld draait ze zich om, 'wil je bril ook een biertje?'

Hij knikt en lacht. Het hotel wordt vanavond door een Chileen waargenomen.

Wel zes plaatsen verder, of moet je een lege kruk nou ook meetellen, dan zijn het er zeven, zit Tine naast Ilse op bewuste afstand van de andere twee. Ze kunnen geen lichaamsvervolg vinden op de gratie waarin ze zich hebben begeven, op Palladiums en zweefmolens en een tocht naar zee, zo bekend is het glas met de vlek geraakt.

Ze eten olijven en amandelen, het akkoord van verschillende smaken. Naast hen een man met drie vervulde wensen. Koffie, cognac, mineraalwater, 't blijft onaangeroerd, hoofd op de liggende armen, hij kan de keus niet meer maken.

Herbert gaat achter hen staan, 'wil naar iets dat langer open is' en nu komt Toef met dat verse bier er ook nog bij, 'zei ik al dat ik je morgen heb ontwikkeld en dat je dan mee kan kiezen wat er van je op de tentoonstelling komt te hangen?'

Met die beloofde foto's leidt Toef Ilse door de hele nacht of het model er niet meer is en pas morgen weer zal bestaan als ze in zwart-wit openlijk kan bekijken wat er met haar lijf moet gebeuren. Nu de rest van haar familie is verdwenen durft Toef zich weer iets toe te eigenen, met als vlug gekozen instrument haar werk dat nog het mooist tekortschiet.

Frits is opgestaan. Hij loopt niet naar hen toe maar kijkt wel hun kant op. Ze zien het allemaal. Wat kan een stil lijf toch veel over richting beweren. Niets hoeft hij te zeggen, waar hij heen moet is hun doel. Zelfs Herbert loopt achter hem aan, 'omdat hij ook die kant op moet', toevalswaarheid, Frits heeft de eindbestemming van alle schoenen niet genoemd.

Palladiums zijn zo laat beslist het makkelijkst. Om het grappige contrast met de knoopjesjurk gaat het allang niet meer. Ze zijn gewoon het snelst, net of er vering in de profielzool is gesmokkeld. Steeds komt het lijf iets meer omhoog dan bij het neerkomen van de schoen wordt gedacht.

De klassieke zwartveters van Herbert zijn het dichtst bij de Palladiums, maar dwalen ook wel naar achteren als ze op de van lawaai ontslagen kermis door de hoge hakken van Tine of de pumps van Toef worden verdrongen. De veredelde gymnastiekschoenen van Frits, 'voor gala of het open veld', ze blijven achteraan, nemen niet deel aan de strijd om zo dicht mogelijk bij dat gisteren gekochte paar te komen. Hij wint hoe dan ook, de draagster van de Palladiums moet straks met hem mee naar binnen.

'Hoe vond je de slagroomtaart?' vraagt Tine vlak voor de gerepareerde winkelruit van de kantoorspeelgoedboekhandel aan Toef.

'Weet niet alleen alles van de coecalanth maar ook van vlekken en scherven.'

'Coelacanth,' bootst Tine Tamara's hese stem na, 'coel-a-canth.'

In het blauwe leer van Tines schoenen zou de meeste zekerheid moeten zitten. Zij woont hier het langst en dat is gewoonlijk aan de achteloze op- en neerkomst van teen en hak te zien. Die lopen of haar voeten er niet toe doen en de schoentjes onafhankelijk van een opdracht wel weten waar ze heen moeten. Geen provinciale schoenen die een gracht met te steeds bedoelde misstapsels proberen te veroveren, spoor van rivierklei of duinzand, als Napoleons confetti op dat station.

Op het smalle grachttrottoir zit de aarzeling in Tines enkels en hakken. Het komt niet alleen door de drankwankel, zo zwaar wordt haar lijf als ze door de ruimte waadt waar ze Ilse voor het eerst zag. In haar linkervoet zit al het uitschoppen van de schoen, hindert niet welke kant, plaats van landing overal mag 't zijn. Dan straks de voet omhoog, die andere eigen voet wrijft liefkozend met z'n naakte holte over de scheef gedraaide wreef en bij die hoogste eigenliefde niet alleen zijn, in godsnaam niet alleen...

Meer wind, klappervlag hard tegen Herberts schouders, morgen vast de een of andere feestdag. Ieder voorval kommaat naar het afscheid, krimpt mee naar scheidende wegen. Frits is een barmhartig hotelier en omdat hij eerlijk tegen zichzelf is geeft hij stil toe dat enig eigenbelang hem niet vreemd is. Zoveel wandelliefde heeft hij nooit bij elkaar gezien en die moet hij nog even naar zijn eigen hotel omleiden. Dan is iedereen in schijnrust bijna op de verlangde plek en moet er op een na toch weer uit.

Nou en of ze nog iets willen drinken...

Geen sleutel meer in de gang. De gasten zijn al lang binnen en de Chileen slaapt zeker ook al. Eieren in de pan, koffie, bier voor Herbert, 't is zo gauw gebeurd in de ontbijtzaal. Dooiers als lichtpunten. Tine bij de bak met geluidsbandjes en cd's, vindt ook nog wat, dansviool, gitaren, Reinhardt, Grappelly.

'Hoe heet het ook weer?' vraagt Frits.

'*Ton doux sourire.*'

'Niet te hard.'

''t Is zachte muziek.'

Ilse bladert in het tijdschrift met Marian op het omslag. Zo'n laatste sloomhandeling in de nacht. Nee, nog een, plukt aan het zilveren oortje aan haar oor.

'Heb je dit nou gemaakt?' vraagt ze aan Tine.

'Wat?'

'Die kamers, dit hotel.'

'Ja, ja, dat.'

'En Toef de foto's.'

'Ja, ik.'

Herbert is in slaap gevallen. Zal Frits hem een kamer geven? Goed, nog één plaat maar aan het eind van Ellingtons *All God's Children* staat hij op en zegt dat hij ook niet meer weet hoe hij de tijd moet verlengen, al zingt Ivy Anderson nog zo mooi. Bij het afscheid staat hij als een rechter op de blauwe buitentrap. Lange omhelzingen van Ilse en de buurvriendinnen onder zijn goedkeurend oog. Herbert is ineens klaarwakker en stapt zo bewust naar een grachthoek dat het lijkt of hij vroeg naar zijn werk gaat. Rustige man, geen enkele moeite mee gehad.

Als Frits nog buiten staat is Ilse al op haar kamer. Hij leunt met z'n armen op het groene hek en geniet van de nanacht. Nu geen enkel geluid meer of de stad werkelijk tot rust komt en zich op de eerste echo's voorbereidt.

Hij gaat naar binnen en grinnikt om wat onder zijn leiding slaapt. Zijn flat is op de bovenste verdieping. Zelf nog iets drinken uit z'n eigen kast? Ach, ook maar naar bed en dan nog even het Nero-spel. Als keizer gaat hij liggen en nu trommelt hij alle mensen op die hij vandaag heeft gezien. Z'n gasten, Toefs familie en enkele bezoekers van *Nijinska/Nijinski*, gezichten nog net niet vergeten.

Als Nero voor een slaaf gaat z'n duim omhoog of omlaag. Bert omlaag, Tamara ook. Toef, Tine, Ilse omhoog en die man naast hem met z'n puntige elleboog omlaag natuurlijk. Hoort hij nou toch de deur? Alleen Toef heeft door de verbouwing nog een sleutel. Hij verbeeldt het zich door de drank misschien. Of is de Chileen even weg geweest?

Duim omlaag en nog lager, dit is geen tijd meer om binnen te komen.

Film noir

'Weet je wie er pas eenzaam is?'

'Nou?'

Antwoordt nog net.

'Als je altijd met te groot geld betaalt... (*zachter, vlak bij het oor*) ...om de aanraking van vreemde vingers op je hand...'

Hoort het niet meer, draait hoofd opzij, leeft door zonder te hoeven denken.

'(*nog zachter*) ...om al die kwartjes en dubbeltjes...'

Ze trekt haar arm onder de nek vandaan en bekijkt haar nu niemand meer hoeft te bewegen. De boog van de wang, 't puntje van de neus kun je net niet zien. Al weer veranderd, hoofddraai in slaap, 't halskingebied van dichtbij zo wijd. Of langs de lippen en de neus over het voorhoofd, 't rossige waaiert op het lichtblauwe kussen. Nooit hoeft 't nog anders te zitten, niet in zo'n gezelschapsdracht, niemand zal het hierna nog zien.

Je hebt wel van die gezichten die je maar beter uit één bepaalde hoek kunt fotograferen. En als er geen foto's worden genomen draait de vrouw zelf wel haar voordeelwang gewiekst naar je toe. 't Is of in die andere wang een fout zit, enkele lijnen zijn te kort of te lang, op die plekken was iemands aandacht bij de bouw even afgeleid.

Dit gezicht met die iets gezwollen lippen is van alle kanten. Of ze de jeugd zelf, zeker tien jaar jonger en zoveel groter dan zij, eerst op een trap, dan in een hal met blauwe engelen, vlak naast haar in Nijinska's Nijinski's zaal en nu al geen afstand meer, waar kan ze al die toevalssproeten ooit beter? Als een voorhoofd van een onbekende of de achterkant van een oor buiten haar prooi is dient ze zich slim te verplaatsen, 't is zo uit het zicht. Hier keren de slaapbewegingen elke plek naar haar toe, wijzigt een beweegarm lakenkrinkels en wijst een hand zonder richtingbedoelingen naar de schotsscheve ontwikkeling van kleren.

Op de grond bedekt de knoopjesjurk halfhalf de mouw van 't zilverjasje. Hoge hak priemt in de holte van een Palladium en 't profiel van die andere nog zo nieuwe schoen ligt zo schuin als een dak met 'n vlag van zwart batist onder een stoel.

Nog nooit en toch weet ze alles, of het er al zo lang was, alleen nog aangesproken hoefde te worden. De lichtste draai schenkt haar 't schouderblad, de kloppende pols. Slaaphand stoot laken weg, heup treedt op, dan komt de dij en wat ze nu diep in het verborgenste raakt verschijnt op de slapende huid. Hals omhoog, mond halfopen, lippen naar voren, tussenzucht met twee, drie iets hardere heel even stokkende naklanken. Laatste zucht, hoofd terug op het kussen, opzij, en profil, 't is nog dieper in rust.

Hoger nu, dichter weer bij het gezicht, hoe de ogen het donker altijd weer opwerken tot het gewenste licht. Duisternis verzwakt door de oplichtende huid. De zo zelden gebruikte laatste reserves van de blik, die wat wijkt op scherp stellen en weer opgeven als bij Brancusi's slapende muze. Gaaf marmer lijkt het, niets in gekerfd maar na aandacht zonder haast komen de wimpers, de oogleden en het driehoekje onder de neus toch tevoorschijn en weer weg en terug en weer weg...

Ze drukt met wijsvinger tegen bovenarm. Bloed stroomt uiteen. Even die witte plek met rafelranden en dan keert het rood terug naar de piste, zoveel afdrukken middel, pols, wangen verloren gegaan. Schaduwen verspringen op neusvleugels, het nachtlicht beweegt niet, het hoofd zelf zoekt een andere plaats. Donkerste schaduw op het dons boven de lip.

Kantlijn van deze wereld, in halfschemer verscholen wenkbrauwen, of wat zich nu toont nooit meer ergens aan mee hoeft te doen, van iedere aanspraak vrij is gekomen. Zilveren oortjes aan oren en daar schuin boven aan de wand 't veld met wandelgangen, die close-up van wat misschien een oor en een wang moet zijn geweest.

Gebruiksaanwijzing voor armen en benen: vervallen. Elke beweging buiten het laatste spoor van een voorval. Slowmotion te vlug om wat hier bewegend zwijgt bij te houden. Alle snelheid uit haar vingers als ze de langzaamste heup volgt en toch nog te vlug getekend, mag geen einde aan de huid komen. 't Gezicht schrikt niet wakker, dat klinkt te gauw, wordt 't dan wakker, ook niet, 't klimt met tussenpozen naar de bewegingen die aan het praten ondergeschikt zijn.

'Droomde dat ze me zochten terwijl ik erbij was.'

'Als in die film van Buñuel?'

'Weet niet, zochten me en stond er gewoon en nu geen slotpraatkommaatje, haar armbeweging is het vervolg van de zin, palm langs heup, raakt middel, over buik en of het daar nog niet goed genoeg is schiet de arm langs een borst, komt pas op een schouder tot rust en dan neemt het lichaam de taal volledig over, met die gezwollen ruwe lippen drinkt de halfwakkere slaapster bij haar als een kind.

Of 't langste kort, lippen omlaag, wat pas nog sliep en dronk verkent met tippende tong elleboogholtes, dan knieën, naar enkels, 't kortste lang, in zo'n kruislingse figuur beveelt een pink op je buik, pas aan het lijf kan de tijd niet meer worden benoemd.

Kan ze niet meer zien wat er gebeurt, is dat rossige haar verdwenen, buiten en binnen, bedrinken lippen zich zo aan haar dat ze alleen nog van binnen en van buiten, van binnen van buiten van binnen bestaat.

Ligt ze lang stil.

Draait ze zich om, zit de ander rechtop en komt met een snelheid of ze de trein moet halen op haar af, knelt ze 't hoofd om de hals zo vast in haar armen, 't aanraken dat ze geen van tweeën zien.

‘Zag je die vrouw met die handschoenen?’ vraagt ze als de rossige iets van haar af gaat liggen. Het is of haar ogen of wangen antwoord zullen geven, woorden uit armen en heupen, uit borsten en schouders, niet uit haar mond.

‘In het café?’

‘Zaten ze nou onder of boven de elleboog?’

Strijkt met een wijsvingertop van het zilveren oortje over de wang en dan door in wenkbrauws tegengestelde richting.

‘Zwart waren ze.’

‘En lang, zo lang...’

Geen onderwerp dat je nog voor je hoeft te houden, ondergeboden mag er worden, geen gespreksnorm waar woorden aan moeten voldoen.

‘Of ze zag dat je me de sleutel gaf.’

‘Gebeurde te laag en ze kent je niet eens.’

De taal is er gewoon, als een pols, een neusvleugel, een al weer verlaten wenkbrauw, als een deel van het lichaam, adem met klank.

‘Ze wilden je allemaal.’

‘Wie?’

‘Vanavond.’

Zo helder, zo weinig, zo helder die woorden, los gekregen van zinnen die er niet meer toe doen.

‘Zeg...’

‘Ja?’

‘Geen vriend?’

‘Uit.’

Wordt adem toch nog door betekenis geënterd.

‘En dit – dit dan?’

‘Nooit eerder, nooit.’

Zegt dat ze er wel aan heeft gedacht toen die vriend haar voor een ander verliet, dat ze wilde weten hoe de derde hem beminde, wat ze meer of anders had dan zij. Hoe ze is voor wie hij je verlaat, dat zul je nooit weten.

‘En dan die vriendin verleiden?’

'Als je dat lukt.'
'Om hem te treffen natuurlijk.'
''t Is geen straf.'
'Nee?'
'Als je van hem houdt kun je alleen nog door haar aan te raken het dichtst bij hem komen.'
Voelt aan een oor. Mist daar ineens zwaarte? Wat moest de huid er na al die beweging lang over doen haar dat te berichten. Zoeken naast wat ze nu al uren bemint, nee, morgen of eerder of later als ze weer alleen is. Waar kan het zilver heen geschoten zijn, ongeloof, voelt weer in de fantoomleegte onder het oor en dat gebaar tipt de rug van de ander.
'Ik lag erop,' zegt ze, opent hand, laat het zien, 'en nu mist m'n rug 't al.'
'Je mag 't houden.'
Ze schudt lachend haar hoofd.
''t Hoort bij elkaar.'
Ze maakt het sieraad aan het oor van de rossige vast.
'Ik kan ze ook afdoen.'
'Zie je niet meer dat er een zoek was...' lacht de ander.
'...ook niet als ze er weer aan zitten.'
Nu lachen ze alle twee.
Het hoofd naar links, het hoofd naar rechts, met één hand trekt ze de oortjes los.
'Mag ik je iets vragen?'
'Vraag toch niets,' antwoordt de rossige en legt het zilver op het tafeltje onder de spiegel waarin de hotelhouder zoveel verdwenen slaaphoudingen heeft nagebootst.
Nog dichterbij. De ander likt heel langzaam de sproeten onder 't ooglid van de rossige, dan het oogwit om de iris heen, houdt een hand om de borst met het hart en vraagt het nu van zo dichtbij dat de wang door bewegende lippen wordt gestreeld.
'Hoe oud ben je?'
'Zevenentwintig.'

‘Ben je tien jaar jonger dan ik.’

‘Niets van gemerkt.’

‘Toen je sliep heb ik heel lang naar je gekeken.’

‘Is toch goed.’

‘Het is net of je te mooi bent,’ zegt de ander en gaat rechtop zitten, de armen om haar scheenbenen, zo’n houding die het nadenken bevordert, de kin op de knieën. Zonder een antwoord te verwachten praat ze door. Toen ze nog danste had ze een leraar die zei dat de mooiste stappen en bewegingen delen van een eerste beweging, een oergebaar zijn. Daar werkte ze onder zijn leiding naartoe. Je kon ze herkennen en echt niet alleen op het toneel. Soms hief iemand zo virtuoos een arm, werd een enkel zo schitterend tegen een knie gedraaid dat je even dacht een glimp van dat eerste gebaar te zien.

‘En?’

Ze draait zich om en kijkt haar ernstig aan.

‘Het is net of er iets met je is.’

‘Wat dan?’

‘Ik kan het niet zeggen, of van jouw huid alle andere mooie huiden maar een deel hebben. Of die altijd hetzelfde zal blijven, of er bij jou iets bestaat wat eigenlijk niet kan bestaan.’

En ze maakt een gebaar dat dit keer helemaal niet uit de zin voortkomt. Wegwerpend is het, of haar woorden niet kloppen en haar lijf heel ver van de taal verwijderd is geraakt.

Er is ruimte tussen hen gekomen. De meubels van Tine en de foto’s van Toef dringen zich op, of ze zich pas goed laten zien als het praten te zelfstandig wordt.

‘Vond je het soms erg van dat jasje?’

‘Dat hij op jonge meiden valt?’

‘Zoveel ouder.’

‘Dat is het niet, helemaal niet, het gaat om jou.’

‘Je hebt me toch.’

Taal terug naar het lijf, armen om armen, het hotel is er niet meer, benen om benen, het luchtledige van wat het felst geschiedt. Handen naar het bewegende rossige om het gezicht weg te duwen en het helemaal in zich te trekken. Knieën omhoog voeten in de lucht holtes met die gestrakte nerven en de gebogen wreven van de danseres. De liggende handen zoeken alweer andere plekken waar niets is. Laken geen weerstand, hout van het bed net te ver. Armen heen en weer met handen die graaiend niets kunnen vinden of ze hunkeren naar werk dat nooit meer zal bestaan.

Zal ze dubbel worden benoemd weet ze dat ze dubbel zal worden benoemd of haar lijf buiten haar huid wordt getrokken en er weer in zal schieten of ze buiten haar huid zal worden geslingerd om voorgoed buiten haar lichaam te bestaan of ze alleen nog aan haar schouders vastzit en nu is ze er niet meer of een ander voorgoed de lichtste last van haar lijf zal dragen of 't nooit meer ergens heen moet nu 't wordt opgeheven en nergens meer aan mee hoeft te doen uitstel uitstel tot de terugkeer waar ze zo-even nog was voor het op 't scheve laken moest beginnen.

'Ben zo moe.'

Hoeft er niets meer te gebeuren zijn de armen zo stil als een film die tot een foto verstilt misschien wel nooit meer in de beweging zal springen. Rossig hoofd bij haar ogen, haar lippen.

'Slaap je toch.'

'Moet weg.'

'Slaap nou eerst maar.'

En slaapt al, weet niet meer dat ze weg moet, slaapt zo vast met het laken half over haar heen niet de tijd 't lijf heeft 't voor het zeggen.

Telefoon zo hard zo rinkel als in een lege hangar.

Meteen erbij, hoe zeggen ze dat, voornaam alleen, 'Ilse.'

Is het die Frits en behoorlijk kwaad, verbindt hij een ander door en zal nog wel meeluisteren ook, zeker op dit uur, half vier geweest.

Katrien, wat moet die, kan nog niet slapen, of zij al slaapt, ja, ik slaap wel, begint ze over de Perzische kamelen met die woorden op hun rug, noemt haar Marian, grote god, ze weet het, wil ze haar spreken, niet nu, bel morgenochtend, niet onvriendelijk gezegd, of er niets aan de hand is.

Nu ligt ze voor haar, Tamara. Laken moet weg, rukt het van haar borst en daar ligt de hele slagroomtaart, zoals Toef en Tine haar noemen. Vermoeidheid spitst de blik. De ogen van Ilse zijn nu op hun scherpst. Voyeuse of minnares weet niet wat 't eerst 't vaakst alle twee tegelijk.

Buiten is het licht aan z'n terugkeer begonnen. Tamara's gestrekte rechterbeen, andere knie iets omhoog en de voet licht heen en weer zoekt die nou toch nog iets misschien wel het evenwicht om niet te kantelen terwijl ze ligt.

Dit heeft hij dus liefgehad, twintig jaar al, achttien toen ze bij hen binnenkwam. Wat ze altijd heeft willen zien, daar ligt het. Nu weet ze hoe Tamara hem bemint, likt het wit om z'n iris, hoe hij bij haar drinkt, onder haar handen en vingers en lippen ontstond ze zo vlug net als hij al die keren uit z'n huid vloog om bij haar te ontstaan.

Moedervlek op de binnenkant van een dij en nu ze de huid overal zou kunnen bekijken vertrekt ze daar, bij die tache de jambe. 't Verkeer van leeftijdloze plekken, maar ook al ribbels van tegen de veertig, huidtoekomst. Hoe ze haar minde of ze voor het eerst een vreemde taal sprak, lichaamsverkleedpartij, of ze hem eindelijk kon bedriegen met wie hij haar heeft bedrogen.

Alles wilde ze met haar geleende jeugd doen en toch kon ze maar één ding: haar eigen familie binnendringen. Wat had ze het goed voorbereid, de toevallige ontmoeting met Tine in de veilingzaal. Toen liep alles anders, de kermis, naar zee, de nachtvlucht en het onverwachte van hun onmogelijke liefde. Tine had ze moeten volgen, *Ton doux sourire*, maar ze kon niet meer uit de koers der wraak komen. Tamara die altijd het middelpunt wil zijn, ze hoefde alleen maar rustig te wachten tot ze naar haar toe kwam.

Marian kijkt of ze nog nooit iets heeft gezien. De voorzijde van de billen. Een huidplooi bij de rechterdij en een flauwe plooi bij de andere, daar is de huid gespannen, het linkerbeen is opzij gespreid. Het haar lijkt onder de buik op zoveel punten te stoppen, nee, even verder gaat er toch nog een plukje door, geen vaste grens is er voor dit gebied te vinden. Hoe ze haar samen hadden zien dansen en zijzelf het idee kreeg om haar voor advertenties te gebruiken, alle nieuwe modellen van een schoen, gedragen door één danseres. Naast de binnenkant van een dij een vrijgekomen reep witte huid, die in een plooi verdwijnt nu Tamara haar knie optrekt. De stand van het bovenlijf dat licht ingaat tegen de voorgenomen draai van het bekken, of ze in haar slaap maar niet kan beslissen hoe ze wil gaan liggen.

Hoe ze zich mengde tussen de kinderen en meeging op Franse vakanties aan zee. Beppie en Jan een paar jaar ouder en Heleen was nog maar zeven, elf jaar jonger dan zij. Croquet spelen in de tuin. Hoe Tamara bij elke slag even op de bal van haar voeten wipte, haar lange benen werden dan zo strak, als op het toneel.

Slaap door, Tamara, slaap door, de wentelende minuten zijn m'n beste vrienden. Gaat weer iets verliggen, blijft op haar rug, het schemerige aderveld op haar dijen. Enkel, knie, overal is wat slaapt zevenendertig en zijzelf zoveel jonger, rollen omgekeerd. Hoe zacht is alles, verroomde huiden, maar in m'n hoofd staan gebouwen met de scherpste slagschaduwen. Sinds je hem meenam is elk landschap met verbrijzelde ledematen bedekt. Ieder lichaam is een anagram, de plaatsen van armen en benen, van schouders en enkels, van knieën en jukbeenderen, ze staan niet meer vast.

En nu bedrieg je hem, Tamara, door mij, film noir met het simpelste gegeven. Man krijgt minnares, vrouw verleidt haar uit wraak en dat hoeft de man alleen nog maar te ontdekken.

Slaap door m'n minzieke, het licht valt allang naar binnen. De man zelf zal er niet zijn, niet nodig ook, het bedienend personeel zal wel voor de verspreiding van dit nachtnieuws zorgen, ontbijt op bed, als je nog slaapt.

Je ligt in een diagonaal. Gespreide benen naar de deur gekeerd. Ik zou me iets naar links moeten buigen om in je te kijken. Dat doe ik ook met zo'n steelse roddelbeweging. Het is al te licht om het openlijk te doen. Ik draai me terug. Blijf zo liggen, je slaapt zo diep en je weet wat ik van je verwacht. Wie straks binnenkomt wordt pas het werkelijke zicht op jou gegund.

Frits bakt eitjes in de ontbijtzaal voor de drie zuidelijke echtparen. Een uur of zes geleden stond hij hier ook nog te bakken en voor het eerst sinds hij het hotel begon wordt het hem te veel. Uitsmijters, altijd weer uitsmijters en toch verzoent hij zich met de fiks opspelende geur van die onoverkomelijke gerechten als hij denkt aan wat hij vannacht heeft gehoord.

Was het nou nog een late gast of niet? Kan niet, alle sleutels waren weg. Die Ilse is nog op haar kamer. En als er wel iemand binnenkwam is die natuurlijk allang vertrokken. Rustig, rustig, straks bij het bedden opmaken vindt hij misschien een aanwijzing, een spoor. De makelaar die op woensdagmiddag altijd met z'n getrouwde vriendin komt, had z'n agenda laten liggen. De ivoren haarspeld van de operazangeres. En zelfs een cassetterecorder met het bandje waarop twee Denen 's nachts een heel avontuur hadden opgenomen, eerst beluisterd, toen teruggestuurd.

Liefdes tombola. Gaat de telefoon nu al, ook goed, hij kan vanavond wel wat gasten gebruiken, nog lang niet vol. Is het die Ilse. Twee ontbijten? Worden gebracht, toch die deur gehoord, het juicht in z'n hart. Eerst dat ontbijt voor de al weer licht ruziënde zuiderlingen en dan kan hij pas naar boven, 't duurt een eeuwigheid. Al z'n aderen staan op nieuws. Ogen schieten nu al heen en weer. Oren horen meer dan alles. Komende achterklap oefent de zintuigen.

Ze heeft niets over eieren gezegd, gekookt dan maar, die zijn klaar. Sinaasappels al uitgeperst, dat scheelt ook tijd. Misschien doet hij er wel net zo lang over als anders. Zelf denkt hij dat het hele gevulde servies in een mum op het blad staat, neemt hij het vlugge graspad waarmee een logge hoek in het park wordt afgesneden.

Naar boven, zijn stappen hoor je niet, z'n voeten spelen quitte met de in principe geluidloze trap. Eén hand torst nu het hele blad. Met de andere klopt hij zacht op de deur. Hoe heet de korte aarzeling tussen terugdeinzen en doorlopen? Het zou makkelijk zijn die nu te gebruiken want die hecht zich aan Frits als hij de deur open heeft gedaan. Ach, die vaartstilte hoeft niet te worden benoemd. Als je niet goed oplet zie je het niet eens. Hij heeft het blad onder een foto van Toef op een tafeltje van Tine gezet.

Marian slaat een arm om de slapende Tamara en kijkt naar de dampende ontbijten van de al weer verdwenen Frits.

Wisselgeld

Het hotel van Frits heeft al eens samen met enkele andere excentrieke herbergen onder de kop 'Liefdeshotels' in een bijlage van een ochtendblad gestaan. Het stond er wel aardig in die en passante stijl van de begripvolle verslaggeefster die haar overspelige lezers en lezeressen attent maakt op zachtmoedige adresjes terwijl ze zelf al jaren gelukkig getrouwd is.

Toch was Frits er eerst niet blij mee. Virginia bestond nog maar kort en hij hoopte niet dat het met z'n hotel die kant op moest. Maar later merkte de nieuwbakken hotelier dat hij het stuk verkeerd had beoordeeld. Elke goedlopende zaak heeft behoefte aan een geheim, iets extra's dat de naam omgeeft zonder dat het in de folder wordt vermeld. En die uitwerking had het artikel nu precies.

Niet dat de kamers uitsluitend door minnaars en minnaressen worden besproken. Eerder veel echtparen die, misschien aangetrokken door het woord liefdeshotel, in Virginia hun eerste passie proberen op te sporen. Een echtgenote belt wel eens voor een man die in de schijn van een ander huwelijk een tweepersoonskamer heeft geboekt. 'Is er niet, kan ik een boodschap aannemen?' vraagt Frits steevast en de echtgenoot moet het dan verder zelf maar uitzoeken.

Soms is Virginia de locatie voor een werkelijk liefdesdrama en dat vertelt Frits wel door. Het gaat een beetje tegen z'n eer als discrete hotelhouder in, maar hij gelooft nu eenmaal in deze erotische reclame voor z'n beginnend bedrijf.

Hij ruimt de lege ontbijtzaal op en belt Tine.

Als het verhaal over Ilse en Tamara eenmaal uit de startblokken is geschoten kan niemand het meer tegenhouden. Bij elke nieuwe bocht wordt er gezegd dat het niet doorverteld mag worden, maar dat geeft het juist zo'n vaart. Wie geniet er nu van een geschiedenis die vrijelijk mag worden rondverteld. Het gevaar moet zo groot zijn dat een ingewijde het verhaal met al z'n wendingen niet in z'n eentje kan verbergen. Het valt hoogstens met een vriend of familielid te versluieren. Ook die kan het niet alleen bewaren en zoekt een andere kenner van de zwijgplicht, verbroken beloftes zonder einde.

In een uurtje weet bijna iedereen het. Je zou het op een tekening moeten zien, die wirwar van kruisverbindingen tussen Tine, Toef, Bert, Jan en wie zich nog meer met graagte binnen de belangstelling laten trekken. Laura en Marie zijn voorlopig de laatsten die het hebben gehoord. Twijfels zijn er niet, nauwelijks vertekeningen, het verhaal komt uit de eerste hand. Alleen Beppie weet nog van niets, zo vroeg is ze naar de Franse Bazaar gegaan.

Alles is Marian gelukt. En toch weet ze niet dat ze met een paar dingen geen rekening heeft gehouden.

Dat zou ook te veel gevraagd zijn.

't Is bij Tamara al verdwenen, het verhaalloze van de jeugd, dat wat aan ieder voorval voorafgaat, wat niet wordt benoemd. Bij Marian komt dat alles samen op haar huid. Ze vergat het zelf, vervuld als ze was van wat ze wilde bereiken. Maar de anderen zagen het wel. 't Woordloze laat zich niet meedelen maar 't wordt wel meteen herkend.

Waar ze ook stond of liep, steeds probeerde een arm dat wat hoogte noch diepte kent terloops te raken. Het hinderde niet waarover ze praatte, als ze haar maar konden horen, omdat ook haar stem er zoveel van bezat. Die jeugd laten ze zich niet zomaar afpakken, zeker niet nu een van hen zo dicht bij haar is geweest.

Het verhaal is al buiten de familiekring gekomen. Tine zei er iets over op het architectenbureau. Toef kon het niet voor zich houden toen ze een vast model fotografeerde en misschien zijn een paar anderen er ook al afzonderlijk over begonnen. De hoofdrolspelers van het verhaal hoeven niet eens een naam te hebben. Dan vertel je het zo makkelijk door.

Het is de schoenenzaak van Bert al in geglipt en met die vaste klant Vink van Laura en Marie, aan wie Tine haar huis aan zee heeft overgehouden, gaat het nu het café-restaurant aan het plein binnen. Deze professor met Schiller-kraag laat het verhaal bij de lunch met z'n belastingman hoog oplaaien. Misschien haalt het nog wel eens de rang van spreekwoord als het tot een enkele zin is uitgesleten en de werkelijke plaats en de echte geliefden er al lang niet meer toe doen. De namen van die eerste stuurlui aan de wal zijn ook in de vergetelheid geraakt.

Ver achter de heren staat een kind bij een ouderwetse flipperkast. Het leunt met z'n armen op de glazen bak maar het dekt de bellende klossen, putten en gleuven niet af. Een man schiet een zilveren kogel het geldveld in, driehonderd, nee, 't is al tweeduizend, de tinkelende munitie suist om een niet tot bedaren komende tuimeltol. Het kind vraagt niet of het mee mag doen. Het kijkt alleen maar en het wordt niet weggestuurd. Het leunt op z'n armen met de kin als steunpunt. Het hoofd gaat heen en weer.

Bij de derde kogel rent het weg, loopt de hoek van de bar om, duwt met z'n borst het klapdeurtje open en kijkt vlug in kastjes die geen klant ziet. Een meisje met een blauw schort tapt drie glazen bier, zet ze op een blad en loopt zonder iets te zeggen rakelings langs het kind.

Z'n, het, het is een meisje van elf, twaalf misschien en toch heeft het nog iets ongesplitst onzijdigs. Het bruin van de vervlogen zomer, wat houdt die kleur zich onder haar hoede lang goed. Terwijl ze daar staat maakt ze nog van die coconbewegingen, net als op het strand. Daar lag ze op haar buik en strooiden haar vingers het zand in wegwerppatronen. Stond ze op, wist ze niet meer wat ze moest doen, verwaaide de wind de laatste korrels van haar handen, die meteen daarna tot aan de polsen in het zand verdwenen, radslag aan zee.

Stond ze weer uitgewenteld stil met zo'n vragend lijf van

wat komt er na wat, als hier aan het eind van de bar. Ze laat het draaideurtje weer tegen haar buik botsen, loopt door de zaal en gaat tussen twee volle tafeltjes voor het raam staan, neus en lippen tegen het glas. Een man of een vrouw zouden hier meteen worden weggestuurd. Dit meisje kan overal bij. Het zit nog onder een gebeurtenis, als eens onder tafel, aan niets neemt het deel.

Ach, aan niets, toch wel aan wat, ze let op de draaideur en op de mensen die binnenkomen. Neus van het glas, de zaal in en nu staan buiten voor die draaideur twee vrouwen te praten. De ene heeft de stang van een vak vast maar laat die los als een bezoeker naar buiten wil. De andere praat met kwaaie gebaren tegen haar. Naar binnen gaan als eeuwig begin.

Dan gaat ze werkelijk het café in, die eerste vrouw, ze heeft zoiets simpels als een draaideur weten te veroveren. Nee, toch niet, ze maakt een draai van driehonderd zestig graden, staat half buiten en roept nog iets naar de vrouw die de blauwe trap net is af gelopen. Ze schiet zo vlug het vak in dat de vrouw beneden op straat haar niet meer kan antwoorden.

Ze hoeven elkaar niet te zoeken. Gezamenlijke beleefdheid overbrugt rijmend een halve afstand: Marian loopt naar Katrien toe en Katrien naar Marian. Misschien heeft het kind het vandaag van een paar voorbeelden afgekeken. Het kan ook dat ze er al zoveel van in haar lijf heeft opgeslagen dat de première helemaal vanzelf gaat. Katrien loopt naar een raam, kiest een tafeltje en nog voor Marian kan gaan zitten wordt de in kunstleer gebonden kaart in haar handen gedrukt. Voor het eerst van haar leven heeft Katrien in een café een gast.

'Wat wil je drinken?'

Marian weet het vast al maar bestudeert met grote aandacht de kaart.

'Witte wijn.'

'En eten?' vraagt Katrien.

Nu klapt Marian de kaart dicht.

'Een kaaskroket natuurlijk, die zijn hier erg goed.'

De toegeschoten, al wat oudere ober begrijpt wie hier zal bestellen en kijkt naar Katrien.

'Een cassis, twee kaaskroketten en een witte wijn.'

'Genoteerd, mevrouw.'

'En natuurlijk vier kaaskroketten als elke portie er twee zijn,' zegt Katrien.

'Mevrouw, ik begrijp het.'

De ober loopt naar de bar en dat is van hun tafeltje nog een heel eind.

'Ik was met Beppie en François van de zomer in een hotel aan zee,' zegt Katrien terwijl ze de ober nakijkt.

'Heb je me al verteld.'

'Niet alles. In Bretagne aan de Côte d'Amour was het zo ontzaglijk eb, wel driehonderd meter met allemaal zwarte rotsen.'

'Zie het voor me.'

'En als het vloed was stond het water weer tot het gras voor het hotel.'

'Mooi.'

'Aan het eind van het grasveld stonden allemaal stoelen en parasols, vlak bij de zee, als die op dat ogenblik dicht bij ons was tenminste. Dan moesten die meisjes met cassis of wijn van het hotel helemaal over dat grasveld lopen, wel een paar honderd meter.'

'Wat een bloedeind,' zucht Marian. Ze heeft geen idee waarom Katrien zo vlug die afspraak wilde maken. Waarschijnlijk niet alleen om haar iets over eb en vloed te vertellen.

'Zijn wij met ons tafeltje en parasol midden op het grasveld gaan zitten.'

'Hoefde dat meisje niet zo ver te lopen.'

'Daar was het om.'

'Maar naar de andere gasten wel.'

'Naar die wel.'

'Die verzetten hun stoelen zeker niet.'

‘Nee.’

De ober heeft de lunch toen het vloed werd gebracht. En nu is er nog een vrouw op weg naar hun tafeltje. Ze zien haar niet en weten dus ook niet dat ze buiten gevoed wordt door l’esprit de l’escalier, wat dit keer beter l’esprit de la rue kan worden genoemd. Tamara moet veel verder lopen dan het dienstertje over dat grasveld naar al die parasols. Ze was al zeker tweehonderd meter van de blauwe trap voor het restaurant verwijderd toen ze wist wat ze zeggen moest.

Nu ziet Marian dat ze binnenkomt. Katrien niet, die zit met haar rug naar haar toe en vult haar mond met kaaskroket.

‘Hoeweel hebjedral gewete.’

‘Wat zeg je?’ vraagt Marian die weer snel voor zich kijkt.

‘Hoeweel kwaaskwokette... hoevéél?’ eetvraagt Katrien.

‘Wel duizend denk ik.’

‘Ben je toch veel te jong voor,’ lacht Katrien.

‘Je hebt gelijk,’ antwoordt Marian, ‘steeds vergis ik me weer.’

Pas nu kijkt ze op en ziet Tamara naast hun tafeltje staan.

‘Kan me niet meer schelen of je dat ontbijt expres hebt laten brengen,’ zegt Tamara kalm, ‘als ik je maar weer zie.’

‘Moet weg,’ zegt Ilse.

‘Zo laat ik me niet afschepen. Je zorgt maar dat je om zes uur in Virginia bent.’

Ilse wil haar ironisch een afscheidshand geven. Tamara draait die een kwartslag, drukt er tergend langzaam een paar dubbeltjes en kwartjes in en strijkt met een wijsvingertop over de huid van haar vriendin.

‘Als je je tot die tijd soms eenzaam voelt: hier is je wisselgeld.’

En ze loopt het restaurant uit.

‘Voor de ober,’ zegt Marian, legt het geld op tafel en knikt ernaar.

Katrien is een volleerde gastvrouw en vraagt nergens naar. Ze is verstandig genoeg om bij deze zakenlunch geen tijd verloren te laten gaan aan andermans beslommeringen. Die regelt Marian zelf maar.

'Ik heb je vannacht gebeld omdat ik volgende week een spreekbeurt moet houden,' zegt Katrien op de kalme toon die verraadt dat het belangrijkste nog moet komen.

''t Was wel erg laat.'

'Anders was je misschien vertrokken. Weet je nog dat we in het glazen huis die Perzische keizer met z'n miljoen kamelen zagen?'

'Ik herinner het me.'

'Gisteravond stond ik op een toren, ik stapte in een ballon en onder mij zag ik in een woestijn die hele karavaan kamelen. En meteen dacht ik: eerder gezien.'

'Kan ik me voorstellen,' zegt Marian. Ze heeft nog steeds geen flauw idee waar Katrien heen wil.

'Die spreekbeurt gaat over het deesjafu.'

'O dat, mooi onderwerp.'

'Maar als ik over die toren en die ballon en die woestijn en dat miljoen kamelen begin gelooft niemand me natuurlijk.'

'Denk ik ook niet,' zegt Marian gerust. Haar gastvrouw mag haar dan herkend hebben, met dit kinderlijke verhaal kan ze gelukkig niet veel te maken krijgen.

'En toen dacht ik aan jou.'

'Aan mij?' vraagt Marian verbaasd.

'Weet je nog dat Beppie bij ons thuis over die film vertelde?'

'Het meisje dat op een verjaarspartijtje de trap op ging.'

'Op zolder vond ze achter een stoffige deur in een groot bed die jongen met koorts. Niemand geloofde haar, in de film niet, en ook in de kamer niet, dat zag je aan de gezichten van Jan en Tine en Karel en Toef. Alleen Beppie en jij en ik geloofden het wel. Nu wil ik op die spreekbeurt die film draaien.'

'Maar aan het eind is die deur toch weg? Dan denken ze op school dat het meisje het zich maar heeft verbeeld, dat ze niet de waarheid heeft gesproken.'

Op het ogenblik dat Marian het zegt begrijpt ze dat Katrien haar heeft gevangen, haar listig naar dit antwoord heeft toegepraat.

'Precies. En daarom dacht ik: als jij nu ook op die spreekbeurt komt dan krijgt het meisje toch nog gelijk.'

'Hoe gelijk?'

Katrien drinkt haar glas cassis leeg, rekent geroutineerd af en zegt dat alleen Marian zo'n verhaal zelf heeft meegemaakt. In die film is de jongen in dat bed eeuwen jong gebleven al is die deur aan het eind verdwenen. Maar Marian leeft en kan zelf over haar verandering vertellen. Hoe het mogelijk was haar jeugd terug te krijgen, misschien kort, misschien lang. Als ze daar samen op die spreekbeurt over beginnen moet iedereen Katrien wel geloven.

Op weg naar de draaideur gaan ze het tafeltje van Vink en z'n belastingman voorbij.

'Kijk, dat huis van Tine trekken we af,' zegt de belastingman, 'he-le-maal...'

Marian houdt haar pas in.

'Maar ik werk er toch niet,' zegt Vink.

Hij plukt zenuwachtig aan een punt van z'n Schiller-kraag.

'Dat gaan ze echt niet in de duinen onderzoeken...'

'Kom je nou?' roept Katrien. Ze staat al in de draaideur. Haar hoofd steekt eruit.

Buiten zegt Marian dat ze nog een afspraak met Jan heeft. Die belde vanmorgen. Hindert niet, komt Katrien zo vaak als Beppie op reis is, ze loopt wel mee.

Katrien stelt steeds meer vragen die ze bij haar spreekbeurt wil gebruiken. Wat dacht Marian, dat ze jong zou worden in de stad van haar jeugd, toen alles er anders uitzag, of nu tussen al die moderne gebouwen...

Een jongen met oortelefoontjes op lacht schokschouderend om wat alleen hij hoort, raakt uit z'n koers, doet een hand voor z'n mond, gaat hun vlak voor het restaurant rakelings voorbij.

Of Ilse zich soms niet jong en oud tegelijk voelt, alle dingen die Marian heeft meegemaakt kan ze niet zijn vergeten...

Blauwzwarte negers zitten op hun bagage, zeven koffers zijn het wel, wachten op een taxi of op andere reizigers om het hotel binnen te gaan.

Marian geeft Katrien korte antwoorden. Ze lopen op een brede brug. Daar in de verte was vroeger een huis met de naam van een wasmiddel erop en dat kan Ilse natuurlijk nooit hebben gezien. Soms voelt het of een lachspiegel haar lijf heeft veranderd. Om de verslanking zit haar andere lijf nog heen, als zo'n zak van licht kreukelend papier met een bakkertje erop.

'Te gekke Palladiums,' zegt Katrien. Ze wijst naar haar eigen blauwe en naar de blauwe van Marian.

'Pas gekocht.'

Marian laat Katrien maar over die spreekbeurt vragen. Het liefst wil ze terug naar het huis aan het water om te kijken of ze Ilse daar kan laten verdwijnen. 't Eerste begin, ze wilden het allemaal veroveren en dan ontsnapt het, gevangen kan het niet bestaan. En wat deed Marian er zelf mee? Armzalige wraak op een mede-minnares en die straf deert tenslotte niemand. 't Is te sterk wat ze bezit. Alles willen ze geven om wat Ilse heeft meegebracht.

'En hoe is het als je loopt, hoe vóélt het dan om je lijf?'

Katrien ook al.

'Net of je lichaam een auto van vroeger is die je ineens weer mag besturen.'

'O, dat,' begrijpt Katrien, 'niet dat je eruit valt of zo?'

Marian zegt niet dat het haar lang genoeg heeft geduurd. Aan haar schouders en heupen voelt ze dat er nog iets moet gebeuren en wie weet kan Katrien haar daarbij helpen.

Een moeder en een dochter van zes, zeven gaan voorbij. Het meisje heeft een zebra onder haar arm. Haar jurk heeft dezelfde zwart-witte banen.

'Ik doe het,' zegt Marian, 'ik kom op die spreekbeurt van je.'

'Echt?'
'Echt.'
Misschien hoort het daar ook wel thuis wat ze met zoveel moeite heeft verleid en niet op een kermis of in een huis aan zee, kan het alleen op een spreekbeurt half geheimzinnig half lachend worden besproken en heeft in het echt niemand er iets aan, niet in schoenwinkels of cafés, ook niet in een hotel en zelfs niet in een stijgende mand.
'Maar dan moet je ook iets voor mij doen,' zegt Marian en ze pakt al lopend, terwijl ze een gracht op gaan, een hand van Katrien. Die kan de weg naar Jans huis wel dromen en toch geniet ze er net als gisteravond van dat ze geen richting meer hoeft te kiezen.
'Wat dan?'
Op een terras knipoogt een meisje in slowmotion, geeft flirtles aan een vriendin, 'het woord is nog leuker als je het op papier ziet staan, schrijft het eens op dat biertviltje, lees het nu eens, flirtels zeg je, dat bedoel ik nou, die gekke klankwisseling van die l en die e, net Engels.'
Marian en Katrien hebben haast gekregen. Ze zijn al te ver voor het slot van de flirtles en ze zien ook niet dat een student onder een gietijzeren galerij vandaan komt. Hij heeft een schetsblok bij zich en wordt gevolgd door vier, vijf andere studenten. Dat waren er in het begin heel wat meer. Zo gaat dat, wie volhoudt staat er op het laatst bijna alleen voor.
Het meisje dat de leiding heeft is er nog, kijk maar naar al die tijdstippen onder haar arm. Het is iets voor vieren, ze wachten en zwijgen. Onder de galerij loopt waarachtig de negerin met de oren, vlak naast Cora en Frank. Die komen er straks nog bij als ze uit de schaduw stappen en het licht heel even op hun wangen voelen.
De klok wordt geluid en de jongen begint misschien wel voor het laatst te tekenen. Marian en Katrien zijn al grachten verder. Ze horen het wel, zo'n verre kerkklok dat je denkt waar staat-ie nou beiert door de najaarswarmte heen.

Overbelicht

Karel Lood legt de hoorn neer en haalt diep adem: de neef van de zangeres heeft de vrouw met de hoed vrijgegeven. Een wijsneus had het al voorbarig in de krant gezet, maar nu is het zeker. Nee, geen ondershandse verkoop, daar is de erfgenaam tegen. In het spel van het vrije bieden zal het altijd meer opleveren en daar heeft hij gelijk in. Het moet wel vlug gebeuren. De man wil niet meer wachten.

Hij wrijft zich in z'n handen en grinnikt. Die Bert kan het dus wel vergeten en hij niet alleen. Hoeveel telefoontjes en brieven heeft hij de laatste weken niet gekregen met de vraag of er niet iets viel te regelen, te ritselen, te rommelen, niet in die kuipwoorden, maar 't kwam er wel op neer. Ze gebruikten de waanzinnigste maskerargumenten om het schilderij voor de veiling te krijgen. De een is binnenkort zoveel jaar getrouwd, de ander heeft net een nieuw kantoor geopend en slechts een enkeling zegt eerlijk dat het hem om de eeuwige jeugd gaat, gewoon dat cliché, recht voor z'n raap, zoals Marian het meteen had gevoeld.

Er zaten zelfs enkele bekenden tussen. Professor Vink dacht een streepje voor te hebben omdat hij het in z'n nieuwe huis aan zee wilde hangen en werd dat niet gebouwd door de schoondochter van hun belangrijkste veilingmeester? De televisiemaatschappij van *Gezichten* wilde het 'verwerven', zoals ze deftig schreven, voor hun vaste collectie. In zijn programma had Dodo niet voor niets nog een paar keer op Marian en de vrouw met de hoed gezinspeeld en dat was de prijs van het doek ten goede gekomen: ze zeiden het regelrecht.

De presentator zelf was ook bij Karel langs geweest. Incognito, vermomd als keurig heer met pak en das, zo zag hij er in het echt uit. Eens moest het programma stoppen, hoe populair het ook was en dan zou dit doek z'n mooiste herinnering zijn. Kon hij niet vast een bod uitbrengen?

Karel zei geen ja en geen nee, tegen niemand, 'moet het bespreken', 'houd het in beraad' en vele andere tussentwijfelende vriendelijkheden waarin hij een meester is. En al die tijd hangt de vrouw zelf glimlachend in de etalage met een gezicht of ze er geen enkel bezwaar tegen heeft dat er fiks aan haar zal worden verdiend.

Dit moet een prachtveiling worden, misschien wel de mooiste uit zijn carrière. Alles komt samen. De apotheek, de verzameling van de critique de danse Jeannette d'Alsace, het glaswerk van Cocheret en tot slot de vrouw met de hoed. Het kan makkelijk op dezelfde dag. Hij moet nog flink wat problemen overwinnen, wat geeft het, daar is hij voor.

Cocheret vond een persoonlijk boek onzin. Het wordt één catalogus. Op het omslag komt Valentine Prax. De vrouw met de hoed staat heel slim binnenin. 't Belangrijkste hoeft geen nadruk te krijgen. Het boek had zo gedrukt kunnen worden als de opnamen van de apotheek niet waren mislukt. Cocheret stond erop dat die malle Van Sluis of hoe heet-ie de foto's zou maken. Hoe hij het voor elkaar heeft gekregen mag god weten, maar ze zijn allemaal overbelicht. De fotograaf is het hem zelf komen vertellen en verspeelde zo kostbare dagen.

'Moet je mij niet opzoeken, maak dan meteen nieuwe, man,' snauwde Karel, 'en een beetje vlug anders neem ik een ander.'

Van der Sluijs verdween met een verbaasd gezicht of de juiste volgorde der dingen voor hem altijd een raadsel zou blijven.

Iets anders was het bezoek van Katrien, de dochter van Beppie en de kleindochter van Marian. Karel is eraan gewend dat je van die familie alles kan verwachten. Dit keer begreep hij er niets meer van. Katrien kwam zeggen dat Marian op tijd voor de verkoop uit België terug zou zijn.

'Weet ik al,' zei hij kribbig, 'zo is het ook afgesproken.'

'Ja, maar ze wil dat er nog een paar dingen aan de veiling worden toegevoegd,' had het kind met een in Karels oren onuitstaanbaar zakenstemmetje gezegd.

'Daar is het nu te laat voor en dat weet Marian ook.'

'Anders komt ze niet.'

'O nee?'

Karel werd iets inschikkelijker. Het zou voor de publiciteit een ramp zijn als de moeder van de vrouw met de hoed haar eigen kind niet veilde. Er kwam zeker een televisieploeg. Hij was nog in onderhandeling met verscheidene stations.

'Nee, dan blijft ze weg. Kijk, hier staat het allemaal op,' ging Katrien in de zekerheid van haar overwinning verder.

Ze gaf hem een lijst met in het onberispelijke handschrift van Marian zo'n dertig nummers. Schilderijen van onbekende meesters, enkele voorwerpen zo te zien en nog wat schimmigheden waarvan het materiaal niet was vermeld. Waarom had Marian die lijst niet meteen naar hem gestuurd? De hem onbekende Belg bij wie ze de collectie had ontdekt vroeg volgens Katrien om 'voorkeur' en Marian had er ook nog iets uit eigen bezit bij gedaan.

Toen Karel het dwingende veilingwoord 'voorkeur' hoorde dacht hij: hoe ze zelfs op haar vakantie aan een klant is gekomen weet ik niet, maar als zij die dingen ook nog wil verkopen moet ze het zelf maar weten. Het wordt toch een gekkenhuis. De hele reeks buiten catalogus, al is ze daar nog zo tegen.

Als Karel de lijst had geweigerd, moest ze Marian vanavond op een geheim nummer bellen. Niet nodig, het eerste deel van Katriens missie is voltooid. En het tweede? Er het liefst laat over beginnen, heeft Marian gezegd, over elven wakker worden en dan ineens tegen Beppie wat me nu nog te binnen schiet...

Katrien peinst zich suf. Ze kan het verband tussen die lijst en wat ze zich vanavond ineens moet herinneren niet leggen. Ach dat hoeft ook niet, als Marian maar op die spreekbeurt komt. Nu Katrien deel uitmaakt van een onbekend complot loopt ze trots op straat. Door haar toedoen gaat er iets geweldigs gebeuren, wat het ook is. Ze loopt hier alleen en toch is ze met zoveel bewegingen van anderen gevuld. Net of ze dubbel bestaat, of haar lijf al weet wat haar familie straks zal gaan doen.

Alles keert zich zo aardig naar haar toe, net als gisteren met Marian.

Man wil in z'n auto maar kan er niet in. Voor de deur zit een muzikant op een krukje en blaast op een mondharmonica. De bestuurder doet z'n armen over elkaar, luistert, wacht.

Een terras vol vrouwen, het lijken wel allemaal moeders en dochters.

Een verkoper legt een zeildoek over een stapel dagbladen. Zo kunnen voorbijgangers niet gratis lezen wat er in de wereld is gebeurd. Alleen de naam van de krant is te zien.

Katrien laat de zin van Marian in haar hoofd om en om gaan. Enkele woorden wisselen van plaats. Een ander woord wordt vervangen, ze weet nog precies wat ze zeggen moet.

Begon Jan gisteren opnieuw over waar je naar kijkt als je alleen zit te eten, net als op die avond van Dodo toen Marian zo laat toch nog kwam. Was hij een beetje zenuwachtig over het bezoek maar hij had niets in de gaten. Ilse knipoogde naar haar. Zei hij weer dat hij wel eens onder een zool of onder een tafelblad keek. 'Eenzaamheid,' zei Ilse maar ze moest er ook ontzettend om lachen. De tranen liepen over haar wangen om die gekke zool waarop niets is te zien en ook om al die kranten en boeken door de hele kamer op de grond. Toen schaterden ze alledrie.

Ze had het omhelsportaaltje van thuis zo gemist. Nu zoende Jan haar als een echte gast vluchtig op beide wangen terwijl hij haar altijd zo heerlijk knelde op de trap. Haar wangen gloeien o dat zij nog eens zo hevig zo fel door hem gekust zou worden als in het verhaal van Saint-Ex dat Jan ineens begon te vertellen. De piloot, de schrijver van *De kleine prins*, het was zo mooi wat hij zei. Als jongen zat hij op een kostschool in Zwitserland, zeventien was hij toen. Hij werd verliefd op een meisje van een ander internaat en ze wisten maar niet waar ze moesten zoenen tot de jongen zei het station. Gingen ze bij een trein staan en vlak voor die vertrok kon het, omhelsden ze elkaar en dan wachten tot ze bij de volgende trein weer afscheid konden nemen, nog eens en nog eens...

Begon Jan ook nog over een fabriek voor het kleinste, dat het gebouw voor een speld niet veel groter moet zijn dan de speld zelf. Met kleine arbeiders natuurlijk, voor hen is de speld zo groot als een zeppelin. Zo grappig en zo jammer dat ze weg moest. Ilse of Marian of alle twee bleven bij Jan eten. Als Beppie thuis was altijd naar huis net nu ze niets had willen missen.

Stangdeur van de supermarkt zo vaak zonder handen opengeduwd buik versleten? Laat een man een ei vallen, hij bukt en z'n vulpen glijdt uit het borstzakje. De blauwe inkt loopt zo vlug in het geel, in het wit, niets hoort bij elkaar, zo verschillend, gaat het zomaar in elkaar over.

Vlug een rol beschuit en een doosje thee en wat verder nog voor algemeens, dit pak zout, ze legt het in vreemde wagentjes op het ritme van 'I saw stars', altijd draait François dat nummer van Bunny Berigan in Parijs, 't is of de muzikanten drie dingen tegelijk doen. Een verpakking met gemiddelde kleuren, die valt het minst op, wordt bij de kassa afgerekend en meegenomen of de klant het zelf heeft uitgezocht.

Pakt voor haarzelf melk, karbonades, sla, wat zou Nijinski hier tussen al die producten, tussen al die schappen gedanst hebben, zo'n krankzinnige dans als in Hotel Suvretta, misschien wel vlakbij waar Saint-Ex en z'n vriendin voor de trein eeuwig afscheidnemen.

De beschuit, de thee, het zout, 't niet door anderen gekozene is allemaal afgerekend en weg. Nu nog een grote vrouw uit Mozambique of Jamaica met in haar wagentje alleen maar flessen mineraalwater en twee planten. Het lijkt wel of ze heel chic moeten worden begoten. Zo open en bloot kun je zien wat een ander uit komt, zou er een doek overheen moeten liggen? De vrouw met de langste hals ter wereld kijkt Katrien aan en haalt zuchtend haar schouders op. Inkoop voor een hotel misschien.

Tussen de supermarkt en het uur dat ze naar bed gaat gebeurt er niets. Of er gebeurt nog wel wat tussen vijf en negen, die karbonades opeten, praten met Beppie over Tarzans aap Cheetah die net vijfenzestig is geworden, naar een programma over de terugkeer van de wolf kijken, maar die toekomstige zin vlakt alles af. Ze wiegt hem en kneedt hem tot er niets anders dan die schijnbaar zo simpele mededeling bestaat. Haar eigen nog steeds niet uitgesproken woorden krijgen de overhand op de wanden van de kamer en de hoogte van de straat. De hele stad wordt afhankelijk van wat zij straks te zeggen heeft.

En dan gaat ze naar bed en ligt ze daar zo lang en dan moet ze nu maar weer opstaan. Wat water drinken en met dat glas de kamer in lopen waar Beppie net de hoorn neerlegt. François gebeld natuurlijk.

Met van die richtingloze stappen loopt ze al drinkend langs Beppie naar het raam, of ze daar toevallig uitkomt zonder het zelf besloten te hebben, als iemand die eenmaal op toch weer in bed zal belanden en in de tussentijd met z'n halfkoers maar wat aanrommelt.

Ze draait zich om.

'Kwam vanmiddag die Ilse nog tegen.'

'Waar dan?' vraagt Beppie verbaasd.

'O in de stad. Wist je dat ze hier is voor de veiling van de een of andere familie?'

Zegt ze het toch nog verkeerd, hindert niet, juist goed misschien. 't Kan door de slaap komen, maakt het nog achtelozer.

'Familie?'

'De apotheek van haar familie geloof ik.'

Ze loopt met het lege glas naar haar bed, terug naar de keuken voor het glas en weer naar haar bed. Hoe reist een zinnetje, hoe tilt het zich uit z'n beschrijving, laat het de woorden van de kamelen springen en stuurt het zich werkelijk naar de plaats die erin voorkomt?

Altijd anderen bij nodig en die zijn er genoeg. 't Liefst zou Beppie meteen Marian bellen. Die zit in het een of andere Belgische hotel, god mag weten waar. Had ze het laatst niet over een oude apotheek? Al weer half vergeten, schuldgevoel, heeft ze haar een keer werkelijk nodig en dan nog niet goed opgelet.

Karel Lood dan? Die weet ook alles van veilingen. 't Is al kwart over elf geweest, te laat om nog te bellen. Het tijdstip voor Katriens slaperige verspreking heeft Marian briljant gekozen. Niet eerder dan morgen zal Lood iets over de apotheek kunnen zeggen en dan begint het spel pas goed.

Beppie kijkt uit het raam, op de plek waar Katrien zo-even stond. Ze is er met net zulke aarzelstappen naartoe gelopen. Na Nijinska heeft ze zo aardig met die Ilse zitten praten. Over de vrouw die het stuk van Bronia al in '23 had gezien. Ze had er meer van dan alle andere bezoekers, de dans maakte al jaren deel uit van haar lijf. Als je iets lang kent, leeft het met je mee, kan het nooit helemaal verdwijnen, dat had Ilse gezegd. Toen Beppie over de film van de jongen met koorts achter die verdwenen deur wilde beginnen werd ze door Toef afgekapt.

Ilse zou haar nog bellen, heeft ze niet gedaan. Beppie is anders ijdel genoeg om dan zelf nooit meer iets te laten horen. Hotel Virginia, dat was het, misschien logeert ze daar nog steeds. Ze krijgt Frits aan de telefoon en die zegt dat ze vandaag is vertrokken.

'Wat is er toch met dat mens?' vraagt hij.

'Hoe bedoel je?'

'Je hele familie vraagt naar haar.'

'Wie dan wel?'

Hij zwijgt. Beppie hoort dat hij 't niet wil zeggen en dat hij tegelijkertijd niets liever doet.

‘Nou wie?’ vraagt ze zacht.

‘Bert en Jan hebben al een paar keer voor haar gebeld en Tine en Toef zijn ook naar haar komen vragen, afzonderlijk van elkaar. Zelfs die Herbert was nog voor haar aan de deur.’

‘Herbert?’

‘Een man uit het café. Maar ze is weg, echt.’

Even later weet Beppie alles, van Toef, dat huis kun je altijd bellen, ook midden in de nacht. Frits dacht natuurlijk dat zij het verhaal, zo laat op de avond, al lang kende. Toef had het er heel rustig over. Nee, dat van die apotheek wist ze niet. Die zou Marian binnenkort toch veilen en wat kon Ilse daar dan ineens mee te maken hebben?

Beppie wil meteen Bert bellen, maar dat doet ze niet. Ze heeft een duivels plezier in Tamara’s ontrouw en toch denkt ze vooral aan Ilse. Morgen moet en zal ze die apotheek vinden, als die potten en flessen tenminste nog niet naar het veilinghuis zijn vervoerd.

De volgende dag vertelt Karel Lood het tussen al z’n andere werk door over de telefoon drie keer aan verschillende leden van de familie. Zover hij de route zelf nog weet, hij is er ook maar één keer geweest. ‘Marian is er niet,’ zegt hij nog, maar dat schijnt ze niets uit te maken. Waarom Toef, Bert en Jan ineens naar die apotheek willen, hij vraagt het niet, ze bekijken het maar. Ja, ze kunnen erin, een fotograaf maakt daar nog wat foto’s voor de catalogus.

Wat klinkt een route als je die vaak vertelt toch ongeloofwaardig, net of het allemaal leugens zijn. Rij tussen de plassen, let in het derde dorp tussen De Watergeus en Het Anker op het weggetje dat naar een huis aan het water leidt en ‘als je het dan nog niet kunt vinden vraag je het maar aan een vrouw die daar vast en zeker wel uit een huis komt.’

Iedere keer als hij het zegt moet Karel lachen. Hij ziet die vrouw toen Marian doorreed nog met open mond op de weg staan. Op de bovenste verdieping is dan die apotheek. Maar m’n beste mensen, waarom al die moeite gedaan? Aan het einde van de week is de catalogus klaar, staat alles hier en zullen de kijkdagen beginnen.

'Je houdt oneindig van me omdat je gehoorzaamt aan m'n richting,' schrijft Nijinski. Wat zou hij van die komende bewegingen hebben genoten. Niets is mooier dan reizigers met hetzelfde doel zonder dat ze elkaar iets over hun uur van vertrek hebben verteld.

Neem Tine, tussen het van licht spetterende water zegt ze dat zij Ilse het eerst zag, inbracht, het langst heeft meegemaakt, 'm'n reislijf met Palladiums'. Toef zit achter het stuur en antwoordt rustig: 'Ze blijft mijn model.' Die woorden rijden allemaal, beginnen slordig tussen twee bomen om weer eens bij een dorpsslagerij te stoppen. Het is stil, ze zijn de winkel allang voorbij.

Samen in een auto, zelfs nu ze elkaar een minnares betwisten. Ach, ze weten dat het toch niet gebeurt, zo lang zijn ze al met elkaar verklonken. Even mag een vreemde z'n tentakels uitsteken of het wordt al een verhaal, geen lijf, geen ogen, geen bloed.

Vijf minuten achter hen of zullen het er zeven zijn, inhouden, versnellen, hebben Bert en Tamara het over de nacht in Virginia. 'Zoiets kan gebeuren,' zegt Bert toegeeflijk, 'haal er anders uit wat er voor je in zit.' Z'n royale inzichten worden door leeftijdsverschil bedongen. In al die goedgeefsheid verbergt hij z'n schrale kans op ander geluk.

Is die wagen met Beppie en Katrien de laatste? Nee, Jan is nog niet eens tussen het water te bekennen. Het werd eergisteren met die Ilse zo laat dat hij er nog slaperig van is. Steeds wilde ze maar *Ton doux sourire* van Django Reinhardt horen. Nu eerst nog Nusch ophalen, de niet meer scharrel van zouden scherven ook kunnen breken. Toen ze van Ilse en de apotheek hoorde wilde ze mee, maar ze was nog niet klaar met haar maquillage. Altijd breidt ze haar make-up in het Frans uit.

De zin van Katrien wordt door zoveel mensen gedanst, begeleid door van alles wat er niets mee te maken heeft. Zo gaat dat nu eenmaal als je ergens naar onderweg bent. Een leeg stadion, een kind dat bedelt bij een ander kind, stripfiguren op sokken van een wegwijzende man en vooral al dat water en licht. Wat er opzij van een wagen gebeurt dringt zich op en toch ketst het af op het pantser van de hoop die de inzittenden doorstuurt naar wat ze nooit zullen bezitten.

Lex van der Sluijs is het weggetje tussen De Watergeus en Het Anker al af gelopen. Als het hem weer eens tegenzit gaat hij de volgende keer 's morgens vroeg. Het eerste licht is hem wel eens gunstig gezind, schoon is het nog, door weinig voorvallen bezoedeld. Lex is zo vaak in het glazen huis geweest dat de sleutels vertrouwd in z'n broekzak zitten. Hij zal ze nog missen tegen z'n dij.

Hij is van deze omgeving gaan houden en vooral van Valentine Prax, zo spel je haar naam. Op het doek kon hij haar signatuur niet lezen en toen heeft hij het opgezocht in de encyclopedie. Zal hij volgende week op het naakt bieden? Zo duur kan het nooit zijn.

Rustig aan het water werken, door niemand gestoord. Kijk, daar heb je dat gekke bosje weer met die hier niet thuishorende vogels, goedemorgen vreemdelingen, winterkoninkjes, vinken en zowaar een roodborstje tussen de naar het water gesmokkelde rood-geel vlammende kastanjes en beuken.

Bonk, zachtste echo, bonk-bonk, roeiboot tegen steiger en laat de blauwe vogel daar nu nog een keer zitten en weer op de bodem tussen de banken in. Nu moet het gebeuren, geen val kan dit kijken onderbreken, hij belt niet aan.

En na enige tijd verstrakt de deinzieke hals, schiet de kop scheef onder het water en komt schuddend met een vis in de bek tevoorschijn, een glinsterend voorntje, zo te zien: *leuciscus rutilus.*

Op dit moment van geluk zouden we Van der Sluijs alleen moeten laten. Voor je het weet gaat er bij hem iets mis en daar mogen we niet medeschuldig aan zijn. 't Voorval krijgt dan toch nog pieken en dalen. De reiger, het voorntje en de fotograaf zijn daar nu juist zo mooi aan ontkomen. Het blijft zelfs niet bij dat ene voorntje, weer schiet de kop scheef in het water, keert terug met de *abramis blicca*, een spartelende blei. Laat ze alleen en gun de afgezanten van het verzwegene dat wat onder het oppervlak mag blijven, 't wordt nu al te sterk benoemd.

Naar binnen, de trap op? Dat zou kunnen want lang voor Van der Sluijs de reiger ging bespieden heeft iemand anders de deur al opengemaakt. Nee, laten we buiten blijven. Iets verder terug nog, aan de rand van het bos met de winterkoninkjes en de vinken is het net zo goed te zien.

Het nabije zonder sluiers, wat aan een voorval voorafgaat, zonder een woord gebeurt. Veel langer had ze het zelf niet kunnen bewaren en daar in die kamer naast die patrijspoort vloeit het in de buurt van zwarte handschoenen en kleurige confetti terug in potten en doosjes, komt het tussen echo's, peterselie en giraffes in schriften die al in de catalogus zijn opgenomen. Beroepseer, compleet moet de tekst zijn voor die wordt verkocht.

Het verdwijnt zo makkelijk, wendbaar als het is. Geen verleden en geen toekomst heeft het. Het hecht zich wel even aan iets, maar als dat moet worden bekeken is het al weer vertrokken, tintelend overspel. Het kent de zwaarte niet van een kiel en omdat het zich met alles wenst te bemoeien is er later geen vaste terugweg om het ooit nog op het spoor te komen.

Zeldzaam dat iemand het toch een tijd mocht beheren en vanzelfsprekend dat het toen, als op een kermis, alle aandacht trok. Verwacht hier geen familie meer die van alles zal ontdekken of zal begrijpen wat het al die tijd onder ogen heeft gehad. Het kent geen begin, midden en einde, doet het nu juist zonder de oplopende en dalende bochten van alles wat dag in dag uit zo gemakkelijk ter sprake komt.

Ze verschijnen druppelsgewijs, Tine en Toef, Tamara en Bert, Beppie en Katrien en veel later ook nog de slaperige Jan met Nusch.

Marian is dan allang verdwenen.

'Niemand gezien,' zegt Van der Sluijs zonder te vertellen wat hij die morgen bij die roeiboot heeft meegemaakt. O, hij vindt het best dat ze de apotheek even bekijken, als het van Karel mag. Maar niet te lang, hij moet hier werken. Ja, mooi hè, die oude letters op dat majolica, S staat voor strupus, O voor oleum, dat is nu potjeslatijn.

Ze strijken met een vinger langs een kolf of een retort, lezen heel even in de farmacopee en gaan weer naar buiten. Ze lummelen nog wat in de tuin en proberen elkaar te ontlopen. Als er maar weinig mensen zijn is dat niet eens zo eenvoudig. Je ziet altijd wel iemand onder een boom staan. Feestje zonder jarige: wat moeten ze hier nu het belangrijkste er niet is? Katrien maakt een radslag, nog één, weer een andere tot ze uitgewenteld is.

'Kijk,' zegt ze en wijst naar een kastanje met laaghangende takken, 'allemaal dienbladeren met licht.'

Kansberekening

De taxichauffeur bewaart alles wat z'n passagiers vergeten. Niet zonder eigenbelang, dat geeft hij zichzelf ruiterlijk toe. Het kan altijd dat hij de klant nog eens in z'n wagen krijgt en dan zit er een mooie fooi voor hem in als hij het verloren voorwerp plotseling uit z'n achterbak goochelt. Weet hij het adres nog dan brengt hij het meteen, dat spreekt vanzelf. De dingen van passagiers die hij bij een café of op een straathoek heeft afgezet moet hij eigenlijk bij de centrale afgeven maar dan wordt het weer zo'n werk. Meestal zijn het voorwerpen die de eigenaar gemakkelijk kan vervangen, hoe dierbaar ze hem ook zijn.

Zo rijdt de chauffeur met een oogst van jaren door de stad. Hij heeft een goed geheugen voor gezichten. Ineens kan hij een oud heertje gelukkig maken met een gouden vulpen van het merk Flamingo of schenkt hij een dame haar eigen parasol van rode zijde. Nu maken die verliefde vrouwen van de kermisbeer en de tekening een mooie kans hun vergeten bezit terug te krijgen.

Wel gek hoe hij daarachter is gekomen. Op een avond reed hij voor een automobilist uit die het gloednieuwe Barcelonaplein niet kon vinden. Hij deed dienst als gids, geen passagier zat er bij hem in de wagen. Ook best, al moest hij nu dubbel opletten. Anders zou hij z'n betalende achtervolger nog verliezen en had hij voor niets een rit naar de andere kant van de rivier gemaakt.

Plotseling zag hij in een etalage aan de gedempte gracht die blonde in een goed verlichte etalage van het grote veilinggebouw hangen. Het kon niemand anders zijn. Dezelfde blauwe rimpeljurk en die spottende lach waarmee ze hem om z'n inderdaad wel wat flauwe opmerkingen terecht had gewezen.

Maar hij moest naar het Barcelonaplein en kon haar niet beter bekijken. Z'n achtervolgende passagier of hoe moet je zo'n man noemen toeterde hem vooruit. Een dag later stond hij voor de etalage. Geen twijfel mogelijk, ze was het. Hij ging naar binnen en in de hal botste hij tegen een driftig lopend manneke met een kaal hoofd en een schildpadbril.

'Kent u die vrouw?' vroeg de chauffeur en hij wees met een duim naar de etalage achter hem.

'Kennen?' riep de kale man, 'daar staan de kranten nou al maanden vol van.'

En hij liep naar een kamertje met een wand van matglas.

'Toch heb ik haar in m'n wagen gehad,' riep de chauffeur hem nog na, maar de man hoorde het niet meer en was al in z'n kantoor verdwenen.

De chauffeur bladerde in het prachtig gedrukte boek op de toonbank. Overmorgen werd er een hele apotheek geveild, ook nog een reeks springende dansers, die vrouw in de etalage en allemaal dure glazen. Op een aparte lijst stond nog wat kleingoed, geen plaatjes, alleen maar tekst. Het kwam zeker te laat om het nog in de catalogus te kunnen opnemen. Hij moest er maar eens heen gaan, die dag had hij toch vrij. Zou hij de kermisbeer en die malle tekening van de naar koek happende jongen meenemen en dan maar kijken wat ervan komt.

Hij bekeek het portret van die blonde nog eens goed. Ze kon voor het doek nooit model hebben gestaan. Daarvoor was het te oud. Maar ze had er wel iets mee te maken en het leek zelfs of dat gepraat over een vlek tussen twee ramen en van welke kant je die nou het beste zag op de een of andere manier bij die spottend kijkende vrouw hoorde.

Op de dag van de veiling is het zo druk dat we de taxichauffeur niet tussen al die kopers ontdekken. De tekening heeft hij in de envelop gelaten en die zit samen met de beer in een door een klant achtergelaten plastic tas van slijterij Woud.

Het ontwerp met het schuimende glas champagne herken je anders van verre maar nu gaat de drank schuil achter al die armen en benen, jurken en broeken.

Waar is die chauffeur nou?

In de hal filmt een cameraman van de nieuwsrubriek Start de binnenstromende bezoekers. Dat wordt volgens Lood het meest bekeken en het wil van de vrouw met de hoed een onderwerp van liefst vier minuten maken. Daar loopt professor Vink, nee, die met de Schiller-kraag, schuin voor Tamara en Bert. Samen met tientallen anderen gaan ze de hoek om en de trap op naar de zaal met de pilaren.

Marian wordt door het hele gebouw vervoerd. Op de balie liggen stapels van het weekblad met haar omslagfoto en bijna iedereen pakt voor niets een exemplaar. Naast Marian liggen de overgebleven catalogi van vijfentwintig gulden.

Nu komt Lex van der Sluijs glimlachend in beeld, vlak naast de lange handelaar tegen wie Marian om de vrouw met de hoed heeft opgeboden. Sommige kopers bladeren al lopend in de catalogus met Lex' net op tijd ingeleverde foto's. Misschien is hij nog steeds van plan een bod op Valentine Prax uit te brengen. Kijk, vlak achter hem Laura, Marie en wethouder Paul van de verslonsde markt. Tussen al die vreemdelingen zitten toch nog een hoop bekenden en daar loopt Dodo, heel schuchter. Als man in burger wordt hij zelfs niet door de cameraman herkend.

In het voor de bezoekers onzichtbare ontvangstzaaltje praat Karel Lood met mevrouw d'Alsace en de heer Cocheret. Die wil meteen naar de zaal met de pilaren om te zien hoe de apotheek het op een toneel doet. Karel zegt dat hij 'om het effect' beter wat later kan binnenkomen.

Tot verbazing van Karel noemde de halve Indischman dit keer ook z'n voornaam en toen de veilingmeester hem, of hij z'n klant al jaren kende, met een hartelijk 'Hallo, Leonard' teruggroette begon Cocheret die naam toch maar even te spellen. 'Leonard, Isaak, Otto, Nicolaas, Evert, Leonard,' net glazen op een presenteerblad waarvan Karel er een mocht kiezen.

'Dat heb je nou nooit met Jeannette,' zegt de critique de danse een beetje spijtig over het gebrek aan geheim in haar klanken, 'die naam begrijpt iedereen.'

'Meestal laat ik het maar zo,' antwoordt Cocheret, 'Leendert, Laurens, Lodewijk, Lubertus, van alles hebben ze er al van gemaakt.'

'Ik verstond Lewis,' zegt Jeannette d'Alsace met het accent dat van iedere Engelsman een Parijzenaar maakt.

'Ook mooi, maar nu het om het bezit van m'n vader gaat wilde ik m'n voornaam toch wel even goed laten horen.'

'Wat deed hij eigenlijk?" vraagt de critique de danse.

'Arts, mevrouw, maar we mogen hem ook wel uitvinder noemen.'

'En wat vond hij dan wel uit?'

'Dat is niet eens zo makkelijk te zeggen. Laten we het er maar op houden dat hij de eeuwige jeugd zocht,' antwoordt Cocheret, die geen zin meer heeft om uitgebreid op de vraag van de critique de danse in te gaan.

'Zou dat niks voor mij zijn?' vraagt mevrouw d'Alsace met dromerige ogen.

'Ik betwijfel het. Echt maken kon hij het natuurlijk niet en bovendien worden de schriftjes waarin hij het allemaal opschreef nu ook verkocht.'

'Wat jammer.'

'Zal blij zijn als ik ervan af ben.'

'U moest er in uw jeugd natuurlijk al zoveel over horen.'

Karel Lood werpt tijdens hun samenspraak een snelle blik op de pagina Snuf van een landelijk ochtendblad. Marian heeft het over een parfum dat zichzelf ontkent om in de geur van de huid op te kunnen gaan. Zover hij het in de gauwigheid ziet doet ze het uitstekend en dat ook nog op de dag van de veiling. Het kan niet beter.

'Tom Jobim is dood,' zegt Cocheret in de stilte.

'Verschrikkelijk,' antwoordt mevrouw d'Alsace.

'Ja wanneer komt die mevrouw Bramba nu eindelijk?' vraagt Lionel Cocheret geërgerd, 'de hele poppenkast moet nou toch ongeveer beginnen.'

'Bimba is het,' zegt Karel, 'mevrouw Bimba.'

Hij legt de krant weg en zegt dat Marian zich in haar eigen kamer op de veiling voorbereidt. Dat doet ze altijd, zeker nu er met al die televisie zoveel op het spel staat. Hij kiest z'n woorden omzichtig. Jeannette d'Alsace en Lionel Cocheret hebben niets met de vrouw in de blauwe rimpeljurk te maken. Alles wat hij zegt moet ook op hun nummers slaan.

'We bungelen er toch niet zo'n beetje achteraan, hè?' vraagt Cocheret mede namens de critique de danse.

'Lionel, we beginnen met de apotheek, dat heb ik je beloofd. Meteen daarna leidt Marian de dansers van mevrouw d'Alsace in. Die laten hun kunsten ook nog aan het begin van de middag zien. Dan wat Belgische nummertjes buiten catalogus, daarna kom jij weer met Daum en Gallé en pas helemaal aan het slot is het schilderij in de etalage aan de beurt.'

Karel kijkt op z'n polshorloge, staat op en maakt een uitnodigend gebaar naar de deur.

'Wilt u mij voorgaan?' vraagt hij schalks.

Hij weet dat de cameraman van Start wacht tot ze naar buiten komen. De neef van de zangeres om wie het de filmer gaat is er alleen niet bij. Die mengt zich liever anoniem tussen de kopers. Lood heeft dat sluw verzwegen. Hij mag geen seconde zendtijd mislopen.

In het begin van de avond hoeft de cutter maar zeven beeldjes van Jeannette d'Alsace te snijden. Ze kijkt recht in de camera, draait zich naar Cocheret en loopt pratend en heupwiegend naar de trap. Volmaakte bewegingen die ze zich in haar lange loopbaan van critique de danse eigen heeft gemaakt.

Lionel Cocheret raakt met al die aandacht in een beter humeur. Hij is zo benieuwd wie de apotheek zal kopen. Van Lood heeft hij gehoord dat zeker twee tot museum verbouwde middeleeuwse ziekenhuizen grote belangstelling hebben en 'dan weet je nog niet eens wat het buitenland zal doen'.

Als ze de zaal met de pilaren binnengaan ziet Cocheret alleen nog de apotheek. Hij botst tegen Tine op.

'Neemt u mij niet kwalijk, mevrouw.'

'Geeft niet.'

De wandkast neemt met z'n vitrines de hele bühne in beslag. Met al die mensen ziet de apotheek er schitterend uit, of ze getuigen zullen zijn van een wonderlijke proef, een onherhaalbaar experiment dat niets met handel te maken heeft. Hij is zo ontroerd dat hij het liefst de verkoop van z'n vaders bezit zou willen verijdelen. Hoe heeft hij het in z'n hoofd gehaald zó'n apotheek te laten veilen...

Karel Lood brengt Cocheret en d'Alsace naar hun plaatsen op de eerste rij naast het middenpad. Beppie zit met Katrien achter Jeannette en tikt haar op een schouder. Ze draait zich om, kunt u uw hoed afzetten? De critique de danse doet het lachend en zwierig. Het hoort bij haar tijdelijke roem.

De percolator, de ranke weegschaaltjes, de farmacopee, de vijzels van pokhout of marmer, die pillenmachine en de gifboekhouding, ze staan of liggen (wat is voor een ding in rust het verschil) op de bruine toonbank van de apotheek.

Niet eerder in de geschiedenis van Murphy's heeft een verkoopstuk bij de veiling als meubel dienstgedaan. Op de tweede toonbank, ook wel recepteertafel genoemd, zijn drie telefoons neergezet. Karel Lood is met een bundel papieren bij het toestel vlak naast Marians bruine hamerkistje gaan zitten. Achter de andere telefoons nemen een jonge vrouw en een heer met grijzend haar plaats. De man ziet er zo levensecht uit dat hij de laatste twijfel wegneemt: in dit huis kunnen geen vervalsingen bestaan.

Marian loopt het toneel op en nu iedereen haar toch ziet kan het beter naar waarheid worden gezegd: ze schrijdt. De cameraman heeft haar meteen te pakken. Haar openhartigheid bij Dodo is nog zo springlevend dat het publiek opstaat en begint te klappen.

Een diva is teruggekeerd. De Hall of Fame, de omslagfoto op het weekblad, de liefde op de prikkende brievenberg en de pagina Snuf van vandaag, dat alles heeft wel iets met het applaus te maken, maar de oorzaak van haar populariteit is het niet.

Het is iets anders waar ze voor klappen, hun handen stuk, trouw aan iets wat zo gauw versplintert en bij haar heel is gebleven, ergens voor opkomen wat zelden wordt verdedigd, doods kansberekening negeren in het aanzicht van miljoenen, zoiets misschien.

'Dank u,' het applaus gaat door, 'dank u...' ze knikt naar de zaal, 'dank u zeer.'

Gewiekst genoeg om deze bijval in goedgeefse handel om te zetten. Ze knikt nauwelijks merkbaar naar Karel, nu beginnen, meteen. Geritsel van catalogi met op het omslag het naakt van Prax, dat iets anders dan een apotheek doet verwachten. De wentelende bladzijden van een en hetzelfde boek maken allemaal hetzelfde geluid. Andere catalogi zouden anders klinken, net als verschillende muziekinstrumenten.

Cocheret bladert met bevende vingers mee. Achter het bezit van z'n vader ontdekt hij de dansers en de vrouw met de hoed. Ze horen hier niet thuis. Hij had de apotheek toch in een afzonderlijk boek bijeen moeten houden.

Tweehonderd zevenenzestig nummers, inclusief de schriftjes, waaruit om de anders zo feitelijke tekst een beetje excentriek te maken enkele fragmenten zijn geciteerd. De kamelen van de Perzische keizer met de woordenboeken op hun rug. De vraag of een stem kan worden verjongd. Het verlengen van de smaak. Wat zonder een woord geschiedt en wat je al dan niet aan iemand kunt afzien. Het geeft een indruk van David Cocherets gedachtewereld. Niet voor niets wordt hij op het omslag arts, apotheker, uitvinder en schrijver genoemd.

'Kast met zeventiende-eeuwse en achttiende-eeuwse apothekerspotten,' zegt Marian. Dit keer hoeft geen veilingknecht iets op te houden. Ze wijst naar de kast achter haar. De meeste bezoekers hebben die op de kijkdagen al uitgebreid geïnspecteerd.

Nog voor Marian een bedrag kan noemen steekt de man met het grijzende haar een arm omhoog. Hij heeft iets over de telefoon gehoord, drukt z'n hand tegen de hoorn en buigt zich naar Karel Lood. 't Moet zo belangrijk zijn dat hij de bij z'n haar passende etiquette vergeet. Hij buigt zich niet achter de jonge vrouw naar Karel, zoals het hoort, maar gaat voor haar langs.

Karel dekt nieuwsgierig de rest van haar gezicht af. De vrouw staat op. Het koopkrachtige publiek heeft nu eenmaal het recht alle medespelers aan de veiling te kunnen zien. Daar staat ze en om haar lijf aan het niets te onttrekken bladert ze met een pink in de farmacopee. Het lijkt wel of er voor iemand in de zaal een medicijn wordt bereid.

De grijzende man heeft Karel iets toegefluisterd. Karel zegt het tegen Marian. Ze kijkt naar de man met het grijzende haar. Hij knikt. De jonge vrouw gaat zitten.

'Er is een bod op de hele apotheek uitgebracht,' zegt Marian. Als een volleerd vakvrouw weet ze dat ze nu iets moet verklaren. 'En dat is niet tegen de regels. Als er één nummer was verkocht had het niet meer gekund. We beginnen met vijfhonderd-duizend gulden voor de he-le apotheek...'

De directeur van een middeleeuws ziekenhuis breekt vlak naast Jan en Nusch van schrik een potlood. Een paar andere bezoekers gaan staan of die houding het genoemde bedrag nog zou kunnen verlagen. Karel Lood en de man met het grijzende haar hebben vast allang uitgerekend dat dit halve miljoen de gezamenlijke richtprijzen van alle nummers overtreft. Het zal wel een bod uit het buitenland zijn.

'Vijf-honderd-duizend gulden...?'

Zelfs in Marians stem zit een zweem van ongeloof. Geen pink gaat omhoog. Geen wang wordt betrommeld. Geen brillenpoot steekt in de lucht.

'Vijfhonderdduizend, niemand meer dan vijf-honderd-duizend gulden, nie-mand – en verkocht.'

De hamer komt neer op het kistje. Jeannette geeft Lionel een hand. Om David Cocheret te eren moet er nu vuurwerk worden afgeschoten. Champagnekurken horen te knallen. Een brouwsel uit de apotheek dient te ontploffen. Geld blijft hier altijd stil. Marian is al met het volgende nummer begonnen.

'De schriftjes horen wel bij de apotheek en toch worden ze los verkocht.'

Nu weet iedereen dat een buitenlands museum heeft geboden, het Victoria & Albert, het Metropolitan of misschien wel het Prado in Madrid. Die hebben niets aan een tekst in de Nederlandse taal.

'Honderd gulden,' gaat Marian door, 'honderd gulden voor de verzamelde gedachten van David Cocheret. Ze zijn heel mooi, ik heb ze zelf gelezen...'

Tamara steekt een hand omhoog.

'Daar honderd tien gulden.'

Jeannette d'Alsace knikt. Tamara's hand aarzelt.

'Honderd twintig gulden, daar geboden op de eerste rij, hon-derd twin-tig gulden, nie-mand – en verkocht.'

Marian ziet dat Tamara haar handen vergeefs opheft naar Bert.

Mooi zo, te laat... Mevrouw d'Alsace kijkt Lionel Cocheret blij aan: die schriftjes zijn van haar. Hij geeft de critique de danse een hand. De zaal kan het half miljoen niet verwerken, dat hoort Marian aan het geroezemoes. Toch loopt niemand weg. Wie wil het slotstuk van vanmiddag missen.

Vlug door, er is een luwte in de zaal gekomen. Dit is het moment om ook nog iemand anders een voordeeltje te gunnen. Dief die tijdens vakantie iets mag stelen. Nu het naakt van Valentine Prax en daarna meteen de dansers. Dat is toch een heel ander publiek.

'Valentine Prax, de vrouw van Zadkine en bepaald niet z'n

mindere, een naakt op glas – vierduizend gulden zou ik zeggen, vijfduizend daar, zesduizend, zevenduizend...'

De cameraman ontdekt Tine. De gelijkenis met de vrouw met de hoed is hem niet ontgaan. Hij leunt tegen een radiator, filmt haar vanaf de zijkant. Professor Vink, Beppie en Katrien, Dodo natuurlijk, Tamara en Bert, de lange handelaar, Jeannette d'Alsace, Lionel Cocheret en vele anderen in het publiek buigen zich uit Marians richting en proberen Tine te zien. Ze merkt het en blijft naar het toneel kijken. Een veilingknecht beweegt het glazen naakt van Prax langzaam heen en weer.

'Ze-ven-dui-zend, daar achtduizend, niemand meer dan achtduizend...?'

Vaak zit het Lex van der Sluijs tegen maar als ieder mens kent ook hij een paar keer in z'n leven een groots moment. In de tijd dat Tine zoveel aandacht trekt knikt hij om het geld naar Marian. Zij herkent hem met z'n onvergetelijke zwijgreiger erbij.

'Ne-gen-dui-zend daar geboden...'

Het is zwaar onder de prijs. Wat kan Lionel Cocheret met dat half miljoen nog gebeuren?

'Negenduizend gulden, ne-gen-dui-zend nie-mand – en verkocht,' net iets te vlug. Zo wordt een rechter wel eens verliefd op een beklaagde en vermindert z'n straf. Geen mens die het merkt.

Wat buitelen Nijinski's dansers vrolijk over het toneel. Marie Rambert, Leonide Massine, Valentina Kachouba, Vaslav zelf en voor schitterende gages, elf-, twaalf-, nee, iemand heeft zelfs dertienduizend gulden voor hun optreden over, zeker in die pastels van Valentine Gross. Ze is dichter bij de *Sacre* geweest dan het publiek dat zoveel later van het verloren en herstelde offer heeft genoten. Kijk door haar sluierkleuren en je staat naast de dansers op het toneel.

Roerichs weiden onder schapenwolken zijn zo groen, 'aardse vreugden onder een hemelse triomf'. Het is een schets van zestienduizend gulden, maar in dat berglandschap loop je dan ook vlak achter het geofferde meisje. Bronia kon haar niet spelen. Ze was zwanger. Maria Piltz deed het op de première in het Théâtre des Champs Elysées net zo goed.

De kostuums van Léon Bakst worden bij Gross werkelijk door sommige dansers gedragen, net of hij ze niet alleen voor het stuk maar ook voor die pastels heeft ontworpen. En nu danst Nijinski weg in *Petrouchka*, in *Le spectre de la rose* blaast hij alle lucht uit z'n longen en dan springt hij met een dubbele salto door het venster, ademt op het hoogste punt weer in en landt over de oceaan als hij in kleur voor twee keer twintigduizend gulden door het Metropolitan wordt gekocht.

Het duurt maar zo kort, die pauze waarin de bewegingen door de kopers worden overgenomen. Daar zijn ze weer, vingertop over neus, schoenveter vastgetrokken, haal door het haar. Stiller is het als in de al verkochte apotheek de volgende stukken worden aangeboden. Ze houden het lichaam in de klem. Alleen nog geldgebaren, balpen omhoog op de eerste rij, daar links een knik en helemaal achterin, rechts van een pilaar, strijkt een lange man met een hand door z'n sluike haar.

Laat die vijfentwintigduizend gulden maar aan Marie Rambert over. Strawinsky gaat achter de piano zitten. Dit is haar geannoteerde partituur bij de doodsdans van het meisje. Er zit een foto bij, daar staat Marie, tweede van links. Het hoofd steunt op haar geheven hand in het corps de ballet.

Nijinska maakt een dure sprong naar wat zo lang buiten catalogus is gebleven. Voor een deel zijn het minder bekende meesters, dat zag Karel Lood al aan hun namen. En toch hebben de nummers wel iets charmants, of ze onderling niet door een bepaalde stijl maar door iets wat zowel brutaal als vurig kan worden genoemd met elkaar zijn verbonden.

Die kleurkrijttekening van het gezin dat in een tuin croquet speelt zou van Vuillard kunnen zijn. Een meisje tipt zich hoog op de voeten. De twee andere meisjes, de jongen en de ouders spelen zo verspreid over het gras dat ze niet veel met elkaar te maken hebben. In gezelschap lopen ze al weg naar de scheiding die ooit zal komen. Nee, het is niet zeker van Vuillard, toegeeflijk nauwkeurig wordt 't aan hem toegeschreven. Misschien dat iemand de tuin nog voor een andere schilder opeist. Niet eens gesigneerd die schets van Django Reinhardt. Scherp-zwarte krassen voor de gitaar, het los zittende jasje, de dunne snor, net boven de lip. Al die graderingen van de beweeglijkste muziek houden halt bij twee afwezige vingers. Daar zit de schaduwpijn van 't zwart. Linkerhand in het vuur verminkt.

School van Farhedge, een ballon scheef in de nachtlucht, de silhouetten van twee vrouwen. Beneden is geen stad, geen land te zien. 't Luchtvaartuig moet hoger en hoger zijn geklommen. De mand is met touwen van Oost-Indische inkt aan de ballon vastgesnoerd.

Toegeschreven aan, niet gesigneerd, school van, dit Belgische bezit of komt het uit Marians eigen verzameling dringt zich niet op de voorgrond en toch kan het niet tot het tweede garnituur worden gerekend. De bladen brengen heel wat op. Nu ze tussen de kostbare dansers en de vrouw met de hoed in zitten krijgen ze een lik van die waarde mee.

'Er is iets met dat buiten catalogus,' fluistert Tine naar Toef.

'Wat nou weer?'

'Of ik het ken, zo voel ik het.'

Om nog aandachtiger te kunnen kijken zou Tine de knipperingen van het ooglid ter plekke willen afleren.

'Jij voelt te veel,' zegt Toef.

'Ze is het.'

'Wie?'

'Die Ilse – 't is Marian.'

'Dan ben jij zeker Madonna.'

Dodo zit vlak voor hen. Verstoord door hun gepraat kijkt hij zonder iets te zeggen om. Aan z'n felle ogen zien ze dat hij niets van het geschilderde waterland op het toneel wil missen.

Het licht spat van het water af. 't Is tot in de verste hoeken van de zaal te zien. Nergens is het netjes ingedeeld, zo van hier de lucht, dan het water en hier en daar ook nog wat land. Alle tinten zijn vermengd geraakt of iemand heel snel heen en weer kijkt en de nabeelden niet meer afzonderlijk kan benoemen.

Bij elke nieuwe voorstelling blijft Marian rustig achter de tafel zitten. Het weekblad verleidt haar in de zaal tot andere standen. Ze ligt op schoot, tikt ritmisch tegen een arm of steekt opgerold uit een jaszak.

'tVolgende doek, een vrouw op een bed. Ja, zo zou je het in de gauwigheid doorvertellen, met zo'n korte zin die haast heeft om aan z'n eind te komen. Er gebeurt zoveel meer. Kamerschemer verpulvert de lichtplekjes, kleren in een mislukte slingerrij op de grond en ergens moet nog een restje tocht zijn, het gordijn van kaasdoek rimpelt. De blik ketst af op wat bewegend aan een vaste vorm ontkomt.

Een Belgische schilder heeft het al eens geprobeerd. Hij liet de zon door een ruit schijnen en toen het glas brak lag dat brandende hemellichaam in scherven op de grond. Is dat niet al te duidelijk? Een vlek tussen twee glazen panelen verraadt niets over de bedoelingen van de maker. Van een afstand is niet te zien welke van de vier zijden een beetje zwart is. 't Spiegelt maar door, of alle kanten van het glas evenveel aanspraak op die toevallige onderbreking maken.

't Is of de dansers de weg voor alles wat buiten catalogus beweegt hebben vrijgemaakt. Het waterland, het dubbel naakt en nu de vlek op het glas, drieduizend, vier-, zeven-, negen-, dolzinnig biedt het publiek op de dingen die niet eerder een veilingzaal hebben gehaald, 'elfduizend, niemand meer dan elf-dui-zend, nie-mand – en verkocht'.

Eierdopje van Berlage, 'het kleinste huis dat hij ooit heeft gebouwd,' zegt Marian.

Karel Lood kijkt op. Wat doet ze nou? Met die bizarre lijst buiten catalogus is ze nog lang niet klaar en nu begint ze ineens met het glaswerk van Cocheret. Daum, Gallé, Copier, ze gaat ermee door. Heeft ze die afwijking van het programma wel goed berekend? Ja, de zaal biedt en koopt. Misschien zijn de laatste nummers buiten catalogus straks een betere opmaat naar de vrouw met de hoed dan de dure glazen. Goeie prijzen, heel goed zelfs. Wat een vakvrouw, heeft ze net op tijd gezien. En nu wenkt ze ook nog dat de vrouw met de hoed op het podium moet worden gezet. Daar komt ze in haar blauwe rimpeljurk en met die spottende ogen.

Steeds meer vrouwen kijken steels naar Tine. Ze fluisteren haar door de hele zaal. De door één bod rijk geworden Lionel Cocheret buigt zich vaak naar voren, probeert haar na die botsing zo goed mogelijk te zien. Vage blonde krullen langs de wangen. Parelketting onder het halskuiltje. De blauwe ogen licht beschaduwd.

Wat is er buiten catalogus nog overgebleven? Het zijn de dingen die als een trap naar het hoogtepunt zullen leiden.

Heinrich Maria Davringhausen *Venus met de handschoenen* (naar Otto Dix) (1932); gemengde techniek op hout; 25×20 cm; gesigneerd en gedateerd rechtsboven; '...pakt nog even de zoom, laat die vallen, gaat de vrouw met de handschoenen voorbij en weet tegen de stroom in tussen drie lijven door met een uitgestoken arm Tamara's schouder te raken.'

Wendy Toy *The Stranger left no Card* (1953); 35 mm; dertig minuten; goede kopie; aantal onbekend; '...dan trekt hij z'n wenkbrauwen en baard los, doet de vermomming en die malle kleren in de tas, verlaat ongezien het huis en loopt als een gewone burger naar het station.'

(Verscheidene schrijvers) *Zonder titel*; diverse formaten; grote variëteit; brieven, bedrijfsenveloppen al dan niet met venster, prentbriefkaarten, verhuisberichten, kranten, tijdschriften en ander drukwerk, pakketjes enz.; '...werkte als avondwerker bij de post, in dat oude gebouw vlak bij het station. En toen hij een keer de late nachtdienst had hebben we het daar gedaan, boven op een tafel met ongesorteerde brieven.'

Barbara Kaye *Shells* (1995); zilver; 2×1,5×0,7 cm; '...mist daar ineens zwaarte, wat moest de huid er bij al die beweging lang over doen haar dat te berichten, waar kan het zilveren oortje heen geschoten zijn...'

Anoniem *Confetti*; gekleurd papier; oplage onbekend; '...een kwart valt meteen op de grond, de rest gooit ze over haar gezicht, over de glazen tafel, over de stoeltjes, nog een zakje en nu in het wilde weg, zonder doel, zonder bestemming...'

Norman Bluhm *Parfumflesjes* (1952); olieverf op papier marouflé; 40×30 cm; gesigneerd en gedateerd '52 aan de achterzijde; roestvlekjes in bovenmarge; '...de geur van de huid zelf, die is erin opgenomen, niet lang misschien maar genoeg om iemand die erlangs loopt even te laten opkijken naar wat grenst aan het niets.'

(Toegeschreven aan Lovis Corinth) *Restgebak* (1924); olieverf op doek; 25×70 cm; gedateerd en gesigneerd rechtsboven; '...zo'n open doos waarin geen gebak meer zit, helemaal op en dan zie je aan de kanten nog veegjes slagroom of mokka, net te weinig om er met een vinger langs te gaan.'

Buster Keaton *The General* (1926); 35 mm; tachtig minuten; veel strepen en lichtvlekken; aantal kopieën onbekend; '...raapt hij een splinter op, geeft die aan het meisje en dat hout werpt zij in de vlammen.'

I. Loin-Haie *Le trésor*, Editeur K, Deauville, 1947; oorspronkelijk omslag; onafgesneden; zevenentwintig bladzijden; nummer elf van de zestig genummerde en gesigneerde exemplaren; zeldzaam; met brief in handschrift van de schrijfster: '...het verhaal woelt onder hun ernstige gezichten, nu zijn ze op hun mooist, maar ze ziet ook de verspillingen van de jeugd, hoe zou het ook anders kunnen en dat ze die zullen verliezen en dat hun niet duidelijk is te maken dat ze die schat nu nog bezitten.'

Kees van der Werve *Tijdstippen* (1995) (tussen twintig en kwart voor negen); vijf zeefdrukken op Arches-papier; 60×40 cm; nummer zeven van de editie van dertig; losse bladen in een met grijze stof beklede doos; elk blad genummerd en gesigneerd; '...dit tijdstip wikkelt hij los van alle pracht en praal, tekent het met de fijnste schaduwen, als ging het om een borst of een neus.'

Anoniem *Stafkaart* (1993); 80×60 cm; oplage onbekend; '...rijdt ze door, net iets vlugger dan langzaam, de vrouw die de weg wijst praat verder tegen het niets en trekt haar wenkbrauwen op om de steeds groter wordende afstand te overbruggen.'

Lex van der Sluijs *Vrouw in deuropening* (1995); vier foto's; 18×12 cm; overbelicht; '...hij maakt kort na elkaar twee opnamen en geeft haar geen aanwijzingen, een huis kun je ook niet regisseren, nog twee, hij draait zonder iets te zeggen het toestel om en begint in één moeite door aan de lucht van glas...'

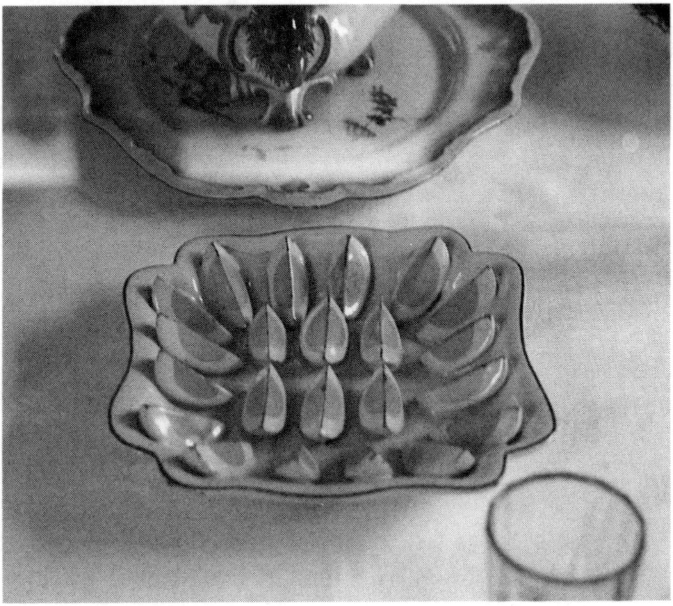

(School van Hannong) *Eieren* (1735); porselein; 40×30×50 cm; barst met lijmspoor; '...een en al illusie, wel twintig stukjes ei voorbeeldig gesneden op een bord, in zo'n omgetuimelde rij, je zou zweren dat ze echt zijn en toch kun je ze niet eten, alles is van steen.'

John Phillips *Antoine de Saint-Exupéry* (1944); latere druk; 24,8×21,5 cm; titel, datum en handtekening aan de achterzijde; '...laatst werd er een foto van hem geveild. Hij heeft z'n luchtmachtuniform aan en ligt ergens buiten op een veldje. En weet u hoe de nieuwe eigenaar betaalde?'

Banque de France *Cinquante Francs* (1992); papier; 8×12,5 cm; oplage onbekend; gebruikskreukels; '...daar zaten biljetten van vijftig frank bij waarop de piloot ook staat afgebeeld, vlak naast zijn vliegtuig en de kleine prins. Die foto op het bankpapier was nog mooier dan het verkochte portret.'

K. Scott *Blauwe reiger* (1928); aquarel; 30×40 cm; ongedateerd; monogram rechtsonder; onbekeken uit de lijst; '...verstrakt de deinzieke hals, schiet de kop scheef onder het water en komt schuddend met een vis in de bek tevoorschijn, een glinsterend voorntje, zo te zien: *leuciscus rutilus.*'

Lorelle Harker *Fancy-fair* (1978); olieverf; 20×50 cm; gedateerd en gesigneerd aan de achterzijde; '...haren zo lang dat ze wel omhoog moeten vallen, rossige en blonde wervelwaaiers gaan zo kort in elkaar op dat je niet eens kunt zeggen dat ze verstrikt raken, terug naar de nek, de schouders, hoe jammer zweeft het naar je buik dat het ophoudt, nooit mag het afgelopen zijn.'

Bill Cubin *Laurel View* (1993); ingekleurde zwart-witfoto; 15×10 cm; nummer drie uit de oplage van veertig; genummerd en gesigneerd aan de achterzijde; '...en dat lieten de buren aan de overkant niet op zich zitten, waar iemand op uitkijkt vonden ze het belangrijkste van een huis en terecht.'

In 't echt

Anoniem *Coelacanth*; ingekleurde ets; 10×30 cm; nummer zeven uit de oplage van twaalf; ongedateerd, ongesigneerd; watervlek rechts beneden; '...de Woollemi Pine, tweehonderd kilometer van Sidney, het is net zo'n vondst als voor de oorlog die prehistorische vis, de coelacanth bij Madagascar...'

(Toegeschreven aan Marie Laurencin) *'s Nachts* (1927); zwart krijt; 40×30 cm; ongesigneerd, gedateerd '27 links beneden; '...en boven die volmaakt naar de schouders wijkende borsten vertelde het meisje dat ze zich in het auteursrecht specialiseerde...'

Georges Malkine *Het onweer* (1926); olieverf op doek; 81×53,5 cm; gesigneerd en gedateerd '26 links beneden; '...of je bouwt een huis, er komen allemaal nieuwe meubels in en van één stoel voorspel je de toekomst, wie erop zullen zitten, wat ze doen, hun liefdes, ga maar door.'

Anoniem *Zonder titel*; gouache; ongedateerd en ongesigneerd; '...hoe ze haar samen hadden zien dansen en zij zelf het idee kreeg om haar voor advertenties te gebruiken, alle nieuwe modellen, gedragen door één danseres.'

Robert Cranell Minor *October* (1870); olieverf op doek; 30×40 cm; gesigneerd rechts beneden; '...daar heb je dat gekke bosje weer met de vogels die er niet thuishoren, winterkoninkjes, vinken en zowaar een roodborstje tussen de naar het water gesmokkelde kastanjes en beuken.'

(School van Leonora Carrington) *Zippo's dream* (1941); gouache; gedateerd en gesigneerd '41 rechts beneden; lichte papierverkleuring; '...en blijft de prijs van die vooroorlogse aansteker niet onvoorspelbaar omdat er op de wonderlijkste ogenblikken wel meer dan een miljoen vlammetjes uit zijn gekomen?'

(Diverse fabrikanten) *Kermisprijzen* (1995); verschillende materialen; uiteenlopende formaten; '...de onderste rij daaruit mogen ze kiezen, vensterdozen met hemelse zuurstokken, weggooifototoestellen, netjes met gummiballen, poppenfornuisjes van gebutst blik, hun ogen schieten kriskras langs al die geschoten heerlijkheden.'

Yayoi Kusama *Silver shoes* (1965); zilver geschilderde schoen met naaldhak; 20×20×10 cm; gesigneerd en gedateerd op zool; '...loopt ze aan de overkant van de gracht, stoppen, maar hoe komt ze daar, hoge hakken, wat een prachtig gezicht, loopt zo vlug zonder te zwikken, nee, toch maar doorrijden...'

René Chomette *Draps* (1995); dertig zwart-witfoto's; 20×15 cm; nummer elf uit de editie van vijftig; genummerd en gesigneerd; '...aan de krinkels denkt hij de lichaamsafdruk van elke gast te kunnen zien zo geoefend is hij geraakt in de kleinste lakenverschillen...'

John Gloverall *Original Duffle Coat*; gele wol; 120×60×7 cm; zonder jaartal; aantal onbekend; '...draagt een houten man met van die fors geschilderde wenkbrauwen een zandkleurige monty, de echte, de originele, langgeleden wilde hij maar één ding: zó'n jas...'

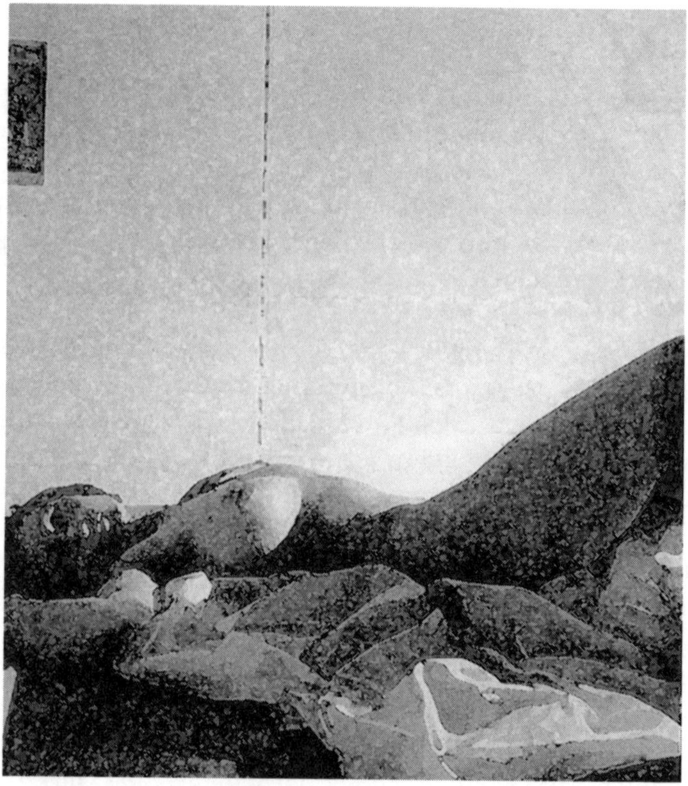

Morton Young *Naakt* (1995); pastel; 30×40 cm; gesigneerd en gedateerd aan de achterzijde; '...tot onder haar net niet opgetrokken knieën of ze nu alleen die al veroverde huid vlak onder de mouw mag aanraken 't mocht al toen ze nog gekleed was maar waar is die plek vingertop zoekt meer naar de schouder meer naar de elleboog niet te zeggen nu de jurk op de grond ligt...'

Anoniem *Patrijspoort* (1995); potlood; 18×18 cm; ongesigneerd, gedateerd '95 rechts beneden; onbekeken uit de lijst; '...radslag op radslag, wiel zonder wagen, als niets je meer opeist, richting zonder doel, haren in nooit gekende waaierstanden, links en rechts worden opgeheven, het gaat te vlug om nog een vaste plek te kunnen zien, schoonheid van wat zonder een woord gebeurt...'

Johannes Saverey *Dodo* (ca. 1650); olieverf op doek; 120×120 cm; ongedateerd, gesigneerd rechts beneden; '...met hoogst vileine vragen weet hij aan een wenkbrauw, een litteken of een stem de wonderlijkste verhalen te ontlokken en nu de vrouw met de hoed zwijgend deelneemt aan het gesprek draaien de drie gezichten op een carrousel van leven en dood, van jeugd en ouderdom, van de liefde die eens buiten je bereik komt te liggen...'

Anthony Parton *Shy Shadows* (1993); vijfentwintig foto's met begeleidende teksten; nummer veertien uit de oplage van vijfenzeventig; elke schaduw genummerd en gesigneerd; '...bij die drukker scheen 't zonlicht schuin naar binnen, de letters imprimeur werden in zo'n zwevende stand op een bollend gordijn gedrukt...'

Georges Hugnet *Handschoenen* (1932); papier en leer; 12×22×10 cm; gedateerd en gesigneerd binnenzijde rechter handschoen; '...en daar in die kamer naast de patrijspoort vloeit het in de buurt van zwarte handschoenen en kleurige confetti terug in potten en doosjes, komt het tussen echo's, peterselie en giraffes tot rust...'

John Cavalcanti, 'The Christmas Story' (1945); in *Dead of Night* (zes verschillende verhalen); 35 mm film; goede kopie; aantal onbekend; '...legt een hand op z'n voorhoofd en voelt dat hij hoge koorts heeft. Even praat ze met hem, dan verdwijnt ze weer om de anderen te waarschuwen. Maar als de kinderen met van die raffelend vlugge stappen de trap op hollen en op de zolder aankomen is er op de korrelige muur geen spoor van een deur te vinden.

De film is afgelopen en het licht gaat aan. Meteen staat Katrien weer voor de klas. Soms geniet de ene kant van je gezicht meer dan de andere. Ze heeft één rode wang. Het déjà vu heeft ze ingeleid met *Nijinska/Nijinski* en hoe ze jaren hebben gezocht om die passen uit 1913 terug te vinden. Ze deed met een vriendinnetje zelfs een paar stappen voor.

Marian zit naast de onderwijzeres achter in het lokaal. Beppie zou ook komen, had zich vrijgemaakt, maar moest voor haar werk plotseling toch nog naar de Franse Bazaar.

'Kijk,' zegt Katrien, 'in het verhaal wat jullie net hebben gezien was de kamer verdwenen met die jongen en het bed erbij. Niemand kon nog een deur in de muur ontdekken en toch was dat meisje er kortgeleden doorheen gegaan.'

'Wat een fantasie,' fluistert de onderwijzeres tegen Marian.

'Komt misschien door de film.'

'Nee, heeft ze altijd, ook in de klas.'

Katrien wipt op haar tenen en kijkt streng naar de achterste rij. Alle kinderen draaien zich om. De twee volwassenen zwijgen meteen. Ach, denkt Marian, helemaal goed heeft Katrien het niet gezegd en toch kwam ze er dichterbij dan wanneer het in een geleerd boek wordt beschreven. Die film is niet te evenaren. Daar zit alles in.

'En dan dat kindergezang,' gaat Katrien nu het weer stil is verder, 'als je 't buiten uit een huis hoort weet je niet of er een feestje aan de gang is of dat het van de tv komt, maar hier was het echt. Denken jullie nu dat het ook anders had gekund ik bedoel dat ze die deur in de muur toen ze de trap naar de zolder op gingen net als dat meisje hadden gevonden?'

Die vraag maakt de klas sprakeloos. Wat moeten ze erop zeggen? Het meisje is het gelukt en dan zou die deur er voor de andere kinderen op het partijtje toch ook moeten zijn.

'Misschien keken ze niet goed,' zegt een anders nogal verlegen jongen net hard genoeg dat de hele klas het kan horen.

'Of is die deur er alleen zo en zo laat?' vraagt het meisje met wie Katrien voor de klas heeft gedanst.

'Wie weet,' antwoordt Katrien zacht. Daar had ze niet aan gedacht. Ze klemt haar vingers om de vingerprullenhoed en begint vlug te vertellen over de dichter die van een roos droomde.

Toen hij wakker werd had hij die roos tot z'n stomme verbazing nog in z'n hand. Ze heeft het verhaal van Marian. De bloem was weer weg toen hij hem aan iemand anders wilde laten zien en dat is net zoiets als het meisje dat met de kinderen voor de verdwenen deur staat.

Sommige leerlingen luisteren met hun hoofd op hun armen. Het verhaal van Katrien is net zo spannend als de film.

Ze zegt dat het verhaal van de roos wel een eeuw oud is en

dat het verhaal van de jongen met koorts ook al heel lang geleden is gebeurd. En nu hebben we het er nog over. Maar het kan natuurlijk ook dat zo'n verhaal zich vandaag of gisteren afspeelt. Waar zouden de mensen het later als ze aan onze tijd denken anders over moeten hebben?

'Bestaan er drankjes waar je jonger van kunt worden? Heel veel mensen hebben daar al vergeefs naar gezocht. In m'n laatste verhaal vindt een oude vrouw in een apotheek werkelijk het levenselixer, zo moeilijk heet dat in het echt. Ze drinkt ervan en wordt weer een tijd zevenentwintig. Wat zal ze gaan doen? Ze bedenkt van alles, verliefd worden, heerlijk eten, noem maar op. Ze wil zelfs wraak nemen op een rivale. Maar ze vergeet één ding: iedereen die haar ontmoet raakt zo betoverd door haar schoonheid dat ze haar allemaal voor zichzelf willen hebben, zoals dat in een sprookje gaat. Pas als ze weer oud is weet ze wat ze het heerlijkst heeft gevonden. Niet die wraak en ook niet al die verliefde mensen, maar met een meisje dat ze toevallig tegenkwam op de kermis in de zweefmolen hoog door de lucht en dan de wind door je haren voelen.

Kijk, die roos en die jongen heb ik niet in 't echt bij me, maar wel dit.'

En ze laat een beer en een tekening van een naar koek happende jongen zien, 'ja, laat het de klas maar rondgaan, die beer hebben ze op de kermis geschoten en de tekening is speciaal voor die twee vrouwen in een café gemaakt.'

'Ongelooflijk,' zegt de onderwijzeres hardop. Ze hoeft niet meer stil te zijn. Iedereen buigt zich pratend over de beer en de tekening heen.

'M'n eigen kleindochter,' antwoordt Marian, 'ik weet niet wat ik hoor.'

'En hoe kom jij dan aan die dingen uit dat verhaal?' vraagt een meisje met lange vlechten doodkalm.

'Gekregen,' zegt Katrien, 'van de vrouw die het heeft meegemaakt natuurlijk.'

‘Zeker van haar,’ zegt een jongen die naar Dodo heeft gekeken. In z’n zak zit zo’n schroefsleutel die je op straat met zwavel kan laten knallen. Z’n hand strijkt er beschermend overheen.

‘Ja, van mij,’ antwoordt Marian.

De schooljuffrouw kijkt haar hoogst verwonderd aan.

Een kwartier later lopen Katrien en Marian door de stad. Op een glasbak staat een gave kristallen schaal. Marian draait hem om. Nee, hij is gebroken, de twee scherven van de achterkant liggen erin. Was te breed om hem door die ronde opening te duwen en toen hebben ze hem er maar op gezet.

‘Klopte het een beetje?’ vraagt Katrien.

‘Zo ongeveer, je deed het heel goed.’

Op een ventweg staan in een slingerrij allemaal gedeukte blikjes. Een meisje met prachtige rolschaatsen, ‘vast net gekregen’, zegt Katrien, maakt een fantastische slalom zonder dat ze ook maar één blikje raakt.

Applaus van Katrien en Marian. Rijdend buigt het meisje voor deze onverwachte bijval.

‘Mag ik je nog iets vragen?’

‘Vraag,’ antwoordt Marian.

Katrien draait haar hoofd al lopend naar Marian en kijkt haar ernstig aan.

‘Die Cocheret kocht de vrouw met de hoed voor vijf ton?’

‘Dat vonden de kranten toch zo mooi? Precies het bedrag dat z’n eigen apotheek had opgebracht,’ antwoordt Marian. ‘Kreeg the mistress of money twee keer topprovisie door dezelfde klant.’

‘En niemand wist van tevoren dat hij erop zou gaan bieden?’

‘Hijzelf ook niet. Hoe vond je die race tussen hem, Dodo, die lange handelaar en Bert?’ vraagt Marian lachend en ze springt vlug opzij voor de jongen van de Bojo-lijn die op z’n brommer knetterend langs haar scheurt.

‘Maar waarom dééd hij het dan?’ houdt Katrien vol. Ze

heeft de beer en de tekening onder een arm.

'Toen hij de apotheek zo mooi op het toneel zag staan wilde hij die helemaal niet meer kwijt.'

'En nadat die was verkocht moest hij meteen iets anders hebben?'

'Ik denk dat hij Tine net in 't echt had gezien.'

Meudon-Val-Fleury, 25 augustus 1995

Aantekening

Marleen Dominicus-van Soest publiceerde 'Pottenkijken in de apotheek' in *Vitrine* van februari 1995. Voor de beschrijving van Cocherets nalatenschap heb ik uit dit artikel geciteerd.

'Mensen zijn misschien werkelijk wat we eerst van hen dachten en als ze ons tenslotte tegenvallen is dat de fout van onze afgevlakte zintuigen,' schrijft W. H. Auden in het voorjaar van 1929 in zijn dagboek. 'De teleurstelling is te wijten aan een gebrek van onze gevoeligheid, die de kracht mist zich te handhaven met de scherpte van het begin.'

Dit inzicht is verwerkt in de dialoog op bladzijde 90.

De catalogus is ontworpen door Marten Jongema.